AF345921

MILOUD HAFIDI

PEUT - ÊTRE

C'EST QUOI
UN HOMME ?

DU MEME AUTEUR

La Dispersion, Eddif éditions
La Nuit Africaine, Dunes Edition
Editions numériques :
La Nuit Africaine
Le Marchand de sable est passé
L'Enigme du Port

Si tu traces une route, tu auras du mal à revenir
à l'étendue.

Henri Michaux

Il faudrait, tout de même, qu'être un penseur eût le
moins de différence possible avec être un homme.

Kierkegaard

Comment se fait-il que
Celui qui peut être ce qu'il veut
Condescende à n'être
Que ce qu'il peut ?

M. H

La voix grave de la médecine a parlé, et face à mes résistances, son serviteur réjoui en blouse blanche enfonça le clou : tu choisis, une seconde vie avec retraite un brin précoce et marche à pied, ou rien ! Sans transition, l'homme debout à la santé éclatante ordonne au moribond à terre : signe ici, il n'y a pas d'autre solution ! Et, de l'air du maquignon sur le point de conclure une affaire, il ajoute : un contrat de ce type, ça ne se refuse pas !

Il faut dire que je n'étais pas à mon avantage, couché sur le dos, une seringue fichée dans le bras et distillant dans ma veine une solution louche, alors que l'homme de l'art était accompagné d'un infirmier qui pesait son poids. Au malade, l'hôpital est le pays étranger du migrant sans le sou. Il vaut mieux garder le silence, et opiner du chef, au hasard. J'opinai donc. Le sourire blafard du condamné étira spontanément mes lèvres, à ma grande surprise. Je me souviens d'avoir pensé : d'où vient ce sourire ? Est-ce que nous en détenons tous en réserve, en prévision de nos défaites programmées ? Est-ce que notre condamnation est prévue de longue date ? Quand l'instant d'après je repris mes esprits, le docteur s'en allait, papiers en main, satisfait comme un juge qui voit le condamné applaudir à sa double peine.

Mais les réticences que je pus avoir alors s'envolèrent l'une après l'autre les mois qui suivirent. Je m'acclimatais, plutôt bien que mal, à ma nouvelle condition. La promenade à pied, barbante d'abord, je la vis me devenir plus agréable, plus indispensable. Je redécouvrais mon quartier. Variant les itinéraires, restant dehors plus ou moins longtemps selon la météo et mon bon plaisir. Je revenais à la maison, me douchais, et attendais le repas de midi que je prenais en tête à tête avec ma femme, selon une routine qui n'était légèrement bousculée que le mercredi, quand notre aînée venait déjeuner avec notre trésor de petit-fils, puisque l'un et l'autre se trouvaient libres cet après-midi.

Ce que je faisais ce jour-là ? Ce jour, précisément ? Ce que je fais d'habitude. J'étais assis au salon, et tâchais de me concentrer sur les gros titres du journal du dimanche précédent. Le petit remplissait la cuisine de sa présence, à côté, entre sa mère et sa grand-mère. Sa nouvelle marotte consistait à harceler tout un chacun d'une liste interminable de questions qui toutes commençaient par « c'est quoi ». Il disposait chez lui d'une tablette et de jeux électroniques par dizaines en sus des jeux sensément éducatifs ayant eu l'agrément de sa prof (nous disions institutrice, dans notre antiquité, et ce n'était pas plus mal) de mère, sa chambre s'emplissait de jouets clignotants et crachotants qu'il soutirait à son père, mais à quatre ans et une virgule, cela ne suffisait apparemment pas à satisfaire son insatiable appétit à croquer le monde. Sa mère, trop occupée à discuter avec sa mère de choses qui ne pouvaient souffrir aucun délai, n'allait pas tarder à le

chasser de la cuisine, je savais même avec quels mots :
Mon cœur, va voir Papi, il répondra, lui, à tes questions.
La grand-mère l'appelait de même en un seul mot,
Moncoeur ; et moi, pour les taquiner toutes les deux, et
donc seulement en leur présence, Soncoeur. Quand
nous étions seuls, sans les femmes, il avait un autre
nom : Sbiman, nom qu'il avait balbutié un peu plus tôt,
quand il voulait être tout à la fois spiderman et
superman.

Il me décochait ce jour-là ses questions tout en
jouant à la guerre avec un avion pas vraiment
didactique qu'il tenait à bout de bras. Il volait, visait,
bombardait les objets du salon, ne m'épargnant ni les
bruits des moteurs, ni celui des explosions, ni de me
jeter un regard de reproche quand j'oubliais de
répondre. C'est quoi, une mouche ? Pssss, boum ! C'est
quoi, une araignée ? Frrrr ! C'est quoi une toile ?
Sssplash ! C'est quoi, une île ? C'est quoi un insecte ?
C'est quoi, ver de terre ? Il ne fallait pas dire n'importe
quoi, car il avait le don de détecter les réponses
fantaisistes, et, dans ce cas, attendez-vous à la répétition
sans fin de la même question, jusqu'à ce que, de guerre
lasse, vous vous décidiez à parler sensément.

Le bourdonnement du garçon, qui agaçait les
femmes, ne me dérangeait pas. La marche du matin
m'avait procuré une bonne fatigue. Je crois bien que je
m'étais assoupi. Je rouvris les yeux pour voir le petit
qui me secouait le bras avec un air à mi-chemin entre le
courroux et l'inquiétude :

Réponds, Papi, c'est quoi un homme ? C'est quoi,
un homme ?

Je restai un bon moment sans réponse. Je ne sus que dire, car avec le gamin, mieux valait ne pas songer à dire n'importe quoi. Je ne sais ce qu'il vit sur mon visage, la surprise ou l'embarras. Il quitta son air d'enfant et prit un accent protecteur, comme si, soudainement, nous étions devenus, lui une grande personne, et moi, un petit.

— C'est pas grave, Papi, si tu sais pas.

Il me consolait.

Je le serrai sur ma poitrine pour lui éviter d'avoir à contempler la bataille d'émotions qui se livrait sur le champ labouré de mon visage. Je ne voulais pas que ce petit bout d'homme perspicace y pût lire le désarroi d'un vieil homme qui ne savait pas ce qu'il était, à l'instant de vérité, quand les faux-fuyants n'étaient plus de mise.

1

J'aurais pu répondre : un homme est un garçon (c'est quoi un garçon ?) qui a grandi et qui en grandissant a pris du poids (c'est quoi dupoids ?) et de la hauteur (c'est quoi, hauteur ?) en perdant la capacité (c'est quoi, lacapa.. ?) de poser des questions. D'autres réponses se bousculèrent dans ma tête, mais aucune, à mon avis, n'était de nature à étancher la curiosité d'un enfant.

Un adulte, c'est autre chose. Ça se contente de peu, un adulte, et souvent de n'importe quoi. Il a appris à parer les questions, l'adulte, et en a fait une façon de vivre. Passé maître en l'art d'esquiver, il a pris l'habitude de vivre à côté de l'essentiel, et à côté de lui-même.

« Voilà qui est fort bien, mais comment dire ces choses-là à un enfant? Et ne songe pas à te cacher derrière l'adulte, ou derrière l'homme. La question a été posée à *un* homme, toi, par son petit-fils qui croit que son vieux papi a réponse à tout. Il faut répondre, vieux, sans modestie et sans arrogance. A l'enfant à l'âme claire tu as le devoir de rendre compte.

Je ne te lâcherais pas cette fois. Certains voyagent d'un point à un autre, endurant la fatigue et la poussière. D'autres plongent dans l'obscurité de l'océan. Tu feras l'un et l'autre et ce qu'il faudra, mais tu ne pourras plus continuer à feindre et à te comporter comme si. Comme si tu n'avais pas entendu, ou pas vu, ou pas compris… Il est venu enfin le moment de te regarder tel que tu es.

Du reste, nul n'est plus qualifié que toi pour ce faire. Tu n'as pas vécu ces décennies pour rien, hein? Dis avec des mots simples la vie simple qui a été la tienne. Laisse l'exploit aux adolescents, le mensonge aux benêts et aux poseurs. »

Cette voix, il la connaissait. Il l'avait réduite au silence bien des fois. La tentation de bluffer éclata cette fois encore, plus séduisante qu'un spot publicitaire, mais le visage inquiet de son petit-fils s'afficha plus près, tel qu'il fut à l'instant où il le secouait, et il sut, il sut de façon certaine que c'en était fini de l'ordre ancien. L'heure était venue, pour lui, de jeter un coup d'œil à ses rangements intérieurs et à ses arrangements, à ses croyances, s'il en eut, à ses faits et gestes, à ses émotions et, en un mot, à l'idée qu'il se faisait de l'homme qu'il fut.

Il n'était pas la mesure des autres, c'est d'accord, ni d'aucun autre. C'est vrai, avoua-t-il, je suis moi, modeste et néanmoins unique. Unique au milieu de mes frères, de mes voisins, et des chinois. Tout bien considéré, j'aurais plus de titres à parler de l'homme qu'un Hercule tout en muscles ou un Einstein tout en cerveau. J'ai sur eux l'avantage d'être invisible au milieu du lot. Ce n'est pas moi, assurément, qu'on viserait en premier s'il était question de tirer, au sort ou à la carabine.

Pour autant, je ne suis pas n'importe qui. Je dois mon caractère unique à la combinaison de mes gènes, que je dois au couple unique formé de mes géniteurs à l'instant sans pareil de ma conception. Je dis sans pareil car, je le sais assez, l'instant qui passe ne revient pas. Fut-ce sur la paille d'une grange ou sur la terre nue, debout ou couchés dans un lit moelleux, le matin ou le soir, lundi ou samedi ? Quel temps faisait-il ? Etaient-ils amoureux ou simplement dans le besoin? Et les astres, à quelle conjonction appartenaient-ils ? Et ainsi de suite, tant sont nombreux les facteurs qui caractérisent l'instant. Dans quelle mesure influent-ils sur l'œuf formé ? Et les millions d'autres instants qui se suivent jusqu'à la délivrance ?

Remarquez bien, je ne prétends pas valoir mieux qu'un autre. Je n'ai d'ailleurs aucune prétention et pourtant, en un sens, je suis extraordinaire. Bien que semblable à tous, je ne ressemble vraiment à personne, pas plus à mes frères qu'à mes voisins. Il n'existe pas une autre personne sur terre qui soit mon sosie, corps et âme. Ni mes descendants, ni mes ascendants, ni ma fratrie. Ni mes collègues et amis, ni les centaines de personnes que j'ai pu approcher ou connaître. Quand on classera les gens sur la base de millions de critères, je me trouverai sans surprise seul dans ma case.

Je ressasse ces choses, et d'autres encore, quand la solitude s'empare de moi. On dira que la solitude est le prix que paiera pour l'être tout être unique. Elle prévient au commencement et survient à la fin, et, entretemps, ne manque aucune occasion de se rappeler au souvenir du roi et du vagabond, sans se soucier le moins du monde des distinctions qui tant nous préoccupent. Passible de solitude, c'est ce qui le définit le mieux, l'homme qu'on dit social, l'homme grégaire qu'on voit chasser en meute. Le premier cri du bébé le répète à travers les âges : la solitude frappe à la première goulée d'air. Elle ne lâchera plus. Elle déchire l'individu, substance et substantif et trace un no man's land infranchissable autour de l'espèce.

J'ai bien entendu un nom et un prénom, par lesquels on me connaît. Une date et un lieu de naissance, un père et une mère identifiés, une adresse, une activité (jusqu'à récemment), et ce n'est pas tout. J'ai plusieurs numéros qui m'appartiennent et me suivent, inscrits régulièrement sur autant de cartes délivrées par des organismes autorisés. Prises ensemble, ces références ne désignent pas un autre que moi. J'ai une famille, on me connaît aussi comme époux, père, voisin. Et ce n'est pas tout. J'ai signé des rapports et des courriers, participé à des réunions de parents d'élèves, contribué modestement à des objets et des projets d'intérêt local, mon image se trouve en possession des nombreuses administrations qui tiennent à se tenir au courant de ce que je fais et à prévoir ce que je suis capable de commettre. Et, en cas de besoin, je dispose des empreintes de mes dix doigts que les polices des frontières et les autres s'échangent libéralement. Et, non moins important, j'ai mon ADN, pour définitivement prouver que je suis moi, et nul autre. Et ce n'est pas tout. Je n'ai rien dit des établissements que j'ai fréquentés, de mon passeport, de l'immatriculation de ma voiture à partir de laquelle on peut remonter jusqu'à moi. Et, comme si cette pléthore d'indicateurs n'était pas suffisante, j'ai dû, comme tout un chacun, acquérir un téléphone cellulaire que je trimbale partout, que j'ai dû troquer dernièrement contre ce qu'ils appellent un smartphone, afin que des gars plus smart que moi puissent m'espionner en temps réel et me vendre sur pied à des foules de trafiquants d'un nouveau genre.

On ne peut donc me prendre pour un autre, sauf négligence. Certes la négligence, la paresse, la stupidité vivent fort bien parmi les grands organes, privés ou publics, qui nous en imposent de leur masse ou de leur pouvoir. Et pourtant, malgré le flot de paperasse sans cesse renouvelée, malgré les données et métadonnées qu'on m'impose ou me subtilise, qui me connaît vraiment dans le vaste monde ? Qui connaît l'individu vivant, respirant, que je suis encore ? Nous ne sommes plus que chiffres et signaux stockés ou circulant entre robots et ordinateurs ; que matière volatile et sans poids. Le temps que vous prenez votre café, votre identité, pour peu qu'elle intéresse quelqu'un, peut avoir voyagé plusieurs fois d'un bout à l'autre de la Terre. Elle peut être active quand vous dormez. Elle peut évidemment être volée, et se livrer à votre insu à des méfaits dont le juge – ou votre conjoint, ou votre banquier – se croit fondé de vous demander des comptes. Car tous ces systèmes, ces mécanismes, ces automatismes, en un mot cette complexité, tout cela souffre du même mal que l'homme : la fragilité, le défaut d'immunité devant l'attaque imprévue, parfois la confusion, voire la dépression et la folie. A la faiblesse qui nous est inhérente, en tant qu'êtres vivants, nous en ajoutons une autre : celle de nous en remettre sans réserve aux jeux inventifs de nos enfants, dont s'emparent des gars plus affutés qui vouent leurs jours à créer de nouvelles frontières par-dessus lesquelles ils vous permettent de jeter un coup d'œil moyennant péage. Pour autant, ces jeunes futés n'ont rien à voir avec le pauvre voleur d'antan, ils nous fournissent bel et bien ce qu'ils nous apprennent à désirer, la fantaisie, contre l'or de notre peine, et, en cadeau, nous livrent au bon vouloir de Big Brother vêtu de la cape de Dark Vador.

Nous n'avons pour excuse, dans notre inconscience, que notre propension à la facilité. Nous ne cédons que trop volontiers à ce qui nous aliène, mais nous y mettons une condition : qu'il nous amuse. Désormais pour tous, jeunes ou moins jeunes, la règle est de suivre les yeux fermés le joueur de flûte sans penser aux conséquences.

A bas les conséquences ! Pourquoi y penser ? Du reste, à quoi bon penser ? Quelqu'un a prédit à grand renfort de publicité la fin de l'histoire. Non monsieur, l'histoire n'a pas de fin, mais la pensée, oui. C'est la fin de la pensée qu'il aurait fallu prophétiser. Qui pense encore ? Qui s'y attarde, en un exercice épuisant et voué au dépit ? Qui s'y risque, dès lors que le Pouvoir s'en méfie. A quoi bon, du reste, puisqu'il ne te sera pas donné de changer l'ordonnancement des choses ? Serais-tu du genre à souffrir en pure perte ? L'individu en toi n'en sortira pas indemne, sois-en sûr, non plus que l'espèce, mais l'espèce a les moyens de se défendre tant bien que mal, et pas toi.

La communication de masse ou, en d'autres termes, la communication univoque de quelques diffuseurs en direction des masses réceptives a sonné le glas de la pensée. Du réveil au sommeil, sans interruption, des voix autorisées vous suggèrent, vous recommandent, vous ordonnent ceci ou cela, preuve que vous êtes objets de toutes les sollicitudes. Ne vous souciez de rien, on pense pour vous sur tous les tons, tous les airs, toutes les musiques. (Vous avez certainement remarqué que le voleur, à la télé, met un point d'honneur à ne vous aborder qu'en musique. Il a fait sienne cette boutade : l'homme est un être musical). D'ailleurs, vous, vous avez mieux à faire, et pas une minute à perdre, si vous voulez vous payer le bidule qui concentre ce jour votre convoitise. Pensez-y !

De sorte qu'il y a penser et penser. Le penser concédé aux masses se confond avec le calcul. Que dois-je faire, quel visage, quelles qualités, quelle expertise vais-je montrer aujourd'hui afin de pouvoir m'emparer de quelques uns des milliers de produits dernier cri que la Fabrique et la Publicité révèlent en flux tendu à mon regard affolé ? Ce penser-calculer encouragé, infiniment répété, imposé, n'a d'autre finalité que de nourrir le péché mignon que chacun caresse en son cœur, la Cupidité, qui n'est rien de moins, tenez-le vous pour dit, que le véritable moteur de la Croissance, déité culminante des temps modernes.

Mais qu'on n'en dise pas de mal, à la légère, de la cupidité. Pour peu qu'on y regarde de près, on la trouvera intéressante, et à plus d'un titre. Tout d'abord, elle travaille pour vous seul, et vous le susurre à chaque instant. A l'heure où l'on a le droit de s'interroger sur la loyauté du conjoint, du frère et de l'ami, il peut être réconfortant de savoir que votre cupidité est à vous pour la vie. Elle n'a d'autre maître que vous, tout en étant la maîtresse de tous. Dans son giron, l'humanité se sent communauté. Vous n'êtes pas seul, dites-vous, à courir dans tous les sens, prêt s'il le faut à vous salir les mains, à seule fin de lui complaire. La cupidité habite peut-être la plupart des cœurs, et sans doute tous, à voir le spectacle du monde. Néanmoins, elle a ce caractère unique que la partager avec le plus grand nombre n'en ôte rien à la vôtre. Tiens, dites-vous, en cela elle ressemble à l'amour, mais pas n'importe lequel, à l'Amour avec un grand A et qui est si large, d'après ce qui vous en a été conté, qu'il contient tout le monde ou presque.

Elle a cette sorte de générosité, la cupidité. Elle sait rester en chacun intacte, pure, entière. Mais cela est une autre histoire.

Oui, nous sommes allés trop vite trop loin. Revenons un petit moment au moi, puisque c'est lui, nommément, qui a été interpellé par celui qui ignore encore le mensonge.

Et déjà cette contradiction, qui n'aura pas échappé à un regard aiguisé, entre ce moi prétendument unique, mais que le formidable moulin statistique qui le connaît, paraît-il, mieux qu'il ne pourra se connaître, ne distingue en rien de millions d'autres. Ma réponse est prête : nul besoin de regard aiguisé. La contradiction s'étale partout, elle crève les yeux. Je suis le lieu de toutes les contradictions, assumées ou non, sues ou non. Et tu l'es, toi, tout autant. Et lui, et elle aussi, tout autant. Pour en rester au terme générique, l'homme est le lieu et la somme d'un nombre impressionnant de contradictions. C'est du reste la seule force de cet être vulnérable, la seule où il trouvera, le cas échéant, la ressource de sa survie, s'il est appelé à survivre.

2

La salle est presque vide. Il choisit une table et prend place avant l'heure convenue. Il a écourté sa promenade, ne se sentant pas d'humeur à affronter le grand tour. Le grand tour, c'est celui qui, en partant du bout de la rue du marché, lui fait parcourir le côté agréable du boulevard de la Libération jusqu'à la gare centrale, ensuite, à droite, l'avenue de la Victoire, puis encore à droite le long du Vieux Rescapé, nom qui mérite quelques explications et, rendu au rond-point, il a le choix : à droite encore le café où il rencontre son ami deux fois la semaine ; ou à gauche, ou plutôt au nord ouest, ou encore à dix heures comme diraient les scouts perdus en plein désert, et deux rues plus haut, le refuge de la maison.

Il ne se sentit pas d'humeur à affronter le grand tour ce matin. Après vingt minutes de marche, il changea de trottoir et rebroussa chemin. Il avait mal dormi. Après avoir tourné et retourné vingt fois dans sa moitié de lit, il avait pris le parti d'attendre le matin au rez-de-chaussée où sa femme le trouva avachi sur le canapé, la bouche ouverte et, s'il fallait la croire, ronflant à faire trembler les vitres. Ce qui ne pouvait être vrai, vu qu'il n'était pas du genre à ronfler, tout d'abord, et qu'ensuite il n'avait pas dormi. Il avait simplement fermé les yeux. La voix de son petit-fils ne l'avait pas quitté un instant. Sa pauvre vieille tête en bourdonnait encore quand il se leva en sursaut, secoué par la poigne pas très tendre de sa supposée douce moitié.

Lami lui parut plus longiligne ce matin. Il salua à peine et prit une chaise. Son agitation sautait aux yeux. Contrairement à l'usage établi entre les deux vieux compères qui ne manquaient pas de temps dans leurs journées, selon lequel on n'ouvrait aucun dossier, aucun sujet de discussion avant que le café ne fût servi, il dévoila tout de go l'objet de sa colère. L'affaire ne pouvait souffrir une minute d'attente. Sais-tu ce qu'ils manigancent encore à propos du Vieux Rescapé, dit-il en s'étranglant. ?

Il y avait pensé aussi, ce matin. La coïncidence n'avait rien d'étrange, l'histoire du plus vieux jardin de la ville étant dans tous les esprits. Jusqu'ici, le lieu ne devait d'avoir survécu qu'à l'équilibre des forces qui se le disputaient. Deux courants, ou plutôt deux familles restaient en course, représentés l'un par le premier ministre, et l'autre par le maire. Quand l'arbitre sifflait une pause, ils tournaient leurs masques souriants vers les idiots que nous étions et nous expliquaient sans fausse pudeur que seule les faisait courir la volonté de nous être utiles en ajoutant à la beauté de notre cité, soit : premier projet, un centre commercial flambant neuf dont nous avions sans le savoir si grand besoin, soit – projet concurrent – des appartements de luxe qui ramèneraient en ville l'élite économique qui ne manquerait pas d'inonder de ses largesses les commerces alentour. Plus altruiste tu meurs, comme on disait au temps oublié de ma jeunesse.

Laissant son ami soulager sa colère à peu de frais, il s'évada un instant. Voilà, se dit-il, à quoi ressemble une ville privée de mythe. Nos enfants grandissent sans substance parce que nous n'avons rien à leur conter.

Rien du moins qui soit édifiant. Telle histoire d'amour sauve une ville, telle histoire dramatique sauve une réputation. Vraies ou fausses, qu'importe ! David et Goliath, voilà un duel que chacune de nos rues a connu, sans autre bénéfice que d'exciter la curiosité de badauds démunis de mémoire et de perspective, car l'original appartient à une autre ville et à un autre pays. Combien de querelles de clans, de la Corse au Mexique, et partout où la main peut se saisir d'une arme, tentent de répéter ce qui advint aux Horaces et aux Curiaces, qui chantent encore de nos jours le nom d'une ville dont on ne sait rien d'autre ? Et le duel qui a ma préférence, parce que lyrique et se déclinant en duos qui déchirent, sans lequel nul ne se soucierait de Vérone ?

Que vaut, à l'aune de ces mythes superbes, le misérable duel au sommet que se livrent en notre pauvre vieille ville deux molosses de bonne famille se disputant un os à moelle ? Il est curieux à ce propos de remarquer que, parfois, une grosse somme de qualités véridiques telles que, disons, la ruse, le culot, l'audace, l'esprit d'initiative, la richesse et le pouvoir, tout cela réuni ne peut élever un homme au-dessus du marécage où son âme obscurcie aime à barboter.

Loin de ces distrayantes généralités, Lami, irrité, fit savoir qu'il s'agissait de tout autre chose cette fois-ci. On aurait vendu le terrain à un pays du Golfe qui se proposait d'y ériger un hôtel 5 étoiles luxe. Et là, c'était du sérieux ! Plus besoin de conditionnel, c'était un fait, tout le monde était au courant ! Les plans étaient approuvés, on attendait les bulldozers d'un jour à l'autre. Le Vieux Rescapé allait connaître une fin sinistre. … Tu n'écoutes pas !

— Hein ?

— Tu n'écoutes pas.

— C'est pas si mal que ça, un hôtel 5 étoiles ! Et luxe !

— Tu vois pas les enjeux ! C'est parce que tu lis pas les journaux.

Il tira de sa poche un journal plié.

— Je vais te lire l'article. Ecoute bien ! (Et il se mit à lire)

Et si je lui en parlais ? se dit-il. Après tout, à quoi bon un ami, si on ne peut lui parler de ses soucis. Certes, le jardin municipal nous appartient à tous. L'entrée y est libre, chacun peut profiter de la vue et de l'ombre des grands arbres centenaires. C'est vrai, on ne devrait pas avoir le droit de disposer de la vie d'un être qui vit plus longtemps que soi. Un arbre a une histoire, à côté de laquelle les nôtres paraîtraient plates, mièvres, misérables. Il ne se cache pas, un arbre, il ne rentre pas chez lui la nuit, il ne fuit pas devant le chaud, ou le froid, ou la pluie, ou le vent. Il ne vote pas, il n'évite pas, il ne ment pas. Il ne s'agenouille pas, un arbre, nul n'a jamais vu un arbre s'agenouiller. Oui, il tombe, plus souvent sans doute qu'il ne faut, plus souvent en tous cas qu'il n'est souhaitable, il tombe sous la cognée, mais alors, il tombe tout de son long, tout droit, tout d'un coup.

Lequel est plus racé, plus noble, plus précieux, de l'arbre ou de l'homme ? Victor y a répondu, le Hugo de nom, à propos de ce qui est plus grand, je crois. Hum, peut-être bien, mais qui fauche l'autre, aiment à dire les faucheurs ?

La question mérite d'être posée, pourtant, ne fût-ce que du point de vue démographique : la petite espèce se déploie et se multiplie, la grande espèce se raréfie. La qualité de l'une ne fait pas débat, celle de l'autre pose problème. Au pays, pourtant sphérique, que la folle Stupidité ravage, ne survivent, en fin de compte, que l'inutile et le toxique.

L'autre avait cessé de lire et le regardait de façon assez étrange.

— J'ai l'impression de parler à la table. Mais qu'es-ce que tu as ce matin ?

— Ce que j'ai ? Tu veux savoir ce que j'ai ? J'ai une question, voilà ce que j'ai. Une question pour toi !

— Pour moi ? dit Lami, flatté.

— Oui, pour toi, pour moi, pour lui. C'est quoi, un homme ?

— Qu'est-ce que… Attends, quelle est la question ?

— C'est quoi, un homme ? Tu répondrais quoi, à cette question, si on te la posait ?

Il en eut les yeux ronds et, en prime, laissa pendre sa mâchoire, preuve que dans le tumulte de sa tête le scandale s'ajoutait à l'étonnement.

— En voilà une question ! finit-il par marmonner. En voilà une question !

— Et dire que tu réponds d'habitude même aux questions qu'on ne te pose pas !

— Mais est-ce une question à poser à un homme honnête de bon matin ?

— De bon matin…

— De bon matin ou à n'importe quelle heure. C'est le genre de question nulle et non avenue en tout temps et tout lieu, voilà ma réponse si tu y tiens à l'entendre !

C'est ainsi que parfois on voit s'éloigner ses amis ! Sans raison particulière. Un mot, un silence, la fatigue à force d'inaction, le manque de sommeil. Un jardin public, un arbre de ce jardin…

3

J'ai peur, se dit-il un peu plus tard, chez lui, que l'affaire ne soit de celles qu'on ne gagne rien à divulguer. C'est une question secrète, qui doit rester au secret. Certes, l'homme veut tout savoir, il étudie, explore, teste, essaye, mesure et pèse, dissèque et torture, et invente les outils qui lui permettent d'aller plus loin en tout ce qu'il entreprend. Tout, pour lui, est occasion et champ d'expérience. Aucune invitation ne le détourne, aucune interdiction ne l'arrête. Tout ce qu'il peut faire, il le fait, et tâche ensuite de bricoler avec plus ou moins de bonheur les explications supposées apaiser son âme.

Car il pense en avoir une. Il en est même certain. Il sait quand elle est en paix, il sait quand elle est en peine, et c'est à peu près tout ce qu'il en sait. Lui qui ne reconnaît d'autre autorité que la sienne, lui que rien ne freine ni ne décourage, ni la lassitude ni le droit d'autrui, ni le meurtre ni l'élimination d'espèces entières de son fait ou de sa négligence, il semble étrangement concéder l'existence d'un tabou au plus près de lui, quelque part en lui. Lui le violeur impénitent, le prédateur émérite, le reître sans foi ni loi. Lui que rien ne semble contenter, coureur infatigable, tout entier occupé à fuir d'antiques fantômes, se hâtant vers l'ailleurs et l'inconnu, cherchant à tâtons son salut ou ce qu'il prend pour tel, détruisant en route, saccageant, souffrant et faisant souffrir sans compter et sans regret, cherchant encore et encore ce qui lui manque, la part dont il a été injustement privé, la chose hors d'atteinte sans laquelle il serait pour toujours l'être incompris, incomplet, en attente. Sa colère est chaque jour plus armée, plus fracassante, et cependant, si on écoute bien, on peut le voir et l'entendre, sous le masque et les rodomontades, gémir et pleurer, inconsolable comme l'enfant abandonné. Qui dira ce qui, peut-être, lui a été arraché de force ou ce qui lui a été promis ?

La chose précieuse qui lui manque, serait-ce en son âme qu'elle réside, clandestine, incognito ? Cachette dans une cachette ? Coffre-fort à l'intérieur d'un coffre-fort, conjecture aux coordonnées introuvables ?

Est-ce une dernière mue qu'il attend, confusément, intensément ? Une mutation qui le rendrait enfin maître de soi, de son esprit, de ses impulsions, et de ce que trament en douce ses mains admirables?

Qui lèverait l'obstacle qui l'a jusqu'à ce jour privé du plein exercice de sa raison ?

Minute ! dit le commandant en chef. Nous tendons non vers ce qui nous repose – la mort est là pour cela – mais vers ce qui nous enrichit. Nous voulons plus d'action dans un plus grand périmètre. Notre but est de gagner en force, encore et encore. Nous avons besoin d'intelligence, et de rien d'autre. Auraient-ils survécu, nos ancêtres, sans l'intelligence, eux qui ne pouvaient se défendre contre le tigre ni battre l'antilope de vitesse ? Il n'est que trop naturel que l'adulte veuille oublier le bébé qu'il fut à sa naissance, nu et sans défense. La raison toujours timorée, toujours tiède, nous eût sûrement condamnés au servage sinon à une précoce disparition. Dans un monde sauvagement compétitif de carnassiers quadrupèdes capables et dotés de sens supérieurement aiguisés, il fallait une bonne dose de folie mêlée de perversité, ou un plan insondable, pour lancer à l'essai un bipède bricolé en dépit du bon sens : deux jambes flageolantes, ni crocs ni griffes ni peau dure ni pelage pour se protéger de la dent ou du froid, démuni de tout ce qu'un être raisonnable eût dû imagine. A cela ajouter une enfance longue, un apprentissage lent. La totale, en matière de négligences ! On n'eût pas agi autrement si on voulait s'amuser aux dépens d'une créature vouée aux brimades et à la disparition. Et l'on viendrait maintenant nous donner des leçons de morale, hemmh, peut-être ?!

Il n'existe tout simplement pas un ingénieur, un scientifique, un architecte, un penseur ou un fabricant de jouets pour parier un gobelet de méchant café de cantine sur son sort, à cet animal maladroit, monté sur une structure verticale qui expose sa tête à tous les coups. Une tentative suivie d'échec, une invention sans lendemain, voilà ce que nous aurions dû être.

Néanmoins le pari a réussi. L'impérieuse nécessité fit naître en nous l'étincelle qui transmua notre faiblesse en force. Etincelle de l'intelligence, dédiée à l'unique mission : notre survie. Notre survie à tout prix. Que nous importent les autres ? Se sont-ils souciés de nous quand nous tremblions de faim et d'effroi ? La soif infligée au nourrisson, toute l'eau de la terre n'arrivera pas à l'étancher. Qu'on ne nous demande pas d'oublier le tort qui nous fut fait. Plus tard, peut-être…

Au reste, nous ne sommes pas hors de danger. Nous devons continuer à faire ce que nous avons su faire : coopérer, explorer, dominer, exploiter, explorer plus loin, et ainsi de suite, au mieux de nos intérêts.

Un filet de malaise montait en lui, quelque chose de faux et d'instable, comme un enfant qui eût chapardé. Et la voix se fit entendre, claire dès le début, afin sans doute de couper court à toute tentative d'évitement, à tout prétexte, à toute prétention d'avoir mal compris ou mal entendu :

« Stop ! dit-elle. Cesse de te cacher derrière une forêt de poncifs. Où as-tu vu qu'on réponde à un enfant par une conférence ? La question, papi, t'est adressée, personnellement, et elle attend une réponse personnelle. Ne cherche pas dans ce qui ne t'appartient pas. Ne te cache pas derrière des *peut-être*! Il n'est pas question ici de l'histoire de l'humanité mais de la tienne, aussi modeste soit-elle. Réponds sans détours !»

Moi ? Qui suis-je, moi ? En quoi serais-je exemplaire ? Moi, individualiste comme personne, casanier, moi qui fuis la foule et ses folies, aurais-je la prétention de la représenter ?

« Tu essaies de fuir encore ! »

Il ne pouvait la semer, cette voix sortait de lui, elle vivait en lui, elle savait tout de lui, le conscient et l'autre. Elle était, d'une manière dont il ne savait rien, elle était lui. Inutile de songer à la fuir, à l'oublier ou à la faire taire.

Et puis, après tout, pourquoi pas, se dit-il ! Il n'avait qu'à se raconter. Rien de plus simple, en théorie. Mais mettre sa vie en examen, volontairement, quand on n'est pas spécialement maso et qu'aucun tribunal ne vous y contraint ? S'arrêter de lui-même, un moment, pour la regarder, l'évaluer, la soupeser, la juger peut-être, avec la neutralité et, pourquoi pas, la sévérité de l'étranger, tout en prenant soin de ne verser ni dans la fable ni dans la tragédie. La gageure : donner de l'ethos sans trop céder au pathos ! Même en sachant qu'à l'impossible nul n'est tenu, l'entreprise lui paraissait des plus hasardeuses.

C'était, semble-t-il, le moment ou jamais. La voix le lui certifiait. L'âge était là, et le temps libre de journées entières, débarrassées d'un coup des petits évènements, des rendez-vous, du calendrier, des influences douteuses et des personnages médiocres, tout un ensemble de facteurs parasites auxquels il n'avait que trop négligemment confié le pouvoir exorbitant de tenir en otage quatre décennies de sa vie. Deux-tiers de sa vie, autant dire sa vie entière d'homme, louée à vil prix, abandonnée à des mains étrangères qui en usèrent tantôt sans égards et tantôt avec malice, y instillant selon leur bon plaisir le chaud et le froid, la joie et la peine.

Et déjà ces questions torves comme des reproches qui frappent à la porte et aux fenêtres : comment peut-on renoncer à l'essentiel de sa vie, et la mettre à la disposition de l'autre, fut-il Entreprise, Institution ou Etat, ou l'autre sous sa forme immédiate ou tout autre dont les moindres signes déclenchent en nous des tempêtes d'humeurs qui rentrent le soir avec nous à la maison ? Nous n'avons probablement pas lu l'empereur philosophe[1] qui met en garde contre l'intériorisation de ce qui par essence est étranger – inutile de songer aux philosophes contemporains, eux-mêmes aussi asservis que des esclaves – mais l'eût-on lu, de quel bien eût-il été face aux impératifs multiples à régler sans faute à la fin du mois ? Est-il Idée qui tienne devant Nécessité ?

Et cependant la question n'est pas de celles qu'on peut écarter d'un geste. Elle commence par ces mots de poids : de quel droit. De quel droit abandonne-t-on le droit sur sa vie pour l'offrir à qui en veut, en prêt ou en location ?

Autre circonstance indiquant qu'il était temps : son accident, qui l'eût sûrement emporté là d'où on ne revient pas, sans la présence providentielle du médecin, et la rapidité des premiers soins. Rien n'est jamais garanti, en matière de santé. Non point que le pire fût certain – il n'était pas homme à ajouter foi aux divinations sauvages, quoique… – mais il ne pouvait s'empêcher de se demander s'il aurait les mêmes chances une autre fois.

« Allons ! houspille la voix, commence ! Dis à ton petit-fils le genre d'homme que tu as été, le genre d'homme que tu es. »

Je regarde, se dit-il, et je ne vois rien d'intéressant.

Rien ne venait à lui, rien qui fût de nature à intéresser le chat des voisins. Une enfance sans problème, une adolescence pas plus brouillonne, pas plus contrariée qu'une autre, une vie d'adulte pas plus chargée en fautes et en erreurs que la moyenne. Un grain de sable dans le désert de l'humanité. Ni le plus gros, ni le plus brillant. Le grain qui donne sa masse au sable, et sa solidité au ciment. De ce point de vue, il pouvait passer, en effet, pour l'homme personnifié, si cet homme-là existait.

Et, du coup, ses inhibitions tombèrent à ses pieds. Sa vie en valait bien une autre, après tout. Sauf que, figurez-vous, il naquit à la campagne, et il passa au grand air ses premières années. Et, déjà, une correction s'imposait. La campagne, un bien grand mot. Tout juste quelques kilomètres, on dirait aujourd'hui la banlieue, mais une banlieue sans cité ni dortoirs, mais avec des fermes, des plantations et des jardins, pas même un début de village, mais des habitations éparses, pas si éloignées cependant qu'elles ne pussent s'épier du coin de l'œil. Mais c'était la campagne, tout de même, calme, ouverte et ventée, où les senteurs des saisons disposaient de toute la place pour jouer. Pour lui non plus la place ne manquait pas. Mais pour jouer, il faut être deux ou plusieurs, de même âge de préférence. Ses sœurs, nées avant lui, s'amusaient entre elles à des futilités. Un garçon, c'est autre chose. Mis au milieu d'une bande de filles, il tranche par son maintien tout empreint de noblesse, par ses habits, son langage, ses intérêts. Même quand il joue, il y met un sérieux qui semble étranger aux filles. Les filles, les pauvres, ne savent que jacasser, rire bruyamment et pleurnicher en reniflant.

La campagne d'où il vient ne connaissait, à l'époque, que deux genres : garçons et filles. Ou plutôt garçons ou filles. On ne sait si cela était dû à la guerre, celle dont on disait qu'elle fut mondiale, pour avoir mis, à la fin, certains le supposèrent, tout le monde d'accord, ou à l'alimentation de proximité, toujours la même dans la saison, plus pauvre pour le civil en période de conflits, qui vous laissait souvent vous lever de table avec la sensation de n'y avoir pas été, toujours est-il qu'il n'existait pas d'autre genre. Il entendait les adultes répéter souvent les mêmes phrases : « les temps sont durs » répétaient-ils sur un ton lugubre en fixant la poussière qui donnait sa couleur à leurs chaussures usées ; ou encore : « il n'y a pas ». Pas de viande, pas de farine, pas de beurre, pas de lait, pas d'huile, pas de sucre. Et, évidemment, pas de liberté, pas de gaspillage. Et pas de diversité non plus.

La pénurie impose le retour à l'essentiel. Les différences, l'aisance viendraient plus tard, et en ville plus qu'à la campagne. Pour le moment les choses étaient claires : on ne mélange pas les garçons et les filles. Du reste tout était clair. Tout est clair, quand on sort de la nuit noire. Par exemple, hormis les ouvriers sans terre, qui ne valaient pas la peine d'en parler, il y avait les riches, qui possédaient vignes et voiture, et ne connaissaient aucun de ces menus problèmes qui en prennent plus d'un à la gorge. On prétendait que les riches étaient sortis de la guerre plus prospères et plus réjouis. Fortiches, les riches ! Toujours à leur avantage ! Et puis il y avait les autres, les petits, plus nombreux, comme son père, qui tentaient tant bien que mal de garder la tête haute, avec cette particularité que son père avait le front le plus haut de sa modeste classe. En vérité, sa hauteur ne le cédait en rien à celle des plus riches, avec en outre la fierté écrite dessus, en grandes lettres, comme sur un étendard, afin sans doute que nul n'en ignore, et qu'on n'eût surtout pas la foutue idée de vouloir lui marcher sur les pieds.

Ainsi équipé, front haut et pieds sensibles, il ne se faisait pas que des amis. Autour de lui, les gens semblaient d'avis que la fierté sans cause était plus répréhensible que l'enrichissement sans cause apparente. Les petits paysans, qui savaient mieux que personne à quel point la terre est basse trouvaient qu'il se poussait un peu du col, le cousin et voisin qui, pour qui se prend-il, n'en vaut pas plus qu'un autre. Quant à ceux qui roulaient carrosse, ils le saluaient généralement d'un klaxon éraillé avant de donner un coup d'accélérateur à leur engin pétaradant, quand ils le doublaient sur sa vieille bécane, modèle actualisé de rossinante, histoire de l'empoussiérer par temps sec, et de lui envoyer un paquet de boue s'il pleuvait, preuve qu'il ne les laissait pas indifférents. Il ne lui manquait, en somme, que quelques moulins à vent ! On l'eût sans aucun doute étonné de le comparer à un personnage de quelque livre que ce fût. Le seul livre toléré dans la maison était un almanach ancien, qui ne devait ce statut tout à fait exceptionnel qu'aux objets divers dont on admirait sans fin dessins et photographies, et surtout aux réclames qui semblaient l'amuser tout particulièrement quand il en feuilletait les pages de ses mains calleuses.

On nous jalouse, disait de temps à autre sa femme, ma mère !

Il répondait invariablement d'un ton qu'il voulait sévère : et de quoi, s'il te plaît ?

Elle se mettait à énumérer des gens et des choses, tournant autour du pot. Tu es folle ! répondait-il. Qu'avons-nous de plus que les autres ?

Elle tranchait: nous sommes différents, voilà tout ! Et puis, regarde ton fils, n'est-il pas le plus beau ?

Les chaumières voisines comptaient toutes plusieurs garçons, mais aucun ne pouvait soutenir la comparaison avec le sien, qui était venu après cinq filles, la libérant d'un seul coup de la culpabilité, de la honte inavouable et de la peur. Car on savait depuis la nuit des temps que les femmes étaient seules responsables du sexe des bébés. Et qu'une femme qui ne donnait pas de garçon n'avait en règle générale pas d'avenir. Bien que son mari, assurément différent, ne lui eût jamais fait reproche d'avoir donné naissance à cinq filles, l'une après l'autre, elle ne se sentait pas entière en tant que femme ni suffisamment sécurisée en tant qu'épouse avant que d'avoir donné naissance à un garçon. Seul un garçon pouvait lui conférer la légitimité. Et le garçon tant attendu vint, et il ne pouvait être que le plus beau de tous les garçons.

Tu devrais être content, disait-elle, ta relève est maintenant assurée. Il avait la réponse sur les lèvres, mais il la gardait pour lui, de peur de lui faire mal. La relève de quoi ? Il faisait le tour de leurs maigres possessions et haussait les épaules. Sa femme ne savait rien du monde dans lequel ils vivaient et, après tout, c'était bien ainsi !

Ils avaient de quoi être satisfaits. Pourtant, elle le surprenait des fois dans une pose qui en disait long sur son état d'esprit. Durant de longues minutes, elle le voyait rester sans mouvement, le regard fixe, la mâchoire en avant et le front plissé, à interroger l'horizon lointain.

Il venait d'avoir six ans quand son père le prit à part pour lui annoncer la grande nouvelle : tu vas aller à l'école, lui dit-il, une vraie école ! Pas l'école misérable qu'on a à la campagne. On va en ville !

Ils emménagèrent en ville, dans un quartier de la périphérie, et il fut inscrit à l'école. Une vraie, avec plein de classes emplies à ras-bord de morpions de la ville, déjà endurcis, une classe par niveau, des maîtres en cravate, un concierge pour ouvrir et fermer la grande porte et un directeur que tout le monde respectait. C'en était fini de la vie douce.

Subitement, il y eut trop de tout ce qu'il ne fallait pas. Trop de maisons, trop de gens, trop d'enfants, trop de voitures, trop de bruit. A l'école, il n'était ni le plus fort, ni le plus beau, ni le plus vif. Il n'était plus qu'un garçon parmi les autres, obligé d'apprendre vite les règles du vivre ensemble, heureusement simplifiées à l'usage des petits nuls de son genre: frapper fort ou, si on ne le peut, fuir vite, en attendant que le temps et la sélection naturelle forcent un minimum d'harmonie dans ce panier à crabetons. Impossible d'échapper à la compétition : en classe, elle était ouvertement encouragée à coups de bons et de mauvais points distribués par le maître ; à la récré, agitée et assourdissante, où les garçons luttaient des mains, des dents et des pieds à établir la vraie hiérarchie. Les chiens ne font pas les chats, aimait à répéter le maître qui nous pinçait libéralement les joues qu'on avait bleues.

Il ne s'en est pas trop mal tiré dans l'ensemble, puisque, juste avant les grandes vacances, on lui remit un prix : un livre. Sur les pages du livre, des silhouettes tracées en noir dansaient et se lançaient des flèches. Plus loin, des personnages dessinés à gros traits avaient des têtes de chats et de chiens. C'était fascinant et un peu inquiétant. Le directeur, l'homme le plus craint et respecté, vint en personne le féliciter. Il lui caressa la tête.

C'est ce qu'il raconta ce jour à la maison, en leur montrant son trophée. Son père lui sourit. Dommage que sa sœur aînée crut bon de gâcher l'ambiance en prétendant que c'était grâce à elle qu'il eut son livre ! Il voulut protester mais elle l'interrompit en riant : c'est parce que tu avais de l'avance sur tes copains ! dit-elle. Tu as oublié quand je t'amenais sur mes épaules à l'école ?

Elle parlait de la petite école de campagne, qui comptait en tout et pour tout deux classes où les niveaux et les âges étaient mêlés, et pas de directeur. Il est vrai qu'il accompagnait parfois sa sœur, et qu'il lui arrivait d'être fatigué, surtout quand il fallait éviter les flaques d'eau, et qu'elle le portait sur ses épaules. En classe, il se faisait oublier, et se permettait de petits sommes quand il faisait chaud. Mais la plupart du temps, il observait d'un œil curieux. Un jour, on ne sut pourquoi, le maître lui fit signe d'approcher. Quand il eut gravi les deux marches de l'estrade, le maître lui demanda s'il savait compter jusqu'à dix. Il opina de la tête. Alors il lui ordonna d'écrire. Il s'empara d'un morceau de craie, et se mit à écrire sur le tableau. Il en était au 8 quand le maître le rappela. Il ne sut ce qui se passa la seconde qui suivit, le maître, qui était dans un de ses beaux jours, avait-il tout là-haut fait une grimace ou un geste ? Le fait est que, l'instant d'après, une explosion de joie secoua la classe. Il tâcha de rester calme, mais en vérité il n'en menait pas large aux pieds de l'immense maître et face à une classe déchaînée. Cette séance le guérit de l'envie de se frotter précocement à l'école, qu'il quitta sans regret, étant trop petit pour y être dûment inscrit.

Des années plus tard, il était en ville, en troisième classe. Il revint à la maison avec des traces visibles de bagarre en travers du visage. Son père l'examina attentivement, le soir, quand il fut rentré, puis s'assit en face de lui. Les bagarres, tu en connaîtras d'autres, lui dit-il. C'est inévitable, en ville. En ville, qu'ils soient riches ou pauvres, les gens se sentent esclaves et se conduisent comme tels, battant et battus. Ils ont tous peur, les premiers comme les derniers. Ecoute : s'il faut te battre, bats-toi. Ne recule devant personne. Ne te laisse jamais marcher sur les pieds. Ne t'en prends jamais à plus faible que toi, sinon, tu agirais comme un esclave, et mon fils n'en est pas un. C'est compris ?

Cet instant, enseveli par les années, rejaillit devant ses yeux avec une précision telle qu'il lui sembla voir vivre son père, là, parmi les siens, à trente ans de distance, le visage encore jeune, les yeux dont il croyait avoir oublié la couleur, des yeux bleus délavés, du bleu gris du ciel d'automne avec, parfois tout autour, des éclats d'un jaune d'or, portrait à ce point saisissant qu'il s'arrêta au milieu d'une phrase. Plus tard encore, ils étaient à table, un dimanche, avec les enfants qui allaient à l'université, bavardant de choses et d'autres, et en particulier des méfaits du dictateur d'un pays voisin, et il s'entendit dire ceci, sans savoir sur le coup qu'il ne faisait que répéter : « à quoi rêve un esclave ?

A être un jour un tyran ! On croirait qu'un esclave ne rêve que de liberté, mais… » Et son père surgit parmi eux, visible de lui seul, et il en eut le souffle coupé. Une vague d'émotion surgit de nulle part, menaçant de le submerger. Il se leva.

Quand il revint à table, on en était au dessert. On riait. De les voir rire, il se dit que la vie valait la peine dont elle s'accompagnait, laquelle, dans leur cas, était bien légère.

Les traits de son père décédé trop tôt s'étaient estompés dans sa mémoire. De le revoir soudain s'animer sous ses yeux, avec une netteté rarement accordée aux vivants, rejeta les petits évènements de la journée dans une sorte de brouillard amène. L'émotion ne cessa de l'étreindre, puissamment, lui nouant la gorge, montant vers ses yeux qu'elle noyait, l'empêchant de parler intelligemment et même de parler tout court. Il devait s'oublier s'il tenait à revisiter un instant de son passé. On ne peut vivre dans le même instant deux temps différents.

Des heures durant, la chose se promena librement dans ses veines et dans ses nerfs, quelque part dans sa tête qu'il connaissait apparemment si peu, dans son corps – ce demi-étranger – qui, incidemment, sembla venir lui rappeler ses propres lois, sa capacité d'indépendance, sa faculté de servir, sans autorisation préalable, de champ de manœuvre à des forces insoupçonnées. Ses humeurs tempêtaient alors même qu'autour de lui, en sa maison, tout allait bien. Il alla s'enfermer dans le réduit qu'il appelait pompeusement bureau, où personne ne venait le déranger, et là, fixant le mur d'en face qui se dissolvait dans le lointain, il la laissa enfin partir et se dissiper. La nostalgie. Une soupe tiède de peine et de tourments, de tendresse sourde, de tendresse muette. Il ne pleurait pas vraiment. Un homme dans la force de l'âge ! Ses larmes coulaient, mais il ne pleurait pas. Un homme ne pleure pas !

Pourquoi pleurer ? Tout allait bien. Le temps filait, c'était un fait. Le temps présent, les secondes précieuses qu'on gaspille sans même y penser, qui se déposent sur notre peau qu'elles durcissent et au fond de nos rides qu'elles creusent, et qui, pour nous punir de notre légèreté et de notre négligence, finissent par rendre notre poussière à la poussière. La mort au bout du compte.

Au bout du compte, la mort. L'échec. Qui peut se vanter d'avoir réussi sa vie, quand il sait qu'il finira dissocié, le corps inerte attendant la décomposition comme une vulgaire viande avariée, le reste, sa part mystérieuse et inexpliquée, à supposer qu'elle existe et qu'elle soit distincte, s'il faut en d'autres termes ajouter foi aux croyances qui doivent plus à la compassion qu'à la logique ou à l'observation, le reste allant on ne sait où.

Le menton sur la poitrine, il semblait dormir dans son fauteuil. Mais il ne dormait pas. Il faisait le mort, espérant tromper ainsi le fauve qui rôdait autour de lui et dont, certains jours, il pouvait entendre l'âpre feulement. Il se concentrait en lui-même, réduisant son signal, coupant sa respiration. C'est dur de se croire simple viande, avec, accrochée au dos, la date de péremption. Il n'était pas simple viande. Rien n'était simple, en vérité. Le tigre affamé dont il percevait l'âcre fumet, et la souris, et jusqu'à l'amibe, cet infime unicellulaire, rien de ce qui vit et bouge ne se réduit à sa simple matière. C'est le reste, l'impalpable en nous qui fait notre essence et non ce que le ver mange, non ce que le feu calcine. La viande ne peut réfléchir, ne peut réagir, ne peut établir des plans ni des stratégies. Et l'amibe, dira-t-on ? Eh bien n'a-t-elle pas, l'amibe, ce qui lui sert à interpréter son milieu, et à réagir au mieux de ce qu'il faut bien appeler ses intérêts, sa survie et sa multiplication, et ne montre-t-elle pas à se défendre une résistance et des qualités surprenantes ? Instinct, dira-t-on ! Admettons, mais l'instinct, ce n'est déjà plus de la simple viande ! C'est ce qui surgit en nous avec une force capable d'abattre en un instant les murailles les plus solides, les façades les plus habilement peintes et qui nous rappelle, quand on oublie, le pays lointain d'où nous sommes probablement venus. Cette force irrésistible, qui fait d'un grain de pollen jaillir un sycomore, le philosophe l'appelle volonté de puissance, et le poète, qui voit mieux toute chose, se contente de la célébrer avec les mots simples qui lui vont bien :

Every clod feels a stir of might
An instinct within it that reaches and towers
And grasping blindly above it for light
Climbs to a soul in grass and flowers[2]

Mais qu'arrive-t-il après ?

Qu'advint-il d'Alexandre, de César ou de Pharaon après qu'ils furent mis dans la tombe ? Et Lao tse et Pythagore et Ibn Arabi, et Napoléon et Cortès, Aristote et Ramakrishna, qu'advint-il de l'empereur de Chine et de celui de toutes les Russies, et de tant d'autres qui nous restent connus longtemps après leur mort, pour avoir été de grands sages ou de grands savants, de grands penseurs ou de grands assassins ? Ces gens dont nous gardons les noms dans notre mémoire et dans nos livres, ont-ils après la mort un sort différent de leurs contemporains qu'ils dominaient par la vertu, par la richesse ou par l'épée ? Le souvenir que nous en conservons, de quelle conséquence peut-il être pour ceux qui sont morts et enterrés ? Untel que l'oubli a englouti vaut-il moins ou mieux que son oppresseur ? Les cendres de celui-ci et les cendres de celui-là, quelle différence ?

La question n'est pas anodine, loin de là. Si la finalité de l'homme est incertaine, de quelle importance peut être sa vie ? Encore une question, dira-t-on. Oui, encore et encore, à perte de vue, il n'y a que des questions et nulle réponse. Ou des réponses qui ressortissent, toutes sans exception, à la subjectivité, à la préférence, au choix personnel, au parti pris, et qui en valent autant, mais sans plus. Mais cela est une autre histoire, à laquelle on reviendra, puisque on ne sait pas faire autrement. L'homme revient toujours aux questions sans réponse.

Dix ans plus tard, son petit-fils lui pose une colle à laquelle il a toutes les peines du monde à répondre. Et un mot prononcé à table l'envoie valdinguer dans l'espace-temps. Ce ne sont pas les mots qui font défaut, pourtant. Il pourrait en dire autant que n'importe qui de son âge. Voilà ce qu'il pourrait dire au petit. Un homme, lui dirait-il, un homme est d'abord un être d'émotion. Certes, il est aussi une mémoire, et la mémoire est souvent rétive, mais il est d'abord émotion. Et s'il ne comprend pas, le petit, tant pis ! S'il est permis d'interroger sans égard, il doit être admis de répondre comme on peut !

Alors comme ça tu es une émotion, et peut-être une mémoire ! La voix résonnait dans sa tête, il n'osa croire qu'elle ricanait. Parle donc sans entrave, dit-elle encore, ce n'est pas à un enfant que tu réponds, mais à toi-même. Un mot sur *ta* nostalgie et on clôt le chapitre, sous les applaudissements, peut-être ? L'être qui s'avoue lieu des contraires n'oublie-t-il rien ?

Il haussa les épaules. L'idée de faire luire son portrait ne lui serait pas venue. Il ne prétendait plus à rien, il n'était vendeur de rien. En retrait du monde mais pas en dehors, il jouissait d'une bonne vue sur le chaudron où s'agitaient ses contemporains. Etait-il différent, maintenant qu'il marchait au lieu de courir ? Sans doute avait-il changé, ne fût-ce qu'imperceptiblement. Mais on change toujours, nul n'a pour cela besoin d'un accident. On n'est pas celui qu'on fut hier, et l'après-midi change ce qui fut le matin. La métaphore du fleuve s'appliquait-elle ? A lui ? Pourquoi pas. N'est-il pas en grande partie liquide, lieu d'évaporation et de courants multiples – dont le courant principal et univoque, le Temps, et d'autres, secondaires, tourbillons et vortex vaquant à leurs propres affaires mal élucidées – tout à la fois manifestation et source de vie. Enfermé dans sa peau comme le fleuve en son lit. Changeant d'heure en heure, et selon les saisons et pourtant reconnaissable entre tous. Qui n'a pas eu le sentiment, à un moment ou à un autre, de n'avoir pas été un, ni deux, mais dix, mais cent ! La mémoire est le seul trait d'union entre l'homme d'hier et celui d'aujourd'hui. Sans elle, il ne se fût pas reconnu ce matin.

La chose la plus efficace dans l'élément liquide étant la chimie, c'est elle qui nous gouverne et nous caractérise, comme tous les êtres vivants sur notre vieille bonne terre. Certes certains se voudraient supérieurs à la tige de blé ou à l'écrevisse, et ils le sont, assurément, en perfection. Nous sommes des mammifères, ce qui n'est pas rien. Les sentiments nous hersent et nous animent. Avant même de voir le jour, nous apprenons à aimer. La douceur du milieu, la sécurité de l'abri, le ventre maternel. Le sein maternel, pour nous les bras aimants de la mère, son odeur, la voix rassurante du père. Nous aimons et nous nous savons aimés. Et c'est heureux, spécialement pour l'homme, car si tous les mammifères aiment leurs petits, aucun ne tarde si longtemps à grandir, aucun ne demande autant de soin à élever, et, conséquemment, aucun ne consomme autant d'amour. D'amour, nous sommes insatiables. Nous n'en sortons jamais, du reste, jeunes ou vieux, gourmands ou gourmets. La mort ne nous fait plus peur, si l'amour vient à nous manquer. Il n'existe pas de danger que nous ne puissions braver, pas d'obstacle que nous ne soyons prêts à franchir, si de l'autre côté l'amour nous fait signe. Des êtres changeants que stimule la chimie, et dont parfois elle semble se jouer jusqu'à la caricature, le plus subtil, le plus noble, le plus insigne, c'est l'être d'amour. Celui que nous avons été, tous ou presque. Celui que, ouvertement ou en secret, nous voulons demeurer, jusqu'au dernier rayon de lumière, jusqu'à la dernière respiration. Jusqu'au dernier instant, nous nous figurons encore l'être aimé.

D'autres espèces protègent leurs petits. Mais seule connaît l'amour celle dont le bébé de sa mère se nourrit.

Toi, lui, elle, nous sommes emplis, gonflés de sentiments. Agis, guidés, parfois secoués jusqu'à l'insupportable. Nous réagissons aux gens et aux choses selon les sentiments qu'ils nous inspirent, sans d'ailleurs qu'on puisse ordinairement tracer la frontière entre ce qui est instinctif, ce qui est pure émotion et ce qui est réfléchi. Fusées à trois étages, aux complexités croissantes de la base vers le sommet, nous avons parfois la sensation d'avoir été lancés dans le vide, sans savoir comment ni pourquoi. Seuls au monde, le cœur battant, et poussés par l'imminence du danger, nous devons vite trouver un site d'atterrissage, et le moyen de s'y poser sans trop de dégâts. Qui, dans ses affaires ou dans sa vie personnelle, n'a pas eu l'expérience de ces projets à moitié voulus, ou pas voulus du tout, en tout cas pas de *cette* manière, et dont il faut maintenant se dépatouiller coûte que coûte et au plus vite ?

Oui, nous sommes assez bien équipés pour faire face à l'imprévu. Nous avons là-haut, au dernier étage, un instrument de premier ordre, dont il ne nous reste plus qu'à transmuer le potentiel en possible. Nous nous en servons déjà fort bien pour nous faire les griffes sur tout ce qui se livre à notre regard.

Car il est curieux, l'homme. Plus que cela, il est rongé par la curiosité. Il ne peut s'en défendre. Drogue que sécrète sa jeunesse et qui, bien que diminuant avec l'âge, coulera toujours dans ses veines. Plus forte que la menace ou le danger, passant outre le risque et la déconvenue et ne lui laissant aucun répit, elle projette les jeunes gens de par le monde, inspirant aux uns le désir d'élargir des pistes et aux autres celui d'en ouvrir. Tout est territoire à explorer. Même au milieu de l'acte d'amour, il faut que l'homme trouve à découvrir, sinon son intérêt s'émousse. Il faut dire…

Stop ! cria presque la voix dans sa tête. Arrête de te cacher ! Tu es tout sauf une généralité.

Soit ! dit-il. Je me rends. Mais quoi dire ? Je suis à la retraite, n'est-ce pas suffisant ? Quand je m'ennuie, j'essaie de me persuader que je vis la meilleure part de ma vie. Le luxe. Le grand luxe. Ne pas travailler et ne pas se sentir coupable ! Le rêve, quoi !

Les premières semaines, je me sentis aussi perdu qu'un fumeur en manque. Soudain un trop plein de temps, et ne rien avoir à faire de mes mains. Et une peur irraisonnée, maintenant que plus rien ne me protégeait, ni bureau ni secrétariat, ni double vitrage aux fenêtres ni collègues rangés en cagibis et en étages, et sans les saines habitudes qui vous exonèrent de penser ! Plus aucune protection ! Livré à moi-même, sans défense, sans préparation, sans séminaire de formation à la retraite, à l'après-boulot ! Et la crainte que, comme un barrage ayant rompu ses digues, le monde allait faire violemment irruption dans ma pauvre vie et la mettre en pièces. Sa pauvre vie. Car il se considère des fois à la troisième personne. Je me vois là-bas, ce n'est donc pas moi, ou pas exactement moi. Hum.

Mais le monde s'est contenté de se détourner de lui. Simplement, d'une simplicité qui confine au tragique. Du jour au lendemain, plus personne ne le reconnut. On eût dit que la ville s'était donné le mot pour lui jouer un de ses tours. Il devenait invisible ! La faute à l'air qu'il avait perdu : la dégaine, l'assurance, la tête haute et le nez au vent, le geste sûr de qui possède une situation dans un réseau, une direction, un projet, un uniforme, des galons, le cheval, l'étrier et la cravache. Il avait maintenant l'air de rien, ce qui expliquait sa transparence. On le bousculait dans la rue, et nul ne songeait à murmurer pardon. C'était comme si le monde se séparait de lui, et que, bon joueur, il l'invitait en retour à assumer la séparation. De toute évidence il fallait réagir, s'il ne voulait être englouti dans l'oubli. Il fallait réagir, et vite ! Par orgueil autant que par précaution, il fallait d'urgence faire quelque chose.

Il appelait sa femme, dans ces moments-là. Allons au supermarché ! ordonnait-il, maintenant qu'il n'avait plus grand monde, non, plus personne pour écouter ses ordres. Tu dois bien avoir quelques courses à faire. Et il ajoutait in petto, comme on aimait à dire dans les bouquins de sa jeunesse : allons acheter des choses et des objets, afin de repousser à plus tard la mort socio-administrative. Allons faire allégeance au véritable pouvoir, et déclarer, porte-monnaie ouvert et mine satisfaite, quémandeurs-payeurs, que nous sommes toujours là, à la même adresse et toujours obéissants. Qu'on nous voie sacrifiant sans réserve aux divinités de l'Economie et de la Croissance, dans toute la mesure, et au-delà, de nos moyens diminués. Priant avec ferveur, au sein du temple érigé au dogme universel, de garder pour un temps encore notre place et notre statut. Désireux de laisser trace de notre présence et de notre bonne volonté dans des caisses et des registres au cas où, et toutes les fois que, il faudra en donner des preuves.

Il revenait de ces contrôles dans un état d'épuisement avancé.

Quel est cet oubli que tu crains tant, disait-elle? Preuve qu'*il y a* une différence entre un homme et une femme ! Ces choses-là te sautent aux yeux, ou pas. A celle qui refuse de comprendre, inutile de songer à expliquer. Quoi ? dit-elle, tu ne vas pas encore mélanger l'épicerie et l'ontologie ! Rappelle-moi plutôt la boîte de macédoine que je dois impérativement acheter ! En fin de compte, comme on peut le remarquer tous les jours, l'angoisse reste à la charge de qui en veut !

D'un côté sa sémillante compagne, et de l'autre, lui qui vieillissait à toute allure. L'âge est violent, on ne le croirait pas avant de l'avoir vécu. Il lui avait flanqué de grands coups derrière les jambes, et plus haut au niveau de la ceinture, au bas du dos qui, certains jours, s'amusait à le crucifier au moindre geste. Son corps s'en allait tout seul, il le voyait pour ainsi dire le laisser en rade. Il n'attendait qu'un signe, semblait-il, après une vie d'assez bonne entente, pour décrocher, et ce signe, son accident, dangereux et bref, le lui donna. La procédure était en route, dont l'aboutissement programmé avait un nom : séparation. Pas amiable, évidemment. Divorce, sans doute, avec témoins, cris et douleurs.

Sa tête restait jeune. C'est quoi, un homme, a dit le petit éveilleur. Question courte, et toute la science d'un vieux, et toute son expérience et celle de sa classe d'âge ne suffiraient pas à y répondre. Pour abréger, on peut dire qu'une personne est un corps associé à une tête, et dans la tête, il y a, en principe, ce qui nous sert à donner un nom à cette association, et plus encore : à comprendre, à nous souvenir, à imaginer et à sentir. Le soft, s'il est permis de parler par images, le soft vieillit mieux que le hardware, en général.

Il avait failli, la veille, se casser la jambe en glissant dans la salle de bain. Pas de fracture, heureusement. Seulement le défilé express d'une partie de sa vie sous un projecteur sarcastique, et une longue perspective ontologique, comme elle dit dans ses bons moments, cette fois sans l'interruption de la macédoine en boîte, le tout compressé dans la fraction de seconde où de ses bras et de ses mains on hache l'air à la recherche non du temps perdu, mais, plus prosaïquement, de quelque chose d'immédiat et de concret à saisir, un support, un dos de chaise, une main secourable, ou, à défaut, un sol capitonné et compatible sinon amical aux corps anciens. Mais l'absence et l'éloignement de ce à quoi il eût pu se retenir lui valut de choir brutalement sur un carrelage aussi froid que le palpitant d'une vieille pute à soldats. Le cri fut contenu et la douleur au coude térébrante. Quant à son épaule et la moitié de ses côtes, il apprenait, depuis, à s'en faire des amies, après avoir toute une vie pensé qu'elles ne méritaient pas d'attention particulière. Une autre leçon s'était imposée: il y avait lui, d'une part, et le reste du monde qui te verrait bien crever sans sourciller, d'autre part. La chose que tu achètes, que tu entretiens, que tu caresses du regard ou de la main, celle qu'il t'arrive de chérir et de défendre n'éprouve rien pour toi. Ce que tu crois tien n'a pour toi qu'indifférence. La porte de ta maison, la clé qui l'ouvre, la baignoire de ta salle de bain, la chemise que tu portes ou le parterre briqué, se moquent bien de toi. La chose à laquelle tu dépenses ta vie se moque bien de toi. Tu lui es étranger, homme, aujourd'hui et à jamais. Et cette foutue gravitation, qui ne dort ni ne chôme, et qui n'a d'égard ni pour la qualité ni pour l'âge !

Son corps faisait plus que commencer à se décatir, ce n'était pas un scoop. Mais sa tête restait intacte! Un exemple : il lui suffisait de le vouloir pour se voir à tel ou tel moment de son adolescence, de sa jeunesse, ou à tel évènement de ceux qui ont ponctué sa vie ou celle de sa famille. Mieux, d'un coup d'aile, instantanément, il peut s'imaginer en des contrées qu'il n'a jamais foulées, dans le bush australien, dans la neige de l'Alaska, sur les Andes près d'un troupeau de lamas, ou encore dans n'importe quelle ville du monde. Encore et plus fort, en un instant, il peut être transporté aux confins de l'univers, sans danger et sans équipement. Et tant qu'on y est, pas seulement aux confins de l'univers, mais à ses débuts, et pourquoi pas à l'origine, quand il se résumait à une « tête d'épingle » selon la séduisante théorie à la mode rêvée par l'astrophysicien dont le crâne est à même de contenir des milliers d'univers. Si un grain de pollen peut donner une forêt en tant de milliers d'années, il faudrait être contrariant à ne point concéder qu'un grain de matière peut de même donner un univers de taille respectable en une poignée de paquets d'années. Ce qui se multiplie nous le comprenons, ce qui explose nous amuse et nous fascine. Nous pouvons tout imaginer, sauf peut-être que notre tête est réductible à la taille d'une tête d'épingle !

Telle est la puissance du cerveau. Il se joue des distances et du temps, il archive, il imagine tout et n'importe quoi, à partir de ce qu'il sait ou de ce que nous croyons savoir. Il est malléable, notre cerveau, il est bon enfant, il est pour nous d'une infinie complaisance. Il est notre maître et notre esclave, et un bon chien de chasse chassant quand la curiosité nous prend. C'est qu'il se nourrit à notre sang et vit à notre vie, lui-même sans doute individu comme nous, espèce comme nous, tenant non moins que nous à survivre. S'il veille à notre sécurité autant que nous y veillons, c'est que de notre mort, il meurt aussi, peut-être. Aussi étrange qu'un visiteur résolument étranger, aussi miraculeux qu'un implant ayant déjoué nos défenses immunitaires. Quoi d'étonnant si depuis l'aube de *notre* temps, nous nous surprenons à contempler la voûte du ciel avec ce sentiment poignant de la perte et de l'oubli, sentiment mâtiné d'une pointe de reproche ? Avec des interrogations plein les yeux, et nulle réponse ? On nous a peut-être volés, mais de quoi ? Pas étonnant que parfois, à l'improviste, on sente une main immense s'abattre sur nous, et qu'on se mette, sans motif apparent, à délirer ou à fondre en larmes. Il nous manque, il nous manquera jusqu'à quand, ce quelque chose d'essentiel, cette explication ou, qui sait, ce complément qui nous appartient et dont, peut-être, nous fûmes injustement privés ?

Il est, notre cerveau, ce que nous pouvons, et davantage, il est ce que nous voulons et plus. Il est ce que nous lui reconnaissons et plus, ce que nous devinons et plus. Des possibilités qu'il tient en réserve, nous ne sommes à même de recenser qu'une infime partie. Il ne se livre qu'avec réticence, lentement. On dirait qu'il nous observe et que, allez donc savoir pourquoi, il ne nous juge pas dignes d'avoir accès à l'ensemble de ce qu'il est.

Certes, l'usage qui en est fait peut prêter à discussion. Il y a du bon et du moins bon, dirait le paysan après avoir fait le tour du marché. Toute avancée, tout progrès semble devoir être payé d'un excès ou d'un recul. Dans la palette aux mille nuances des sensations que l'homme recherche, la violence faite à l'autre se tient sur la plus haute marche du podium. Attenter au prochain, l'agresser, le brutaliser, le soumettre nous procure une jouissance indicible, sinon on ne se fût pas livré sans discontinuer à ces pratiques depuis les premiers âges. Sinon, on n'eût pas inventé, on ne continuerait pas à mettre à contribution « les meilleurs esprits » et à dépenser des fortunes pour inventer la façon et le moyen de mieux tourmenter son semblable. Nous aimons plus que tout faire couler le sang, et à défaut, le voir couler. Et, à défaut de le voir couler pour de vrai, ce pourquoi nous avons prévu et équipé des armées, jouir au moins d'un ersatz, d'une image sur écran. Nous payons pour cela chaque fois et toujours, et trouvons dans le secret de notre cœur, loin de toute hypocrisie, que ce n'est pas trop cher payé.

Nous avons tout l'air de nous venger, sur nous, d'un tort antique dont nous fûmes, peut-être, victimes. Nous frappons et tendons l'oreille, des fois que notre double, au hasard, laisse échapper, au milieu des cris et des protestations d'innocence, le vocable, la clé, le signe que nous cherchons comme des perdus.

L'espèce est violente, violente ! L'insécurité, ou plus précisément le sentiment d'insécurité est le plus grand employeur et le plus grand investisseur. La haine de l'autre, la crainte de l'autre fait vivre, si l'on peut qualifier la chose ainsi, des pans entiers de l'économie globale. Qui voudrait de la fermeture, près de chez soi, d'une base militaire, d'un arsenal, d'une usine d'avions de combat ? Les petites gens, si bien nommés par ceux qui ne s'y comptent pas, seraient les premiers à crier au scandale. Tuer les autres, on s'en fout pourvu qu'on garde notre emploi ! La sécurité de l'emploi d'abord !

4

La sécurité revenant cher, chacun en aura selon ses moyens. Dans la foire aux nuisances, pas d'inquiétude, chacun est assuré de trouver le truc à sa mesure. Le plus faible des hommes n'y est pas le plus démuni. Sa violence, à lui, consiste à inonder la terre de ses semblables, au-delà de toute raison. Pour une fois qu'il n'a besoin ni de permis ni d'autorisation ni de vérification ! Pendant qu'il lapine à outrance, d'autres, autrement plus sophistiqués, mettent au point des violences brèves et néanmoins capables d'anéantir l'espèce entière. Des deux, on ne saurait dire qui est le plus méritant : l'homme aux mains nues qui n'a que ses gonades, ou l'homme tout puissant qui asservit la science et l'industrie. Le pauvre et le riche. Des deux côtés deux folies opposées et semblables menacent l'homme du milieu, à la science mesurée et au sexe raisonné, le seul assez fou pour croire à la concorde et peut-être à un futur.

Les surprendrait-on tous trois au sortir du bain, nus, on aurait du mal à dire qui est qui. Au plus vaniteux, il suffirait de rappeler ces faits élémentaires : l'âne est plus résistant, le lion rugit plus fort, l'éléphant est plus noble, et la fourmi, dont la société ressemble le plus à la sienne, le dépasserait en tout, toutes proportions gardées, et de très loin.

Ils sont si semblables qu'on les prendrait pour des frères, issus des mêmes père et mère. Ils ont le même port de tête, et dans cette tête, du haut de laquelle leur orgueil démesuré insulte les espèces plus anciennes, le même nombre de neurones. Ils sont à la poursuite de la même illusion. S'ils diffèrent, ils ne doivent leur différence qu'à leurs folies différentes : l'un croit trouver son salut dans le nombre des siens, l'autre croit le trouver dans le meurtre collectif. Le troisième n'est pas moins atteint, qui croit pouvoir trouver la paix dans une maison de fous.

Leurs maladies vont de pair avec leurs croyances. Tous croient à quelque chose, de bonne foi, véritablement. Leurs croyances une fois acquises, ils les hiérarchisent, les classent, les chérissent, les entretiennent avec soin. Ils en font des lames dont ils se lacèrent, un jour avec douleur, un jour avec volupté, et qu'ils dardent tous les jours à la face de l'autre. Qu'ils les brandissent en évidence ou qu'ils les tiennent en réserve, ils les défendent, parfois à grand prix, plus souvent au plus grand prix. Voilà bien l'homme et ses paradoxes. Il se vante à grandes envolées de son intelligence et, dans le même mouvement, s'ingénie à la reléguer à un rang subalterne et l'y maintient d'autant plus fermement que l'affaire lui semble importante. Intelligent comme il se plaît à le prétendre, il se laisse prendre à ce qui l'est le moins, au prétexte fallacieux et souvent tu, qu'en vérité rien ne change jamais sous le soleil, et que nos aïeux de longtemps enterrés nous survivront.

On se serait attendu à un grave conflit entre ces deux là – l'intelligence, la croyance – l'une étant toxique à l'autre, l'une tendant à l'éradication de l'autre. Pour laquelle aurait-on parié ? L'intelligence a un faible pour la clarté. Elle ignore ou elle sait, et dans la zone grise de l'entre deux, elle cherche le véhicule qui la mène vers l'un ou l'autre pôle. Cette zone revient normalement au doute qui y élit domicile, provisoirement, si toutefois on entend par ce terme un temps largement élastique. Il y a de ces provisoires qui durent l'éternité. Tel ces métaux incapables de se tenir seuls, le doute a besoin de s'allier, et s'allie avec n'importe quoi, sans distinction de propos ou de fin. Il attend la confusion, qu'il ne craint pas, mais il arrive que par la porte ouverte ce soit la croyance qui se présente. Or si l'intelligence admet le doute, la croyance ne l'admet pas. Elle l'expulse, elle le chasse. Constituée et rendue au port, elle se détourne de la mer, brise la barque et éteint le phare à sa portée. Elle naît armée et prête à la cruauté. Croire, c'est d'abord nier. Une goutte de croyance change l'aspect d'un litre de doute au point qu'on ne l'y voit plus. Croyance et tolérance ne squattent pas le même logis. Entre ces deux là, l'entente est impossible.

C'est ainsi qu'au terme d'un long processus au cours duquel il advint que l'intelligence s'éclipse, une fois devant la force et dix fois devant la sottise, on est passé, pour ainsi dire cycliquement, de l'équilibre et de la coexistence à l'épuration, de la richesse à la pauvreté. Combien d'espèces idéelles ont été décimées, dans la sphère de l'esprit, exactement comme les autres qui dérangeaient dans la sphère de la réalité visible ? Car les idées, comme les autres, sont des individus formant des espèces. Comme les autres, elles reculent et se cachent, quand on les chasse, elles fuient, se griment et attendent des jours meilleurs. Elles disparaissent aussi, tout comme les autres, sans retour. La perte, comment la chiffrer ? La perte de l'idée, la perte pour cause d'exil, de fuite et de tuerie d'idée. La diversité vertueuse recule, avance une croyance blindée. Voici venu le temps de l'Inquisiteur. On ne voudra de preuve que d'ordalie.

Qu'importe si en sortent ruinées l'économie, la culture, la justice, et la population des corps tout autant puisque, lors même qu'aucune personne raisonnable n'acceptera de s'étriper avec son prochain à propos d'un simple doute, on ne compte plus ceux et celles qui se ruineraient, ou se battraient jusqu'à la mort pour son opposée, la croyance. C'est du reste un sujet entendu, inutile de croiser le fer à ce propos.

On ne guerroie pas pour affirmer ou nier la force de gravité. Mais on miserait jusqu'à sa dernière chemise parce qu'on croit que les Giants de New York vont battre les Broncos de Denver lors du prochain match du siècle. Il en est ainsi, que la croyance ne va pas sans sacrifice. Plus celui-ci est grand, plus il mérite du sublime. En un instant, le croyant a troqué sa condition et sa peau contre celles d'un ange de l'absolu venu pourfendre le mou, le flou, l'incertain. Le mystère a conduit en droite ligne au paradoxe : née de l'incertitude, la croyance porte devant elle en étendard la certitude. La croyance est vérité ! Alléluia ! Baisons le pied du pauvre homme sublime qui, après avoir fiévreusement misé-jeté son dernier salaire et ses toutes dernières économies, gage ce qui reste de sa vie d'homme libre sur l'as de pique !

Le jeu, vous dira-t-on, est un concentré d'intensités dramatiques qui seules peuvent vous faire apprécier la vie. C'est un moment où on s'élève au-dessus de sa condition, qu'on soit de ceux qui piétinent dans la boue autour d'un combat de coqs, ou de ceux qui roulent carrosse, l'attention captée par les soubresauts de la bourse. Encore que ces derniers soient d'une autre trempe. Ils ne se dérangent chaque matin, eux, que pour parier sur la monnaie, sur la famine, sur la probabilité de la guerre ici, de la catastrophe là-bas. Ils jouent, ces gens, mais pas comme votre ex-voisin qui a été expulsé de sa famille, de son boulot et de son appartement pour avoir trop misé sur le mauvais canasson.

Il existe, en chacun, un immense besoin inassouvi. Que faire pour se sentir palpiter et vivre, pour rêver, dans le souk infernal et mondialisé ouvert à tous les vents, où des millions de prétendues vérités chaque minute défient et cossent avec fracas leurs images menteuses? La pauvre âme perdue supplie et hurle sa frustration. Ses quelques certitudes lui procurent un certain confort, oui, c'est indéniable. Mais l'attrait ? Où donc, grands dieux, est passé l'attrait de la vie ?

Voilà la croyance suprême, celle à côté de laquelle toutes les autres paraissent vaines. Dieu ! L'idée tardive et magnifique que celle-là ! C'était avant que les affaires s'en mêlent.

Attention, crie l'un et chuchote l'autre, pas également dieu pour tous. Non, son dieu à lui, pas le tien ni le mien. Son dieu qu'il sait décrire avec précision, lui semble-t-il dans sa nuit noire, en usant d'une enfilade de misérables petits mots approximatifs ou totalitaires, chagrins et promettant le chagrin ; Lui prêtant, sans crainte et sans remords, les caractères de son propre corps chétif et les mauvaises pensées qui mijotent sous son crâne malade. Ainsi qu'il le décrit, il y croit ; il lui semble parfois le rencontrer et, pour défendre Celui qui n'a nul besoin d'être défendu, il portera le fer dans le corps de l'autre, parfaitement, monsieur, madame, et à la grâce de dieu !

Croire en *son* dieu n'a rien à voir avec les croyances naïves ou touchantes qu'on peut garder pour soi. C'est, au contraire, une entreprise qui dès l'abord s'est voulue universelle, rien de moins, non point par l'ouverture à tous, mais par la conquête de tous, en séparant par le glaive le grain mien de l'ivraie tienne. La mondialisation avant le terme était inventée. L'implant de logiciels dans les jeunes esprits, la captation de l'information la plus intime et son exploitation ne datent pas d'aujourd'hui. Les hackers et autres informaticiens peuvent aller se rhabiller. Leurs aînés avaient vu plus grand et plus fort. L'ampleur du drap qu'ils se taillèrent, dès l'origine, et la subtilité des procédés qu'ils mirent au point ont de quoi faire rêver, de nos jours, les plus grandes multinationales.

Que manque-t-il, est on en droit de se demander, que manque-t-il à google pour nous rassembler sous une seule croyance véritablement universelle ? Nous y croyons tous autant que nous sommes, et nous le prions désormais chaque jour de notre vie. Mais voilà, il ne nous inspire guère. Disons-le franchement, il ne nous inspire pas. Il lui manque ce on ne sait quoi d'impalpable qui fait d'un adhérent un adorateur, du prisonnier son geôlier, du simple contribuable un collecteur efficace et passionné. Au lieu de promettre l'enfer à notre âme assoiffée – nous lui aurions concédé *de surcroît* notre porte-monnaie – il ne s'adresse, le roturier, qu'à notre porte-monnaie !

La croyance, dit l'anthropologue, est inséparable de l'homme. Dans la brousse originelle, des familles se séparaient à jamais parce que le chef croyait qu'il valait mieux rester là où ils étaient, tandis que son fils, impatient, croyait devoir continuer tout droit alors que l'oncle croyait que le gibier se trouvait quelque part à main droite. Le verbe croire n'a laissé aucun coin de la terre impeuplé. Une intention, un mot, un moyen, dès l'origine, également expédients sur la longue route des dichotomies. La main fermée sur la poitrine, la main qui s'ouvre vers le ciel au bout du bras tendu, et tout était dit. L'hiératique était né. Ce qui n'était qu'opportun devenait inspiré, le vil calcul s'affublait de noblesse. Le sentiment sincère mais démuni d'argument y gagnait : il se voyait promu sacré. Une posture, un pas de danse, une grimace, un gémissement combinés pouvaient tout à fait – et le peuvent – donner la plus grande solidité à ce qui en avait le moins ; ou rendre concrète la chose invisible ; ou faire apparaître derrière des paupières fermées un royaume, un empire, une réalité animée et complexe tenue pour plus vraie que celle que révèlent les sens. Voici venus les magiciens ! Qui oserait, *dans ces conditions*, mettre en cause ce qui vient du ciel, tout invérifié qu'il est ?

La certitude du croyant – sacré oxymore! – coulée dans l'acier, aurait causé des dégâts considérables ? Oui, hum, mais elle n'en cause qu'*à l'autre*, n'est-ce pas ! Tandis que l'affreux « peut-être » et le tiède « ni-ni » en causent à soi ! Le *peut-être* surtout, cet être à part entière forgé en instrument de torture intime qui ne connaît aucun répit. Que n'eût-il exigé un territoire pour lui seul, on le lui aurait donné ! Une taxe sur chaque naissance, on aurait donné ! Douze filles nubiles et une vache n'ayant pas connu le taureau, sans problème, on aurait dit oui ! Une grande statue, un sanctuaire, oui, oui ! Un PEUT-ETRE écrit en lettres d'or sous lequel on serait libre de s'agenouiller, de se rouler dans la poussière ou de se prendre en selfie en se croyant autre. Bien que…

Bien qu'en vérité, s'il en faut une, de statue, elle devrait être financée par ceux qui gagnent à tous les coups ce que nous perdons à tous les coups. Ils ne sont pas sans mérite, quand on y pense. Le même peut-être qui nous fait pâle figure leur envoie, à eux, l'image propice de la plus belle des certitudes. Celle du gain en gros, à nos frais.

Car il a subi une mue, ce peut être, lors de sa translation des uns aux autres. En perdant un tiret, il a beaucoup gagné en caractère.

C'est ainsi que vont les hommes, autant essayer de faire avec.

Inutile donc de tenter de raisonner l'homme à la croyance. Que serait pour le joueur la vie sans le jeu ? L'homme ne se résume pas à « son cœur et sa langue » ainsi qu'aimaient à le chanter les poètes du désert, à l'époque où l'ennemi se faisait rare et le temps profus. De nos jours, l'ennemi est partout, guettant vos moindres pensées et gestes, vérifiant votre pouls, tenant à jour le compte de vos billets dans votre poche. Quant au temps, il n'y en a plus assez dans un jour et une nuit. Il n'y en a plus assez dans une heure, et les minutes ne sont plus ce qu'elles étaient.

La vie moderne est une transe, un supermarché de névroses, posée en équilibre instable sur le fil du rasoir. L'école n'a épargné personne, l'information est aussi dense que la pollution sur Pékin un jour tranquille, la science à conquis l'espace. Pourtant, Galilée a abjuré, à genoux, tête basse et nuque offerte, lui qui n'avait de regard que pour l'immensité du ciel. Le cœur, lui aussi : « j'abjure et maudis d'un cœur sincère… ». Face à la tyrannie de l'épée, le mot a été rétrogradé en souffle, en simple bruit.

C'est quoi un cœur, papi ? Il aurait pu le dire. Le petit aurait évidemment pu le dire.

Ce jour-là, une espèce passa à la trappe. La fosse commune par ici, pour la sincérité ! L'usage en préexistait, mais de ce jour la mode s'établit ouvertement de garder en chaque chaumière une corde pour s'y voir en pendu. C'était fini, la terre comme le ciel, en totalité, appartenaient à ceux qui croyaient ou en faisaient mine. D'un cœur *sincère*, la terre est ronde et qui le croit en est le centre. Preuve est *donc* faite que le monde du croire est plus dur que fer, que le croire prévaut : le savoir, le vrai, l'honnête ne sont pas de force.   Et ce n'est que justice, quand on sait la fermeture que suggère le savoir en comparaison des promesses du croire : des espaces infinis, un potentiel sans limites. Baisse donc la tête, bougre d'homme qui ne sait que savoir, et sors la langue pour recevoir l'estampille consacrée!

C'est quoi, en effet, savoir, sinon la fin d'un voyage ? Un point final, une arrivée. Une brutale rupture d'effort. Une longue tristesse consécutive à une courte, très courte étincelle de joie.

Il peut être violent, lui aussi, le savoir !

Ou cause de violence.

Aussi décevant qu'un vieux, aussi frustrant qu'une réponse.

La question, elle, est toujours jeune. Vous l'avez remarqué, vous aussi ?

5

Il se pencha vers les rares fleurs du petit jardin. La croyance le travaillait, lui aussi, autant qu'un autre. Elle occupait même le plus clair de son temps.

L'homme est d'abord intelligence? Hum ! Il faudrait être mal voyant pour prétendre… Il n'aurait osé mentir à son petit-fils. D'abord croyance ? Un homme est-il d'abord un être de croyance ? Il se souvint de la prégnance de l'instinct, le mystérieux instinct, tellement puissant, tellement chavirant, Eros fût-il ou Thanatos.

Et s'il était, allez, tout cela à la fois, mélange improbable de talents ductiles à la synergie formidable ? Formidable en raison de la souplesse, de la mollesse, de la plasticité qui lui permettent de s'adapter aux diversités réelles, terriennes, et, au-delà, aux « réalités virtuelles », comprenne qui voudra, que son imagination infatigable lui représente. Il dira : l'homme, petit, est avant tout un soft, et le petit comprendra, car c'est le langage des enfants d'aujourd'hui.

D'autres mammifères dont certains vivent en familles et groupes familiaux solidaires se comportent selon des schémas qui révèlent une certaine intelligence. Si donc l'intelligence n'est pas son apanage, en quoi l'homme, ce tard-né, innove-t-il ? On est tenté de répondre : la conscience. La conscience ? Non, ne pense pas à celle, coquine ou fort distinguée, c'est selon, que le philosophe de notre jeunesse avait si bien troussée dans sa belle phrase : *l'être dans l'être duquel il est question de son être en tant qu'il implique un autre être que soi* ! Un set complet de poupées russes !

Il poursuivit sans se laisser déconcerter. La conscience d'être, simplement, et de cesser de l'être un jour. Et la douleur et le questionnement qui naissent de la disparition de nos proches. Ou peut-être la culture ? L'art, la plus haute expression de soi en tant que faisant partie d'un lieu, d'une histoire et d'une humanité quand, et c'est une condition – non, plus qu'une condition, une exigence – l'œuvre se moque du prix et du marché. Quand l'art trouve sa source en soi, spontanément, et sa satisfaction à l'heure où il se manifeste, œuvre faite et *offerte* aux sens de qui passe à sa portée. L'art secret n'existe pas. Les peintures enfermées dans des coffres, fussent-elles tenues pour chefs-d'œuvre, ne sont, au mieux, que de l'argent ou sa promesse, et, en attendant, une mince croûte de couleurs sur une méchant tissu de sac à grains. Ne vous en déplaise, messieurs les maquignons, l'art est l'ultime identité de l'homme, où celui-ci donne à lire ce qu'il est véritablement, ce qu'il sait et sent, ce qu'il fait et rêve, en un mot, *ses valeurs,* qu'il est impossible de réifier et inconvenant de soumettre aux jugements de la banque et du merchandising, comme vous aimez à dire.

Mais, répliquerait peut-être mon mioche de petit-fils à qui j'aurais tenté d'expliquer l'art, en quelques mots, c'est quoi, un maquignon ? Pas n'importe quel maquignon, mon petit, il s'agit d'un maquignon d'art ! Et c'est quoi, ce truc, n'aurait-il pas manqué d'insister, comme je le connais ?

Un homme comme un autre, ni pire ni meilleur. Car « l'homme est légion »[3], pas la peine de philosopher pour le voir. Légion dans un corps, tant qu'il vit. Légion, préfère-t-on à l'ouest, où la comptabilité – la disposition utile des nombres – se pose en matriarche des sciences *et* des arts. A l'Orient, on préfère l'homme changeant, selon les heures, les jours et les saisons. Changeant comme le fleuve, mais pas fleuve, cela va sans dire, ne serait-ce que parce l'homme finit d'une seule et unique manière, en perdant son eau. Un oued saharien, alors ! La sècheresse seule parfait la mort, et la certifie.

Souvent, d'ailleurs, elle se manifeste bien avant, la sècheresse, lors même qu'on est au sommet de sa forme, en s'attaquant de préférence à l'endroit où les peuples poètes aiment à célébrer l'homme : le cœur, précisément. Rien, en effet, n'est plus sensible que le cœur. Couramment infecté de comptabilité, il s'exténue, se dessèche et n'offre que trop souvent l'inquiétant tableau clinique reconnaissable chez la multitude qui court le matin vers le centre ville, le soir en sens contraire, sans jamais se poser de question sur les itinéraires répétitifs et fermés, ni sur l'utilité des courses à somme nulle.

Itinéraire ! C'est quoi itiné…raire ? La voix résonna dans sa tête aussi clairement que s'il le petit l'eût réellement prononcée devant lui. Il s'était attardé sur *son* banc, au milieu du parc, à une encablure de chez lui. Une lassitude soudaine l'accabla. Mauvaise fatigue, rien à voir avec l'effort. A croire qu'elle s'entraînait à fondre sur lui, à l'improviste, sans autre motif que de l'ennuyer, et peut-être de lui faire peur. Elle l'atteignait au creux des épaules, et diffusait en un clin d'œil au dos, aux bras et aux jambes qu'elle tentait traîtreusement de lignifier ou à tout le moins de convertir à la désobéissance. Dans ces moments, il avait peur, oui. Son cœur, qu'il s'était jusque là ingénié à garder à égale distance de la poésie et de la comptabilité, ou, comme l'aurait mieux dit quelqu'un, entre « théorème et poème »[4], son cœur se précipitait dehors en trébuchant. Depuis que la main gantée de l'homme en blanc l'avait touché, scalpel d'abord, son cœur avait perdu sa part de mystère, et, avec elle, la « noblesse » qu'il s'était plu longtemps à lui attribuer de confiance. S'il fallait parler en prose, et l'heure s'y prêtait, et ne se prêtait d'ailleurs qu'à ça, son cœur à lui, pas de doute, n'était plus qu'un muscle au travail, qu'il lui incombait de bien gérer dans l'intérêt de la petite entreprise dont il était l'actionnaire principal : lui-même ou, dit avec une certaine approximation, son corps.

Son cœur s'était-il desséché, sans qu'il y prît garde, ou, ce qui pouvait sembler plus simple et qui n'était pas moins tragique, avait-il vieilli, tout bêtement vieilli, comme vieillissent l'arbre et la rose, comme vieillit le jour, quand le couchant s'embrase avant de céder à la nuit ?

Si seulement il était capable de s'embraser ! Embrase-toi, mon cœur, et, surtout, garde-toi de te tenir tranquille. Pour le temps que cela dure, une heure ou une minute, illumine autour de toi, illumine ce que tu peux en commençant par le près, le pied de l'arbre devant toi, un bout d'allée du jardin, et rêve d'éclairer plus loin, quelques maisons des rues voisines, la moitié du quartier et, peut-être, par affinité, plus loin, des lieux improbables et des villes dont tu n'as pas foulé les rues ni lutiné les femmes. Tout là-bas, peut-être, quelqu'un apercevra, quelqu'un s'arrêtera une seconde, quelqu'un se demandera... Quelqu'un se souviendra, peut-être, que nous aurions tous pu être humains.

Oh, il en a itinéré, son cœur, oh oui ! Il s'est usé sur tous les sentiers, sans prudence et sans utilité, s''agitant dans tous les sens, pleurant pour de vrai et plus souvent par procuration, criant et saignant d'ici à l'autre bout du monde, se prêtant à la légère et se donnant sur un coup de tête. Toujours, régulièrement, les deux, lui et son cœur, furent grugés. Pas une fois, pas une, ils n'eurent droit à une juste rétribution.

D'accord, dit la voix. Tu as été grugé plus souvent qu'à ton tour. C'est que tu possédais ce que l'autre convoite. On ne gruge pas la pierre dure ni le jour passé.

Il la fit taire. C'est le comble ! Voilà maintenant qu'elle veut le consoler ! Mauvais signe, bien sûr. Du reste, se dit-il, il a de quoi s'occuper, maintenant qu'il s'est décidé à jeter un coup d'œil à son bilan. Il va de découverte en découverte. Et d'abord ce constat, entre tous remarquable : que toutes les années qu'elle dure, les années combles et fortes, l'accumulation coexiste avec la perte, sans en être le moins du monde gênée ; que la joie domine sur la tristesse, de la même façon que, en économie prospère, la croissance ferme les yeux sur la corruption, qu'elle juge marginale; que les comptes sont tenus avec grande approximation, et qu'on s'en moque; et que, derrière le haut mur du barrage, il n'en coûte pas trop de croire, tant qu'on est du côté de la force, que la surface du lac est calme, et le reste aussi…

Mais en même temps, une musique insidieuse, un doute en filigrane. Le chemin n'est pas fait que de sommets. La perte se laisse deviner, ici ou là, à travers le métal des certitudes. Or voilà : le béton le plus solide, la fissure le menace plus sûrement que le bélier.

Comment un cœur d'homme peut-il tenir, déficit après l'autre, gaspillage après l'autre, sans en tomber d'horreur ? Sans s'éparpiller en morceaux ? A la fissure et au bélier, il oppose la même belle résistance. Mais voilà, on ne saurait résister sans céder de soi, ne fût-ce qu'un rien. Un petit rien, puis un autre. Le Rien compte sur l'accumulation de ses petits pour exister. Il ignore que celui qui résiste gagne, même en perdant. Or rien n'est plus résistant ni plus noble qu'un cœur d'homme.

Mais toute à son idée, la voix susurre : le mur du barrage volera en éclats, une folle crue emportera le lac et les illusions. Un autre temps commence. Les yeux, on ne peut plus les fermer. Le gris recouvre la couleur. La boue une fois expulsée, la rocaille acerbe surgit, telle qu'en elle-même. A chaque battement, le cœur doit se battre. Ta vie n'est que survie. Les anciens te l'auraient dit, que le monde s'éteignait chaque instant, et renaissait l'instant suivant. Ecoute ton cœur malmené, qui ne théorise ni ne philosophe. Lutter âprement, sourdement, afin que se maintienne en toi un peu de lumière et que ta petite entreprise ne se disloque. Tu ne sais pas, toi dont l'esprit défie les vastes cieux, ou peut-être veux-tu oublier, qu'entre deux battements de ton cœur, la vie le dispute à la mort, sans garantie de réussite, et que, durant ce laps de temps où le « monde » est en suspension, ton « entreprise » a enregistré une infinité de mouvements entre ses différents organes, et, à l'intérieur de chaque organe, une infinité zélée d'échanges. Le tout à ton service, indépendamment de ce que tu crois valoir, indépendamment de ton utilité.

Tu dis : le miracle n'existe pas ! C'est que tu t'es mal regardé, vieil homme. Tu n'es que miracle et somme de miracles. Comment expliques-tu ta vie, sinon ? L'animal vit aussi, réponds-tu. Mais toi, après avoir *réussi* à passer le cap de la nuit, une victoire en soi, toi tu *tends* vers demain et une autre victoire. Tu n'auras pas l'excuse de l'innocence, toi. Ta tendance à continuer à vivre, quand le moindre des tiens porte la voûte céleste sur ses frêles épaules, n'est-elle pas le plus grand miracle ?

Tu te dis volontiers un, homme. Un, individu en son espèce. Autant, ni plus ni moins, qu'on peut dire d'un territoire bordé de frontières qu'il forme un pays. Car, indéniablement, tu es un pays vivant, dense, contrôlé, gouverné comme aucun autre. Un pays varié aux récoltes diverses, celant l'or et le charbon, sensible à ce qui pousse en lui et à ce qu'il reçoit des nuées, agissant de sa propre volonté et subissant la contrainte de forces supérieures en puissance. Pays plus varié qu'aucun autre, plus peuplé, plus actif, plus riche et, en conséquence, plus agressé qu'aucun autre. D'innombrables ennemis guettent aux portes ou attendent à l'intérieur, véritable cinquième colonne, et d'autres, plus redoutables encore parce que encore inconnus, inventent quelque part de nouveaux maléfices. Et, au sommet, l'impératif de continuer, de faire avec, contre vents et marées. Car, te l'a-t-on dit ? Tu as en toi plus d'océan que de terre ferme, et, si tu n'ignores certes point le feu destructeur des volcans, les marées, plus discrètes, plus familières, troublent davantage l'eau tiède de tes courants. Te l'a-t-on déjà dit, que tu ressembles étonnamment à Gé, ta mère dont tu portes les éléments dans une exacte proportion ?

Ta santé, homme, et ton existence dépendent du travail de tes cellules. La science intervient ici pour raconter : dans ce laps de temps qu'il faut à un cœur pour battre, à la vie pour prévaloir, au monde pour renaître, les cellules de ton corps, tes infimes cellules auront accompli plus de tâches et achevé plus d'échanges que l'humanité entière ne pourra en effectuer en une année entière, avec ses routes et ses ports, ses usines et ses boutiques et ses mille et un métiers.

Et sa voix intime qui n'a eu de cesse de lui rabâcher : assez de généralités, raconte ta propre vie ! Comme si on pouvait raconter une vie, la sienne ou celle d'un autre ! Il faudrait commencer à l'instant où l'ovule se referme sur le gamète mâle, et le séisme et l'ouragan qui s'ensuivent. Et décrire par le menu comment une cellule en forme une autre, et ainsi de suite, sans jamais omettre un détail. En matière de vie, tout est important. Un jour, le petit de l'homme naît. Un autre jour, il vous interroge d'une voix aigrelette: c'est quoi, un homme ? Passe encore un jour, et vous le voyez de loin, en silence, interroger l'oiseau des marais, il est ornithologue ; ou de près, trop près, en tenue de camouflage, posant la semelle de ses lourdes bottes sur votre carotide et appuyant une arme sur votre cœur, une façon comme une autre d'être curieux, et aboyant : c'est qui que t'es ? C'est quoi que t'es ? Cékoictafé ? Céquégenredhomté ? Cékikcétondieu ? Là, vous apercevez, assis à deux pas, votre sosie, votre frère et semblable, qui lève son journal à hauteur des yeux, il ne vous a pas vu, ils n'ont rien vu car ils sont nombreux, toute une foule, tout le pays, toutes les foules de tous les pays, pourtant il est curieux, ils sont curieux des évènements du monde, ils lisent leurs journaux et regardent leurs écrans. Et, de tous ces gens qui veulent savoir, vos semblables qui se couchent dans les villes en strates superposées, vous vous demandez, curieux que vous êtes, lequel est le pire : celui qui est en train de prendre votre vie, ou celui qui le laisse faire en prétendant ne pas voir. Que s'est-il passé qu'aucun livre, que pas même un million de livres ne peuvent expliquer que de l'être né d'un acte de désir ou d'amour sorte ici un doux mélomane, là un despote, un esclave rêvant de robots ou, plus prosaïquement, un être humain comme toi comme moi, lâche à souhait, veule comme il faut, soucieux de sa famille, de sa tranquillité et de ses fins de mois.

Aucune *bio-graphie* jamais n'a été écrite ni tracée. La raison en est qu'il est impossible de l'écrire. Cela étant dit non pour nous empêcher de chercher, mais pour nous rappeler au devoir de sincérité. Nous savons peu à très peu de ce que nous sommes et rien du pourquoi nous sommes. En bavarder à tort et à travers, en écrire en amateur ou en vivre en professionnel patenté, pourquoi pas puisque, la chose a été abondamment avouée, étudiée, désirée, aujourd'hui mondialisée, nous voulons une société qui soit aussi une foire. Mais alors, il ne faudrait pas oublier qu'il ne saurait y avoir de foire sans ses escrocs et ses voleurs, ses harangueurs et ses tricheurs. Et que, dans une foire, la voix qui domine est souvent celle du menteur.

Pourtant, tu n'es pas n'importe qui. Comme lui et comme elle, vous êtes, nous sommes du genre à qui on ne la fait pas. Tous malins et avertis, informés comme jamais, et même surinformés. Grâce à Internet, ce zorro mondialisé, la liberté s'imposera, elle s'impose déjà partout, on voit les murs des prisons s'abattre, s'il faut en croire les images de synthèse, et les tyrans de tout poil tomber en repentance, à genoux, et se lever l'instant suivant, purifiés, re-convertis en bons simons et déjà occupés à nous vendre à prix d'ami les bonnes places au paradis. Et malins comme personne, nous achetons à tour de bras...

Nous sommes acheteurs de tout, preneurs de tout, une parcelle de terrain en zone inondable ou dans un joli lotissement sur la face cachée de la lune, un voyage sans retour vers la planète mars ou un conte à dormir debout. Ils seraient bien étonnés, le faiseur et le faussaire qui pensent nous posséder, de savoir qu'ils ne créent ni n'inventent assez vite pour satisfaire notre boulimie. Le vide est tel, autour de chacun, l'appel est si fort en chacune, que nous n'en aurons jamais assez. Depuis que la société organisée a rompu les liens qui nous unissaient aux nôtres, et par lesquels notre âme était irriguée, notre soif ne peut plus s'étancher. De membres d'un ensemble, connus et reconnus, nous sommes tombés au rang d'individus. L'individu, c'est cet homme coupé de ses semblables et de son milieu, qui se proclame libre tout en étant prêt à tuer pour un poste de travail sous-payé. Quoi qu'il fasse, il est en manque. Consommer, pour lui, est la meilleure – parfois la seule – preuve d'exister.

Nous errons sur terre, désorientés, trous noirs irremplissables, irresponsables. Au milieu des foules inquiètes, l'attente grandit, grandit, jusqu'à en devenir intenable. A cet instant précis, se fait entendre enfin – et sans faute – le son tant désiré de la flûte magique. Nous l'entendons avant de l'apercevoir, le joueur inspiré, le sauveur, que dès lors rien ne nous dissuadera de suivre. Nous le suivons parce que nous aimons bien les airs qu'il prend et les airs qu'il chante, et la connivence qu'il fait mine d'entretenir avec l'en-haut. Nous l'aimons pour son culot qui l'a fait sortir du rang, pour sa démarche, pour sa gesticulation absconse et admirable. Nous l'élevons de nos regards conjugués et le maintenons au-dessus de la mêlée afin de pouvoir le comparer à l'astre du jour, dont il ne dément d'ailleurs pas l'ascendance, la proximité, ni d'en être l'égal et le mandataire. Nous nous évertuons à le craindre autant pour les secrets qu'il détient ou qu'intensément nous lui supposons, quand aucun de nous autres n'a de secret, que pour la lumière que nous voyons à son visage béni, quand nous autres, il aura eu sans faute la bonté de le révéler, ne formons, ne pouvons former que la vile tourbe en couches s'additionnant, le récent dans la bourbe gluante enfonçant l'ancien. De loin en loin il arrive – car tout arrive – qu'on entende une voix dissonante et anonyme suggérer, au fond de quelque ruelle obscure, qu'on ne lui voit, à cette haute figure, que ce qu'on lui prête. La prétendue lumière que tu lui vois, prophétise la jeune voix underground, n'est que celle de tes yeux ; ferme-les donc, et il disparaît. Mais nous n'osons tous fermer les yeux en même temps, de peur que le ciel ne s'écroule sur nos têtes, en prélude à d'autres plaies.

Si de votre idole émanait véritablement la lumière pourquoi vos voisins à la vue excellente n'en distinguent pas la trace ? jette précipitamment la voix marginale avant de prendre la fuite.

Nous répondons : parce qu'ils sont interdits de grâce, parce qu'ils n'ont pas la chance d'avoir notre idole. Notre idole n'éclaire que ceux qui y croient. Notre idole nous a tout appris. Qu'on en juge : le premier jour elle nous a appris l'Ordre. Nous nous sommes mis en rangs et l'avons trouvé bon. Le jour suivant, elle nous a appris la Honte. Nous nous sommes regardés et avons aperçu notre corps et ses faiblesses qu'il valait mieux taire. Le troisième jour, ce fut l'Obéissance. Quelqu'un enfin daignait s'occuper de nous comme un père s'occupe de ses enfants. C'était bien, évidemment. Alors, quand il montra du geste la Direction, on y alla les yeux fermés. On s'y précipita le cinquième jour quand il fit savoir que les premiers auront droit de posséder tout ce qu'ils peuvent atteindre et marquer, et on pense aux beaux temps du far-ouest. A ceux qui surent croire, endurer et patienter, il livra le secret : vous dominerez sur les autres, dit-il et laissa-t-il dire, et sur toute chose et sur la planète entière. Car vous qui avez cru en moi, vous êtes les meilleurs, et que les autres crèvent !

Un cri immense, féroce, inextinguible, secoua et continue de secouer les êtres et les choses : que la razzia commence, qu'elle se poursuive, jusqu'à la fin des temps ! Nous sommes investis, disent-ils, de la Parole d'en-haut. Juridiquement, nous avons le Droit, nous avons tous les droits.

Tant la chose leur agréa qu'ils constituèrent une classe parmi eux chargée de garder la parole, et de la propager aux peuples amuis.

Munis d'une telle feuille de route, ils s'étalèrent sur la surface de la Terre en avalanches brisantes. Elle est à nous, se plaisaient-ils à répéter à mesure que l'appétit grandissait. Au cours de leur pérégrination, ils rencontrèrent certes d'autres idoles. Ils n'eurent aucun mal à les bousculer, car aucune n'avait octroyé aux siens tant de droits. Rien en effet ne libère autant d'énergie que le droit de dominer sur les autres. Animée d'un tel feu, une minorité peut triompher d'un grand nombre.

Même l'homme-idole au crâne rasé et à l'effigie jaune d'or dut céder au premier choc. Comment eût-il pu résister, lui qui enseignait aux siens ceci : *soyez à vous-mêmes votre propre lumière* ! Un anarchiste de la première heure ! Avec un tel programme, adieu la centralisation, la puissance, l'accumulation. Adieu la cupidité. Adieu la force.

Le sang vermeil coula donc, et coule, à flots. L'usurpateur n'est pas un usurpateur, ni l'assassin un assassin, ni le voleur un voleur. Des justes que leur noblesse distingue, agissant pour le compte du Banquier-Prêteur-sur-gages Invisible. S'ils touchent eux-mêmes les traites et encaissent les chèques, c'est que, en attendant…

Car il se murmure des choses. Les tenants de la zizanie obligatoire et les amoureux chavirés des interminables pilpouls ne manquèrent pas. On entendit dans le désordre : à qui profite le crime ? Ou encore : ne leur ressemble-t-il pas trop, celui-là à qui ils prêtent la solitude, le désir, la boulimie, la cruauté, les comptes à rendre… ? Excommuniés certains le furent, et d'autres exilés ou de cent manières forcés finalement au silence. La force prévaut toujours, et son représentant exact au rendez-vous : le Banquier, accompagné du Fossoyeur. Et l'autre, habillé en figure du père, dont l'authentique besoin agit avec la même force sur le moujik comme sur le Tsar et qui inspire à la foule cette plainte qui serait déchirante s'il n'était réglementaire :

« A qui nous abandonnes-tu, notre père… ? »[5]

« To whom dost thou abandon us, our Father… »

Cette plainte dite en toutes les langues, quand les adultes jouent à être des enfants.

6

Le soir. Sa femme était montée se coucher. Une heure plus tard, il monta à son tour. Il écouta la respiration régulière qui venait du lit, hésita un instant, puis redescendit. Il prit une couverture légère dans le placard aménagé sous l'escalier, et s'étendit sur le divan du salon. Il faisait chaud. Il n'avait pas sommeil.

La petite musique qui l'avait accompagné une bonne partie de la journée se faisait toujours entendre. Bon, se dit-il, résigné. Voyons donc : dans quelle mesure je fus à moi-même ma propre lumière. En a-t-il d'ailleurs jamais été question ?

Il se vit le crâne rasé, vêtu de calicot safran, le dos droit, les mains jointes, un sourire aux lèvres et les yeux à demi fermés. Il entendit ou pensa entendre une parole qui ne s'adressait pas spécialement à lui, sur le ton des paroles qui n'essaient pas de convaincre absolument. Il entendait un enseignement plutôt qu'un commandement. Il en saisissait des bribes, où il était question du respect de toute vie, sans distinction. Il y était question de soi, en tant qu'espace et profondeur à garder et dont il fallait se garder, c'est du moins ce qu'il crut en comprendre. L'enseignement d'un homme qui ne cède ni à l'avidité ni à la peur. L'envers, en un mot, des complications imposées aux exilés d'Egypte et à leurs successeurs.

Oui, mais s'agenouiller devant la pierre, fût-elle statue stylisée ou figure symbolique ? Fût-elle ta propre statue ?

Il sentit qu'il abordait à un territoire inconnu. Où se trouve la clef, se dit-il ? Est-ce si décisif que cela, de savoir si la lumière vient de l'extérieur ou de l'intérieur ? Une erreur, quelque part, s'est peut-être glissée. Sommes-nous responsables ou non, de ce que nos mains trament pour raconter notre vie, et du récit que nous en donnons pour la justifier ? Une fois tes mots expulsés, quel sens attribuer à ton existence, et au reste ? Au jour de ta mort, quand les postures te seront refusées, que diras-tu pour ta défense ?

Mais, se dit-il, ne tombe-t-il pas, lui aussi, dans la prétention ? La prétention de représenter l'en-haut à l'image de l'en-bas, avec des juges qui rendent des jugements, en d'autres termes, avec l'injustice comme a priori. Car, à la base, au commencement, à la source, il a été une victime, et il l'est chaque jour, dans son incomplétude. Un jour il fut lancé dans la cruauté de l'espace, sans viatique, sans carte ni boussole, et un autre jour on voudrait qu'il fût irréprochable ? Ou, mieux, qu'il rende des comptes ? Plus vulnérable que le porc à la peau rose, plus bavard qu'une pie, incapable de distinguer le réel de l'imaginaire ni le vrai du faux, on voudrait qu'il fût coupable ? Pas même la circonstance qu'on accorde à l'in-sensé? Voilà bien la justice bâclée de l'homme, et sa prétention de vouloir imposer à l'au-delà ses turpitudes d'ici et de maintenant.

Subitement, il ne fut plus question de « on » ni de l'homme en général, mais de lui, seulement de lui, pauvre petit garçon abandonné à la surface de la terre. Ce fut le jour, ou plutôt la nuit qui suivit le moment où la terre pour lui devint ronde. Aussi terriblement, aussi tragiquement ronde qu'un ballon !

Il avait d'abord dormi une heure ou deux. Au milieu de la nuit, il se réveilla en sursaut, le cœur battant à s'envoler. Il sauta du lit, jeta de côté le petit tapis de pied et s'aplatit sur le sol. De ses mains il essayait en vain de s'agripper au sol, et se désespérait d'y arriver, d'autant qu'à cette fin ses pied ne lui furent d'aucun secours. Il ne voulait pas saisir les meubles, puisque ceux-ci, qui n'étaient pas fixés aux murs, partiraient sûrement les premiers. Ses mains palpitantes ne trouvaient rien à saisir. Il était au désespoir, quand il entrevit une solution, pour ce qu'elle valait. Il se jeta sur la porte, et s'accrocha des deux mains au loquet, en essayant de faire le moins de bruit possible, car le monde tout autour continuait de dormir du sommeil lourd de l'ignorant. Les gens, apparemment, se croyaient encore au temps heureux où la Terre était stable sur ses piliers et plate à souhait, quand la créature à deux pattes pouvait gambader en confiance, ou même sauter pieds joints, sans risque de se voir dénier le retour, et de choir dans le néant glacé et sans repères.

Ils dormaient tranquillement, les malheureux qui n'avaient pas été dans sa classe pour écouter le maître comparer la terre à une vulgaire orange. Ce faisant, il se pavanait fièrement d'un bout à l'autre de l'estrade, à son habitude, sans crainte et sans reproche. Homme sage s'il en fût, il nous avait prévenus en début d'année, le jour des présentations. Il se reconnaissait la mission de briser les tabous, avait-il prononcé dans une langue limpide puis, voyant à nos regards perdus que nous étions plutôt des poissons d'eaux troubles, il reprécisa sa pensée : vos foutues idées reçues, dit-il charitablement, avec un grondement dans la voix, il les briserait, ou il nous briserait les os. C'était bien sûr un langage que nous comprenions dix sur dix. Du reste, il eut tôt fait de nous expliquer et convaincre qu'il n'était pas homme à parler en l'air. Il avait de quoi. Entre nous, nous l'appelions Maciste, dont nous n'étions pas sans connaître au détail près la splendide musculature, pour l'avoir admiré plus d'une fois – Maciste – torse nu et pour tout dire vêtu en tout et pour tout d'une simple culotte fort ajustée, quand il passait au cinéma du quartier dont le propriétaire nous abreuvait généreusement de péplums italiens. En culotte courte et en se jouant, il décimait les légions ennemies. Sans crainte et sans reproche, lui aussi.

Et sans honte, ajoutaient les plus pudiques, qui ne concevaient pas qu'un adulte, qui plus était un colosse tout à fait capable d'acheter ou, mieux, de prendre tous les costumes du marché hebdomadaire, n'eût rien à mettre pour cacher son derrière.

Nous autres n'avions le droit de nous monter en culotte de bain qu'à la piscine municipale, qui ouvrait un mois par an, au milieu de l'été, quand les autorités de la ville consentaient à la remplir d'eau, une fois, et de s'empresser de fermer le robinet d'arrivée jusqu'à l'été suivant. Dès l'après-midi de la première journée, de l'eau précieuse du matin il ne restait que la moitié. Après en avoir fort doctement discuté, les plus brillants d'entre les mioches que nous étions en étaient arrivés à cette conclusion qui eût laissé pantois le pauvre

Archimède : nous, à l'évidence, avions la propriété de déplacer plus d'eau que sa théorie n'en prévoyait. A cela, le type qui était resté au sec ne manqua pas d'opposer la quasi-preuve à laquelle il était arrivé par la simple observation : l'eau avait débordé sous le seul effet du nombre. Nul ne pouvait nager faute de place. Tous agitaient les bras dans le plus grand désordre, expulsant autant de liquide qu'ils pouvaient. Dans les coins restés libres, des gamins en file indienne se précipitaient jambes écartées et bouche ouverte. Conclusion : l'eau manquante s'expliquait en partie par les débordements consécutifs à l'agitation, et en partie par la quantité avalée.

Les deux premières semaines n'étaient pas encore achevées que notre Maciste à nous avait trouvé l'occasion de persuader chacun du sérieux avec lequel il entendait mener sa mission : on reconnaissait déjà les élèves de notre classe au bleu et au vert de nos joues, car il n'était rien de tel, à l'en croire, pour chasser le démon de la paresse qui se lovait en nous, que de nous saisir à ces endroits entre le pouce et l'indexe et de nous soulever de terre à laquelle il ne nous rendait que lorsque nous avions suffisamment gigoté. Et, bien que la terre eût bougé puisque, non contente d'être ronde elle tournait, il nous posait à l'exacte place d'où il nous avait soulevés !

Nous fûmes donc vite convaincus de sa capacité à nous briser les os. Mais qui aurait pu imaginer que, pour briser nos idées reçues, il eût à recourir à ça : comparer la vaste terre à une orange !

Mieux que cela, ou plutôt pire. Ayant sans doute mesuré à notre faible réaction que nous n'avions pas réalisé l'étendue du désastre, il crut bon, en homme de métier, de mettre toute la gomme, s'il est permis de parler ainsi, en la comparant cette fois, la Terre, à un ballon. Un ballon, nous savions tous ce que c'était, à un ou deux lourdauds près, nous en étions tous fous, au point que lorsqu'on en apercevait un, ola fièvre nous saisissait de la tête aux pieds ou dans l'autre sens, on se mettait à trembler. Un ballon, ça roule, ça vole, ça change de trajectoire au moindre prétexte, au moindre coup de vent, au moindre obstacle, à l'effet que pouvait lui imprimer un pied exercé et, pour rendre les choses plus imprévisibles quand elles le sont déjà plus qu'assez, ça modifie son comportement selon la pression qui, elle-même, c'est attesté, varie selon qu'il est resté plus ou moins longtemps au soleil ou à l'ombre. Et donc si la terre tourne, les motifs d'inquiétude tendent vite à l'infini, non ?

Et alors que la plupart des élèves, les cancres attitrés inclus, semblèrent soudainement se réveiller autant par véritable intérêt que pour faire plaisir au prof, lui, le mioche qui gobait tout, il se figea sur son banc, à la deuxième rangée, soudain frappé d'instabilité, livré corps et biens à l'insécurité, voué irrémédiablement à la chute. Il avait cru, lui, à la parole du Maître. La terre est ronde et le corps de l'homme est lisse, hélas, sans recours. Ni ventouses pour coller, ni serres ni filaments pour s'accrocher ; pas six pattes comme un insecte, pas même autant de pattes qu'un chat. L'homme araignée n'avait pas encore vu le jour, ou ne s'était pas hasardé dans ces contrées lointaines. Ce n'était du reste qu'un trait de crayon sur du papier. Lui, en tous cas, ne pouvait se prévaloir d'aucune de ces qualités. Il s'agrippa de toutes ses forces à la table, et quitta la classe le dernier, et courut éperdument jusques chez-lui, ne quittant pas le sol des yeux, de peur de s'envoler comme une bulle de savon dans le vent.

La nuit, ce fut pire. Que ses parents fussent plongés dans le sommeil ne le rassurait en rien. Les gens étaient à mille lieues de soupçonner qu'ils vivaient leurs derniers instants. Dans une minute, ou dans une heure, à tout instant, dès que la terre aura tourné et qu'il fût, lui, du mauvais côté, en bas, il serait projeté dans le vide. Ce fut une nuit de terreur telle qu'il n'en connaîtra pas de semblable dans le reste de sa vie. Il sera en butte aux tracas, à l'inimitié, au mensonge et à la diffamation, à la maladie. Il lui arrivera d'avoir peur, brièvement, pour ses enfants ou ses parents, de manquer tel rendez-vous, ou de prendre une mauvaise décision. Il aura peur de mourir. C'est ainsi, généralement, que les hommes vivent. Ils y sont préparés, ou devraient l'être.

Mais rien ne vous prépare au risque d'être éjecté de la surface d'un globe qui tournoie dans l'immensité du ciel.

Après, bien sûr, il eut honte de sa crainte irraisonnée. Encore heureux qu'il n'en eût parlé à personne. Il eût été la risée de toute la classe, autant dire du monde entier.

Il a regardé les autres, puis a cherché. Avant ses camarades, qui s'en moquaient bien ou qui affectaient de se moquer de tout, il trouva ce que le maître avait omis d'expliquer, probablement parce que, pour lui, cela allait de soi. Qui, en effet, ignore la force de gravité ? Il eût été surpris, sans doute, qu'on lui réponde : la majorité des humains l'ignoraient, et avaient vécu leurs vies pleines d'heurs et de malheurs qui ne devaient rien à la forme de la terre !

Pour brève et violente qu'elle fut, cette expérience aura des conséquences que le garçon ne pouvait à cette époque ni prévoir ni analyser. Il saura que si la science sans «conscience» n'est pas bonne pour l' « âme », l'autodérision l'est, certainement. Que les erreurs peuvent être fécondes et les croyances erronées. Qu'on ne peut prétendre à la connaissance d'un lieu sans connaître son environnement, ni d'un objet sans en mesurer l'ensemble des effets…

L'école, dont à juste titre quelqu'un a dit qu'on n'en aura pas assez de toute une vie pour s'en dépêtrer[6], lui avait appris, dès les premières années, une notion essentielle. Une vérité universelle. Une notion de mathématique. Ou, plus prosaïquement, d'arithmétique. Pour tout dire, une règle de calcul, comme on disait. Le maître aimait à répéter que les règles de calcul s'imposaient à tous, sans aucune exception. A cet âge tendre, on aime écouter et croire ses maîtres. Il l'avait tant cru qu'il s'était approprié sans réserve la fabuleuse trouvaille. Si on ajoute deux à deux, affirmait le maître, on obtenait quatre. Et ce quatre, vous l'obtiendrez, répétait-il avec force, dans le monde entier ! C'est une vérité universelle.

Son étonnement venait moins du fait lui-même que de ce que ce fait fût tenu pour valable par le monde entier. Les explications suivantes permettront de mieux comprendre ce que l'évènement avait d'extraordinaire.

Il vivait dans un quartier populaire. Les voisins manquaient de toutes sortes de choses, ils ne s'en cachaient pas, mais il y avait une chose qui ne manquait pas : la fierté. De celle-là, ils n'étaient jamais à court, si bien qu'ils confondaient dans un égal mépris les snobinards du centre ville, où de belles voitures stationnaient devant de grandes maisons avec jardins, et les pouilleux des quartiers plus récents, qui tendaient à les prendre en tenaille à droite et à gauche. Ils avaient de la cohésion, ceux de son quartier. Ils pouvaient vivre et mourir sans en sortir. Ils avaient développé leur propre langage, incompréhensible à la plupart des autres. Son copain d'école, celui qui habitait la même rue, trois portes plus haut, ne cessait de le questionner : qu'est-ce qu'il dit ? qu'est-ce qu'il dit ? quand, pendant les vacances, ils allaient tous deux faire une virée en ville, où ils pouvaient voir et entendre, sur les terrasses des cafés, les gens de la haute se prélasser et parler leur drôle de langue.

Dans une même ville, il fallait être pratiquement polyglotte pour se faire comprendre. Alors, forcément, quand on vous certifie que deux plus deux font quatre, partout et dans toutes les langues, indépendamment du quartier, de la richesse, de la religion et de la couleur, alors forcément ça vous étonne !

La première vérité universelle, c'est comme, plus tard, un premier amour. On en est impressionné. On ne peut garder l'immense secret juste pour soi. Aussi bien, le premier jour de repos, après déjeuner, il montra fièrement le cahier de calcul à son père et lui exposa, avec les mots du maître, le genre de vérité qu'on apprenait à l'école. Mais, au lieu des félicitations qu'il attendait, il ne reçut qu'un vague hum ! sceptique. Le garçon, dépité, dut répéter la démonstration. Papa, c'est valable dans toute la ville, et même dans tout le pays !

La prudence lui recommanda de ne pas étendre l'universalité au-delà.

Son père connaissait le pays, et d'autres pays en Afrique et ailleurs, puisqu'il lui arrivait d'en prononcer les noms.

Deux autres années scolaires s'étaient achevées. Un jour d'été qu'il revenait tôt de la piscine sans s'être mouillé, parce que, dans le bassin, il y avait plus de mioches que d'eau, son père lui présenta le carnet de l'épicerie où étaient consignés leurs achats de la semaine. Prends ce carnet, dit-il, et va faire les comptes avec l'épicier. Ensuite tu le paies, et tu me rends la monnaie. Il lui donna des billets de banque. C'était la première fois qu'il le chargeait d'une mission de cette importance.

Il revint une demi-heure plus tard en bougonnant et tendit les billets à son père. « C'est un voleur. Le compte n'est pas bon. » Son père repartit payer l'épicier. « Mais il en a rajouté ! » Il cria presque. Son père eut cette remarque incompréhensible : vois-tu, fiston, il n'y a qu'à l'école que deux et deux font quatre !

Plus tard, un quart de siècle plus tard ou peu s'en fallait, le journal télévisé rendait compte du mécontentement de l'opposition après sa défaite électorale. A dix sept heures, la majorité sortante disposait tout au plus de vingt six pour cent des voix exprimées, et à dix neuf heures, heure de fermeture des bureaux de vote, elle en avait quatre vingt quinze pour cent. Comment est-ce possible, se lamentait l'opposition ? Il se souvint qu'à cet instant, son regard croisa le regard de son père, qui eut un petit rire, et le commentaire suivant : On dirait qu'à l'opposition, ils ont eu le même prof que toi, tu sais, celui qui t'a mis en tête que deux et deux… Il en a ri, son père, qu'est-ce qu'il en a ri, et lui aussi, il a fini par en rire. C'était devenu entre eux un sujet de plaisanterie. Durant les années de collège, toutes les fois qu'il s'était montré exigeant, voire cassant – il aimait par exemple à prendre un ton hautain : je veux que ce soit net ! … – son père le rendait à « l'humanité », comme il disait en souriant, avec ce simple rappel : deux et deux ! Moi qui ne suis pas prof, lui avait-il dit une fois, je soutiens que deux et deux font quatre… jusqu'à ce l'autorité en décide autrement. Ou l'épicier ! Il en avait ri jusqu'aux larmes. C'était mon air choqué au plus haut point, sans doute…

Que ne l'ai-je écouté ! se dit-il. Je me serais épargné tant de déboires et de tracasseries ! Son père disait encore : quand un homme entre dans une équation, elle est n'est plus mathématique.

Aucun déboire, toutefois, n'a eu l'impact suffisant pour l'amener à changer de comportement. Regardant sa trajectoire du haut de son âge, la tentation était grande d'en occulter les inflexions et les virages pour n'en voire que l'unité. Un chemin ! se dit-il avec des sentiments mitigés, rien qu'un chemin. Il n'avait qu'à se retourner pour le distinguer clairement, juste derrière, et le deviner là-bas, entre des étapes mémorisées, ou le supposer, plus loin encore.

Toute une vie, et seulement un chemin ! Un pauvre petit chemin, large comme un mince ruban, large de la largeur de son pied dont la trace s'estompe avec le jour!

Caminante, son tus huellas

El camino, y nada mas[7]

Faut-il en rire ou en pleurer, pensa-t-il, plus près des pleurs que du rire. Bientôt, il n'en restera rien. Et quelle importance ? Si, vu de là où il était rendu, son passé l'intriguait parfois, en revanche ce qu'il adviendrait de lui après sa mort n'avait aucun intérêt. Dans le vaste registre des activités humaines, il n'aura laissé aucune marque dont les générations suivantes se souviendraient. Il n'a souffert d'aucune de ces folies qui seules poussent l'homme à vouloir se distinguer aux dépens des siens. Ni bâtisseur, ni entasseur de fortune, ni dirigeant ni gourou, ni « penseur ». Pas davantage poète ou écrivain ; et encore moins un conquérant ensanglanté de gloire, celui auquel les survivants reconnaissants dressent le plus de statues et de monuments, trop contents sans doute de lui avoir survécu. Leurs chemins à eux ne s'effacent pas. Creusés larges et profonds dans l'esprit des individus ou dans le corps des peuples subjugués, ils résisteront à l'érosion du temps. Des siècles plus tard, le passant inattentif ou le dévot pèlerin peuvent y tomber, et en ressortiront, chacun avec, magnifié, le bien ou le mal qu'il portait en lui.

Quant à lui, il n'avait rien à son crédit qui fût de nature à retenir l'attention. En ces temps où, dit-on, rien n'est pire que l'anonymat, et où, en conséquence, oser, oser plus, oser n'importe quoi, sont des mots-idées également convoités dans la société des truands et dans celle des célébrités en tous genres, que faire pour se faire remarquer, pour « exister », comme on veut nous le faire croire ? Car il est désormais tenu pour véritable qu'en dehors du champ médiatique, il n'est point de salut. Au mieux, on serait en sursis, ou en exil. La compétition est féroce dans le marché aux informations. Encore une fois que faire pour avoir droit à un peu de lumière, à un peu d'existence ? Nos parents chérissaient Buffalo Bill, que nos grand-mères nommaient affectueusement Cody. Il est resté dans les mémoires pour avoir courageusement débarrassé les grandes plaines de cet animal affreux au nom comique. Si leurs survivants parlaient, les bisons lui auraient sûrement décerné la palme d'assassin émérite et l'académie de Suède, peut-être, le prix Nobel de la paix. Voilà en effet ce qui arrive quand on érige un culte à l'extrême. La bourde est quasi certaine. Si dans les époques anciennes, l'idiot pensait au toit quand on lui montrait la lune, il n'est pas étonnant que, de nos jours, des gens connus ou voulant l'être exhibent leur cul sur les réseaux et que les moins doués se filment en train de violer enfants et gérontes ou d'assassiner méthodiquement l'innocent. Chacun selon ses moyens ou ses capacités, dirait l'humoriste, mais tous fous du désir d'attirer, ne fût-ce qu'une minute trente, le regard de leurs semblables.

La société est malade, diagnostique le psychiatre, d'une maladie sans remède. Soit ! répondent les initiés, qui se divisent entre ceux qui « font avec » et ceux, plus audacieux, qui penchent pour « faire pour le mieux ». L'historien-sociologue a dit : n'essaie pas de redresser ce (l'homme) qui est tordu[8], tu y perdrais plus que ton temps. L'entrepreneur va plus loin : cet homme-là, tout tordu qu'il est, il en fera son gagne-pain, il bâtira dessus son pouvoir et sa fortune. Il fera l'impossible pour le voir se multiplier sur toute la surface de la terre. Et sur toute la surface de la terre il le suivra, muni des instruments de sa spécialité, plumeur ou tondeur ou vendeur de boniments et de verroteries, d'alcool frelaté et d'armes obsolètes, et tenant les comptes à jour et en colonnes bien rangées. Et, pour qui a « réussi », une double ou triple comptabilité, à l'heure des tripatouillages optimisés et des paradis fiscaux. D'honorables assemblées élues dans les formes requises, démocratiquement, voteront des lois précisant les droits des uns et les devoirs des autres, et, afin que nul n'en ignore, étendront le bras musclé de la justice, telle qu'ainsi définie, jusque dans les trous de souris car du ciel lointain, jadis habité par la bonhomie des dieux, des yeux à haute définition vous contemplent et filment chacun de vos gestes.

Vous n'en demandez pas tant ? Vous n'en pouvez plus d'être espionné, votre corps se plaint, signes visibles à l'appui, d'être radiographié à tous les portiques et traversé en permanence par tant de rayonnements offensifs déversés de la couche satellite d'artifacts ? On s'en moque. N'hésitez pas à voter contre, après tout, nous sommes en démentcratie !

Comment en est on arrivé là ? Il s'était mis au lit plus tôt que d'habitude, murmurant un prétexte quelconque. Il eût dû avouer, pour une fois, la vérité : une grosse déprime. Il avait envie de pleurer, comme un bébé qui cherche des yeux sa mère et ne l'aperçoit pas. « A qui nous abandonnes-tu… ?» Des peurs subites, des paniques véritables le secouaient, qu'il ne comprenait pas. Du reste, il ne comprenait plus rien. Mais, susurra la voix intime, demande-t-on au vulgum pecus de comprendre la complexité du monde? La beauté du monde existe, ne t'en déplaise, elle n'est simplement pas pour toi. Elle est pour les happy few, et tu n'y figures pas. Les Romains ne t'y voyaient pas non plus, qui avaient édicté en leur langue que la beauté se méritait : « pulchrum est paucorum hominum » ! Splendide, non ?

Ce qui est dur à supporter, c'est qu'ils avaient raison, sur ce coup, les Romains. La beauté est trop précieuse pour être partagée.

Toi, tu es du genre à revendiquer. Revendiquer tout à la fois la base et le sommet, le chemin et l'étendue, sans avoir à choisir ni à renoncer à rien ? On a connu humilité plus sincère ! Tu prétends te contenter de ton sort, petit d'homme, mal dégauchi, presque aveugle et malentendant, et le revendiquer haut et fort, tout en te vantant d'omniscience ! Par le ciel, c'est peu dire que tu es le lieu des contraires ! Je te connais et t'observe et je dis : es-tu le faux ou le faussaire ?

Jamais encore sa voix intime, son ennemi perso, comme il l'appelle, ne l'avait réprimandé si vertement. Si injustement. Elle le prenait peut-être pour un autre. Mais il ne s'en soucia guère, elle reviendrait plus tard à la charge, elle ne savait faire rien d'autre. Et puis, il refusait d'être déconcentré. Sa fatigue, elle était sienne, il y tenait. Tant qu'à se coltiner, autant le faire contre des adversaires choisis, et qui fussent de poids. Et tant mieux, s'il en venait en foules !

Cela lui faisait du bien de crâner. Il n'en menait pas large, en vérité !

La vérité ! Il s'y accrocha un instant. Qu'importe l'épreuve, si la route conduit à la vérité ! Mais il sut qu'elle ne le conduirait pas à la vérité, mais à quelque chose de plus difficile, d'impossible à atteindre : lui. !

Un noir filet de tristesse s'abattit sur ses épaules, lui serrant les côtes, le figeant en une pitoyable hébétude, expulsant l'air de ses poumons et la vitalité de sa vie. Il eut la force de penser : tout sauf la tristesse. Il se vit en face, lui ou un autre, une vieille personne, peut-être plus vieille que lui, une larme coulant sur la joue et il eut cette pensée : la larme d'un vieux, la larme d'une vieille est plus lourde que l'univers entier.

7

Comment en était-on arrivé là ? Il ne gémissait plus, il voulait combattre, ou à tout le moins essayer d'y voir clair. Dans le seul courant d'une vie, il a assisté à des guerres menées au nom de la liberté introuvable, au nom de l'ordre controuvé, au nom de l'idéal de justice et de la promesse de prospérité. Des lubies plein les yeux et la tête, bannières et tambours, et du sang jusqu'aux chevilles. Il a assisté au déplacement et à la mort violente de dizaines de millions, au re-dessin des frontières, à l'intrusion d'internet et des réseaux dits sociaux… Les mêmes principes se lèvent à tour de rôle pour perpétrer avec sauvagerie les tournantes sur le corps meurtri des sociétés. Et qu'avons-nous obtenu ? L'exact inverse de la promesse proclamée et, de surcroît, une classe entière d'avortons du cerveau et de monstres sûrs de leur droit à nous dicter notre conduite.

La même question revenait, inlassablement. Comment en effet expliquer ce qui parait inexplicable : nous, êtres humains, maîtres du langage et de l'idée, véritables miracles ambulants, nous nous sommes laissé berner par des hommes comme nous, sans plus de talent que nous, au point de renoncer, librement, à ce qui fait notre essence d'hommes dotés d'intelligence et de conscience. Comment ?

Au nom de la liberté, la terre nous est devenue une immense prison où, pour dire un mot en privé, tu dois cacher les mouvements de tes lèvres et éloigner ton spyphone. Tu as soutenu, accompagné, élu, enrichi ceux qui te dénient maintenant le droit à la vie privée, à l'aparté, et qui trouvent « normal » d'enregistrer sans te demander la permission, les mots et les caresses que tu prodigues à ton conjoint sous les couvertures de ton lit, chez toi.

Au nom de la prospérité pour tous, la misère s'étale en grosses couches, n'épargnant plus les zones réputées naguère pour leur « développement » et leur richesse.

Au nom de la justice, et de l'égalité devant elle, des hommes de pouvoir, démocratiquement élus, ou dépendant de gens élus, assis au fond de grands bureaux climatisés situés quelque part dans de lointaines villes, décident de la mort et de la vie d'individus ou de groupes entiers, et des tortures à leur infliger, sans possibilité de recours.

Ceci n'est pas tombé du ciel. Tu l'as voulu, et voulu ainsi. Les hommes auxquels tu as concédé le pouvoir d'appuyer à leur convenance sur ta gorge, tu les applaudis, tu les rééliras encore et les soutiendras car tu n'as pas le choix. Tu n'as pas le choix parce que tu en es venu à le croire ainsi. Insidieusement, tu t'éloignes de ton humanité. Si seulement tu disposais du temps pour penser à « tout cela »… Mais, justement, le temps, tu n'en as pas. Tellement de choses à caser dans une journée, et penser n'y figure pas. Non, vraiment, pas de place pour un petit moment à penser. Tu me rappelles ce snob anglais auquel on prêtait ces mots que tu trouveras peut-être *delicious* : « vivre, nous laissons cela à nos valets » ! Tu dirais, toi : commander, nous laissons cela aux hommes et femmes qui sortent de l'ordinaire, en *ce sens* qu'ils sont plus égocentrés, plus affamés, plus assoiffés, plus cyniques, plus effrontés. Comme si, dans un asile psychiatrique, les malades conviennent de nommer les soignants parmi les plus atteints d'entre eux.

Par-dessus tout, tu n'as pas le choix parce que tu y as renoncé. Tu n'as plus de droits parce que tu l'as voulu.

Mais encore une fois, comment un homme peut-il souhaiter être dominé, contrôlé, conduit comme un animal qu'on tire au moyen d'une corde et d'un caveçon ? Un type veut t'imposer son système ? La belle affaire ! Il ne tient qu'à toi de lui opposer le tien. Le poète[9] t'avait pourtant averti: "I must create a system, or be enslaved by another man's". Car le fait est là ! Toujours l'homme tentera de dominer sur son semblable. Que dit Canetti, qui a étudié les mouvements de foule entre les mains des magiciens :

"Anyone who wants to rule men first tries to humiliate them, to trick them out of their rights and their capacity of resistance, until they are as powerless before him as animals".

Des animaux sans défense, livrés aux lubies et autres étranges expériences du docteur Moreau, premier ministre, chancelier et président acclamé ! On a envie de chanter au son du cistre et du tambourin : est-ce ainsi que les hommes vivent ?!

Confier volontiers à un autre le soin de régler les détails de ta vie, quand tu as mille raisons de croire qu'il ment et qu'il a menti afin d'obtenir ton suffrage, c'est cela qui donne le vertige. Le plus étonnant est ce « volontiers ». Il aurait des circonstances atténuantes, l'homme soumis de force à la dictature des baïonnettes ou à celle de l'ignorance mais, sauf à en appeler à des inepties du genre envoûtement ou folie passagère (soyons complaisants), l'homme éclairé ou censé l'être n'a pas d'excuse. Tu dois chaque jour te poser cette question : es-tu un homme éclairé ou un ignorant ? Es-tu responsable ou incapable ? Es-tu un homme libre et, en ce cas, le veux-tu demeurer ? Libre de tes actes et de tes pensées, l'es-tu ? La question se pose, assurément, lorsqu'on voit dans les sociétés les plus avancées des millions d'hommes et de femmes se rêver librement esclaves.

On en vient inévitablement à ceci : c'est quoi, un être humain ? Qu'est-ce qui nous distingue des autres formes de vie sinon la pensée ? Il a quitté l'humaine condition celui-là que la pensée a quitté, nous en sommes tous d'accord. L'homme est donc inséparable de la pensée. Parménide le grec le disait déjà (« être et penser sont inséparables »), Descartes l'a redit dans sa fameuse formule (« je pense donc je suis ») que tous récitent et dont personne ne se soucie. Toutes les écoles du monde l'enseignent. Pour autant, les hommes abandonnent partout ce privilège, penser, quand les questions cruciales se posent. La gravité des choses les paralyse. Ils cessent de penser au prétexte qu'à cette fin ils ont délégué, ou dû déléguer *un* homme ou *une* femme qui accepte de penser en leurs nom et place. Savent-ils que, ce faisant, ils ont cessé, volontiers comme ils disent, d'être humains ?

La pensée fatigue, disent-ils, elle épuise. Et c'est vrai, rien n'absorbe autant d'énergie que de penser. «… l'opinion consent qu'on la dupe, pourvu qu'on la repose » remarque le moraliste, reprenant en d'autres termes ce que les romains observaient en leur langue : « populus vult decipi, ergo decipatur. » Personne n'aime la publicité mensongère de certaines poudres à récurer, mais celle des hommes qui se donnent pour mission de nous asservir, c'est autre chose ! Au reste, le « mensonge » de l'homme providentiel n'est mentionné ici qu'à titre d'anecdote. Celui-là n'existe qu'autant que l'homme de la rue en a besoin. Le fait est de plus large conséquence. De grandes questions se lèvent, d'ordre politique, certes, mais aussi économique, éthique, juridique...

Sa femme s'était faufilée dans le lit. Elle s'était endormie. Elle se mit à ronfler, tranquillement, de façon soutenue. De temps à autre elle cessait de ronfler, et restait un moment en suspens, comme si elle réfléchissait. Elle s'agitait un peu, à peine. Il devinait qu'elle rêvait, au changement du rythme de sa respiration. Ses rêves étaient paisibles. Il lui arrivait à lui aussi d'avoir des rêves, dont il ne subsistait au matin que des bribes informes et sans signification, semblables à des moignons de phrases prononcées par un fou en une langue inexistante. En cela ils ressemblaient aux discours des politiciens. On les préfère quand on en a tout oublié.

Il redescendit au salon. Il souffrait d'insomnies, par périodes, rien d'alarmant, il laissait aller, se disant que, lorsque la bête n'en pourra plus, il dormira. On dort toujours assez, quand on est vieux. A son âge, c'est le sommeil qui pose problème, et non son manque. Les heures qui lui sont soustraites ne sont pas perdues. Plus on pense à la mort, plus on apprécie de rester éveillé.

Où en était-il ? Ah ! Penser ! Etre ou ne pas être. Qu'a-t-on à gagner ou à perdre, à se reposer sur autrui, et à lui donner carte blanche, pour décider de la guerre ou de la paix mais aussi, et surtout, pour ce qui touche à la vie quotidienne, l'école, les services municipaux, l'emploi, l'hygiène, la fiscalité et ainsi de suite. Si, en sa qualité d'homme, et, pour faire dans la tautologie, d'homme tenant à exercer ses prérogatives sans interruption, il a autant de capacité à penser que n'importe qui, et probablement davantage dans le périmètre étroit de ce qui le concerne et concerne sa famille, de quelle manière, et avec quels mots justifierait-il le fait de se museler, et de donner congé à sa raison, c'est-à-dire à ce qui fait de lui un être humain en exercice, en vie ?

Il eut un sourire en imaginant son petit-fils lui poser la question, après l'avoir entendu : papi, c'est quoi un homme sans l'être ?

Sérieusement, que serait l'homme s'il renonce à la pensée. Un animal ? La question est loin d'être oiseuse. Du point de vue du droit naturel, que dire ? D'autant qu'en vérité, il ne renonce pas tout à fait. Il continue à aller et venir, à subvenir, dans la mesure du possible, aux besoins des siens, à donner libre cours à son « intelligence », qui peut se révéler étonnante à nouer et à dénouer toutes sortes d'affaires, et, pourquoi pas, à critiquer haut et fort, avec les amis et les copains, ceux qu'ils ont intronisés maîtres de leur destin. On a la catharsis qu'on peut.

Homme à éclipses, alors ! Cet homme, du genre le plus commun, celui auquel nous appartenons tous, à demeure ou par intermittence, il ne serait pas juste d'en rire. On ne rit pas du gamin qui se taillade le bras, en butte à ce qu'il ne sait ni exprimer ni résoudre.

Tel il est. Pas la peine de lui demander la fiabilité à toute épreuve, une vigilance de tous les instants. Il n'est pas une machine, dit-il fort justement. La précision, la répétition conforme, l'éveil sans fatigue ni surprise, il va les chercher dans les instruments qu'il invente et fabrique, et qu'il dote de logiciels durs. Quant à lui, il est parti de rien, et avance en trébuchant, en s'appuyant sur ses erreurs. Ses logiciels à lui forment un ensemble mou, comme la chair qui protège et meut son fragile squelette. Son corps. Le corps, appareillage complexe dont on sait tout, ou, à vrai dire, presque tout, puisqu'il refuse d'avouer où se cache son âme. La retient-il quelque part à l'intérieur, comme l'affirment les uns ou, comme le prétendent d'autres, qui ne leur cèdent ni en autorité ni en inspiration, le recouvre-t-elle tel un manteau ?

La question est grave. Autant que les piliers qui soutiennent le ciel, l'âme soutient tout un pan de l'économie terrestre. Sans la croyance en cette chose impalpable, indémontrable, beaucoup d'hommes se poseraient, en termes décisifs, la question suivante : la vie vaut-elle la peine ?

Car, au commencement était la mort. L'homme naquit à l'instant où surgit en lui la conscience de sa mort. Cette assomption le distingua à jamais du monde de l'animalité auquel il avait appartenu jusques là. Sa condition d'être humain, l'idée qu'il se fait de lui-même, sa conscience de ne vivre que pour un temps, en sursis, tout cela *devient* inséparable de lui-même.

Contempler le corps inerte de l'enfant qui courait, riait et pleurait, vivait le matin, le voir saisi dans une mauvaise immobilité puis se dissoudre les jours suivants, s'y voir, fut sans doute l'épreuve insurpassable qui fonda l'humain dans l'humanoïde. Le sentiment d'injustice fit irruption en même temps, et la révolte devant l'incompréhensible, prélude aux feux de la rébellion que les croyances se proposeront d'éteindre au moyen de contre-feux où le verbe se donne pour mission d'égaler sinon d'occulter le réel mortifère.

La mort est immorale. Nous ne l'acceptons pas plus aujourd'hui qu'hier, et sans doute moins en raison, entre autres, de la perte qu'elle représente, en termes d'expérience, de savoir, de « sagesse ». L'homme illustre, l'enfant en bas âge disparaissent du jour au lendemain. La perte est irréparable, le gaspillage inacceptable.

En frappant l'un d'entre nous, elle nous interroge tous. De sorte qu'elle a davantage fait pour féconder l'esprit humain que tout autre phénomène. Nous continuons, dans l'effort et la souffrance, à essayer de comprendre, à échafauder des hypothèses et des théories, à user de remèdes et de cataplasmes, sans résultat définitif. Et nous continuons à vivre, entre la peur et le regret, en tâchant d'oublier la fatalité, avec des résultats mitigés. Et nous ne désespérons pas de la vaincre un jour, tout en n'ayant aucune idée de ce que serait une vie qui en serait exempte. Car nous n'avons pas franchi la distance et le temps sans avoir appris que trop souvent du bien jaillit le mal. Si l'antibiotique nous vaut d'être suffoqués sous notre démographie, que pourrait-on attendre de la mise en échec de la mort ?

8

Si l'homme peut être défini d'abord par la conscience qu'il a de sa mort prochaine, il est en droit de se poser la question : c'est quoi, la vie ?

Oui, c'est quoi, la vie, quand on sait qu'elle passera, le décret en a déjà été pris par l'Instance Inaccessible, et qu'elle s'éteindra, on ne sait quand. Quand, mot courant renvoyant à cet autre phénomène observable et néanmoins incompréhensible, le temps. De donnée, la vie s'est rétrécie au rang de chose prêtée, puis à une chose volée. Volée à la mort, seconde après seconde, respiration après respiration. Ai-je droit, dit l'homme aux yeux ouverts, à une autre seconde ? Est-ce une vie, celle qu'on subtilise par secondes, jamais une heure pleine ? A l'image de ces astres dont on dit que, réduits à leurs éléments, ils pourraient reposer sur la tête d'une épingle, qui est en mesure d'affirmer que la vie d'homme, une fois débarrassée de l'illusion et ramenée à l'essentiel, dépasse la limite de la seconde primitive ? L'arrivée se confondrait-elle avec le départ ?

Mais qu'importe. Tant que nous la volons, un instant après l'autre, elle ne nous sera pas volée !

La compassion, voilà ce qui vient à l'esprit quand on y pense. L'homme, le pauvre petit homme, grain de poussière que d'incommensurables désirs affolent. Esquif insignifiant dont les voiles emplissent les cieux. Déraisonnable, exigeant, immature, trouillard, traversé de douleurs et de fulgurances en tous genres, de fièvres inapaisables, de convoitises inassouvissables. Chaotique, foutraque, en eussent dit de plus anciens ! Lieu en soi epsilonesque où pourtant se déchainent le vacarme et la fureur, lieu hanté où des vents contraires tempêtent infiniment. Incessamment. Eperdument. La voie lactée ne suffirait pas à combler son regard, ni l'univers entier à contenter ses envies.

Et toujours les questions lancinantes et inutiles, qui commencent au berceau : c'est quoi ceci ; puis qu'est ce que c'est que cela ; ensuite la sarabande circulaire et sans issue des pourquoi et d'où et dans quel dessein. La terre ne serait-elle qu'un goulag où renaissent les âmes damnées ? Une prison où l'on passe son temps à chercher une porte de sortie ?

Tout ce qu'il s'imagine et se représente ne saurait constituer autre chose qu'une étape, la première, toujours la première de la course qu'il se veut. Son intuition l'avertit : il n'y aura pas de seconde étape pour l'insecte qui va mourir.

Nul autre être vivant, assurément, ne mérite autant de compassion. Voyez plutôt : ne dirait-on pas que la conscience ne lui a été donnée que pour qu'il prenne la pleine mesure du désastre inéluctable ? Pour se moquer de lui, peut-être, et de quelle façon !

Voyez plutôt : la conscience associée à la vie, pour ainsi dire miracle sur miracle, de quoi illuminer le ciel jusques dans ses sombres profondeurs, et puis la chute, à brève échéance, dans la nuit d'où nul ne revient. On écrit et on efface, comme ça ! On donne sans compter, et on retient le tout l'instant d'après. On promet, et on renie sa promesse. Sans préavis, sans égards. On donne l'espoir, seulement pour mieux l'anéantir !

Pourquoi ?

Est-ce que cela a une signification ? N'est-il, en fin de compte, qu'une exception fugitive dans l'exception éphémère de la vie, au milieu de l'infinie règle de la mort ?

Le fruit d'un hasard sans nulle nécessité ?

Est-ce un jeu, où celui qu'on comble de bienfaits aujourd'hui sera demain livré à la torture ? Comme on en pratique, dit-on, chez certaines tribus où on élit le roi pour une période convenue à l'issue de laquelle il sera dûment étranglé ?

Faudra-t-il prêter au ciel de douteuses plaisanteries ? Rien n'est impossible, disent certains de ceux qui n'en peuvent plus. N'en peuvent plus d'attendre la réponse qui ne vient pas, le secours qui ne vient pas, la consolation qui ne vient pas. Il se souvint de ces deux vers de Tagore :

Si personne ne répond à ton appel
Marche tout seul marche tout seul

Fourbus de solitude ils ont construit des systèmes, ils ont franchi le pas en le repeignant, leur ciel, de leurs propres couleurs et en y affichant leur propre image, à peine retouchée, juste ce qu'il faut pour qu'ils puissent s'y admirer, quand le doute se présente à la porte. Il faut rester raisonnables, s'encouragent-ils, ce n'est pas parce qu'on ne l'a jamais vu, Lui, grand Manitou grand Architecte, qu'on se sentirait la liberté d'imaginer n'importe quoi. Nous avons beau essayer et essayer encore, et nos pères avant nous, jamais nous n'avons réussi à nous représenter rien qui ne soit tiré de nous. Ce Nous, c'est entendu, s'élargit à ce que la nature offre à nos sens. C'est là toute l'étendue de la réserve dans laquelle nos mains piochent. Avec la plume de notre esprit – notre intellect – nous n'avons à disposition pour rêver ou pour créer que l'encre de l'encrier. Les choses étant ce qu'elles sont, le plus raisonnable serait qu'Il soit à notre semblance, non ? Tous les métiers Lui appartiennent, c'est la moindre des choses. Il fait ce que nous faisons, en mieux. Il est bon et généreux. Il punit et récompense. Il attend nos prières comme un dû et tient le compte de nos rites. Par-dessus tout, il est juste, et en justice Il rétribue ses créatures. Et ce qui nous en reste inconnu, voyons, la raison n'est-elle pas fondée à y suppléer ?

Et non, pas la raison, pas la raison !

Avez-vous entendu la voix de tonnerre, qui eut cette fameuse réplique : la raison ? « Cette pute du diable, cette ennemie mortelle de la foi ! »[10]

Il était grand temps en effet de rappeler à qui de droit le b a ba de toute croyance : on ne raisonne pas à l'intérieur du temple. Il y a incompatibilité. La foi nie la logique, et celle-ci le lui rend bien. Une question fondamentale demeure néanmoins : de quoi avons-nous le plus besoin, de foi ou de logique ? Que veux-tu, homme, les hasards de la conduite ou l'assurance d'être conduit ? Dis, toi qui es né dépendant, cours-tu après la liberté ou après le repos ? Es-tu responsable, es-tu esclave d'une volonté étrange?

La liberté ! Tu la cries sur tous les tons et son nom, tu l'écris sur tous les supports. Il faut te prendre au sérieux, quand tu hurles : la liberté ou la mort ! Libertad o muerta ! Car tu n'es pas avare de ton sang, et encore moins du sang de l'autre. Tu es courageux, surtout quand tu t'additionnes en hordes, et qu'on t'autorise ou, mieux, t'ordonne de faire couler le sang du faible. Cet ordre, tu supplies à genoux qu'on te l'intime, et t'engages sur ta vie à l'exécuter, hasardant ce qui t'a été prêté pour anéantir ce qui ne t'appartient pas. Tu défends la liberté, dis-tu, quand ne reste en toi de libre que l'indexe qui appuie sur la détente ! La liberté, inconscient, tu la tues en croyant la défendre. La liberté, froussard, tu ne peux la supporter car elle t'épouvante.

Qu'en ferais-tu, du reste ? Personne ne te l'a apprise. Tu la rencontrerais que tu ne la reconnaitrais pas. Tu la hais, comme tout ce qui te semble étranger, d'une haine atavique et rageuse. Quelqu'un quelque part la prononce-t-il sur le ton dissipé du rêveur et te voilà frémissant, l'oreille dressée, armé de pied en cap, prêt à la lui faire ravaler avec force dégâts. T'es du genre à quémander des ordres, pas à te poser les questions fertiles en questions, n'est-ce pas ? Les questions en cascades, c'est pas assez net à ton goût. Issu de l'épaisseur de l'espèce, la gadoue qu'on piétine et qui te colle, que tu fleures et sens malgré ta douche quotidienne, que fuis-tu ainsi, que cherches-tu dans ta fuite éperdue en avant?

Ah mais ! C'est pas vrai, tout ça, dis-tu ! Et tu insistes : j'aime la liberté. Tu es donc un homme libre, parce qu'à la télé, on te répète à satiété qu'un homme qui possède deux voitures récentes et qui emplit à ras-bord son caddy au supermarché est ce qui se fait de mieux. Tu es supérieur, et combien, au pauvre type que tu exploses de loin ou que, de près, tu tortures avec mille raffinements. Et aucun scrupule, pas la moindre disposition à l'autocritique. Elle te vient d'où, malheureux, ta cruauté envers le vivant ?

Qu'en a dit le poète ? Qui ? Le poète n'est plus qu'un souvenir. Exterminé, éteint, éradiqué comme d'autres espèces vaincues. Il s'arcboutait, l'ancêtre archaïque, à chanter le manque, et l'union rêvée de l'âme avec ce qui manque, quand la seule aria aujourd'hui autorisée vante la carte bancaire et la terrifique abondance qu'elle promet. Vivez vos rêves, clame la pub, ça ne coûte que tant ! Qui voudrait encore du poète, cette minorité désobligeante qu'autant le peuple électeur que son élu s'accordent à vouloir de toute nécessité réduire au silence ? Au goulag, le poète ! La société libre et heureuse n'a nul besoin de poète. Et un fieffé menteur, avec ça ! Il l'a flanquée d'une porte, et d'une couleur, le rouge, évidemment, la liberté, comme si, paradoxe suprême, elle était un camp retranché! Pourquoi faire, une porte à la liberté ? Pour empêcher qu'on en sorte ou qu'on y entre ? Forcément, puisqu'on ne la revendique que là où elle fait défaut. C'est un pays que n'ouvre nul visa. N'y accèdent que les clandestins, par le sentier qui enfreint la règle et transgresse l'ordre établi et la mortelle frontière. Espace ouvert fermé par d'autres, qui prélèvent indûment un péage exorbitant avant d'assassiner le voyageur dénudé. La liberté, seule chose qui s'offre pour rien mais qu'on n'obtient qu'au prix fort.

« La liberté rougie a une porte, où la main ensanglantée vient frapper »[11]

Une frontière pour une autre. Ta peau déchirée pour un pas en liberté. Une goutte de ton sang pour un bol de liberté…

La voix le surprit alors qu'il glissait vers le sommeil. Hum, fit-elle. Avec tout le sang versé, elle devrait avoir gagné le droit de régner quelque part, la liberté ! On devrait trouver un endroit sur terre où liberté est donnée à tous de vivre comme ils l'entendent. Toi qui, soit dit sans vouloir t'offenser, n'as rien d'un poète, où vois-tu qu'il existe sur terre un coin de liberté ?

Il réfléchit et ne trouva rien à répondre. Ce qu'on entend par liberté n'est que la tentative d'échanger un état d'insatisfaction contre un autre, un esclavage contre un autre. Le rêve qu'on tenait pour insurpassable, l'obsolescence usinée l'a jeté aux oubliettes sous le million d'artefacts qu'elle tisse et emboutit jusqu'au désespoir. Si le vocable n'en est pas totalement perdu, il faudrait aller le chercher là-bas, tout là-bas où il traîne et paresse en compagnie du marginal et du résistant, pauvres loosers, aux confins du pays vieillot se rétrécissant à vue d'œil.

C'est ainsi, vieux ! Des idéaux qu'on était prêt à défendre au prix de sa vie hier encore, il ne subsiste qu'une poussière informe que le souffle léger de l'air mollement soulève ce matin. Nous sommes entrés de plein pied dans une ère nouvelle. Après la Tragédie grecque et la Plaisanterie moderne, nous voilà déjà jusqu'au cou dans le temps de la Puérilité. Tout est désormais mondialisé, tout est normal. Tout est organisé et fait en grand, mais on cherchera en vain les derniers vestiges de grandeur.

Rien ne saurait surprendre, on nous l'a fait savoir hier soir à la télé. La guerre, cet état considéré récemment encore comme paroxystique et, par cela même, exceptionnel et limité dans le temps, est maintenant devenu l'état ordinaire du monde. La guerre est générale et quotidienne, et celui qui feint de l'ignorer l'a déjà perdue. Entre les régions, entre les pays elle fait rage, entre villes, entre métiers, entre collègues et entre voisins. Sans cesse rodent les drones téléguidés dans le ciel pollué et les forces de l'ordre militaro-financier dans les faubourgs. Les mouvements instantanés des bourses forment et déforment les économies, jetant des armées d'employés dans la panique ou dans l'opprobre du chômage, brisant les familles par milliers, par millions, semant leurs morceaux épars sur les routes douteuses, sous les ponts honteux, à travers les champs de misère.

Ce qui subsiste de liberté est devenu hors de prix quand la vie du quidam, naguère référence absolue, ne vaut plus un clou. La valeur, il faudrait être au moins marquis du bonneteau boursier ou prince de la haute banque pour y prétendre.

L'idéal ? Une affaire d'alpiniste ! Une montagne, et, au milieu, là-bas, le sommet noyé de brume et de brouillard que nous n'atteindrons pas. Les bonnes volontés restent au camp de base, bloquées à mi-hauteur. Les plus déterminés continueront, munis de force et d'espoir. Ils redescendront, le regard à jamais changé, ayant perdu quelques doigts et autant d'illusions. Ils redescendront, à l'exception des plus convaincus. Ceux-là n'auront pu descendre, n'auront voulu descendre. Ils y seront restés, glace parmi la glace, pour le bénéfice de personne.

Aucune sépulture, ceux-là, ne les contiendra. Ils ont su, certainement, là-haut près du ciel, ce qu'est un idéal d'homme. Un endroit exposé, oh oui, et combien dangereux ! Tout le contraire d'un port. Le lieu du haut risque, de haute solitude. La vue y est imprenable, certes. C'est pour la vue, en fin de compte, qu'il a enduré et souffert, l'idéaliste, et quitté femme et enfants. Voire enfin toute chose humaine à ses pieds, et savoir, dans l'instant de la découverte, qu'il faudra en payer le prix. Roc et vent glacé, vide et interrogation, et les poumons en feu, rien d'autre. Plus bas, vers le camp de base qu'il devine, des jappements de chien, ténus, tentatives lancées à partir de ce qui est révolu. Plus loin, le désert en vagues et plateaux et, au fond, certainement, la poussière et la boue où la multitude s'occupe à s'entretuer pour pas grand-chose ou pour rien du tout. A hauteur d'homme, pour la première et la dernière fois, il n'y a que néant et déception.

Toute une existence d'efforts et de privations, et l'illusion au bout, et sinon l'illusion, le vide ! Et un instant, pas plus, pour décider de la vie ou de la mort. L'instant unique et décisif, et lui, là, à l'intersection des coordonneés. Une ecceité, dirait-il, s'il lui restait un gramme d'humour pour placer un mot face au néant. Mais il ne lui reste qu'un souffle de vie exténuée qui cogne en désordre dans sa poitrine incendiée, frappant à la porte rougie de son propre sang, la fameuse porte qui ouvre sur quoi, déjà ? Sur la liberté ? Sur la paix ? Sur l'exil, sur la répudiation de vie ? N'est-ce pas la même chose, en l'occurrence, en ce lieu où toute chose se confond et se dissout dans le grand Inconnu ? Et la question inévitable. Arrivé jusque là pour redescendre, après, mine de rien ? Pourquoi ? Il ne descendra donc pas ! S'il a un soupçon de dignité de reste, il ne rebroussera pas chemin. Du point où il se tient, tous les chemins plongent vers plus bas. Le cerveau a déjà décroché, il ne répond plus. Un instant encore et le choix aura disparu. Il n'y a déjà plus que le trop tard. Le trop tard est partout, écrit en larges lettres, dans le ciel et sur terre. Tu aurais dû savoir que le sommet n'est pas fait pour l'homme, ni l'homme pour le sommet. Ce n'est ni une halte ni une étape, un sommet. On n'y peut se reposer ni s'asseoir. On n'y peut respirer. Ce n'est, en somme, qu'une baïonnette scintillante et inhumaine. Une divinité féroce et sans pitié. Une monture qui, vous ayant conduit au milieu du désert désolé que vous appeliez de vos vœux, crève sous vos pieds, fourbue, vous laissant en plan à compter une à une les respirations qui vous restent.

La déconvenue livrée avec et dans la découverte ! L'instant est mortel, et tue à coup sûr. On se souvient de la confession ultime prêtée au « plus parfait des moines »[12] qui aurait déclaré sur son lit de mort, à l'instant de faire la somme d'une vie toute dédiée à la prière, au jeûne et aux privations : « *j'ai perdu mon temps, j'ai vécu misérablement* » ! L'aveu aurait tant plu à Luther que, d'après Lev Chestov, il l'aurait-lui-même rapporté.

Ne faudrait-il le nommer imposteur, celui-là qui, revenu « sain et sauf » (en voilà un mensonge, par impossibilité!) de là-haut, s'empresse de vendre en tranches son « aventure » ? L'idéaliste, voyez-vous, ne court pas l'aventure. S'il en revient, c'est qu'il n'a pas vraiment atteint le sommet convoité, car l'idéal partage ceci avec la mort, qu'on peut l'avoir frôlé et en parler encore, mais que celui qui l'a atteint n'en revient pas. Il ne peut vouloir en revenir. Il ne peut en revenir.

L'aube blanchissait à la fenêtre qu'il était encore éveillé. Pensant à son petit-fils, il prit cette résolution avant de s'endormir : il saurait trouver les mots, et les répéter assez pour le mettre en garde. Plus qu'un péché, lui dira-t-il, c'est un véritable danger que de mettre l'homme sur un piédestal. La voix de son petit-fils lui parvint, lointaine : c'est quoi, un péché ? Il voulut répondre mais…

9

Son petit-fils le secouait en criant c'est quoi, un péché ? Il ouvrit les yeux sur le visage inquiet de sa femme : tu vas bien, lui dit-elle ? Tu gémissais… encore un de tes mauvais rêves ? Viens dans la cuisine prendre une tasse de café ! Il bafouilla : le petit est là ? Elle répondit : quel petit ? Mais non, tu as oublié quel jour nous sommes ?

Quel jour, voulut-il dire encore, mais il s'en abstint. Elle l'observait du coin de l'œil, prête à mesurer, sur une règle virtuelle et néanmoins graduée, les progrès de son déclin mental. — « Il n'a pas toute sa tête, tu sais, ton pauvre père » ! C'est ce qu'elle disait à leur fille, dans la cuisine, le mercredi d'avant. Il avait surpris quelques échanges entre les deux femmes qui s'oubliaient parfois à parler comme s'il n'était pas dans la maison. « — Chut ! — Mais non, il ne peut nous entendre. Son ouïe a baissé, comme le reste ! » Elles en rirent, de ce rire complice qu'inspire spécialement aux femmes l'occasion de se payer innocemment la tête de leurs proches.

La sarabande des jours allait trop vite. Le courant rapide du temps l'emportait comme un fétu de paille. En vérité, il n'y a plus de considération. Plus de considération du tout. Voilà ce qu'est l'homme, semble dire le temps, dans sa langue abrupte : un fétu de paille, et rien d'autre ! Et vois donc, là-bas, au cimetière, le fossoyeur impatient qui creuse en te faisant signe. L'homme mérite un autre destin, dis-tu ? Un miracle vivant, concentré de beauté et de raison ! Et quoi encore? D'un air moqueur la voix récita :

What a piece of work is a man ! How noble in reason! How infinite in faculties! ... How like a god! The beauty of god!

Elle eut un moment d'attente, puis ajouta avec un rugissement vindicatif :

And yet, what is this highly refined speck of dust?[13]

Hum! Pour la beauté, il ne savait trop. Mais au grain de poussière, il était d'avis qu'il fallait associer un grain de temps, comme ne se gênait pas de le souligner le mystique dans la même langue, peut-être un brin plus empesée bien que l'époque en fût plus récente, en chapitrant directement notre égo :

Cease, atom of a moment's span
To hold your self as an all in all![14]

Se prendre pour « tout », ou pour un dieu quand, en unités d'espace et de temps, on n'est rien ! Un instant, un grain de poussière !

Ephémère et quasi nul, homme, voilà ce que tu es ! La terre et les cieux en chaque tête et la précarité de ta respiration et la chamade de ton cœur ! Le clash est trop violent, oh oui ! Continuer à vaquer à ses sombres affaires, comme si de rien n'était, quand on se sait être un démenti vivant, et rien d'autre ! Etre et l'être si peu, et si peu que tu le sois, promis sans faute à l'échec. En vérité, homme, les conditions qui te sont faites sont tout bonnement intolérables. Comment, mais comment diable fais-tu pour continuer à vivre ?

Ton mérite, si tu en as, il ne faut pas le chercher ailleurs que dans ta capacité à endurer le sort, et à endurer encore, autant que dans l'invention que tu y apportes. Libre à toi de t'imaginer sur les planches d'un théâtre, en pleine représentation ! Farde ta peine, maquille-la, puisque aussi bien tu ne peux t'y soustraire. Et prie, pendant que tu y es, prie ! Dans le secret de ton cœur ou en déclamant à la manière d'un cabotin, dis ceci : « seigneur, donnez-moi dès matin l'oubli quotidien ! » Car il en va de ta vie, pas moins ! Sans l'oubli, malheureux, tu ne verras pas la fin du jour !

Et venge-toi ! Venge-toi en y mettant l'excès que procure l'ivresse ! Que faire d'autre, quand la Pensée se fracasse contre le mur hautin, le mur sourd et muet de l'Absurde ? Venge-toi aveuglément, qu'aucun règne n'échappe à ta colère ! Frappe et frappe fort, commence par ton prochain et tout d'abord l'innocent et le béat, afin que peut-être son cri réveille l'Autorité qui détient la Clé et la Décision.

Plonge dans la mêlée sans craindre de reproche ! Garde ta colère intacte ! Sache donc que le paroxysme est la meilleure des prières ! Libère toi, et la porte du paradis que tu imagines te sera ouverte. A celui qui s'est purifié dans le sang de l'homme, il n'est rien d'impossible. L'Absolu seul est interlocuteur. Qu'on pense au soufi rompu à l'expérience, au moment de sa rupture :

Deux prosternations à l'Amour
Que seule l'ablution dans le sang autorise.[15]

Quant au sang, à n'en pas douter, le mystique ne parle que du sien, quand le despote ne parle que du tien. Par des sentiers étroits et opposés, chargés d'actes et d'arguments contraires, ils vont l'un et l'autre, également ravis en leurs rêves, vers le même jardin d'éden qu'ils convoitent de même conviction, l'un pour n'avoir rien fait, l'autre pour avoir tout fait. Le traîne-sabre et l'homme aux mains nus, le guerrier et le poète, le politique et le mystique, l'assassin et la victime, le tortionnaire et le martyr. L'homme resté debout, pour un temps encore, et l'homme gisant à terre. Tous croient ferme que, à l'envers d'un Méphistophélès, ils poursuivent le bien, qu'ils tentent de faire pour le mieux, et que si le mal advient, ils n'y sont pour rien. Preuve que l'assassin, fût-il émérite, ne s'élève jamais à l'honnêteté du diable.

Tous, à les entendre, veulent le Bien et rejettent le Mal. Alors, demande le candide qui survit en toi, d'où vient le mal qui s'étend et désormais s'affiche sous le soleil ? S'il a migré de l'anonymat de la nuit où honte autant que crainte le reléguaient jadis, pour réclamer et conquérir ouvertement le jour, c'est que, forcément, une révolution s'est produite, dont le résultat s'impose à tous. Le Mal est, à partir de ce jour, et pour mille ans au moins, chez lui et parmi les siens, régnant sans partage et sans repos, en tout lieu et tout instant, de jour autant que de nuit. Son fan club compte les adhérents en milliards, des bébés aux vieillards, et s'étendra dès ce soir à quiconque a un doigt vivant pour appuyer sur la touche en bas de l'écran.

Humilité et morale sont mortes ! Vive l'obscénité ! Célébrons, mes frères, le triomphe de celui dont le nom n'a plus besoin d'être rappelé ! Prions-le instamment, couchés ou à genoux, et dans toutes les postures où notre désir incline ! Donne-nous, s'il te plaît, notre Pornographie quotidienne ! Veille, Sombre Seigneur, (ou S.S.) à ce que le Trash soit démocratiquement distribué en chaque maison, et que la Violence remplisse les yeux et les cœurs !

S. S. a dit : sache que rien ne m'échappe. Je te vois et t'écoute, où que tu sois. Que ton rythme cardiaque s'emballe sous l'émotion et j'en suis averti dans l'instant. Que tu écrives une première lettre alphabétique sur ton écran et je suis informé de l'ensemble de ta pensée ! Sache que des anges zélés me secondent et exécutent mes décrets. Sache leurs noms et répète-les cent fois par jour, car la répétition conforte la foi : goggle est mon premier serviteur, il a encore de petits frères dont il viendra à bout, prochainement. Darkimperator est ma grande marionnette, qui viendra bientôt à bout de ses consœurs. Tout cela est écrit. Que la guerre perpétuelle fertilise perpétuellement la vie nouvelle. Sache encore que l'HyperFinBank est le réseau exclusif habilité à distribuer mes faveurs. Abonnez-vous, manants de tous bords! Que partout la Nouvelle Morale s'exprime avec précision en unités de Nouvelle Monnaie. Que désormais l'homme mondialisé regarde avec joie sa vie simplifiée, où ne circule plus qu'une seule Valeur, ma monnaie virtuelle !

Il faut s'y résoudre. La lutte, dès l'origine rêvée, fut inégale. Le mal s'organise, et, si d'aventure il jaillit de l'initiative de l'individu solitaire, son efficacité impressionne tout autant. Qu'il emprunte au mode tranchant ou au mode subtil, il fait toujours sensation quand il se dévoile. Il ne laisse personne indifférent. L'un avoue : c'est bien fait ! L'autre, dont on ne sait s'il est ravi ou craintif, insiste : je vous l'avais bien dit ! C'est ainsi que dans l'épaisseur du genre, le bien s'insinue dans le mal, le mal dans le bien. Le doute et l'insécurité tressent leur nid dans la pensée et dans le verbe. Le mal a déjà gagné, mais à ce stade, seuls le savent le lucide et l'agitateur, qui expriment des motivations différentes avec des mots partagés qu'ils se plaisent à répéter à l'envie : le pire, disent-ils, est toujours certain !

A ce qui est certain on ne résiste pas, ce serait folie ou, à tout le moins, une perte de temps. Il faut voter utile, clament les hurluberlus de tous bords ! Voilà, la bataille est déjà perdue, à supposer que le dilettante s'entête encore à affronter le pro, le doux rêveur s'opposer au consortium. Il faudra le dire un jour : le bien n'avait pas la moindre chance. Les forces sont trop inégales entre, d'un côté « une certaine idée » et, de l'autre, des investissements et des intérêts très concrets ! Entre le métal trempé de la réalité et la fumée du songe. Entre l'homme qui erre vers un but imprécis, à travers un terrain miné dont il ignore tout, armé de sa seule bonne volonté, et l'autre qui n'ignore rien de sa force ni du terrain qu'il a lui-même miné, et qui tient parfaitement les comptes de ce qu'il défend et de ce qu'il espère. Le soleil ne s'est pas encore levé que la messe est dite ! (Mais tout n'est pas perdu pour le bien, qui sera dûment célébré dans la « bonne » poésie, celle élaborée d'après les vœux de ce bon Platon à qui on prête ce commandement: nous contraindrons nos poètes – passons sur la contradiction – à n'offrir que des modèles de bonnes mœurs…)

Sache donc, naïf que tu es, que si on loue tant le Bien, c'est par ce qu'on ne le trouve nulle part. De grâce, reprends tes esprits. As-tu oublié que ton sang a coulé avant celui de la bête ? Et, pire, à cause d'elle ! On n'a pas osé te jeter en face que tu valais moins qu'elle, mais, pour implicite qu'il fut, le message n'en était pas moins clair. Ouvre les yeux, à la fin ! Quelle descendance pouvait espérer, à ton avis, celui qui a été assez inconséquent pour échanger le farniente édénique contre une vie de labeur et de déboires (le chômage y était inscrit en creux) sinon une bande de psycho-névropathes réduits à des expédients pour survivre, escrocs et voleurs, forbans, assassins à l'occasion, fornicateurs devant l'éternel, et le reste à l'avenant… Il y aurait de quoi s'inquiéter, tout de même. Heureusement qu'on nous promet une sorte de happy end, puisqu'il paraît qu'à la fin tout sera pardonné aux brebis le jour où elles passeront en brochettes, preuve que l'éleveur comprend tout et excuse tous les crimes, à l'exception du plus grand, celui du végétarien. Pauvre végétarien, tu peux bien chercher un strapontin dans le Mythe, tu n'en trouveras pas. Le seigneur des pasteurs saccageurs des vertes prairies ne t'a décidément pas à la bonne. Si le berger convoite ton champ, ramasse tes gosses et fuis pour ta vie et la leur. T'est renié le droit de te défendre, et tes descendants ne connaîtront pas la paix. Ainsi va la justice du carnivore, et son seigneur qui, selon le récit, n'aime rien autant que le parfum et la fumée de la graisse sur le feu ! La Grèce d'Homère n'a jamais été bien loin.

D'un autre côté, pourquoi se donner la peine de substituer un langage à un autre, quand on peut tout simplement subvertir l'ancien ? On dit : nous voulons la paix. En pratique, on ne voit que la guerre. On dit : nous luttons contre le terrorisme, et, pendant ce temps, on terrorise des pays entiers. On dit : nous luttons contre le crime, quand on met en place des organisations criminelles. Dans la même veine, on entend que la libre entreprise assure le plein emploi (comprendre l'inverse, sinon tant pis pour vous), que les Nations Unies reconnaissent les droits à la libre circulation des personnes (on peut rire si on veut) et quoi encore ; que la mondialisation est bonne pour tous, quand elle force au suicide les foules qui ne peuvent suivre… La liste des exemples est interminable.

Il n'y a pas si longtemps, les bonnes volontés réclamaient à l'unisson plus d'écoles, plus de journaux à mettre sous les yeux de ceux, plus nombreux, qui apprenaient à lire et s'ingéniaient à comprendre. Le monde qui s'ouvrait à ce flux de lumière devait être forcément plus humain (c'est quoi, humain ?) ne fût-ce qu'en ce qu'il serait scruté et en partie influencé par ceux et celles qui avaient « fait leurs humanités ». En toute bonne foi on y avait cru. Comment en effet ne pas croire à la bonne nouvelle, spécialement quand la bonne logique (elle aussi, heureuse coïncidence, enseignée à l'école) la sous-tend ?

Les grands pères y ont cru, éperdument, comme croit au mirage celui qui se meurt dans le désert. Qui songerait à le leur reprocher ? On oublie que trop de lumière soudainement aveugle. Les pères ont payé le prix fort. On ne voyait pas où on mettait les pieds, disaient-ils mollement pour leur défense, une fois la tourmente passée. A l'avenir, on fera plus attention. C'est ce qu'ils se répétaient, les bienheureux rescapés, étroitement accrochés à leur brin d'espoir. La tourmente était passée, et l'avenir promettait le meilleur...

Ce qu'il devrait dire, à son petit-fils, quand il le verrait mercredi prochain, c'est ceci : l'homme, lui dirait-il, c'est d'abord une vie sous-tendue d'espoir ! Non, il le dirait différemment, pour que le petit comprenne. L'homme, c'est avant tout un besoin d'espoir !

Il entendit la petite voix rouspéteuse répondre : c'est quoi l'espoir, papi ?

Ah non ! Il se fâcha. Il descendit à la cave et se cala sur la bicyclette sans roue qu'il taquinait, chez lui, en toute sécurité, pensait-il, depuis qu'il fut à deux doigts d'être écrasé au prétexte qu'il traversait la rue en ayant « la tête ailleurs ». Au demeurant, la rue ne s'embarrassait plus de travestir ses intentions.

D'indifférente, elle devenait maintenant hostile. Et si polluante ! Chaque jour plus sale, plus bruyante, plus fâcheusement fardée et puante et apparemment si contente de l'être ! Et tant célébrée que c'en était incompréhensible. Et par tant de monde ! D'où venaient tous ces gens dont il ne connaissait personne ? Eussent-ils été spontanément générés dans les fourneaux du diable qu'ils n'auraient pas été plus nombreux ! Elle s'en réjouissait, la catin, et largement! Et pour finir, elle a failli l'avoir ! Voilà donc où l'âge nous porte : un monde qui se rétrécit tout autour, qui se refuse à ceux qui n'ont plus les mots pour l'insulter. Il vous repousse dans vos murs, puis, pour peu que vous persistiez, dans votre chambre. Mettez-vous des manières à vous rendre ? Allez, dans votre lit, juste avant le défilé des pleureuses et du reliquat décati des faux amis !

Mais il n'en était pas encore là. Il se défendrait ! Son petit-fils avait besoin de lui. Il lui expliquerait… et, ce faisant, il comprendrait peut-être cet inconnu qu'il était.

Il faut se garder de jeter la pierre, se dit-il. Je ne suis en rien meilleur ni pire qu'un autre. Votre histoire, la leur, c'est la mienne. Je veux bien qu'on m'adoube héritier de l'humanité entière. L'humanité entière, vraiment ? Plus il soupesait la notion, plus elle lui paraissait effrayante.

Il en fut si impressionné qu'il s'arrêta un bon moment de pédaler. Il descendrait, lui, en droite ligne du premier homme ! De celui qui, le premier, leva son regard vers le ciel scintillant et sentit sa poitrine s'alourdir d'interrogations informulées. Il serait le descendant de cet homme, et, en ce sens, tous les hommes qui avaient vécu avant lui vivraient maintenant en lui ! Il serait, ni plus ni moins, leur somme et leur présente réincarnation !

On serait impressionné à moins, non ? La crainte et la colère, il en ressentait encore, parfois, les débris qui le remuaient étrangement, à l'improviste et hors de propos. Mais, aurait-il pu tuer son prochain et son semblable pour s'approprier sa grotte et sa femme, le manger peut-être, et, plus tard, lancer sur une ville surpeuplée dont chaque habitant est supposé contenir et exprimer l'humanité entière, la bombe que le pilote et le « savant », et le général et le ministre et le président, en lesquels courait et pensait toute l'humanité…

Incident de parcours, se dit-il en se remettant à pédaler. La preuve, c'est que les humanités entières, il y en avait plus qu'avant, chaque jour plus, ça se multipliait à embarrasser l'arithmétique et la raison, à n'en savoir que faire, dans un monde livré aux robots et aux comptables. Le comptable, justement, vient de refermer, après vérification, ses livres de la journée, et d'après ses chiffres, le marché n'est pas favorable, et à vrai dire pas favorable du tout, aux humanités entières dont certaines, qui se comptent, euh, à vrai dire en millions, et même s'il faut parler franchement, heu, en centaines de millions, heu, bref, le marché n'en donnerait pas ce que coûte la pitance de l'une d'entre elles durant une de leurs misérables journées. L'offre en déborde, le prix est à zéro. La seule question intelligible, à en croire la Finance, est celle-ci : que faire du stock ? On voudrait s'en débarrasser qu'on ne pourrait pas. Le jeter sur la voie publique, heu, il y est déjà, à pourrir sur pied. Un stock d'utilité nulle, mais aux nuisances sans nombre… Encore une fois que faire ? Que faire de la part, chaque jour plus abondante, de l'humanité frappée d'inutilité par l'initiative de quelques uns ? Ce serait bon, n'est-ce pas, que l'Entreprise pût la fourguer, heu, à l'Etat, non ? Après tout, à quoi sert l'Etat sinon à …

10

Devant l'enfant nouveau-né, on reste bouche-bée, comme devant un miracle vivant. Un cadeau du ciel. Il ne lui manque rien, sinon le temps de grandir. Et les soins, bien évidemment. Les soins de chaque instant, l'alimentation la propreté l'hygiène, les vaccinations le médecin les médecins, l'habillement l'école le sport le transport les cours particuliers, les examens l'angoisse et puis l'angoisse, les copains-copines les sorties les voyages, et avec beaucoup de chances l'examen final et les larges perspectives qui s'ouvrent au jeune adulte. Le petit miracle a grandi en taille, en poids, en habileté. Le marché le saisit le scrute et le jette sur l'énorme tas informe sur lequel lui, le souverain marché, divinité féroce et main invisible, a écrit en grandes lettres : marchandise invendue.

Il en oublia d'appuyer sur les pédales. Cela, se promit-il, il n'en dira pas un mot à son petit-fils. Pas un mot ! La honte serait trop grande. Que ce concentré d'énergie et d'intelligence, cet espoir vivant, ce petit homme puisse un jour ne serait-ce que risquer d'être considéré, même l'espace d'une idée fugace dans un cerveau desséché, comme un stock et une marchandise le révulsa tant que son corps en eut des mouvements désordonnés pour frapper. Il en frappa l'air, maladroitement, férocement. En essayant de se libérer de son vélo il perdit l'équilibre et tomba piteusement à terre, sur le côté, manquant de se rompre la nuque contre le mur. Il se ramassa aussi rapidement qu'il put, craignant que son épouse vînt à l'apercevoir ainsi, et, le dos contre le mur, il tâta la bosse qui poussait sur le côté de son crâne où un lourd bourdon déjà résonnait gravement. On n'était en sécurité nulle part. Avec précaution, il se mit debout. Il chancelait. Plus que sa tête, c'est son bassin qui… ou plutôt son fémur… Allons bon, il n'avait pas encore l'âge ! Il se traina jusqu'au salon et s'affala sur le canapé, content de ne pas avoir infligé à sa femme une frayeur inutile. Il n'eut qu'à repenser à son petit-fils pour qu'un flot d'adrénaline lui fît oublier ses douleurs.

La honte et la colère, l'unique cocktail que la main invisible tend aux lèvres des jeunes comme des vieux. Résultat mécanique d'une logique implacable que déroulent sans faiblir des logiciels tueurs. Au sein du club ultra-select, on lève son verre aux vertus du Marché. Liberté ! s'écrient les requins en encerclant le banc frileux de sardines ! On dira ce qu'on voudra du Marché, ma chère, mais il possède cette qualité fondamentale qu'il s'autorégule. Oui, il s'autorégule ! s'extasie dans sa bulle l'élite initiée qui nous dirige droit à notre perte. Dommage que les « gens » n'en fassent pas autant ! Il faudra pourtant bien qu'ils s'y résignent, soupire le congressiste démocratiquement élu qui, le matin, avait donné une conférence devant les étudiants d'une fameuse université américaine, auxquels il a très dignement rappelé la responsabilité de tout gouvernement. Il leur cita en conclusion ce passage fameux d'un fameux discours :... *"a new nation dedicated to the proposition that all men are created equal... and that government of the people, by the people, for the people, shall not perish from the earth."*[16] Emporté par son élan et encouragé par l'enthousiasme qu'il se plaisait à lire sur les visages juvéniles, il n'avait pas résisté à la tentation de citer ce texte de suprême beauté. Un pays, jeunes gens, leur avait-il dit, un pays dont la Constitution commence par ces mots : « We the people... » Un tel pays ne vous trahira jamais !

We the people!

La honte et l'amertume à tous les étages, voilà ce qui reste des rêves anciens. La honte de nous en être remis aux mains crochues des marchands et de leur marché, de nous être abandonnés à la volonté des pires d'entre nous. Et, encore une fois, la question ultime, la question qui tue : pourquoi avons-nous laissé faire, entre-temps, comment avons-nous été (et sommes-nous) assez sots pour remettre notre vie et notre destin à des individus qui sont loin de nous valoir ? De nos mains malavisées, nos propres mains, nous leur avons tressé des couronnes et les avons élevés au-dessus de nous. Leur poing ne s'était pas refermé sur le sceptre qu'ils nous commandaient de nous agenouiller et d'obéir. Docilement nous avons courbé l'échine. La nouvelle loi les créait maîtres et rois de l'univers, et leur logiciel démoniaque, dédié au transfert, à leur seul bénéfice, de toute la richesse actuelle et future, ils l'appelèrent le marché-roi. C'en était fini de nous, pauvres cancres.

C'en est fini de nous, mais nous nous entêtons à ne rien voir. Trop de honte, quel homme aurait le cran de se regarder ?

« Que ne peuvent-ils s'autoréguler », regrettent distraitement le maître et son courtier ! Si seulement leur démographie suivait les mouvements de la bourse ! Faut-il qu'ils soient bouchés pour ne pas comprendre !

Il a cru à la magie du verbe, le pauvre sénior qui vérifie d'une main inquiète s'il ne s'est pas rompu le col du fémur. Le gouvernement du peuple, par le peuple, pour le peuple ! Que voulez-vous, la chose imprimée, il y a toujours cru. Et puis, l'ivresse des trilogies ! La stabilité à trois appuis ! Mais, le lendemain de fête, on constate qu'il ne reste que le gouvernement qui gouverne le peuple. C'est quoi, un peuple ? Toi qui sais tout, papi, c'est quoi, un peuple ? interrogeait son petit-fils.

Peuple, mot archaïque d'une pensée qui l'est tout autant. Chose disparue depuis la corruption infligée au langage. Cela sonnait si bien, pourtant, hein : we, the people ! Mieux même qu'en français, non ?

(La corruption du mot ; sa subversion, du verbe subvertir : bouleverser, renverser, troubler, selon le Robert. Le vocable troublé trouble l'esprit, c'est même à cette fin qu'il est subverti. Cela ne date pas d'aujourd'hui, bien qu'à l'époque il fût permis d'en plaisanter. Qu'on se rappelle ce qu'en dit ce vieux Shakespeare, dans « Twelfth Nigt » traduite en « La Nuit des Rois », Acte III, scène 1:

Feste : « ... *et les mots sont devenus si faux que je répugnerais d'avoir raison, s'il fallait en user.* » et, une *minute plus tard : « non, je ne suis pas son fou, je suis son corrupteur de mots.»*)

Un peuple… Il ne savait plus, il ne savait pas. Il croyait le savoir, tant qu'on ne l'interrogeait pas, se dit-il à la manière de ce sacré Saint Augustin, déjà cité, quand il fut sollicité à propos d'une notion tout aussi difficile à comprendre : le temps. Il est là, il a toujours été là, il n'a apparemment ni commencement ni fin, je crois savoir ce que c'est et je ne le sais pas, et il finira par nous avoir tous à l'usure !

Mais foin des anciens et des modernes ! Mais moi, moi, moi ! Il pouvait se lamenter, le vieux débris, autant qu'il voulait, tant qu'il restait terré chez lui ! Ce n'était pas encore interdit. Moi, qui ne suis pas le peuple. Moi, auquel la propre théorie des marchands concède un comportement *raisonnable* ! Moi que la Nature a doté de la faculté de penser ! Vais-je être jugé comme renégat ou comme déserteur ? Comme traître ou comme idiot ? Existe-t-il une peine assez dure pour l'homme qui abdique devant celui qui n'aurait de cesse qu'il n'eût réifié ses enfants et qui le presse maintenant, après l'avoir usé, d'aller au plus vite acheter une concession pour ses os et, tant qu'il y sera, de s'assurer les services de l'enterreur de son choix ?

Il s'en accommodera bien, le vieux, de la colère comme de la honte. Mais les jeunes gens, gorgés de force et d'espérances, auxquels il sera signifié sans autre précaution que les belles promesses qui ont bercé leur jeunesse n'étaient qu'un tissu de mensonges ? Que va-t-elle faire, cette fière jeunesse ? S'indigner, dicter ses conditions, peut-être reprendre les rênes du pouvoir et rappeler à tous cette chose oubliée, que nous sommes des êtres vivants et pas seulement, car nous sommes des humains, sensibles, fragiles, conscients, pensants, et que toutes les richesses matérielles du monde ne valent pas la vie du plus faible d'entre nous ? Ou va-telle s'aplatir, cette jeunesse, et se battre pour les miettes qui tombent de la table des maîtres de maison ? Va-t-elle se vautrer en veulerie, et assister à la décomposition de son âme sous l'effet des drogues obligeamment fournies par le marché, et du reliquat de soi jeté aux ordures avec des monceaux d'objets inutiles ?

(Il avait l'âge de la jeunesse, La Boétie, prénom Etienne de, tout juste 18 ans, quand il rédigea le discours de la servitude volontaire. En 1549 ! Se souviennent-ils seulement de son nom, près de cinq siècles de progrès constants après ? Bof! diraient-ils probablement, pour ce que ça a servi !)

(D'accord, et que fais-tu, toi, pour que ça serve ?)

Cette jeunesse formée dans les meilleurs instituts, les plus grandes écoles et universités, consent-elle à n'être que la chiourme préposée à la garde des coffres-forts ? Que fait-on de la colère, quand on a vingt ans ? Il en aurait hurlé de dépit et de commisération à la manière du poète antique : « ah ! donnez-moi vos vingt ans si vous ne savez qu'en faire ! »

Il a dû véritablement gémir ou s'écrier car sa femme sortit précipitamment de la cuisine en s'essuyant les mains dans une serviette : tout va bien ? Elle répéta, ne recevant pas de réponse : est-ce que tout va bien ? J'ai cru entendre… Tout va très bien dit-il. Tu serais gentille… une petite tasse de café…

C'est bien ! dit la voix au fond de lui, sur le mode grandiloquent et insincère. Très très bien ! Et gronde l'ire vénérable et juste, tandis que le chœur zélé des pleureuses accorde ses chants… On n'attend plus que la caméra ! N'as-tu pas eu tes vingt ans ? Qu'en as-tu fait, toi, ô juge intraitable ?

Longtemps il demeura silencieux. Sous le calme apparent de son visage ses hordes contraires livraient bataille sans merci. Bouger, si peu que ce fût, il n'osait. Il ferma les yeux, et attendit. Le propre des luttes intestines, il le savait, est de finir lamentablement dans le marais bourbeux de tristes compromis. La trêve s'imposera, de fait, et le soleil se lèvera, sois-en sûr, mais toi, toi que rien ne contente, dis-nous ce que tu as fait de tes vingt ans !

L'extraordinaire laisse, forcément, des traces ineffaçables. Or que voit-on ? Qu'as-tu réalisé de grandiose ou de remarquable ? Où sont tes preuves de vie ? Ta maison, peut-être ? Petite construction en briques qu'une pelle mécanique réduirait en poussière en une poignée de minutes. Tes enfants, bien sûr, dont tu attends la visite contrainte, comme le mendiant qui attend son aumône. Pour peu qu'on tende l'oreille, on entendrait tes prières : à vot' bon cœur, msieu-dam, la charité, sieur-dam ! Tes amis, alors, tu en as eu, tu as même été, une saison, la vedette de ton groupe. Tiens, c'est curieux, on ne les voit plus. Plus un seul. Tous disparus. Leur téléphone ne répond plus, leurs yeux se détournent, comme les tiens, d'ailleurs. On dirait que, tout comme toi, ils souffrent, de honte ou de désespérance. Comme toi, ils rasent les murs, et sursautent s'ils viennent à se trouver face à une jeune personne de vingt ans. On dit que les vieux se méfient.

En vérité leur effroi et le tien expriment moins la méfiance que la culpabilité.

Car tu es coupable, inutile de le nier. Ton teint, tes rides, tes cheveux blancs, ta lassitude, tu les dois moins à l'âge qu'aux promesses que tu n'as pas tenues. Le vieux, vois-tu, n'est souvent qu'un traître à sa jeunesse. Jette donc un coup d'œil dans ton miroir, tu y verras, en pied, l'image d'un renégat !

Ton corps te l'aurait bien dit, si tu avais pu en retrouver le langage d'antan, si tu avais su en garder l'estime : la vieillesse n'est pas un processus continu, comme ils disent ou ont tendance à dire, scientifiques ou cutimanciens, elle est une suite de réponses faites à une suite de négligences. Nous contemplons, souvent avec consternation, le tableau qui nous représente évoluer de si décevante manière, alors que, étant notre œuvre et notre main tenant le pinceau, nous nous serions attendus à mieux. Nous affectons, mauvaise foi et légitime défense mêlées, de tout ignorer d'un quelconque deal ancien dont on pourrait inférer, au vu de comportements avérés, qu'il implique les clauses secrètes suivantes:

a) si la main qui tient le pinceau est nôtre, en revanche, c'est le pinceau qui décide de la couleur et du trait ;

b) le résultat du rendu dépend de la couleur et du trait.

Nous ne sommes pas des Dorian Gray, loin s'en faut, et cela même en faisant abstraction de la part d'hédonisme, tombé depuis en roture, et d'idéologie, passée depuis de mode, ne serait-ce qu'en ceci : nos vilaines actions ne sont que des oublis et, pour ce qui nous concerne, la victime, toujours la même, n'est autre que nous-mêmes.

Et puis, s'y ajoute autre chose : l'ennui ! Nos cellules se lassent de se répéter. D'une duplication l'autre, après un temps, la motivation diminue, l'erreur augmente, on bâcle…

11

Tu t'es étonné, comme d'autres avant toi, que l'homme s'entête à vivre malgré les outrages et les avanies. C'est compter sans l'illusionniste compatissant qui, en notre sein, tour à tour prestidigitateur, gyroscope pour l'équilibre et bonimenteur de génie, nous trompe et nous balade tandis que, de notre part, nous faisons notre possible d'en être dupes, afin, oui, que la vie continue. Ils seraient peu nombreux, à n'en point douter, les candidats à souhaiter voir le lendemain, sans ce double qui nous habite et qui, apparemment, s'est donné mission de nous sauver en nous leurrant, nous sauver malgré nous, en jouant la montre.

Nous pensons que les choses ont la forme, la couleur, la saveur, l'existence que nous leur prêtons. Mais sont-elles ainsi, les « choses », ailleurs dans l'univers, et deux plus deux y font-ils quatre, ou ne sommes-nous que des êtres terriens, exclusivement, contaminés jusqu'à la moelle par notre planète. Peut-être ne sommes-nous que des amas de bactéries, et que rien n'existe, joie ou souffrance, sang ou sève, en dehors du tissu des conventions patiemment tramé sur les siècles et les millénaires ? Et peut-être que…

Tu regardes tes enfants et tu t'en crois quitte d'avoir, toutes portes fermées, laissé la pitié te mouiller le coin des yeux. Le monde que la nouvelle jeunesse étrenne est resté fondamentalement le même. Tu en as de la peine, dis-tu, de voir cette jeunesse articulée, éveillée, smartphonée, repasser, les yeux grand ouverts, par où tu es passé les yeux fermés. Tu les regardes, intelligents et vifs, s'affairant à chercher une opportunité et, tout heureux de l'avoir enfin découverte, s'atteler avec zèle à creuser, les œillères bien posées en place, à creuser *leur* chemin, sans paraître le moins du monde soupçonner que, ce faisant, ils creusent diligemment leur tombe dont, au surplus, ils assurent ainsi l'anonymat dans le gras du nombre. Et après ?

Comme le crime mythique, le tien ne s'effacera pas. Partout où tu jetteras le regard, tu le verras. Comme la sienne, ta descendance en rendra compte. Ainsi, quelque part – là où on n'a que faire de tes notions étriquées du juste, du beau et du bien – en a-t-il été apparemment décidé. Quelque part où l'on semble considérer que chance pleine et entière t'a été donnée de sortir du rang, de déroger enfin à la chaîne subjuguée de tes ancêtres, et cette chance tu l'as refusée ! En d'autres mots, tu n'as pas rempli ton contrat !

Tu t'écries : Que pouvais-je faire ? Entre Confucius et l'Ecole de Chicago (prédestinée à emmerder le monde, ce que son nom semble indiquer en deux idiomes différents et juxtaposés) je n'étais, je ne suis pas de force. Tout bébé, on m'a abreuvé du devoir d'obéissance, et maintenant adulte, on m'abandonne entre les mains du loup et du renard, tous deux honorables et tous deux honorés. On ne m'a pas appris à résister.

Tu t'écries : « Je n'ai rien fait de mal ! » Le mal ! Comme si tu savais ce qu'est le mal ! Le mal, tu le ferais peut-être un jour, par inadvertance, comme la montre arrêtée qui tombe un instant sur l'heure exacte. Mais ne t'en vante pas, tu l'as rejeté à jamais, comme du reste le bien, hors de la sphère de connaissance. Tu y as renoncé le jour où tu as mis ton âme sous tutelle, à la minute où tu as en toi tué ta chance d'être libre. Comment, dans ta langue menteuse appelle-t-on l'assassin de sa propre liberté ?

Ce qui te distingue exige ! Les êtres naturels, organisés et vivants comme toi sont légions. Mais toi ! Pourquoi serais-tu distingué si tu n'avais été voulu transcendant ? Il ne te reste qu'à faire ce pas : le vouloir à ton tour, et à en acquitter le prix.

Mais ce qui me distingue, dis-tu, résiderait dans un dé à coudre ?

Oui, mais dans ce dé à coudre, comme tu dis, réside *toute* la distinction, et les ailes de l'esprit !

Mais si tu repenses encore et encore à l'étendue, homme enchaîné à son sillon, ce n'est nullement par hasard. La distinction oblige ! Oui, la vaste étendue était faite pour toi, et tu étais fait, toi et pas un autre, pour elle. Maintenant regarde-toi, barbotant dans la fange et la boue, avec pour tout horizon la fin du jour, l'échéance prochaine, la part de marché à conquérir; et pour tout espoir : dépasser tes objectifs de la sorte définis. Des objectifs d'homme, ça ? Regarde-toi, homme. Regarde-toi et, pour l'amour du ciel, parle !

Tu t'écries : Je n'ai pas à rougir de mes réussites. J'ai fait en sorte de trouver non seulement supportable, mais de trouver désirable d'être maître chez moi. Et tu ajoutes, inconstant que tu es :

Je suis maître chez moi, et c'est proprement insoutenable !

La liberté, tu n'en veux pas ! Tu en ferais quoi, dans un univers illimité ? A mesure que l'espace s'étend autour de toi, tu t'enfermes dans une bulle de plus en plus exigüe, une roquette, une capsule, une combinaison de survie. En liberté, tes heures de vie sont comptées en nombre de respirations. Même sur ta terre où tu joues et respires à volonté, qu'en ferais-tu de mieux que tu n'en as fait ? Si, par hasard, tu venais au monde les chevilles libres de ces lourdes chaînes que tu vois aux pieds des autres traîner lourdement, tu te plaindrais, tu souffrirais, ton cœur sensible crierait à l'injustice afin qu'on reconnaisse en toi aussi la victime que tu brûles d'être.

Le poids qui aurait dû entraver tes jambes, tu prétendras le porter, multiplié, sur tes épaules. A genoux tu supplieras qu'on te mette à genoux. Tu supplieras qu'on te traite comme le grand nombre, démocratiquement diras-tu avec coquetterie, comme la foule qui, à en croire la rumeur, a su transformer ses chaînes en objets de mode, les déclinant en une infinité de formes et de coloris propres à exciter l'envie et la convoitise. Comment résister ? Trop forte est la tentation, et anodin le crime ! Qu'importe de trimer plus, et de se battre et de sacrifier, si on peut s'offrir, enfin, l'objet follement désiré censé te procurer en un tournemain élégance et supériorité! Tes lèvres menteuses, homme, réclament ostensiblement ce que ton cœur timide abhorre ! Ton âme immatérielle, ce qui, en toi, est d'autre nature que la poussière, vois donc à quelle extrémité tu l'as réduite ! Ton âme, close tel un caravansérail la nuit, dans le désert, n'est plus habitée que de chiens affamés qui hurlent à la mort, en réponse à la meute de loups au ventre creux qui la cernent et qui grognent.

Comment faire, comment se comporter quand on a abandonné ses repères ? De platitudes en éclats, de soumission en révolte, d'un excès l'autre, à jamais perdu de boussole et de manières, fluctuant, tu avances et trébuches au petit bonheur la chance, bombant le torse ou tombant en prières et toujours lamentablement hors du tempo. Sais-tu seulement où tu vas ainsi, ivre d'épouvante et de curiosité ? Tu risques d'aller loin, certes, d'aller loin et mal finir comme ceux qui ne savent où aller, et mal finir comme ceux qui, arrachés à *leur* chemin douillet et déjà profondément creusé, ne savent plus désormais à quel saint se vouer.

Et tu as l'impertinence de murmurer :

L'homme qui n'a pas de but peut seul envisager l'éternité !

Mille vies ! C'est ce que tu voudrais vivre. Faire le tour de la terre en mille vies distinctes et simultanées. Pas à la manière convenue du comédien qui donne l'illusion d'endosser une autre vie en enfilant un autre costume. Non, tes folles prétentions ne relèvent pas du jeu. Tu les réclamerais entières, ces vies, bien réelles, des jours et des années, début et fin. L'impossible présomption de qui annonce, folle bravade, pouvoir engloutir mille plats quand il est incapable d'achever proprement le premier. La liberté, pour toi, ne serait que gloutonnerie et gaspillage ? Tu es percé à jour, petit homme. Tu ne rêves l'impossible que pour mieux éluder le réalisable. L'inexistant seul comble tes rêves. En attendant, tu caresses des sous-rêves, que ta diligence a répertoriés et classés, après enquêtes sérieuses et sondages coûteux. Y est-il question de beauté, de vie, d'harmonie ? Que non, c'est ringard et nul, tout ça ! Dépassé comme les vieux, tout ça ! Ce que demandent les gens à la coule, affirment tes experts, ces jokers auréolés, c'est se reposer en visionnant des jeux de massacre et s'identifier au vainqueur, celui qui se tire des coups les plus tordus sans une égratignure. De sorte que le type sondé, homme moyen selon tous les standards, réputé raisonnablement raisonnable et intelligent en proportion, n'a pas plus de maturité qu'un mioche de quatre ans à cette différence près que ce dernier ose poser des questions, et de bonnes !

Disons donc la chose telle qu'elle est. S'il est vrai, comme l'affirme le poète, que l'œil voit la lumière du soleil parce qu'il est solaire, a contrario, l'homme est interdit de liberté parce que rien ne l'y prédispose.

Et peut-être bien qu'il existe, après tout, cet homme moyen dont nul ne sait le nom ni l'adresse. A croire qu'il a été inventé !

Il resta sans ciller, la respiration suspendue, à imaginer les conséquences incalculables qui découleraient de cette simple supposition, que l'homme moyen, qui leur (économistes, prévisionnistes, politiciens…) sert d'étalon pour prendre notre mesure, n'est en fin de compte qu'une plaisanterie. Une pure fiction. Un être qu'on voit et qu'on ne voit pas, que l'on connaît et que l'on ne connaît pas…

Il reprit ses esprits. Individu ordinaire il l'était, et ne voulait être rien d'autre. Mais moyen, dans le sens de cette fiction, ah non, certainement pas ! Sa réalité, à lui, ne pouvait être mise en doute. Ses sentiments, ses espoirs, moyens ? Ses émotions, ses opinions, moyennes ? On voit bien qu'une telle monstruosité ne peut naître que dans un esprit totalitaire. Le problème est que, naguère, les totalitaires se comptaient sur les doigts d'une seule main. Aujourd'hui, les écoles du monde en débitent par millions, qu'elles lancent aux trousses du genre humain. Et alors, suffirait-il qu'une foule accepte un mensonge pour qu'il se mue en vérité ? Il lui sembla entendre le monde entier répondre d'une seule voix, tonitruante : parfaitement ! A-t-il oublié qu'au commencement était le verbe ? Eh bien, que le monde en soit d'accord, si cela lui chante ! Quant à lui, il ne l'était pas. Il était un homme libre, lui !

Sa propre voix se manifesta. Elle jubilait, si la chose était possible ! Toi, un homme libre ! Elle se moquait ouvertement.

Oui, il est libre, l'homme qui résiste. Il le dirait ainsi à son petit-fils. Un homme, petit, c'est d'abord une volonté ! C'est ce qu'il lui dirait, en insistant sur le mot volonté. Et la meilleure volonté qui soit donnée à un homme est celle qui le porte à la résistance, quand celle-ci est sous-tendue par un projet. Plus que par le rire ou la parole, c'est par la résistance que l'homme se réapproprie sa dignité. Résiste à la force et à la bêtise, que tu verras généralement appariées, résiste à la volonté adverse qui se propose le matin de t'abolir en tant que personne, et le soir de te réifier en chose « moyenne » consommatrice de trash et d'obscénités diverses ; résiste à qui veut t'imposer silence pour te « représenter » et te trahir ; résiste à la sirène et à l'escroc, duo de malfaiteurs qui te promettraient « le monde » en échange de ta vie : time is money, te diront-ils en souriant et, pendant que tu considères la chose, ta vie se consume des deux bouts. Résiste, car ton temps, c'est de la vie. Résiste à tes propres démons qui, si tu n'y prends garde, auront tôt fait de te perdre dans des contrées qui ne te laisseront de choix qu'entre la douleur et le dégoût.

Tout compte fait, il lui dirait ceci, à son petit-fils : si dans le courant de ta vie tu as su résister, ne fût-ce qu'une fois, à qui se proposait de t'avilir ou de t'opprimer, tu auras mérité de la condition humaine. Car il ne peut se vanter d'aucun mérite d'aucune sorte celui-là qui n'a pas d'abord mérité de l'humaine condition.

Sache donc que ton humanité est ta seule patrie. Le général, le financier, le politicien ne sont pas tes amis. Quiconque voudrait t'enfermer dans une camisole ne saurait être ton ami. Laisse-toi enfermer dans un système et bientôt tu ne jureras que par lui, a dit quelqu'un (Salut à ton âme, Ivan Illich, et à toi aussi, ami Blake). L'autorité que tu t'es imprudemment laissé imposer le matin, tu l'acceptes sans réserve à midi et, avant que le soir n'advienne, tu l'auras réclamée trois fois. A l'extinction des lumières, tout le monde aura entendu que tu ne « pourras plus vivre sans ». Tu ne le sais pas encore, mais, en cette courte translation, tu as (déjà) perdu ton âme en sus du reste.

Mais, diras-tu, comment un homme peut-il abdiquer devant celui qui veut l'enchaîner ? Et que se passe-t-il dans le cœur et la tête de celui qui dédie sa vie à vouloir diminuer les autres, et à n'y voir qu'aliment à son ambition ?

Arrête ! s'écria la voix. Au lieu de te complaire en naïvetés, crée tes propres standards, vis selon tes propres croyances. Une autorité n'est haute qu'autant que tu l'élèves, elle n'est puissante qu'autant que tu l'acceptes. La bulle qui t'enferme et entrave tes mouvements, qui pétrifie ton intelligence et détourne ton énergie, tu peux la déchirer d'une pointe effilée de ta pensée !

Il grogna, dubitatif. Hum ! Oui mais… quel temps fait-il, là, dehors ? Faudrait peut-être demander au pauvre Spinoza, ostracisé, rejeté hors de tout lien ? A Giordano, brûlé vif par ceux qui, très charitablement, voulaient à tout prix sauver son âme. A Hallaj et à d'autres, sorciers et sorcières qui apprirent, trop tard, que si la curiosité n'est, en soi, ni bonne ni mauvaise, la question, elle, est généralement mortifère. Antiquités ! dira-t-on. Erreur ! Les bulles existent, aujourd'hui plus nombreuses qu'hier, financières, technologiques, informatiques, idéologiques, marchandes et immobilières, et d'autres, sportives, partisanes, associatives, nationales ou locales, et on en passe… On ne peut y échapper. Sans compter les bonnes vieilles, toujours aussi solides, qui se réclament directement du ciel.

Le principe reste inchangé : c'est à ton énergie qu'on en veut. L'âme, ou le marché, ou le schpuntz ne sont que mots codés destinés à t'empêcher d'enquêter.

Derrière le rideau de fumée, les esprits forts se démènent à tisser les nouveaux lacets et à souffler les bulles. C'est toi qu'ils mangeront ce soir, si tu n'y prends garde. C'est toi la ressource ! Ah, tu es vigilant, dis-tu ! Pas de chance, tu as encore perdu, car rien ne pèse autant aux initiés que de te voir passer une journée sans blessure. Ta vigilance les nourrit, et ton sommeil aussi. Tu ne peux poser le pied au dehors du système. Arriverait-elle à le briser, la main puissante et inspirée se verrait, sans le vouloir et parfois sans le savoir, en reconstituer un nouveau avec les briques de l'ancien, le remplaçant par un autre plus perfectionné, peut-être, aux boulons plus serrés, sûrement, et une admission d'air mieux contrôlée. Le système est une fatalité. Le fuirais-tu vers un monastère, tu en trouverais un, pas moins pesant. Irais-tu te cacher dans quelque caverne ? Dès le matin suivant, tu verrais défiler le propriétaire, réel ou supposé, l'administrateur, le gendarme, le topographe et le conservateur, chacun tenant des papiers que tu devras signer !

Non, reste plutôt dans le monde. Clandestin ou dissident, la ville est plus sûre pour toi. Le mieux serait que tu te lèves, et que tu restes debout. Que ne pourrais-tu suivre le conseil avisé d'Arjuna : combattre ! Non en ces combats illusoires où deux adversaires s'affrontent durant une poignée de minutes, à l'issue desquelles on déclare un vainqueur et un vaincu. Les combats d'adulte se livrent sous la surface, au sein des profondeurs où les notions enfantines d'échec et de triomphe ne signifient rien. Fais de ton combat une façon de vivre, sans en attendre de résultat, car il est lui-même le but et le chemin. Il est la peine et la récompense. Il est la vie. Il est l'inévitable, ou devrait l'être. Il est ton destin et l'aune à laquelle sera pesé ton mérite !

Ne te rends pas sans combattre. Mieux, ne te rends pas ! Résiste, fiston, objecte, réfléchis ! Etre battu n'est rien tant qu'on ne s'avoue pas vaincu. Résiste, crache, insulte s'il le faut, mais ne te rends pas, et surtout pas de bonne grâce. Pas même à la mort. Tu te rappelleras les mots que ce rebelle irlandais (amis rebelles irlandais, pardonnez cette tautologie !) adressait à son vieux père mourant :

« *And you, my father… … I pray*
Don't go gentle into that good night
Rage, rage against the dying of the light." Dyan Thomas

Tout cela, il le lui dira. Il le lui dira, certes, en des termes plus appropriés. Il lui dira : tu seras un homme, mon fils, le jour où tu auras cessé d'être un mouton !

Un silence. Puis, la voix s'écria : bravo ! J'applaudirais presque. Tu dois avoir tant à raconter, toi qu'on ne peut confondre avec le premier mouton venu. Raconte-nous encore le prodigieux de ta vie, tes plus étourdissantes aventures, tes exploits, tes conquêtes, et les richesses immenses, captées et prises de force et de ruse. Raconte ta valeur, laisse la briller, ô champion, jusqu'au firmament !

Il ne voulut répondre. Le malentendu s'étale ou s'immisce partout. Même entre lui et lui. Entre lui parlant et lui s'écoutant, le malentendu trouve place à se loger ! D'ailleurs, que répondre ? Aventures, jeux et passe-temps ajouteraient quoi, changeraient quoi ? Cent individus d'exception n'auraient pas plus d'intérêt qu'une queue de courbe statistique. C'est moi qui emplis la terre de bruit et de déchets et qui passe sans faute à la caisse. Pourrais-je m'en vanter ? Je suis né pauvre, voilà la vérité. Plus pauvre que le chien-chat, plus pauvre que l'oisillon en son nid. Lent à grandir, lent à apprendre, j'en crèverais à m'en plaindre. Je n'atteins l'âge adulte qu'après avoir épuisé père et mère. Trois fois ce temps et l'on me dit vieux. Le mot fin s'affiche alors que la brume qui me cachait la route n'a pas encore achevé de se lever. Je pars avec une interrogation dans les yeux, ainsi que des pans de nuage attardés, pauvre comme j'étais venu. La richesse accumulée pour épater les gueux à la langue pendante se révèle enfin dans sa réalité : un tas d'objets. L'or arraché, volé, pour lequel tu as fomenté des guerres et fait couler le sang ne t'aura servi qu'à paraître devant ton cher miroir. Le temps bêtement gâché, tu ne vois à quel point il est précieux qu'à la dernière minute. Tu donnerais tout contre une minute de plus, ou contre un rab d'orgasme, un geste authentique d'amour, une dernière respiration. Est-ce cela, la richesse qui met le monde sens dessus dessous ?

Si tu le crois, tu n'es qu'une victime de plus du langage moult fois inversé. Ainsi, tu t'enrichirais à force de détruire ? Peut-être est-ce vrai là où le cul-de-jatte est champion à la course à pieds. La pauvreté y serait créatrice de richesse ! Allez donc voir le pays où règne le couple princier du faisan et de la sornette ! Pendant ce temps, l'expert es-galimatias, enfant naturel de la carpe et du lapin y soutient mordicus que le marché serait auto-régulateur, raisonnable, créateur de richesse. Faudrait-il, encore et encore, ajouter foi à la profession du diable, prétendant faire le bien en voulant faire le mal ? Ah, Vishnou, que n'es-tu à la tête du F.M.I. ! Que d'idioties et de misères tu nous aurais évitées !

Non content d'être né pauvre, et de grandir de même, je porte une compagne née avec moi de même manière : on l'appelle folie, quand elle se laisse voir. Les autres ne sont pas moins atteints. C'est la marque de tout ce qui descend du vivant. On serait tenté d'avancer que le mammifère, forme aboutie, hérite avant d'ouvrir les yeux une fois du père et deux fois de la mère. La matrice maternelle ne protège ni de l'excès ni de l'émotion. Les risques génétiques, infectieux, alimentaires ou autres s'additionnent et s'amplifient dans un espace fermé livré au noir total. Qui peut sortir indemne d'un long séjour dans une telle geôle ?

Le bébé n'oublie pas. Ses sourires, une stratégie ! Attends que je sois grand, dit-il en son langage crypté, et tu verras ! Et de fait, nous ne tardons généralement pas à voir. Il veut monter plus haut, ou descendre plus bas, ou avoir plus de ce qu'on a. Il se défend, c'est bien. S'il attaque, c'est bien aussi. Même passible de l'asile, il n'est qu'ordinaire, avec, peut-être, un trait exagéré, ici ou là. Tant qu'il se croit « normal », il est lavé de tout péché. Non, ce n'est pas en asile qu'on trouve les fous.

A quoi les reconnaît-on, alors ? Pas à leurs déficiences, qu'ils partagent largement, mais à ce qu'ils en souffrent. Le fou est celui qui en est conscient. Il se *sait* manquer : manquer d'intérêt, manquer de croyance. Manquer de ce qui nous rend fous, nous autres. « Est fou celui qui renonce à tout pouvoir », aurait dit quelqu'un[17]. Mais celui qui le réfute le serait tout autant. Réfuter pour se purifier ? Du temps de Socrate, la chose était bien vue, peut-être, et tout autant contredire, de façon musclée. Il y avait en ce temps peu de monde à côté et en face, et pas mal d'heures, du genre lent, à caser dans la journée. La discussion commencée le matin, on la voyait sur la place publique se développer selon les règles, et finir le soir après avoir décrit un orbe semblable à celui de l'astre du jour.

Au temps des multinationales, on ne renonce pas, on ne réfute pas, on ne discute pas. Une heure manquée au boulot est une heure déduite. Non vraiment, merci. On a intérêt à marcher droit ! La triade pouvoir-marché-finance a grand besoin d'intérêt et de croyance. Le pécus qui n'est pas pour est contre, dixit le nouvel évangile ! Quoi ? Voilà-t-il pas un gus du commun (tant pis, le pléonasme) qui prétend traverser cette vallée de larmes (entends-tu la cloche, entre glas et angélus) sans en faire verser ? Qui n'a pas envie d'écraser son voisin, de l'exploser, à tout le moins de faire mourir son conjoint de jalousie ? Qui n'apprend pas à ses rejetons, fusil à la main, comment violer leur copine de classe et froidement descendre leur professeur ? Qui ne chérit ni ne convoite l'Autorité et qui, last but not least, pense et s'entête à penser, malgré la nouvelle réalité qu'à grand peine on s'échine à fabriquer à sa seule intention?

Il n'est pas seulement fou, celui-là qui se place délibérément en dehors du système-civilisation. En s'abstenant d'agir, il agit contre. En faisant mine de ne pas saisir le nouveau sens derrière le mot ancien, il gâche le jeu. Sa réserve cache mal sa rébellion. Moi aussi j'ai été abreuvé de sottises, quand j'étais enfant, s'écrie le banquier. A moi aussi, on a tenté de me faire gober que deux et deux faisaient quatre. Mais regardez ce que j'en ai fait. J'ai créé un empire, parfaitement ! Moi aussi j'ai été victime du pédophile de l'esprit, répond en écho le politicien, et voyez ma résilience ! Mm, peut-être, mais est-il l'enfant qu'il a été ? La main douce au geste rond du potier n'est assurément pas celle qui tient la cognée, la serpe ou le rabot. La victime n'est pas la même, le totem est différent.

Du moins a-t-il le don d'enrager les boys fébriles de la City, le fou, et le culot de s'en amuser. On me demande mes aventures ? J'ai connu la plus extravagante des aventures, ma vie ! J'ai eu la chance d'être arrivé là ou je suis, fort heureusement ni sain ni sauf. Fort heureusement, rien d'important ne m'a été épargné. J'ai connu les hauts et les bas, la joie et la douleur. J'ai pleuré. J'ai douté parfois. J'ai douté souvent. J'ai davantage écouté l'illuminé[18] qui m'encourageait à douter de tout, et d'abord de ce qu'il disait, que le charlatan péremptoire qui veut régner sur le village. J'ai su, d'instinct, que ce n'était pas l'exubérance des larmes qu'il fallait craindre, mais le chagrin et la nostalgie, fossoyeurs et néanmoins amis, fidèles compagnons qui chaque jour donnent leur coup de pioche, faisant ce qui doit être fait, sans plus ni moins. Les premiers et derniers compagnons, les plus vieilles émotions et les plus redoutables. Celles qui nous furent léguées au berceau, et que nous continuerons à interroger jusqu'à l'ultime instant.

Si, pour devenir soi-même il faut d'abord avoir fait le plein de chagrin[19], alors je suis arrivé là où un homme se rejoint et se reconnaît sans possibilité d'erreur.

12

Discrets, intimes, secrets, incommunicables, inatteignables. Fidèles jusqu'à l'absurde. En nous, autour de nous tout change, mais pas ces deux là. Deux anges, dirait l'homme du Livre. Deux témoins, dirait celui qui croit à la rétribution. Quant à lui, qu'en aurait-il à dire ?

Rien, il n'en savait rien. Des émotions, c'est sûr, capables de vous déchirer, il n'en doutait pas, de tuer peut-être. Un appel qui, sans avertissement, s'enroule autour de votre âme jusqu'à la suffocation. De loin, de beaucoup plus loin de ce qui nous est donné de concevoir en matière d'espace et de temps, monte et surgit le manque qui ne peut être comblé, le chagrin qui ne peut être consolé, le sanglot qu'on ne peut ni taire ni avouer. Nous dirons un mystère, s'il faut en dire. Disons un mystère, oui, comme il s'en révèle dans la vie d'un homme, mais gardons-nous, de grâce, de l'habiller à la mode de notre paroisse. Gardons nous de l'entacher de vulgarité.

Le bébé repu et bien portant qui batifole sur le sein de sa mère et qui, subitement, se met à chercher ce qu'il ne trouve, à réclamer ce qu'il ne sait. Sa mère perplexe ne peut que le regarder pleurer jusqu'au seuil de l'épuisement et de l'oubli. Le loup hurle certaines nuits, à la lune prétendait le paysan qui ne craignait rien autant que « les mauvais esprits ». Votre chien, sans raison apparente, se comporte soudain de façon bizarre : il se cache dans un coin obscur, s'aplatit contre le sol, et se perd en gémissements, comme s'il appelait un secours qui ne saurait être de votre ressort. De même, il arrive que l'éleveur remarque qu'à l'abri de son enclos, par un soir tranquille, le bétail se lève comme mû par un signal et se met à piétiner et à donner d'une voix sourde inaccoutumée, où perce une inquiétude indéfinie. Tout forestier vous le dira : des fois, par temps calme et ciel bleu, alors que rien ne le laisse prévoir, la forêt semble saisie toute et toute se dresser, inexplicablement. Se peut-il qu'une forêt sente et communie, que soudain la sève de ses arbres diffuse une anxiété, la même, ou une même question ? On dirait qu'elle « s'exprime », des racines aux cimes, un profond murmure s'en élève, tandis qu'animaux et insectes se taisent. Le bûcheron, pourtant peu enclin au scrupule, avouera : elle a semblé, un moment, toute tendre à quelque chose, ou se libérer de quelque chose.

Tous les êtres vivants semblent l'éprouver, cette chose qu'à défaut de mot plus approprié nous appellerons mystère. Nous sommes venus de quelque part, lieu et temps dont nos cellules gardent probablement le souvenir, qui persiste à nous adresser, comment le savoir, des impulsions censées, peut-être, entretenir le lien. Un jour futur, peut-être, quand nous serons à même d'entendre causer notre ADN, peut-être, nous connaîtrons le fin mot de l'histoire, peut-être. En attendant, le vide insondable et incompréhensible que tu ressens au plus profond de toi-même, homme, rien ne peut l'emplir. Ton imaginaire, au lieu de le peupler, n'en fera qu'approfondir l'espace et en souligner la démesure. Ta petite voix, qui l'entendra dans l'infini du cosmos ? C'est le moment où tu en arrives à la conclusion inévitable : pour combler ton vide absolu, tu as besoin de l'Etre absolu.

Non point Celui que, durant les périodes de vaches grasses, tu t'enhardis à convoquer sous ta tente où tu l'enchaînes le temps d'un entretien privé dont tu comptes bien sortir gagnant. En vers ou en prose, accompagné de gémissements ou de quelque flûte habile, tu commences par lui imputer tes folles envies et finis en lui reprochant ses retards à les satisfaire. *Tel que tu l'as voulu*, Il ne peut résister au charme de ta ruse et de ton audace. Fait-il mine de ne pas jouer le jeu que tu ne te gênes pas de le consigner sous la tente, ou, mieux, dans une boîte que tu fermes à clé.

Non plus Celui, à peine différent, que tu défies en un combat singulier, et que tu finis par terrasser, à l'issue d'un corps à corps épique qui, à t'en croire, ne dura pas moins d'un jour et d'une nuit. Tu te vantes de l'avoir réduit à merci et, avec la belle inconséquence qui te caractérise, tu pousses de hauts cris lorsque, te suivant à la trace, ton voisin lui découvre une mère, un père, et un fils appelé à le surpasser ! Il se battrait comme toi, pourquoi n'aurait-il pas une famille comme la tienne ? La logique s'insinue au sein du mythe, qui, en retour, en a besoin s'il veut évoluer et connaître le succès. N'empêche, le ver était dans la pomme et ce ver en appelait furieusement à la sédition. Du haut de l'arbre de la connaissance, le fruit tombe en terre de démocratie. Le monde devient propriété exclusive de l'homme, lors même que celui-ci continue d'entretenir et d'inventer le conte.

L'homme, enrichi et sûr de sa force, croit le temps venu de ramener le divin à sa propre hauteur, épaule contre épaule. Il est avide de conquêtes, de rapt et de viol. Il a envie de commettre ses envies sans avoir à les expurger de l'excès et du paroxysme qui seuls signent sa liberté d'homme fort. Il n'a aucune envie de rendre un jour des comptes. N'est-ce pas assez évident que ses excès sont d'espèce sacrée ? Le prêtre-sorcier traîné, invité ou associé surgit opportunément pour en témoigner. Assurément, l'homme fort est du côté du divin et, s'il n'est pas le seul, il est celui à l'oreille duquel le divin murmure.

Néanmoins le plan n'est pas sans conséquences. Qui empêchera, ensuite, d'imaginer, et pourquoi pas de distribuer ou vendre la divinité sous forme buvable ou mangeable, afin de « l'incorporer ». Nous voilà rendus aux temps modernes, temps vulgaires où chaque pécus croit « contenir » sa portion divine. Le roi absolu, le colosse de droit divin voit du jour au lendemain son autorité contestée au nom du libre accès à un dieu pour tous. Le divin qui parle à tous, c'est la révolution ! Il fallait réagir : on manœuvre désespérément pour l'isoler, au besoin on le déplace de prison en prison, de la tente au temple de pierre, d'église en organisation, d'un rituel à un autre, d'une langue obscure à une langue absconse, tout en veillant à l'entourer d'une complexité plus impénétrable que les murs d'une forteresse. Toutes tentatives vouées à l'échec, au bout de carrières inégales, non sans avoir modifié, peu ou prou, la réalité et sa représentation.

On devine néanmoins la tendance qui se dessine. Un homme en vaut un autre, c'est là où, en conscience ou non, ils voulaient en venir. Tous égaux, toutes égales en pays de roture, afin que plus une tête ne dépasse, plus une pensée ne se conçoive. Le rêve du lion se réalise enfin, qu'il énonce avec grande mansuétude:

Tout ce qui se meut dans son regard a le même mérite, celui de ne pas en avoir.

Laissons donc le nouveau mythe vivre sa vie. Gageons, pour notre consolation, qu'elle sera courte. Des mythes, on sait la capacité à se cacher l'un l'autre, et sans trop de dommage se mélanger et s'additionner, tant la demande en paraît large dans le cœur et l'esprit des hommes éternellement attelés au désir éternellement vain de combler le vide qui les ronge. Ce dernier mythe, au regard d'autres, paraît lui-même tellement vide. Or…

Or, éternité ou pas, il n'en est pas d'accord, lui, le petit vieux ! Les accommodements, il n'en a que faire, lui ! Il n'a pas charge de nations, ni de multinationales d'aucune sorte. Le cri qui fuse de son âme assoiffée ne saurait trouver son expression que dans les dictatures de l'absolu ou du silence. Oui, l'Absolu ou le Silence, les seules dictatures qui vaillent, les seules à même de soigner ses blessures. Le politiquement correct, le compromis, les contorsions du langage et des mains, ce n'est pas pour lui. Non plus qu'insinuer, suggérer, retoucher, donner des coups de coude complices et des œillades qui en disent long. Faire les choses à moitié, c'est la certitude de mal les faire. A quoi ressemblerait un monde où l'idéal serait d'agir à demi et à penser à demi ou au tiers ? Plutôt la servitude, si elle confine à l'extase ! Vivre à moitié une moitié de vie, est-ce à cela que devait conduire, *in fine*, le génie de l'homme et sa démente démographie ?

Il a envie, quant à lui, il a besoin de retrouver sa vie entière. L'entièreté de sa vie, où peut-on la retrouver, m'sieur-dame ? Le sentier, la science, le phare, le repère, l'instinct qui l'y auraient conduit se sont effacés et éteints. La négligence y est pour beaucoup, et la folle prétention. Il en aura fallu des deux, certainement, à celui que surprend l'aube glacée au milieu de nulle part, sans carte ni provisions.

— Mais, dit-il, comment suis-je arrivé en ce lieu où je n'ai rien à…? La question n'était pas achevée que Faute lui fit signe de se taire, tenant par la main Culpabilité.

— Tu me vois, dit celle-ci, c'est parce que tu n'es pas de la graine sacrée qui confère l'infaillibilité.

— Ni de celle, renchérit l'autre, qui se vote l'immunité.

Regarde ! dirent-elles de la même voix, et il vit le chemin en pointillé par lequel il était là parvenu.

— Quoi ? C'est tout ? (Il eut un moment d'hésitation et ajouta, incrédule.) Est là tout ce qui m'a été de voir et de connaître ?

Elles firent la moue au mot « connaître » comme si elles mettaient en doute sa faculté de connaître ou l'étendue de sa connaissance.

— Mais… mais…

Il n'arrivait pas à donner le change.

— Non, dirent-elles, ce n'est pas nous qu'il te faut convaincre.

— De cela nous avons déjà parlé une fois, renchérit l'autre.

— Une fois ! Il faudra en parler mille fois, et y penser toujours…

Ce foutu chemin étriqué dont ne subsiste que quelques traces. Si seulement je l'avais choisi! Si seulement j'en avais décidé, délibérément, en souverain ! Mais que peut faire le bipède pour conquérir l'étendue ? L'ubiquité elle-même ne suffirait pas, il me faudrait la clairvoyance ! Et de celle-ci je manque, cruellement, comme de…

Un cri monte en lui, irrépressible, une fièvre, une maladie. Un drogué coupé de sa drogue. Une plante altérée en terre morte. Manque sur manque. Un abysse dans un autre abysse.

Il sait pourtant ce dont il a besoin. Nul besoin d'ailes pour voler ! Il a besoin de clarté pour voir, d'un sol stable sous ses pieds, et de tranchant pour tailler sa route. L'ordre, sans ambigüité, l'angle droit et la ligne droite jusqu'à l'infini, l'idée simple comme un rayon de soleil, comme la terre, comme la mer, comme les siens qu'on aime, avec force et simplicité, le verbe vrai, débarrassé de ce qui prête à confusion. Cela ressemble à la tyrannie, dis-tu ? Mais non, puisque je pense à la musique, dit-il, du genre claire et sonore, lourde et légère, ouverte comme la main amie, je pense à sa vivacité, à son rythme qui donne des ailes, sa cadence qui donne l'ivresse. Aux cohortes aussi, c'est vrai, aux régiments qui marchent du même pas, l'accord parfait, une seule émotion, une seule voix, une seule poitrine, un seul but. Oh, les valeurs véritables. Le lait et le miel, sur le plat du couteau. L'âme enfin en paix, capable enfin de dévisager la mort avec sérénité. La vie réparée, réconciliée, enfin pleine et entière, enfin prête à se donner pour un sourire ou un slogan.

L'illusion, comme lieu de repli et de repos !

Il dit : je suis un être musical, c'est vrai. Je suis un être musical dont l'instrument est une hache.

En ces moments il rêve de guerre, il est vrai. Mais sans grandiloquence, ou juste ce qu'il faut, et pas mal de réalisme. L'espèce de guerre pourvoyeuse de morale. La guerre, en tant qu'agent de nettoyage. La guerre pour rappel de l'essentiel, à savoir que la vie est la seule richesse, qu'elle n'a pas de prix, au moment où on va d'un pas mécanique jouer à la perdre pour on ne sait trop quoi.

Le jeune exige l'ordre et ne regarde pas au prix. Il est prêt à semer chaque jour le chaos, et à s'en amuser, pour peu qu'il y discerne la promesse de la nouveauté. Le mal, en tant que mal en soi, consubstantiel à l'idée ou à la chose, n'existe pas. Le vieux, qui en a vu d'autres, abhorre le chaos pour mille raisons et pour en sentir l'œuvre destructrice s'insinuer chaque jour plus loin en sa chair. Qui a raison, qui a tort ? Raccourcir d'un battement de paupière ce qui a une seconde pour durée – car c'est de cela qu'il s'agit, et seulement de cela – ou laisser les choses aller à leur terme inchangé, quelle importance ? La guerre a bon dos, dit le Général. La jeunesse hachée menu, le rêve brisé, et quoi encore…

Que de balivernes ! insiste le général en caressant ses décorations ! Le feu qui se déclare dans la forêt, on passe sous silence qu'il la régénère par pans et par carrés, juste ce qu'il faut quand il le faut. On voudrait peut-être la laisser périr toute entière sous l'effet du parasite ? Au demeurant, elle fait pâle figure, la guerre, comparée au Temps, ce faucheur infatigable. Que pèse sa moisson, quand enfin en vient la saison, à côté de la cueillette sournoise, systématique, discrète et impitoyable de cet ennemi à jamais étranger au genre humain. Le temps, cet assassin par excellence, stipendié par on ne sait qui, nul pourtant ne s'est levé pour en dénoncer le massacre routinier.

Elle devrait être déclarée d'utilité publique, la guerre, ce qu'elle est, indubitablement. Le coup de fouet qu'elle donne à l'économie, à l'emploi, à l'invention, à la science, à la santé… ! Plus de chômage, envolée la paresse ! Place au travail honnête et à la fraternité ! Tout cela, qui est largement reconnu dans les hautes sphères, comme on dit familièrement de ces instances qui sont tout sauf familières, finira bien par percoler et atteindre les basses couches de la société où le soldat attend, sans le savoir, qu'on vienne le chercher.

Ce soldat, il mérite d'être décoré du jour de son recrutement. Ce jour-là, il accomplit son destin, celui pour lequel il a été mis au monde. Il n'objecte pas, lui, il ne se cache pas comme un trouillard et un traître. Il collabore activement, à l'instar de « toutes les forces vives de la nation » à l'amélioration de l'outil militaire, tout comme le Président, le Général, l'ouvrier, le gentil savant – celui-là même dont l'abbé Grégoire a dit deux mots, en son temps – et que sais-je encore. Tous ces braves gens veulent un monde meilleur pour leurs enfants qu'ils aiment tendrement. Ils sont pour la paix dans le monde, oui, parfaitement, et tous adorent dieu sans retenue.

Ne nous laissons pas déconcentrer, se dit-il, sévère. Je reconnais, à mon tour, et je gage qu'aucune église ne m'en chercherait querelle, que le spectacle de milliers d'uniformes frappant le sol de leurs bottes ferrées, formant un bloc solide, avançant en une harmonie sans défaut, me donne le vertige. Je ne suis pas seul en ce cas. C'est même à cela qu'on reconnaît l'homme, que la cadence le jette dans un état de transe incontrôlé. Le vertige ! Cette ivresse immédiate, immanente, ascendante, irrésistible, violente et douce, anesthésiante, enthousiasmante, qui agite le vieil homme comme le jeune, et les amène en deux temps trois mouvements à s'admirer en automates. Il y a là un signe, certainement. Nous parle-t-il, ce signe, de l'origine ou de la destination, du début ou de la fin ? Sommes-nous issus d'un monde hyper organisé, ou bien y allons-nous, vers ce monde totalitaire où la joie à goût métallique règne sans partage dans la poitrine des pièces dûment formatées ? Et là, cette question, au sein même de la contradiction : a-t-on besoin d'un cerveau pour se réduire à l'état de mécanique ?

Mais, diront peut-être les initiés ou ceux qui se prétendent tels, il y a dans le rythme plus que n'en saurait observer l'œil. De cette même façon on a entendu affirmer ceux qui en principe devraient tout en ignorer : il y a dans le vin plus qu'il n'y a dans le raisin. Celui que hante l'ivresse y reviendra.

Peut-être. En attendant, nous demandons, nous supplions, notre être hurle du fond des âges la question, il hurle de trop attendre la réponse. La peur panique qu'il n'y ait personne à l'autre bout ! La tentation du doute, bien sûr et, ce qui n'arrange rien, la lassitude du vivant qui doit payer au prix fort chaque instant qui passe...

Dans la salle aux interrogations perdues, nous avons parfois l'impression que nos actes n'ont pour finalité que de nous faire patienter. Le temps d'oublier ou le temps de voir se dissoudre dans l'immense vanité la question formulée et la réponse qui se refuse.

A quoi la devons-nous, la nostalgie qui nous traverse et nous déchire, certains jours ? Est-ce au souvenir confus, informulable, de la mère, ou du père, ou du père-mère dont nous sommes les clones à peine masqués ?

Pourquoi ne pas l'imaginer ? Ils ne sont pas de ces choses qu'on attrape fortuitement, le silence et le recueillement, et ce sentiment prégnant d'insondable mystère qui fait danser le liquide de nos cellules dans leurs téguments avant d'inonder le corps, avant de submerger la conscience. Trace écrite d'une histoire révolue, que dit-elle, que veut-elle dire ? Il était une fois, à l'origine des temps, quand, peut-être, nous pensions de même, et agissions de même... L'absolu se confondait avec la perfection, il était perfection. Pourquoi ne pas imaginer ? Nous étions l'unité et l'harmonie. Nous étions le même. C'était avant le Bug, avant la discorde et la relégation, avant la maladie et la chute ou avant la chute et la maladie. Nul n'imaginait, à l'époque, ce que serait une condition d'homme.

L'unanimité que nous cherchons en usant de tous les procédés ne serait, tout bien pesé, qu'une forme de prière. La prière qu'un jour nous puissions entrevoir, ne serait-ce qu'un court moment, l'accord parfait qui imprégnait la bulle, quelque part dans l'espace et le temps, la bulle en laquelle nous vivions heureux avant.

Avant quoi ?

Avant !

Si nous aimons tant la guerre, et les conditions qui y conduisent, qu'au besoin nous inventons, créons de toutes pièces et à tout le moins arrangeons à notre convenance –n'hésitant pas une seconde à pousser nos grands hommes au mensonge et au parjure – ce n'est pas tant en raison des progrès et bénéfices qu'elle est supposée impliquer ou induire que pour l'acquiescement général qu'elle commande aussi longtemps qu'elle dure. Chacun à son poste et silence dans les rangs ! Oh l'harmonie ! On n'entend pas une mouche voler dans le fracas du monde. Mmm quelle communion ! L'accord unique forgé dans le moule d'acier. L'ange de la glaçante perfection passe, laissant dans l'air un parfum d'absolu que la pestilence des charniers tout proches ne pourra complètement démentir.

Pour l'avoir senti une fois, ce parfum, pour l'avoir contemplé une fois, cet accord, ou seulement leur illusoire reflet, nous irons patrouiller comme nous l'avons fait, une génération après l'autre, à la recherche de l'adversaire à vaincre et de l'ennemi à détruire. Search and destroy, ordonne le programme ! Si, par manque de chance, rien qui y ressemble ne se présente dans les délais, et qu'on en soit réduit à des expédients, il reste un dernier recours, dont l'efficacité n'a jamais fait défaut : repeindre le voisin des couleurs que nous apprendrons à nos enfants à haïr, et lui faire mordre la poussière, à ce salaud de bouc, et à l'éclater, bondieu de bondieu, afin que nous puissions enfin continuer à vivre et à espérer.

La guerre nous est nécessaire parce qu'elle nous soigne. Elle nous soigne des méfaits de la paix. Sa folie est supposée nous guérir de notre folie. Elle impose une thérapie collective à une maladie généralisée. Quand alentour il n'y a plus cœur qui ne saigne ni âme qui ne souffre, elle ne détourne pas les yeux, elle. Elle répond, elle, à la demande qui hurle et grince et emplit le ciel de son râle pourri, elle répond. Ouvertement, ostensiblement ! Au vu et au su de tous. Le vieux et le vermoulu, elle l'abat. L'instable, le branlant, elle l'abolit, le miasme, elle l'efface. Elle brûle et détruit ce qu'il faut brûler et détruire, rien de plus, rien de moins. Le boulot achevé, le soleil nouveau peut se lever sur le nouveau monde apaisé qu'une belle clarté inonde; ou qu'elle doit inonder.

De sorte que la paix commence avec l'ordre tout neuf. Les jeunes qui s'en reviennent du cimetière où ils ont abandonné ceux et celles qui ne peuvent les accompagner à la course laissent éclater leur joie. Il y a plus d'air dans l'air ce matin, on dirait, et plus de place sur terre. Durant une minute ou un jour, on s'y croirait presque. C'est parfait ! Et comment ! C'est parfaitement parfait ! Las, le lendemain la maladie a déjà fait un brin de causette au corps (social). Les vieilles habitudes, qui l'eût cru, ont survécu. La compétition a repris, les choses sérieuses aussi. Au fond, on ne sait vivre qu'aux dépens de l'autre. L'autre que tu as tôt fait de numériser, de pixelliser, de synthétiser, de dépersonnaliser, de chosifier, jusqu'à ne plus y voir, *ta* conscience tranquille aidant, que carburant à ton pouvoir et barbaque à ta chienne d'ambition. Cette fois encore, comme toujours, la paix finit dans le désordre. Tu es malade, il l'est tout autant, nous le sommes tous sous nos masques peinturlurés et grimaçants. L'entropie atteint la côte d'alerte. Hôpitaux et hospices dégorgent, carabins et autres psychiatres tombent exténués. D'inefficacité le monde croule, de saleté il pue trop. Le regard désabusé se lève vers le ciel, le cœur poussif crie : assez ! Assez d'opinions, de théories, d'écoles de ceci ou de cela, assez d'initiatives et de libertés, assez de mensonges, de démagogie, de trahison, assez de beaux discours et de fausses démocraties ! Assez de frustration, assez d'échecs ! Assez de doutes ! Assez, assez de solitude !

Entendez-vous, frères et voisins, de l'absolu retentir l'appel? Une musique suave et néanmoins puissante propose un lien. Est-il possible, existe-t-il une possibilité sur mille, sur un million de reprendre le fil rompu ? Hmm, cette fois encore la réponse n'est pas venue. Derrière la porte, la guerre toute sanglée de métal et de cuir – que dans nos langues polies nous déclarons malvenue – se tient prête. C'est l'heure indécise et mortelle de Shiva-Destructeur…

Shsht ! Ecoutons le violoncelle cosmique, dont l'archet est une hache.

13

Il revenait à petits pas de la boulangerie une baguette encore chaude à la main. L'ami avec lequel il avait accoutumé de prendre le café de onze heures, en fait le seul ami ayant survécu au naufrage, il était en train de le perdre. Il n'était pas à l'article de la mort, pour autant qu'on en pût juger. Il n'était même pas malade, selon les définitions courantes des maladies. Il avait même l'esprit étonnamment vif, pour un moribond. Les dernières semaines, il avait trouvé une nouvelle occupation. Sous le sceau du secret, il avoua qu'il s'était décidé à faire la chasse… Cela s'était passé lors de leur dernière rencontre.

— La chasse ! Toi, qui détestes la chasse et les chasseurs ?

— La chasse à une espèce inconnue, dit-il, imperturbable.

— De mieux en mieux ! Existe-t-il seulement quelque chose qui ressemble à une espèce inconnue ?

— Oui, dit-il, cela existe, bien entendu. Oui, monsieur, tu as devant toi le chasseur de Prétextes…

— De quoi ?

— Ne m'interromps pas, s'il te plaît. Oui, chasseur de prétextes, le seul et unique, le premier et le dernier, et le plus grand, cela va de soi.

Il se souvient de l'avoir bien regardé, comme on regarde un objet dont on veut discerner un défaut caché. Non, il ne dérogeait pas ce jour-là à ce qu'il avait toujours été : égal à lui-même, un peu blagueur, un peu hâbleur, et généralement sympathique. Amaigri, peut-être, le poil plus blanc, les oreilles plus longues, la peau plus pâle… Il poursuivit :

— Les gens n'ont aucune idée du poids du prétexte dans l'économie du monde. Je chasse le prétexte non pour l'exploser, mais pour en faire le recensement. Je veux faire le travail qui n'a jamais été fait : dresser la carte des prétextes, les identifier, les situer, en étudier les habitudes, voire comment ils se multiplient, s'ils copulent et de quelle manière, leur durée de gestation et de vie, la façon dont on les attrape, comment s'en débarrasser ou du moins en contrôler l'infestation ; leur distribution sur la carte par ville, par région, plus tard par pays etc. Je veux aussi montrer comment se les procurer, quand on en a besoin, et où, et à quel tarif. Hey, c'est du bizness, mon vieux, je ne travaille pas gratis. Tu vas voir, une fois que j'aurai déballé tout ça sur internet, toutes les monnaies du monde vont affluer à telle vitesse que je n'aurais pas de sacs assez grands.

Ils en rirent, longuement, puis changèrent de sujet. Et puis il ne reparut plus au café. Au téléphone, pas de réponse. Il se décida enfin à lui rendre visite. Il n'aimait ni la rue, pourtant pas si loin que ça, ni l'immeuble dont la façade noircie de suie et exsudant l'humidité des hivers précédents semblait vous dire d'aller vous faire voir ailleurs. Il jeta un regard suspicieux à l'ascenseur et se décida pour l'escalier. La femme qui lui ouvrit la porte l'écouta sans ciller et, pour toute réponse, haussa les épaules d'une manière qui en disait long sur sa science en matière de haussement d'épaules. Il comprit ce qu'elle lui donnait à comprendre, à quel point elle était malheureuse et impuissante. Elle souffrait. Il le comprit mieux que si elle l'eût exprimé de vive voix.

La mimique, le geste, le soupir trahissaient une longue pratique. Il la suivit vers la pièce du fond, occupée d'un lit à une place et d'une télé. Son ami était étendu sur le lit, visage contre le mur, la télé débitant des publicités. La femme le secoua. Il se retourna, ouvrit les yeux, et s'assit, toujours sur le lit. Pas même la peine de feindre la joie ou la surprise. La femme apporta une chaise pour le visiteur.

—Je m'inquiétais, s'excusa le visiteur. Je me suis demandé si tu n'as pas reçu un prétexte trop lourd sur le coin de la tronche, ou si tu n'as pas glissé dessus, avec mauvaise chute et des conséquences… Alors, comme tu vois, je suis venu. Que t'arrive-t-il, eh bien raconte !

— Je vais bien, dit l'homme mal rasé. Je n'ai rien de cassé. Je peux me lever si je veux. Je ne veux pas, voilà. Les prétextes… Il se tut.

— Quoi, les prétextes, dit le visiteur, faisant semblant d'être intéressé ?

— Ils pullulent, les prétextes, tu peux pas imaginer à quel point. Dans chaque maison, invisibles autant que les acariens, au bord des lèvres de chacun et de chacune, le conjoint, l'écolier, l'ouvrier et l'employé, le patron, le ministre et le président. Personne n'en est indemne, personne ne peut s'en passer. Ils sont devenus indispensables, aussi bien pour déclencher des conflits internationaux que pour excuser une partie illicite de jambes en l'air. Mais ce n'est pas le plus important, dit-il.

— Y'at-il plus important ? dit le visiteur en plaisantant à moitié, car il commençait à douter de la santé mentale de son ami. Heu, on peut éteindre? Il tendait la main vers la télé mais l'autre l'arrêta.

— Non, laisse le bidule allumé, dit-il. Je ne veux pas qu'elle m'entende.

De l'œil, de l'indexe, du bref mouvement de la tête, il fit comprendre qu'il parlait d'elle, la femme, sa femme, la mère de ses enfants. Je ne l'éteins jamais. Ainsi, elle ne peut m'entendre.

— Tu parles seul ? dit le visiteur, sincèrement étonné.

— A qui veux-tu que je parle ? répondit l'autre. Il n'y a plus personne. Il n'y a plus que des objets. Si ce n'est pas un objet, alors c'est un prétexte ! Mais tu as raison, la télé se spécialise plutôt dans l'objet (je n'avais rien dit de tel). Elle est pleine d'objets de toutes les couleurs et tous les prix. Le présentateur du journal est un objet, ses invités sont des objets, les animateurs ne le sont pas moins, les voitures et les lessives sont objets parlants. Toutes les choses que tu vois sur l'écran sont précisément des choses, et maintenant elles parlent, toutes. Il n'y a plus personne sur terre. Je crois que toi et moi, nous sommes les seules personnes vivantes restées sur terre !

Le visiteur était embarrassé. Il dit :

— Tout cela n'est qu'un prétexte pour ne pas sortir, hein ?

— A propos de prétexte, figure-toi que j'ai fait une découverte surprenante, tu vois, de ces découvertes sur lesquelles on tombe sans nullement les avoir cherchées, tu vois, comme l'Amérique que Colomb a trouvée par hasard ou la formule de coca cola, tu vois, j'ai vu hier ou il y a quinze jours un reportage sur ces choses, ils ont même un nom pour ça, enfin bref, je veux en venir à ceci : est-il possible qu'on n'existe pas ? C'est pas ce que je veux dire. Bien sûr que nous sommes là, toi et moi, et tout le bataclan, comme on disait dans les temps révolus, où notre voix claire dessinait des figures jamais vues dans l'air palpitant et signait la preuve et le poids et la promesse de notre existence. Comme du temps où... Et puis... mais...

(Il buta sur quelque chose, et resta pensif, une minute, deux minutes. Le visiteur ne lui tendit pas la perche. Alors il reprit) :

— Mais est-ce que nous sommes là pour nous-mêmes ou ne sommes-nous qu'un prétexte à quelqu'un ou à quelque chose qui est occupé, pendant son cinq à sept, à se faire plaisir ailleurs ? Hein, qu'en penses-tu ? Dis-moi, bordel de bordel, je ne cesse d'y penser, est-ce que je suis une personne ou un objet, que je sache pour une fois, nom de dieu !

La femme surgit, avec la mine de quelqu'un qui avait entendu mais qui tenait à ne pas trop le montrer. Il se tourna vers elle :

—Pourrais-tu, s'il te plaît, offrir à notre ami ici présent un café, et, pendant que tu y seras, à moi aussi ?

Il prononça le tout sur le ton le plus exquis, en appuyant généreusement sur le silteplééé, preuve, s'il en était besoin, de la présence d'eau dans le gaz.

Il le quitta, ne sachant quoi penser. Il a été atteint, c'est sûr, se dit-il. Mais de quoi ? De folie ou, pire, de lucidité subite ? Il faisait chaud. Après la boulangerie, il s'arrêta à l'ombre d'un faux poivrier, saisit de la main gauche le sachet contenant le pain quotidien, et de la main droite ainsi libérée chercha dans sa poche un mouchoir en papier dont il s'épongea le front à petits coups. Midi. Il eut une vision. Un temple à la peinture rouge-ocre et au toit caractéristique. Un temple bouddhiste. Il était tout jeune, un bébé peut-être. Etait-ce dans cette vie, ou dans une autre ? Il prit appui sur le tronc de l'arbre car durant une seconde le sol bougea sous ses pieds, et la place, en face, eut l'air de tanguer. Il se tenait debout au bord de la petite place sans nom, à laquelle il en avait donné un de sa propre initiative : la place de la trinité. De là où il se tenait il pouvait voir en effet les bâtiments des trois religions qui prônaient la croyance en un seul dieu. Trois bougies allumées sur un chandelier, et pas plus de clarté, sinon celle dispensée par le soleil ! Des mots, des mots, des mots, des mots échelles qu'escaladent ceux qui n'ont pas froid aux yeux pour s'emparer du pouvoir auquel ils n'eussent pas même rêvé autrement. De la glu pour attraper les individus libres, autant qu'un être qui respire peut être libre à la sortie du ventre de sa mère, et les lier en masses de plus en plus volumineuses pour le plaisir de les lancer l'une contre l'autre, car il paraîtrait – ceci dit sans vouloir offenser ni chercher la contradiction à tout prix – que les bonnes places se vendent au prix fort, étant moins nombreuses, beaucoup moins nombreuses au ciel que sur terre.

Mais le temple asiatique, si tant est qu'il y en eut véritablement un, avait disparu, et depuis longtemps.

Le soleil vertical insistait, et son cœur. Son cœur qui frappe sa cage inopinément. Son cœur aussi, apparemment, ne dédaigne point de saisir et d'agiter les prétextes, le froid, le chaud, la fatigue, l'émotion, à seule fin, lui semble-t-il, d'ajouter à ses angoisses. Il dit, le cœur : « je t'avertis » ! Un jour, ou peut-être tout à l'heure, il franchira le pas, il oubliera de battre après un dernier battement, et lui, corps malade, il se verra, avec un mélange malsain d'affectation et de fatalité, il se verra choir au ralenti et rebondir sur la terre qu'il a aimée ou négligée. Il lui laissera le temps de se voir se désunir, les mains lâchant ce qu'elles tenaient, l'esprit lâchant ce à quoi il semblait tenir, les bras hachant l'air devant derrière. Sentira-t-il seulement le choc de son corps sur le sol, souche déjà au pied d'un arbre en tous points semblable à celui sur lequel il s'appuyait ? Qu'adviendrait de lui, après ? Lui serait-il demandé de quelle paroisse il se réclamait, ou bien quelle sorte d'humain il avait été ? Quel comportement avait-il adopté envers l'être qui vit dans l'air ou dans une motte de terre, l'insecte qu'on écrase, l'arbre qu'on arrache, le veau qu'on égorge, la femme qu'on torture, l'enfant qu'on assassine ? As-tu volé, as-tu violé, as-tu prêché le faux, as-tu accumulé au-delà des nécessités ? As-tu laissé le mal agir à sa guise ?

N'y aurait-t-il que l'absence, le néant, le vide, ou pourrait-il choisir sa compagnie, avec, disons, Héraclite, Lucrèce, Epictète, Ibn Arabi, Roumi, Kong Fuzi et d'autres ? Serait-il rendu en un lieu où toute sagesse humaine ne serait qu'un pixel dans l'écran géant du ciel, et où la connaissance serait enfin dévoilée ? Il fit cette prière : illumine-moi, mon Dieu, car l'homme que je suis est dans la confusion. Donne-moi Ta lumière, que s'éloigne de moi l'ignorance. Ne me fais pas tomber dans les pièges de l'homme, car c'est vers Toi que je tends. Pardonne-moi de t'avoir donné des noms sans savoir, d'avoir parlé de toi sans savoir, d'avoir agi en ton nom sans savoir.

Pardonne-moi du mauvais usage que j'ai fait de la lumière que tu m'as donnée : mon cerveau !

Il se souvint de cette prière, lue il ne savait plus où, formulée probablement en quelque lieu de l'Asie mystique et populeuse : « conduis-moi du mensonge à la vérité ; des ténèbres à la lumière ; de la mort à l'immortalité. »

Du mensonge à la vérité ! Par quel chemin, si « la vérité est un pays qu'on ne peut atteindre par aucune route », comme a dit l'autre[20], venu du même coin de cette terre d'Asie si fertile en prophètes? Il vaudrait peut-être mieux, tout bien pesé, s'arrêter quelque part et renoncer à sa quête. Lui dont les pieds n'ont connu que des chemins étroits, en lui aura-t-il fallu, de l'arrogance, pour se croire appelé, vivant et parlant, à toucher en terre de vérité, après avoir survolé toute l' étendue possible ! La vérité ne serait-elle que l'autre nom du prétexte concocté pour le renvoyer vers lui-même ?

Tout ce temps précieux perdu à courir à en perdre haleine par des chemins sans issue ! Tu aurais dû savoir ceci : ce qu'on bâtit sur l'erreur est une erreur. Tu as snobé le chemin, tout à ton but rêvé. C'est pourtant le chemin qui nourrit et soutient, c'est lui qui dispense l'enseignement et ce qu'il est possible de glaner de sagesse. C'est lui le but et la récompense, mais tu n'as pas su voir.

Le temps t'a été prêté pour vivre. Vivre au lieu de te dissiper à chercher ce à quoi nulle route ne conduit. Vois-tu, l'homme à qui nul chemin ne profite ne saurait que faire de l'étendue. Il faut être inadapté ici et maintenant pour se projeter dans les utopies. Tu as vieilli, certes, mais as-tu été un jour adulte ?

C'était sa voix intérieure. Elle ne s'arrêta pas là. Elle se permettait de changer de ton, ce qui n'était pas un bon signe :

Il est temps pour toi de regarder où tu mets les pieds, et d'accorder ton pas à tes idées.

Un bon conseil de plus, se dit-il en haussant les épaules. Une minute plus tard, le sens des mots lui parvint cependant que ses lèvres tentèrent de protester : non, pas de ça, pas encore ! Le ciel est à peine assez grand pour mes idées !

Son cœur bondit, ne sachant d'abord à qui donner raison, du pas ou de l'idée. De l'homme ou de son double. Du rêve ou de la réalité.

Le cœur qu'on ne ménage pas. Le cœur vaillant, le cœur ami qui pourtant à chaque battement dit : je t'avertis ! De quoi, bonté du ciel, en dehors de ce que je sais ou crois savoir, devrais-je être averti ?

14

Après le déjeuner, il fit une courte sieste et se réveilla avec les idées plus claires. Il n'y a rien de mieux qu'un bon vieux principe pour conjurer le trouble de l'esprit. Par exemple, se méfier. Se méfier de quoi ? Des magiciens, cela va de soi. Mais des certitudes ! Oui, se méfier des certitudes aussi. Il n'est pas question ici de les évacuer toutes, car il peut arriver qu'elles aient leur utilité, comme matelas pour poser dessus son ras-le-bol, à la fin d'une longue journée. Se méfier néanmoins de leur côté tranchant qui éliminerait bien la moitié du monde, si on n'y prend garde. Du reste, les certitudes, il n'y en a pas tant que ça, qui passent le crible des sens et de l'entendement. Car l'homme-modèle, l'homme raisonnable si on préfère, n'ignore rien des traîtrises des langues fourchues. Les ruses ordinaires ne l'impressionnent guère, non plus que les oripeaux dont se pare la convoitise, toujours attentive à ne pas se laisser surprendre à se balader nue. Il sait, cet homme, qu'une main qui saigne, un couteau l'a traversée, une pomme qui tombe, la gravitation en est cause. Pour lui, la réalité physique est une certitude. Mais que penser de celles qu'on prétend ériger sous vos yeux à coups de mots et de signes, sans soubassement réel ? Cherchez donc à qui elles profitent, et vous saurez ce qu'elles valent.

Le virtuel ? Le virtuel ne date pas d'aujourd'hui, Google le reconnaîtra volontiers, qui ajoute, faux-jeton comme pas un, qu'un virtuel capable de se jouer du réel et, dans la même foulée, de s'en mettre plein les poches, n'a-t-il pas plus de réalité que, disons, un avion qui sombre corps et biens dans l'océan de temps à autre ? Ou que le mur de votre maisonnette, ou la maison entière, et la rue avec, et toute la ville pendant qu'on y est ? L'adresse qui attire à elle un milliard de prières en une heure, pour donner un ordre de grandeur, n'est-elle pas plus réelle que tous les temples et divinités réunies ? Passé un certain seuil, toute croyance se mue en réalité dont on serait bien avisé de tenir compte.

On devrait certes s'en méfier, du virtuel, dès lors qu'il acquiert plus de force et de résistance que l'arbre dans la forêt. Les dieux anciens, évidemment dans le secret, avaient déjà consenti à se rendre invisibles afin de nous préparer aux évènements à venir. Depuis son éveil à la conscience, ou, corrigerait le philosophe, depuis qu'il s'est donné une règle de conduite (la loi) et la capacité de la violer (le crime)[21] le pauvre homme se sait en butte à la collusion de forces formidables et invisibles, intérieures et extérieures, dédiées à l'abattre ou à le contrarier. La malveillance est née avec la nature. Jamais une main amie n'a surgi de la nuit noire pour le flatter. A compter du moment où les dieux ont décidé de jouer à cache-cache, notre ancêtre n'eut pas tort de s'attendre au pire : à l'obscurité de la nuit s'ajouta une autre en plein jour, que nous vaut une nouvelle complexité, virtuelle et incontrôlable et tressée en mailles serrées sur le paradoxe et le fait accompli. L'invisible avait désormais une intention et une main empressée de l'exprimer, étant entendu, puisqu'en cette direction inclinaient les choses, que cette main pouvait frapper à l'improviste, que les yeux fussent ouverts ou fermés. Le cœur, l'âme, n'étaient pas reniés, non, pas vraiment, ils étaient simplement repoussés plus loin, là où ils occasionneraient moins de gêne.

La main invisible, imprévisible, tyrannique, il va encore falloir l'amadouer par un geste propitiatoire, se dit l'ancêtre. Que peut-elle bien vouloir, sinon ce qu'il y a de plus difficile à se procurer, ou de plus coûteux ? La viande, la vie encore chaude, encore fumante, de préférence celle, pure, de la jeunesse généreuse. Ou l'argent, ce qu'on appelle l'argent, et qui n'est autre, bien sûr, qu'une mesure de temps, et donc, une fois les devises rentrées au bercail et l'appel fait, une mesure de vie. Ohé, les enfants, attention ! Moloch sévit toujours dans nos murs, et sévit avec rigueur.

Des gestes propitiatoires, bouteilles à la mer ! Tentatives sans nombre, entreprises lancées à l'aveuglette, sous le rire homérique de l'Olympe.com. Certaines au prix de trésors de raffinements. Certaines qu'il vaudrait mieux taire… On ne se moque pas de l'homme réduit aux dernières nécessités.

Google n'étant que le dernier avatar de la divinité primordiale. D'autres l'ont précédé, qui survivent encore, que d'ailleurs il coopte et met à son service sans perdre une seconde. On se souvient qu'un évènement similaire est advenu dans le monde, il y a longtemps, et requérant semblablement notre tendance à croire et à nous en laisser conter. Nous étions déjà adultes ou presque, la mer et les étoiles livraient un à un leurs secrets, sans se presser. Nous rêvions d'échanges et de richesses. Nous sommes convenus, entre nous, de donner une valeur à quelque chose qui en était démuni, et en avons fait un signe. Un signe doté donc d'une valeur qu'on pouvait échanger contre n'importe quel bien. Le commerce s'en trouva facilité de façon extraordinaire. En très peu de temps, le signe, disons le symbole, fut compris et accepté de tous, preuve qu'on en était arrivé à l'âge de l'abstraction et de la confiance. Il devint dès lors possible d'acquérir et d'emporter de la bonne marchandise en cédant quelques galets troués, des coquillages, du vil métal, du papier, toutes choses intrinsèquement sans valeur auxquelles on appliqua un nom générique : l'argent. Qui eût pu prévoir, à l'origine, que l'argent allait manger nos vies plus sûrement que tous les cultes voués aux puissances occultes ? Qui eût pu deviner que la bourse « des valeurs » et la spéculation sur les produits dérivés et les indices se cachaient dans le collier de coquillages ?

Celui qui possède le secret de créer des signes ne se privera pas d'en user et d'en abuser, selon la loi de la croissance des corps et des corporations. A celle-là, ou à une de ses semblables, un autre philosophe donnera un joli titre, que chacun voulut adopter, avec des intentions parfois inavouables, au prétexte de son charme apparent : la volonté de puissance ! De la cellule vivante à la succursale, ou comment réussir un holdup. Mais comment ne pas le réussir quand l'audience montre tant de bonne volonté ?

Es-tu du genre à croire que l'idiot monte sur le toit de ta maison quand tu désignes la lune ? Tu aurais tort, vraiment. Il n'est pas idiot, celui-là qui arpente ton toit pour en faire l'estimation, car ta maison n'est plus tienne. Ta maison, l'abri de ta famille, il te l'arrachera et te jettera sur les routes incertaines, pour quelques chiffres tracés du bout de son stylo magique qui a le don de te faire prendre des vessies pour des lanternes. Tu ne te méfies pas assez. Tu tombes en transe, choisissant en pantelant entre hypnose et extase. Tu ne te réveilles que pour constater ceci : l'acte a été consommé. Tu as cédé les murs contre du vent. Tu as cédé davantage, en fait : vingt, trente ans de labeur honnête, d'efforts et de rêves, autant d'années de vie, et l'avenir de ta famille, pour quelques signes cabalistiques tracés en quelques secondes sur un morceau de papier. De l'argent que les joueurs invétérés de la haute banque font pousser en abondance sur l'humus gras de ta superstition.

Il faut tout de même dire, à ta décharge, que tu n'es pas dans le secret, tu n'es pas du genre à l'être, le don t'en est dénié. Toi, tu es celui à qui on pense quand on adopte le ton compassé pour postillonner à loisir à propos de « la Chute », celui qui est venu au monde pour transpirer et prendre de la peine à grandes brassées ; celui qu'on charge d'instinct du péché non réclamé – et avec lui sa descendance malavisée jusqu'à perpète – et que le juge pressé condamne de façon routinière. Toi, tu dois traverser ce que l'initié appelle « vallée des larmes », en punition de ton péché d'encombrer la terre de ta présence. Tu dois la traverser, inondé de tes pleurs, mais tu n'iras pas plus loin. Ta tombe y est creusée, sur l'autre versant. Accepte donc ton destin, et demande pardon. Que veux-tu, pauvre vieux, tu ne sais pas résister aux sortilèges. La tête meublée de frayeurs, la cupidité pour guide, tu vas titubant de droite et de gauche comme un ivrogne empli de mauvais vin. Le menteur te cueille à l'heure qu'il choisit. T'escroquer, te rouler dans la farine n'est même pas amusant, tant cela va de soi. Pour un peu, le malfrat irait s'en plaindre.

Tout cela pour en arriver à ceci : l'homme ne peut se passer des échanges. Il y est irrésistiblement poussé par sa curiosité autant que par sa propension à vouloir rendre plus simple et plus facile ce qu'il reconnaît pour nécessaire et pas seulement. Pas seulement, car en vérité, il veut tout. Tout, parfaitement ! Mais voilà : le tout, il est convoité en totalité par chacun des milliards d'affreux bipèdes dentus. Le secret de la guerre permanente est livré là, en quelques mots. Quiconque s'est laissé convaincre d'avoir des besoins qui excèdent son besoin est versé dans une unité combattante. La guerre de la croissance aura lieu, elle ne fera pas de quartier.

Il en est des folies comme des cages. Certaines, petites, individuelles, on peut les poser dans un coin de la pièce qu'on fermera quand on sort. La variante consiste, à l'inverse, à les sortir, certains jours, sous le bras ou sous le manteau. Elles s'y prêtent, elles sont petites. D'autres, en revanche, sont si grandes qu'elles nous dominent et nous enferment. On en a vu, on en voit qui tiennent à merci toute une population, toute une ville. On en a maintenant de la taille d'un pays, ou, pour les plus récentes, de celle de notre planète. Celles-là, les plus courues, on les dit mondiales. Celles-là, nulle personne de conséquence ne risquerait son prestige à les remettre en question. (Non, la folie et le prestige ne sont nullement contradictoires, regardez autour de vous !) Masquées de vertu, affublées des étoffes nobles qu'on prête à la croyance et à la science, on les connaît sous des noms qui soulignent leur nécessité, leur utilité, leur bien-fondé, leur fatalité et, parfois, pour l'avoir profondément marqué, leur siècle.

Mais laissons ces vedettes et disons un mot du tout venant. Les folies se font peuples. On les dit alors normales, ou d'espèce commune. On les voit partout se promener et vivre, ordinaires, anodines, aimables. On en notera la tendance à se mettre en couples et l'idée de se perpétuer éternellement. Ah ! un monde plein à ras bord de milliards de petites folies ordinaires ! Se perpétuer, c'est croître. Qu'est-ce qu'il en a dit, l'autre ? Volonté de puissance ? Heureux les couples en croissance. Croissance démographique, croissance économique. Couples d'égaux éminents s'il en fût, inattaquables, allant jusqu'à emprunter leurs accessoires à la raison, couples fameux dont les fan-clubs comptent plus de docteurs et de savants que de plombiers...

Il en était là de ses pensées lorsque surgit devant lui l'image de son père. Les circonstances se sont perdues dans le brouillard du temps, mais l'image est nette. Le visage empreint de sérieux et l'indexe soulignant chaque mot, il dit, il *lui* dit : « *reculer devant une folie est une folie.* » L'image se dilua lentement, et il n'entendit plus rien.

Plus facile à dire qu'à faire! A ce jour, se dit-il, il doit y avoir autant de folies que de fourmis sur terre. Combien de folies un homme peut-il contenir avant d'en être submergé ? Sommes-nous donc venus au monde pour ça, pour abriter et nourrir le peuple des folies douces ou furieuses ?

Face à la croissance démographique, il a bien fallu mettre en marche la croissance économique, afin d'assurer la paix dans le royaume. L'occurrence est assez rare pour être soulignée. L'homme, observateur hors pair, imitateur, joueur, vantard, après avoir passé en revue le bestiaire vu ou imaginé et avoir revendiqué à voix haute des liens personnels avec le lion ou le tigre, ne s'est trouvé de connivence, dans le secret de son âme, qu'avec le pauvre lapin, auquel il a emprunté d'autorité ses jeux favoris. Ces jeux, il en a étendu la pratique en toutes saisons et à toute heure du jour et de la nuit. De toutes les splendides créatures qui rampent, nagent, galopent et volent, que le bon dieu anime, disent-ils, pour notre agrément ou notre édification, l'homme a choisi le plus modeste pour en faire son animal fétiche. Entre le cochon et le lapin, après tout…

A problème démographique, solution économique. L'astuce et l'inventivité mettent au point le produit, l'usine le reproduit et le multiplie jusqu'à la nausée, jusqu'à ce que le charbonnier retiré derrière sa montagne en voie des charretées exposées au marché hebdomadaire qui se tient plus bas au croisement des pistes, jusqu'à cerner de toute part, en fragments, en grains ou en poussière le plus minuscule rocher perdu en mer. Le miracle de la facilitation ! s'exclament d'une seule voix l'inventeur, le banquier et le fabricant, chacun éperdu d'autosatisfaction.

Pour résoudre un gros problème, observent-ils, il convient de le diviser, de le réduire en morceaux et en tas de plus en plus petits, afin d'en entreprendre ensuite l'analyse en toute sécurité. Au bon sens on ne peut qu'opiner, opine l'heureux politicien au milieu d'un cercle exclusif d'amis qu'une même pensée agite. On forme un parti, dit-il, on forme une famille ! La foule, somme d'individus qui ne s'étaient jamais vus avant, écoute, absorbe, applaudit.

Naguère, il se sentait important au sein de sa communauté, l'homme. On savait qui il était, ce qu'il faisait, ce qui le faisait rire ou pleurer. Aujourd'hui, à force d'avoir joué au lapin, il n'est plus qu'un anonyme dans l'immense lapinière.

Pour autant, il n'est pas oublié. Bien qu'on ne soit pas en humeur de vouloir le connaître, on lui suppose une existence, des désirs à la pelle et autant de besoins qu'il en faut au système. Tant et si bien que la vallée reculée se couvre de déchets, la nappe phréatique s'imbibe de poison, les glaciers fondent de tristesse, le pesticide et le plastique saturent les mers et les plages, les forêts ne sont plus que souvenir. La guerre à la beauté naturelle fait rage en tous points, au nom du bon Capital qui s'est voué coûte que coûte à la satisfaction des désirs les plus secrets de l'homme, y compris ceux qu'il ignore encore.

Il faut croire que la beauté qui s'offre également au regard du pauvre et du riche fait violence à ce dernier. C'est une affaire de justice. Elle servirait à quoi, la richesse, si elle ne donne le droit exclusif au rare, au beau, au cher. La beauté qu'on ne peut isoler derrière de hauts murs, on se résoudra, pas de gaieté de cœur, qu'on le note bien, à l'abîmer, à la fracasser, au prétexte de voir ce qu'elle a dans le ventre. Les prétextes, Lami l'avait pressenti avant de tirer sa révérence, il y en a comme s'il en pleuvait, il y en a autant que de folies, et comme elles rangés en classes, le gratin qui s'impose sans discussion, et le tout venant négligeable qui sent la zone et le métro.

Que fait l'homme ordinaire pendant ce temps ? Qu'il fasse seulement mine de s'arrêter et de se poser la question, et le voilà embarqué pour un des nombreux délits dûment répertoriés au catalogue des prétextes et folies spécifiques à sa situation : son boulot, s'il en a, son quartier, son histoire... Du reste, à parler honnêtement, ce genre de délit est presque toujours imaginaire, car l'homme aux os solides et à l'esprit vide, vivant dans un pays bien gouverné[22], ne trouve pas plus de temps à perdre aujourd'hui qu'il n'en trouvait hier à béer aux corneilles. Il n'en a ni le temps ni le goût. La beauté, à supposer que par hasard il s'en avise, le frapperait au visage et l'insulterait dans sa langue étrangère. Pas d'affinité, pas de finesse, pas d'histoire d'amour. Il en aurait plutôt peur, et pour cause ! De la pléthore de petits évènements qu'elle lui rappelle de force, pas un qui ne l'accable. Pas un qui se fût inscrit à son crédit, et qui se fût achevé en succès. Elle lui rappelle trop de choses, assurément. Des choses dont il s'est arrangé, tant bien que mal, au fil des décennies et des siècles, au nom d'un leurre et d'un pataquès habillé joliment en « vivre ensemble » ; au nom de la paix, un mirage ; au nom de la raison, cette pute, s'il faut en croire le saint homme ; au nom, enfin, de la sagesse, pas la sienne, qu'il pouvait comprendre et naturellement sentir, mais l'autre, importée, et rudement imposée par l'alliance du glaive et du goupillon. Elle lui est interdite, la beauté. Sur la surface spéculaire qu'elle lui tend, il a trop peur de reconnaître son image enlaidie, et d'y lire la liste interminable de ses renoncements, de ses reculades, de ses dérobades, de ses hontes et de ses chagrins creusés en traits indélébiles.

Il n'avait qu'elle, pourtant, pour prier, elle, uniquement, à prier, quand cette sensation formidable, inexplicable, poussait en lui comme une plante verte, certains jours ensoleillés, et qu'un instinct furieux le jetait à embrasser la terre et à vouloir s'imprégner de son odeur, de son goût sur la langue, de sa poussière sur le corps. Et, pendant qu'il s'ébrouait, heureux au-delà des raisons et des mots, venait l'instant où son regard se perdait encore une fois dans la profondeur du ciel bleu. Le ciel bleu, la mer sous le soleil ! Un miracle qu'il n'a rien fait pour mériter. Un miracle qui lui a été donné, cadeau ! Il se levait ou tombait à genoux et, avec une infinie reconnaissance et un recueillement sincère, il eût prononcé « merci » si sa gorge contractée par l'émotion le lui eût permis. L'envie de rire de joie, de pleurer de bonheur, tout comme les animaux de la forêt, probablement, mais ayant, plus qu'eux, le pouvoir de se penser, de se dessiner sur la pierre, de se conter et de l'écrire.

Elle seule, pourtant, eût pu le distinguer de la ménagerie domestiquée, dont il voyait bien qu'elle engloutissait sans nécessité, forniquait de même, et inventait mille arguments pour reporter au lendemain la question qu'elle aurait dû poser la veille. Jusqu'à quand, et au nom de quel pouvoir fallait-il toujours et toujours faire mentir ses fibres et ses ressorts ?

L'autre, l'initié, le guide, a décrété que toute beauté est subversive. Menaçante et dangereuse. Désarmante, quand on en découvre inopinément, là-bas, hors des sentiers battus, quelque vestige miraculeusement épargné, et qu'on manque d'en oublier de respirer. Un chien, un loup en tomberaient en arrêt ! Paralysante, avoue la bête en contemplant sans oser la profaner la belle jeune femme aux traits parfaits étendue à portée de langue et de crocs. La beauté est une force, reconnaissent en secret le chien sauvage et le loup. Une force faible, si on veut, concède l'homme, dotée néanmoins d'un pouvoir excessif, incontrôlable et donc, du point de vue de l'âme qui en est démunie, inacceptable : le pouvoir de révéler en plein jour nos laideurs et nos mochetés, et la masse sombre, inavouable, tapie au fond.

Le berger a parlé, le troupeau en a docilement bêlé. Le consensus est bouclé, sans palabres inutiles. Elle sert à quoi, la beauté, sinon à vous mettre en tête des idées à ruiner une vie? On vous dira qu'on en a vu, des imprudents et des ivrognes descendus du train en rase campagne pour se vouer, balbutient-ils, à la chasse aux papillons ! Perdus, tous, sans retour. Oh, on en a bien entraperçu un ou deux, ici ou là, devenus sales à faire fuir, hirsutes et grossiers, et faisant à haute voix la leçon au ciel. Ce sont bien eux, les corps en sont reconnaissables, ou à peu près, bien qu'on les eût cru creux et vacants, aux bruits étranges qui y résonnent en écho à d'indicibles récits. Oh, elle est inhumaine, la beauté, elle est cruelle. Nul n'en revient, en l'état, qui en fut ravi. Attention ! disent les parents aux adolescents prêts à l'imprudence, on dit qu'elle vous prend à l'âme, la beauté, qu'elle est le feu qui embrase le cœur et met feu aux structures les plus solides. Celui qui en réchappe nous revient épuisé, malade et nu, et aussi vide qu'un campement abandonné hanté par le délire et le regret.

Allez, frères, nous sommes tous réunis en ce jour béni et tous d'accord. Que sonne l'hallali ! Faisons ici et maintenant le serment de ne point fermer les yeux qu'on ne l'ait traquée et tenue à merci, cette luronne. Chacun de son arme favorite : le fusil ou la hache, la bétonnière et le bulldozer. L'usine qui crache son poison. L'école et l'université qui formatent nos enfants à l'exact besoin du divin marché qui n'accepte que des individus asexués à tendance somnambule, performants, motivés et infatigables, sans sel, sans esprit.

Pas étonnant qu'elle soit partout agressée, défigurée, la Beauté. Pas entièrement morte, plus tout à fait vivante, juste entre les deux, dans l'interstice où chaque inspiration peut être la dernière. On l'exhibe, pour les besoins publicitaires : sur des photos, dans les jardins reconstitués et à la surface des animaux empaillés, dans les zoos, sur les tableaux antiques ou les tentatives qu'en tracent les peintres du dimanche sur ce qu'on a bien voulu leur en raconter. Sur la paix du monde ainsi reconquise, ne reste en vérité que l'être suprêmement vivant : le Marché. Oyez, bonnes gens, le chœur dégourdi et sage chanter mâtines et vêpres sous le regard attentif de Dame Bourse l'hymne divin. Voyez avec quelle émotion le reprend la jeunesse exaltée, calibrée et parfaitement disposée en rangs et en colonnes d'où pas un cheveu ne dépasse, et soupirant après la moisson ! Et voyez encore : derrière, tout au fond, pousse irrésistiblement et trépigne la jeunesse innombrable stockée dans les hangars. Elle ronge impatiemment son frein en attendant son tour d'entrevoir un moment le soleil incertain. Naguère lieu d'oaristys qui enflammaient le poète[23], la chair fraîche et ferme et parfumée de nos jours doucement, froidement, se décante, s'overdose et pourrit.

A qui la faute, murmure l'homme qui se tient sur ses gardes, hors du rang ? Le lien a été rompu et le message perdu à force de translations douteuses et de gurus impérieux. Que de consanguinité ! Est-ce une malédiction planétaire ? Une maladie mondiale ? Dans les trente six mille idiomes parlés sur terre, dont certains ne passent pas les limites du village, la journée ne s'achève pas sans que la même information ne soit traduite en termes équivalents, au mépris consensuel de la réalité locale, de la vérité, de la vraisemblance, du simple bon sens. On a beau savoir et répéter qu'il s'agit d'un canular, d'un mensonge, d'une erreur, d'une foutaise, d'un piège ou d'un complot, rien n'y fait. Une seule information, une seule théorie, une seule école. Une seule source. Pour pensée, la répétition. Pour savoir, le tripatouillage. Et l'autre qui se raréfie comme l'air propre : le temps !

Résultat : des millions de corps consommateurs compulsifs, et pas une seule âme à partager. Est-elle heureuse ou fait-elle semblant de l'être, cette jeunesse disposée à tuer pour une place de parking ? Ou qu'on dit prête à trucider père et mère pour leur arracher leur carte de crédit ?

Ah, le sésame qui donne accès à la vie ou la retire : la carte bancaire. Tout est si cher ! Tout est à l'encan. Rien de ce qui est désirable n'est gratuit, le truc à la mode, une place assise, un organe, rein, cœur, foie, un orgasme ou une gestation dans une matrice tierce... L'air pollué qu'on respire est gratuit, marmonne le vieux bougon. Mais qui en veut, de l'air, du moment qu'il est gratuit. Mettez-le aux enchères, avec marques et sous-marques, et ce sera une autre histoire ! La vie, qu'en feraient-ils, les jeunes gens, nos enfants et notre avenir, puisqu'elle leur a été donnée. De leur formation si chèrement acquise, ils ne retiennent que ceci : leur position du jour sur le graphique aux deux coordonnées qui tendent à rompre leur existence écartelée. Le temps et l'argent, liés par une équation du premier degré, simple à comprendre, difficile à arbitrer.

Si simple à comprendre que les parents endettés seraient en droit de se demander ce qui motive *ces* si longues études et, à y bien réfléchir, *cette* école. On pardonnera aux parents, évidemment dépassés, de douter qu'il n'en faille pas moins pour former un membre utile au Marché. Ils voient bien, les vieux, que tout ramène à Lui, qui grandit de tout, et même de leurs doutes et de leurs larmes. De leur soumission, de leur reddition.

15

Une seconde force de gravité, en somme, se dit-il en souriant dans sa barbe d'une semaine. Pour en avoir été si cruellement terrorisé enfant, jadis, le vieux d'aujourd'hui se croyait plus immunisé que sa classe d'âge. A propos de sa lointaine jeunesse, il se souvint de cette lubie subite qui s'était emparée de lui peu de temps après l'épisode de le Terre ronde et des sueurs froides qu'il en eut. Il décida un jour de s'abstenir de manger et de boire et refusa de dormir. Une révélation s'était imposée à lui. Il était en vérité un ange. Il était né pour l'être, il lui fallait donc le devenir, et au diable les conséquences. Celles-ci ne tardèrent pas. Il perdit rapidement la santé et ses amis de classe, fit en revanche la connaissance de l'anémie et du docteur Dominique, une sainte femme blonde, enjouée et bien en chair que les adultes appelaient docteur Dome en se poussant du coude, allez savoir pourquoi. La docte madame Dome s'était apparemment fixé pour tâche de ne pas le lâcher avant qu'elle ne l'eût convaincu de son humanité plate et accessoirement entière.

Grand ou petit, nul n'ignorait les noms des fameux exorcistes qui expulsaient en un tournemain le démon du corps des jeunes femmes. Pour ce qui la concernait, la charmante docteur Dome s'était selon toute vraisemblance fait une spécialité de débarrasser l'esprit des garçons de toute prétention angélique.

Durant trois semaines, lundi et jeudi après-midi, elle vint garer sa belle voiture luisante devant leur porte. C'était proprement ahurissant pour le lieu et l'époque. Après tout, il n'était pas impossible que le petit fût un ange, puisque, s'il ne se fut agi que de maladie, aucun médecin digne de ce nom ne se fût risqué dans ce quartier où les gosses mouraient sans faire de manières. Les voisins ne se doutaient nullement que, au moment où ils commençaient à s'habituer à l'idée de son nouveau statut, et que les plus avancés d'entre eux se préparaient à le voir voler dans le vaste ciel de ses larges ailes blanches, le docteur Dome s'attachait à l'entreprise exactement inverse : lui arracher les ailes une plume après l'autre et jusqu'au duvet qui lui poussait sous les aisselles, et le lester assez pour le couper de l'idée même de pouvoir un jour s'envoler. En guise de dernier traitement, elle lui administra ceci, sur le ton de la confidence :

Vois-tu, mon petit, nous autres humains, nous devons à seule fin de survivre accepter de faire des dégueulasseries comme respirer, boire, manger et chier. Maintenant, c'est à toi de décider si tu veux vivre comme nous, avec un corps sans gloire et un vulgaire tube digestif, ou s'il faut dès aujourd'hui préparer pour toi un joli certificat de décès et une tombe au cimetière.

Il se passa ce qui devait sans doute se passer. L'ange n'était pas de taille à rivaliser longtemps avec le tube digestif. Quant à lui, il avait cette autre chose, qui l'éloignait autant des anges qu'elle le rapprochait des lapins, et que la médecine n'avait pas hésité à toucher du doigt afin de lui montrer le potentiel dont l'ange se verrait privé. Il se leva donc, mangea comme quatre, marcha sur la terre du bon dieu en pesant de son poids, et se résigna définitivement à sa condition d'homme. De l'eau en proportion des océans et des terres émergées, les métaux et éléments puisés sur la bonne vieille terre, des humeurs ainsi que disaient les anciens, généreuses, et un moteur pour les faire rondement circuler, une conscience qu'il faudrait désormais s'employer à élargir et à défendre. Des filles qui, pratiquement sous ses yeux, gagnaient en pleins et en déliés fleurant des senteurs qui vous réveillent et vous harponnent. Et un espace imaginaire illimité qu'il ne tenait qu'à lui d'explorer en tout sens, sans danger pour autrui, sans obérer le budget des pauvres gens. Et l'idée désormais bien ancrée : ne jamais envisager d'exporter les énergumènes de son village jusqu'au sein rose du cosmos. (Il était tombé une fois sur une bande dessinée fantaisiste qui décrivait un voyage extraterrestre et en avait été fort impressionné).

Il ne volerait plus, il ne le pourrait pas, il n'avait pas d'ailes. L'étendue si convoitée lui échappait. Elle lui manquera toujours. Il ne s'en consolera pas. Le temps n'y changera rien, ou si peu.

Mais qu'importe ! La simple satisfaction de vivre et de respirer, de penser, de rendre mille fois grâces à Celui qui nous fit cadeau de la main et du cerveau. La main pour construire. Le cerveau pour réfléchir, mieux voir, et pour remercier, opération faite, la Haute Instance qui nous a doté de la possibilité de distinguer la beauté de la laideur. Voilà ce qu'il faudrait enseigner, et qui ne coûte rien, aux enfants du monde, et qu'il se plaira à répéter à son petit-fils, cet homme en devenir, en espérant qu'il le comprenne et l'accepte. Voilà tout ce qu'il faut savoir pour vivre en bonne intelligence. Le péché, c'est de mettre son cerveau au service de la faiblesse et du malheur. Le péché, c'est mettre de sa propre décision son cerveau en stand-by, en veilleuse, non, pas en veilleuse, le terme prêterait à confusion en laissant croire qu'il veille alors même qu'il renonce à veiller. Ce péché-là, qui ressemble à l'orgueil suprême quand en vérité il n'est que l'expression de la suprême vulgarité, c'est prétendre se passer de son cerveau. Le vendre ou le prêter, la bouche béante ou close, lui imposer silence devant la Bêtise et la Cupidité alors qu'il déborde du feu de dieu, ce péché, homme, ne te sera pas pardonné, quand tous les autres te seront peut-être remis.

Ne songe pas un instant à la condition animale. Non que tu vailles mieux, assurément non. Mais derrière tes yeux, une lumière brille, qui t'a été offerte avant de peser tes mérites. Tu n'as pas le choix. Tu dois t'en servir, peu importe en fin de compte de quelle manière ou à quelle fin. Peu importe, en fin de compte, que tu t'en serves pour panser la blessure de ton frère ou pour aiguiser le couteau avec lequel tu t'apprêtes à le transpercer. Le péché irrémissible, c'est de consentir à la misère quand on naît si riche. Car riche, tu l'es, homme, ton mérite réel ou supposé n'y est pour rien. Tu es riche d'un corps qui fonctionne et d'une pensée dont tu n'as pas encore épuisé le mode d'emploi. Tu es riche de la terre qui te loge et qui te nourrit. Existe-t-il dans l'univers un être pensant qui pourrait se vanter de la moitié de ta chance ?

Les soleils se ressemblent, à ne pas en douter, et la plupart des planètes probablement. Des millions, des milliards, les uns et les autres. Pour nous réchauffer, pour permettre à la plante de germer et de croître, nous n'avons, quant à nous, et pour toujours, que notre soleil. Voyons, quelle est la probabilité pour qu'une planète de la taille de la nôtre soit à la bonne distance de son astre ? Pour qu'elle tourne à une vitesse compatible avec la vie ? Et pour qu'elle soit composée de tels métaux en telle proportion pour entretenir une force de gravitation capable de nous retenir et de retenir l'atmosphère qui emplit nos poumons et nous protège ? Et puis, l'eau, d'où est-elle venue, l'eau, source de toute vie ? En telle quantité qu'elle donne à la planète sa couleur bleue, et à notre ciel de même ? Et tant d'autres facteurs dont la conjonction relève davantage du miracle que des probabilités.

L'homme a certes le droit de se poser la question : ce dont les mathématiques ne sont pas en mesure de nous persuader, le hasard le peut-il ? Faisons-nous partie d'un plan ? Nous avons certes le droit de nous poser la question, mais pas celui de nous y arrêter. Nous avons en revanche un devoir, celui de protéger le legs reçu, de ne point l'abîmer, de le conserver dans le meilleur état dans notre propre intérêt. Nous aurons à cette condition une chance de réussir à accorder l'éthique à l'esthétique. Ce faisant, notre mérite n'en sera pas si grand. Car tout nous a été donné à profusion. Que chacun se demande, à la fin de sa journée, le bien qu'il a fait, le beau qu'il a préservé, le mal qu'il a empêché, la laideur qu'il a découragée. La vie frénétique d'aujourd'hui ne saurait être prétexte à la destruction de la vie. Où est passée ta sagesse, doublement sapiens ! ? Pourquoi avons-nous oublié ce qui fait de nous des humains : la conscience ?

Le progrès technique, au-delà de son aspect ambivalent, ne nous a apporté dans l'ensemble qu'un supplément de vitesse. Sommes-nous des toupies, condamnées à tourner de plus en plus vite, jusqu'à l'accident ?

A défaut d'une volonté dominante – existerait-elle, dans l'état de confusion où nous sommes, qu'il y aurait sans doute davantage à en craindre qu'à en espérer – qui nous guidera vers notre salut ? Des milliards d'individus embarqués sur le navire Egoïsme, ce n'est pas assez ? Allons-nous légiférer ou laisserons-nous à la guerre et au marché le soin de réguler ? Devrons-nous, en désespoir de cause, nous inventer un prédateur qui agirait envers nous de la manière dont nous avons agi et agissons envers les autres espèces? Un germe créé dans les laboratoires top secrets ? Des questions et encore des questions. Un océan de questions. Il en va ainsi de l'homme qui, s'étant perdu dans la nuit, se fourvoie de nouveau à demander son chemin à l'aveugle et au bandit. Si seulement il s'était souvenu à temps qu'il était sa propre mesure et sa propre toise !

Si seulement il n'oubliait pas l'essentiel : ses neurones, autant de neurones dans le crâne le plus ordinaire que de soleils dans une galaxie. Lui, celui-ci, elle, celle-là, et l'autre tout près, et l'autre encore qu'on aperçoit plus loin, des individus, plus ou moins « importants », plus ou moins imbus, plus ou moins fiers de leur « situation », et pas un seul qui se souvienne qu'il a en tête une galaxie. S'en souviendrait-il, ne fût-ce que par intermittence, qu'il hésiterait probablement à en faire l'usage de brute auquel il nous a accoutumé, qui se résume à faire de la force l'aune de la relation et du droit. A quoi bon vouloir utiliser à grand peine les ressources de son cerveau, lorsque la force suffit à régler le problème et à nommer une hiérarchie? Ah, la hiérarchie ! Tout nous y ramène, tout semble nous y conduire. La meute en a besoin, s'il faut en croire l'hyène et le loup. L'âne même en conviendrait. Le pacifique mouton ne dit pas autre chose, ni avec moins de conviction, affirme doctement le pasteur, qui se vante d'en traduire fidèlement le jargon.

La force est limpide, expéditive. Elle libère le temps, autant dire qu'elle en crée. Elle désigne à chacun sa position, chose que ne peut réussir aucune autre méthode. Essayez donc de persuader untel de sa foutue place, là-bas derrière, sur la base de sa philosophie, de ses goûts ou de l'idée fumeuse qu'il se fait de lui-même. Essayez, en discutant à perdre haleine avec les uns et les autres, de former une équipe, une classe, une nation ! Si c'est le chaos qui est le but, il n'existe en effet pas de meilleure méthode. Mais si c'est l'ordre que vous cherchez, voici la force ! Voyez comme elle commande au lion autant qu'à l'onagre.

Car, on peut le dire, c'est chez la brute que l'homme a glané ses premières leçons de conduite, pour l'avoir longuement observée, ou pour en avoir hérité, ou pour les deux raisons réunies. Elle était plus ancienne, il l'avait sous les yeux. La ressemblance s'impose : l'instinct, l'humeur, le corps, et il n'est jusqu'au geste, parfois, et les grimaces et les sons qui ne laissent perplexe. Pour autant, fallait-il, faut-il absolument rester enchaîné au sous-sol quand, au-dessus, la lumière du soleil brilleé ? Il ne tient qu'à toi, homme, de monter et de voir. Quelle est cette force obscure qui te retient au pied ?

Encore faudrait-il éviter de se montrer injuste envers l'animal, voisin ou cousin. Ce n'est pas lui qui entreprend les guerres d'extermination. Il n'a pas inventé l'esclavage, lui, il ne s'abaisse pas à torturer son semblable.

Il se tut. Un moment de fatigue. Je me répète, se dit-il. Il doit donc se répéter, l'homme, quand bien même il n'a que lui pour toute audience ? Mais du moins ceci : il ne se répète pas au motif qu'il se connaît mal. C'est, bien au contraire, parce qu'il se connaît bien qu'il doit se répéter. L'apprentissage demande la répétition, la respiration, la marche, les gestes quotidiens se répètent. Nous ne sommes pas des machines, merci. Notre intelligence est du genre mou, on l'a dit aussi. Avant d'enregistrer la chose, elle demande un certain nombre de fois si nous voulons vraiment l'enregistrer. Il lui faut du temps pour durcir. Et, ma foi, on aura toutes les peines à effacer ou à seulement modifier ce qui a durci.

De là la nécessité de se méfier des enseignements. Plutôt que les gardiens du temple, mieux vaudrait écouter le voyageur du savoir, quand il conseille : « N'acceptez rien parce que je vous l'ai dit. Eprouvez tout par vous-mêmes ».

Du reste, à y bien regarder, la répétition est la règle. A la base, il y eut l'atome. Tout était dit, la totalité de l'univers, avec si peu de briques, et une méthode : la répétition. L'extrême diversité obtenue à partir de si peu d'éléments ! Le minéral, répétition fastidieuse ; le végétal : feuille, fleur, graine ne sont que répétitions. Voyons les humains. Préjugés mis à part, force est de reconnaître qu'ils se ressemblent plus, entre eux, que les fourmis entre elles. Est-il exagéré de soutenir que les humains ne sont qu'autant de répétitions de l'homme ? Au début, il y a une cellule. La cellule se répète. Le reste n'est qu'anecdote.

Au point où j'en suis, se dit-il avec un sourire, je peux même annoncer un théorème :

« Tout ce qui existe est une répétition du même, et le résultat d'une répétition. »

Hum, ce n'est pas très clair, pensa-t-il. Est-ce que fractalesque, comme on dit burlesque ou grotesque, serait plus clair ? Hum hum ! Le monde est donc fractalesque. Regardez donc autour de vous ou, sans aller si loin, regardez-vous. Ou, mieux encore, regardez en vous : tout fonctionne par la répétition, tout en étant le résultat d'une répétition. Les jours et les nuits se répètent, les années, la course du soleil se répète, et lui aussi, dans le vaste espace, et les galaxies de même.

Nous ne sommes peut-être qu'une seule créature, allez savoir, à la recherche de sa conscience, et ces folies récurrentes qui nous interrogent autant qu'elles nous désolent, nos propres folies, ne constitueraient que les soubresauts rageurs de cette quête tâtonnante vers la connaissance du grand Soi à travers notre racine. Racine coupée, nous continuons notre recherche en quête du germe originel qui renferme l'annonce : l'idée et les mots pour la dire. L'idée est déjà entière et les mots déjà écrits. Le germe savait ce que l'arbre continue d'ignorer. Il contient, le petit germe, le projet dans ses moindres détails, le plan et le code, le programme, ses étapes et ses périodes, et il n'est jusqu'au fruit ultime, celui que portera la plus haute branche, qui n'y est exactement décrit. Toute la vie et toute la mort.

16

Est-ce que ce sera ce soir ? Il la formulait pratiquement chaque soir, cette question, en attendant le sommeil qui, depuis longtemps, lui avait fait comprendre qu'il était maître chez lui et qu'en conséquence, il n'en ferait qu'à sa tête. Voilà au moins une proposition – plutôt une décision, en fait – qui avait l'apparence de la clarté dans ce monde qui en manquait tant. Sauf que, claire, elle ne l'était pas. Admettons que le sommeil puisse parler comme vous et moi. Nous avons appris à admettre tant de choses qu'une de plus ou de moins… « Chez lui », ce ne serait pas plutôt chez moi ? Et « sa tête » ne serait pas la mienne, par hasard ?

C'est, un exemple entre autres, de ce qui vous pend au nez, quand vous peuplez le monde d'entités fantaisistes.

Ce n'était que fantaisie, sans doute, mais, dans son cas, le sommeil n'obéissait pas. Il ne lui obéissait pas. Jeune, il essayait de l'amadouer comme on le ferait à un chaton avec du lait, sauf qu'au lieu de lait, il lui offrait des images douces genre une mer calme, un champ de fleurs au printemps. En pure perte. Alors il changea de tactique. Puisqu'il persistait dans son refus de coopérer, alors, plus de discussion ! Il n'en voulait pas de son sommeil ! A quoi bon, d'ailleurs, le sommeil. Perte de temps, ni plus ni moins. Et faux-cul avec ça ! Quelques jours plus tôt, un de ses jeunes voisins, plus âgé d'un ou deux ans, avait décédé dans la nuit. Mort alors qu'il croyait dormir, traîtreusement. Il avait un visage d'angelot, dit sa mère, qui était allée présenter ses condoléance à la famille, on eût pensé qu'il dormait, le pauvre chéri. La méfiance était née. Et avec elle l'escalade dans les contre-mesures. Non seulement il ne solliciterait plus le sommeil, mais il le surprendrait, il le surprendrait quand il s'y attendrait le moins, comme ces chasseurs qui attendent le gibier à l'affût, camouflés à en être invisibles à deux pas, et terriblement attentifs. Las, le sommeil avait pour réputation de déjouer la vigilance et l'attention, preuve, s'il en était besoin, de son mauvais caractère. Après une ou deux nuits blanches, il finissait par se présenter, méfiant comme un vieux loup, tâtant le terrain d'un pas hésitant, avançant tout en se tenant prêt à la fuite. Les derniers instants, la lutte entre le chasseur et le gibier se poursuivait dans la brume et le brouillard jusqu'à la brutale absence. Jusqu'à l'assommade. Jusqu'à plus rien.

L'âge venu, l'idée de mourir perdit son caractère effrayant. Mais le sommeil tenait encore, jusqu'à un certain point, à son indépendance. Sa femme, à ses côtés, dormait comme une bienheureuse. D'autres décident de l'heure et de la minute de leur sommeil. Pas lui. La faute lui en incombait, sans doute. Il n'y avait d'ailleurs pas que le sommeil qui échappait à son contrôle. Sa tête bourdonnait sans cesse d'idées et de bribes d'idées qui semblaient surgir au hasard d'un fourre-tout inépuisable. Pour dire la chose brièvement, il y avait en lui comme une présence étrangère, qui se plaisait à montrer le bout du nez chaque fois qu'il prononçait le mot « je ».

Ce n'est pas qu'il était égoïste, il ne l'était pas plus qu'un autre. Mais il se refusait à partager son « je » ! Toute la question était là.

La veille au soir, il a eu, un instant fugitif, l'impression qu'il était sur le point de lever le voile sur… sur quoi, en fait, sur la compréhension des choses, peut-être, les choses étant pour part le monde, ce qu'il en savait ou en pressentait, et pour part l'insondable soi. Deux mondes, l'éternel et l'éphémère, séparés par l'épaisseur de la paroi d'une bulle de savon, et ce postulat : les deux mondes à égalité ! Non, qu'on ne voie nulle trace de malice dans cette assertion. De son point de vue, le seul d'ailleurs qu'il aura jamais, il se croit sincèrement fondé à se déclarer l'égal du monde. Mieux, à défaut d'une telle représentation, il serait dans la minute en danger de mort, par déni. Par trop d'injustice. Car il se sent de bonne foi l'égal, par affinité – l'association la plus subtile qui soit – de l'ensemble qu'il parvient à penser, à voir et à rêver. Qui peut affirmer, de manière irréfutable, que le télescope n'est pas aussi vaste que l'espace qu'il révèle ?

Mais, parfois, quand, en prélude au sommeil enfin apprivoisé, il réussissait à apaiser le flot rétif de ses pensées, le temps d'un éclair, un bout de piste apparaissait, avec, en arrière-plan, le soupçon d'un monde et d'un soi réconciliés. Les jours suivants, il se mettait au lit en espérant que le bout de piste entrevu le conduirait plus avant. En vain, bien entendu. Des millions d'espoirs que chaque jour voit naître et palpiter comme des banderoles de prières au vent acide du Tibet, combien passeront la nuit ? Combien seront satisfaits ? Oh, l'hécatombe en chaque esprit! Et que peut faire le matin, sinon entériner la perte et l'oubli ?

Tant pis, se disait-il avant de renoncer. Tant pis pour celui qui, comme le disciple malheureux de Confucius, était incapable de lever les trois coins restants du ciel, après que le maître, voulant le mettre sur la voie, en eût levé le premier coin.

Le matin le trouva tout barbouillé. La perte laisse des traces, qu'on le veuille ou non. Il alla encore ensommeillé allumer dans la salle de bain et eut la frayeur de sa vie. Le visage, le visage dans la glace, après mouvement de recul et esquisse de défense était... était le sien ! S'il eut disposé de menottes, il se les eût mises aux poignets séance tenante, avant de commencer à réfléchir. Malheur ! Figure vieillie, chiffonnée, à la limite de ce qui serait tolérable sur la voie publique. Ah, dieu ! Est-ce donc cela, le fruit de tant de répétitions ? La peau continuant de grandir sur un cadre continuant de rétrécir ! Ce couple, dès la cinquantaine, se mettant à ne plus voire le monde du même regard ! Voici donc un aperçu des pertes, dont la longue liste n'épargne aucune partie du corps. Et en échange ? On gagne quoi, en échange ? Plus de clairvoyance ? Plus de sagesse ? Je t'en foutrais, oui !

En face, il n'y a rien. Il n'y a que l'interminable chapelet des objets perdus, qu'égrène en écho le compte à rebours. Les peines, les frayeurs, la crainte de manquer, de ne pas être à la hauteur, les blessures, visibles ou non, les dépits et les regrets, les longueurs traversées et les péages dus, la valise à cadeaux qui se vide chaque jour un peu plus, jusqu'à atteindre la légèreté qui rend l'envol possible, et parfois désirable. Que lui reste-t-il, à lui, ce matin, au fond de sa valise ?

L'accumulation dans un premier temps, l'abandon dans le suivant. Si l'homme diffère de son histoire, il n'en diffère qu'en cela : il n'a que deux âges, lui, quand elle en aurait trois, d'après ce monsieur Comte, ou cet italien de Giambattista. Avec trois, évidemment, on peut envisager un cycle. Quand c'est fini, il y en aura encore, et on recommence. On peut faire tant de choses avec trois. Mais avec deux ! Sous son air modeste, le deux cèle un caractère renfrogné et impérieux. Deux n'a jamais été pour la négociation. Etre ou ne pas être, ancêtre du un ou zéro. Tout ou rien. Un livre est ouvert ou fermé. L'homme est soit vivant soit mort, n'en déplaise à Schrodinger et à son chat. Pas de tiers état pour le deux. Mettez-le 2 dans les cordes d'un ring, si vous voulez, mais appelez d'abord l'ambulance. Le monde peut bien abriter le monde, mais il n'est pas assez grand pour deux. Deux n'est pas fait pour négocier. Il appelle la querelle comme le paratonnerre appelle la foudre. Non, il n'est pas très folichon le bon vieux deux. Voyons ce qu'en a dit le poète espagnol (Garcia Lorca):

Pero el 2 no ha sido nunca un numero

Es una angustia y su sombra

L'angoisse et son ombre. La main qui appuie sur la détente, la poitrine qui s'offre. Est-ce tout ce qu'il est possible de trouver en investiguant dans une vie d'homme ?

Non, deux n'est pas vraiment un ami. Il faudra faire avec, pourtant. Certes en pays du trois, les choses paraissent plus aimables. Nulle règle n'y interdit l'espoir. « Ça roule, ma poule ! » y chante le bon peuple sous la réplique de la sainte grande roue, emblème du royaume-cirque. L'emblème en est un cercle, en lequel la danse est obligatoire. Le nombre trois y est inscrit. L'enfant, l'adulte, le vieux, pensent certains. On se rencontre, on s'aime, on divorce, dirait un autre. Et on recommence, s'écrie un troisième. Corsi y Recorsi ! Pourquoi pas ? Dans le pays du trois, où il est d'usage de tenir chronique des moindres évènements, il n'est pas interdit d'entretenir autant d'opinions qu'on veut, dans la limite de trois ! On n'y connaît pas la dictature du deux, où l'autre n'est qu'un zéro, forcément !

Mais Laissons l'histoire à ceux qui sont payés pour l'arranger, et parlons de toi. Parti de rien, tu t'étales avec grand plaisir dans les trois dimensions puis dans quatre, dix, n dimensions, et, insensiblement, tu te surprends à rétrécir dans toutes les dimensions. C'est alors que tu te dis : que la descente est dure ! Sauve qui peut, ce, celles et ceux que tu ne quittes pas t'auront quitté au terme du périple. De zéro à zéro, tous calculs faits, après une boucle inégale !

Renoncement après renoncement après renoncement. Où est-elle, notre trace personnelle, quand il n'est plus temps d'user du faux, de masque, d'alias, d'homme de paille ? Si la valise est livrée plus ou moins bien remplie, la ligne de perte, quant à elle, n'existe qu'en un seul modèle, avec départ et arrivée. Je n'ai renoncé à rien, clame contre l'évidence l'homme de conséquence, j'ai tout fait et mes acquisitions se comptent par milliers. Tu ne veux pas l'avouer, et peut-être pas le voir, mais tes acquisitions, comme tu dis, accusent tes renoncements. Ce que tu ne peux amener dans la mort ne t'appartient pas. Tu n'as eu, tu ne peux avoir que le reflet des choses. Mais, se rebelle le tyranneau, j'ai mis sur pied tel syndicat, dirigé telle grande banque, été président et roi, construit des routes et des barrages, accumulé des fortunes, été à moi seul plus puissant que des pays, mes palais sont des merveilles et mon tombeau une pyramide qui défiera les millénaires. Reflets sur reflets ! Mon corps savamment embaumé traversera des siècles, inaltéré. Ton corps *est* altéré. Ton corps ? De l'exercice pour futurs carabins ! Mon nom sera inoubliable. Ton nom ? De l'air sur des cordes vocales !

Tu n'as fait, homme, que remplir ton sac à chagrin. Quand il fut rempli à ras bord, il est tombé, et ton âme enfin libérée s'est envolée. La constante de ta vie ? Transformer la joie en chagrin ! Et du reste, tu n'as jamais été qu'un mauvais transformateur. Ecoute l'homme le plus brave et le plus juste de son temps qui, au terme d'un règne absolu de cinq décennies sur un pays effervescent, a laissé un document de quelques lignes écrites de sa main, trouvé après sa mort, où il notait les jours « sans chagrin ni souci »[24]. Il y en avait quatorze, dit-on. Quatorze jours en cinquante années de règne sans partage ! L'aveu d'un homme lucide, dont les pires ennemis reconnaissaient les plus hautes qualités.

Mais le savant, le soldat, le prêtre et le laboureur, le financier et le prince, le rentier et sa dame, le marchand et la marchande et l'empereur du monde continuent de protester : n'y a-t-il donc rien qu'on puisse faire et dont on pourra se réclamer ?

Si, il y a, messieurs-dames, et vous ne vous en êtes pas privé. Anéantir la vie, détruire la beauté, voilà la seule puissance qui vous soit concédée, à jamais ! Allez donc terroriser les honnêtes gens. Tramer, mentir, déformer, subvertir, menacer, torturer, filouter, accaparer, amasser, anéantir, tuer, tuer, cela vous le pouvez. Le vice vous est donné, messieurs-dames, et ses sombres avenues! Plongez-y. Mordez-en à pleines dents les fruits fraîchement repeints, sniffez, seringuez. Réconciliez-vous, riches que vous êtes ou pauvres, dans la misère partagée de la haine et de la vanité.

Ai-je le droit de le lui dire, dès maintenant, au petit qui deviendra un homme ? Il se posait la question. Ai-je le droit de lui dire tout à trac la raison de tant de furie ? On ne peut assurément expliquer à un enfant que l'adulte a peur, horriblement peur, et de quoi ? Ni de la maladie ni des cauchemars ni des plus grands dangers. Ni de se battre ni de mourir. Ce qui lui file la trouille, à ce héros, c'est son humanité. Lui qui a tout enduré, regardez-le supplier humblement qu'on ne la lui rappelle pas, la chose qui plonge ses ramifications vivantes au plus profond de son être, la chose à laquelle il doit pourtant son nom : son humanité. Il faut les comprendre, les pauvres vieux, accordés de touchante façon à processionner comme des chenilles qu'une bouse inattendue rend perplexes : le gars de soixante balais qui espère une retraite imminente pour soigner sa langue pelée de lécheur qualifié, le père qui exhibe fièrement sa médaille d'estropié de la grande guerre, et le fils, le plus décati et le plus pourri du trio, s'il faut en croire l'examen psychiatrique et médical. Il faut les comprendre, les forçats de la bonne volonté. Et d'abord elle sert à quoi ou à qui, l'humanité, si ce n'est à vous entraver, à vous empêcher de marcher droit ? Combien de points de produit national brut en moins, à cause de l'humanité ? Des points perdus pour tous, et spécialement pour les plus « fragiles », certifie l'expert chrysologue qu'on ne paie pas de mots. Perte que la drogue non plus que la prostitution ne pourraient entièrement compenser avec leurs points mal comptabilisés. Aucun cheval ne peut gagner la course, fût-il l'as entre les as, si le handicap est trop lourd. Tout bien pesé, on en arrive à ceci, que, pour autant qu'elle existe, l'humanité est une notion antiéconomique. Pas moins…

Minute ! s'écria la voix, qu'il avait fini par oublier. De quelle humanité s'agit-il ? Dessine-la moi, s'il te plait ! Explique, définis-la, qu'on s'embrasse tous, unanimhumain, que notre unanimité célèbre comme il se doit notre humanité ! Si une chose comme la démocratie, qui ne présente aucune difficulté à définir, a fini en quenouille, faut-il s'étonner qu'une idée aussi fumeuse…

Tu peux dire : et pourtant elle existe ! un peu comme a dit l'autre, de la terre qui tourne, et avec un petit peu moins de risques. Preuve en est que le passant en a eu de la peine, à voir le vieux ou la encore jeune S.D.F. émerger de ses cartons posés à même le sol. Une émotion plus forte l'a étreint quand la voiture a fauché devant lui le gamin qui traversait. Le cœur de l'autre s'est resserré quand la catastrophe a frappé les villages de montagne situés à l'autre bout de la terre. Des inconnus qui le resteront, qui ne nous sont rien sinon qu'ils font partie de nous en tant qu'ils appartiennent à notre espèce. Le malheur qui les frappe ne nous laisse pas indifférents. « *Toi que le malheur des autres laisse indifférent, tu ne mérites pas le nom d'homme* » a dit le poète[25] car, dit-il encore, « nous sommes les membres d'un seul corps ». Disparaissent momentanément, ou plutôt reculent à l'arrière-plan les distinctions basées sur le lieu, la langue, la culture, etc. Une émotion authentique autant que complexe monte en nous du fond des âges, subtile et puissante, pour éclairer ce que nous avons en partage, notre essence et nos liens, notre origine et notre destinée.

Certes nos sentiments font parfois dans l'ambiguïté. Pour ne rien arranger, on peut compter sur l'intrusion des intérêts, divers et contradictoires, pour venir revendiquer, récriminer, dénoncer et réclamer, modifier et renier et quoi encore.

Le problème vient des mots. Le mot est incapable. Il est traître, il louche, il torve. On l'entendrait parfois rouspéter devant les traitements qu'on lui a infligés ou qu'on lui inflige : Coulé dans la forge ou façonné sous le marteau, puis trainé, échangé, cabossé, forcé à des mariages sans suite et des alliances imposées, il s'incline mais n'oublie pas. Il n'oublie pas d'où il vient, lui, ni par où il a dû passer, et se venge. Sa vengeance sera de demeurer au seuil du sens. Certes il a dû apprendre, avec le temps, le maître du mot, à le manier de toutes les manières, et à avancer tant bien que mal, de biais et de travers. Mais sa science de faux monnayeur reste souvent sans effet, et pour cause : d'un côté la brûlure des sens, et de l'autre la tiédeur, l'à peu près, la réticence voire la mauvaise volonté. Dans tous les cas, le maître autoproclamé demeure et demeurera hors des murs. Le foyer où opère l'alchimie lui est interdit. En attendant, liberté lui a été accordée, comme aux gamins hyperactifs, d'aller dehors clamer, affirmer et prétendre, et jouer tous les rôles sur tous les tons. Tant qu'il n'aura pas traversé la frontière et réalisé l'union, il restera ce qu'il a été, bancal et grotesque, et néanmoins touchant à la manière du clown dont le large sourire convenu laisse deviner le drame supposé. Touchant comme le vieux chercheur qui ne trouve rien et qui s'entête à chercher. Touchant comme l'homme coupé-blessé assis sur le banc public avec le dernier platane pour tout compagnon. Bancal car partagé entre deux mondes qui n'ont de commun ni la topographie ni l'échelle de mesure. Le monde silencieux et inabordable du sens et de l'infinie subtilité. Et l'autre, le monde de la brute et de la brutalité, réfractaire et familier, identifiable, grossier, quantifiable.

Il n'est donc pas neutre, le mot ? Non, définitivement non. Mais il est bien vu de faire semblant de le croire. On n'avancerait pas autrement. Sa neutralité, une hypothèse, une simple hypothèse qui a néanmoins l'utilité de permettre, non sans ambigüité, non sans malentendus, d'envisager les choses et les relations.

Il existe néanmoins un pont qui assure la liaison entre les deux ensembles, ainsi qu'un véhicule-mot compris des deux côtés. Mais alors il y faut de la hauteur. Amour est le mot, Amour est le pont. Mot, on n'en a jamais assez de l'entendre. Pont, il faudrait se garder de le brûler. Lui seul possède le pouvoir de percer le code qui permet de sentir et d'exprimer. Il a la clé. Il est la clé. Un vocable, une émotion, une liaison, un relai, un abri. Un lien. Une parcelle infime. Une goutte d'eau bleue dans l'océan. Une lumière dans la nuit. Un soleil dans l'immensité du ciel. Ce point pas plus gros qu'une tête d'allumette, c'est ce qui confère au mammifère bipède et disert son humanité. C'est ce qui le grandit et le fait resplendir quand le jour embellit et que la goutte d'eau a donné sa couleur à l'océan. Amour large et désintéressé, amour divin. Le divin qui s'accommode au proche et au lointain, non celui des paroisses et des clochers, de la division et des petites combines. Le divin qui t'a ainsi fait parmi ce qu'Il a fait sur terre et au ciel. Celui que tu as égaré au milieu du bric-à-brac intrus par effraction dans le sanctuaire de ton cœur, et dont tu te souviendras certainement quand la nécessité s'abattra sur toi comme une cognée. Le divin qui te viendra, pour peu que tu aies laissé ouvertes les portes de ton âme, the *doors of perception,* du poète et du chanteur.

Tu as intérêt à la protéger, homme, ton humanité. Plus précieuse que l'or, plus résistante que le diamant, s'il faut user de mots familiers pour se faire comprendre. Le bien qui niche en ton cœur, en vérité, n'a aucune affinité avec le métal, fût-il le plus précieux, ni avec la pierre, fût-elle la plus rare. Ton humanité n'a pas de prix, homme. Elle n'a pas d'exemple. Elle n'a pas de pareille.

Alors prends garde. Prends garde au marchand qui sous tes yeux écarquillés lapidifie l'émotion et la vie et en commerce avec succès. Il y a belle lurette que le seuil de ta maison ne les arrête plus, ceux qui se sont donné mission sur terre d'acheter et de vendre. Non contents d'avoir forcé la porte de ta maison, ils trônent à la meilleure place du salon pour mieux planifier la vacuité de ton existence. Ils ont réussi cette prouesse : tu les paies à vider ton cerveau, et, le vide fait, ils le vendent aux enchères à d'autres qui se font fort de vendre n'importe quoi. Ce que peuvent faire tes semblables, tu n'en a pas idée…

Semblables ! Semblables ! La voix déchainée hurlait. Tes semblables ! En quoi le sont-ils ?

Et pourtant, dit-il après une brève réflexion, ils le sont, indubitablement. Le grand homme intelligent qui projette notre fin collective et le violoniste du Philharmonique qui tire des larmes d'une statue d'airain. Le patron futé et son patron, l'usurier en chef. Et tous les autres, grands et petits, sans en excepter aucun. A les croire issus d'un œuf unique. Aussi frères qu'il est possible de l'être. Il est bon de s'en féliciter, d'accord, mais certains jours…

Quoi, certains jours… Accouche ! Certains jours…

Oh, certains jours la réalité se fait tout bonnement trop pesante sur la nuque du vieil homme. Les épaules lui en tombent, et les bras au bout. Que quelqu'un d'autre tente de faire admettre au paysan occupé à semer son champ que le soldat qui s'en vient est son semblable et son frère, quand dans sa tête retentit l'alarme : attention, danger ! Un homme n'est pas un ange, définitivement. La bonne volonté n'y peut rien. Certains jours, en certains lieux, devant les agissements de certains individus, tu as envie de tomber à l'endroit où tu te trouves, de t'étendre et de ne plus en bouger. Tu n'as plus la force de faire un pas de plus. Tous les saints de la terre se donneraient la main pour te tirer de là qu'ils ne le pourraient. Tu es devenu trop lourd, vraiment trop lourd, subitement. Enfin pas subitement. Tu sentais depuis un moment le liquide de ton corps se troubler et ralentir. Les parois de tes cellules surmenées se laissent traverser comme des passoires, le venin s'y engouffre et trame son vilain boulot. La fatigue avance, l'esprit s'embourbe, la volonté se cache. Jusqu'à l'instant où, subitement, tout ce que tu as emmagasiné de moche et de médiocre, à ton corps défendant, se donne la main et précipite. L'eau de ta rivière, de ta vie, devient roche. C'est là que tu tombes, malheureux, de tout ton long. Mais, avant que ta masse n'atteigne le sol, le temps se dilate, pour toi seul, pour que tu puisses voir. Voir que nul, en fait, n'a été injuste envers toi ; que la menace qui montrait le bout de son nez aurait dû t'avertir ; voir défiler la longue série de négligences et de fautes que tu as commises ou tolérées ; les petites iniquités sur lesquelles tu as fermé les yeux pour préserver une amitié un jour, ou ton repos une heure...

De toutes petiotes entorses, pensais-tu, pas de quoi altérer la paix du monde, vraiment ! Qui donc, *pendant ce temps*, quand tu t'occupais assidument à regarder ailleurs, était censé s'occuper de ton âme ? Tu dissertais abondamment sur la paix sociale. L'âme existait-elle seulement ? Tu as été injuste. Oh oui, tellement injuste ! Avant que ta tête éperdue ne cogne la poussière que tu avais imprudemment occultée au profit de discours fumeux et de postures ridicules sinon obscènes, *tu vois*, tu vois presque ton âme et le déroulé incroyablement dense de ce que tu fus. La pensée s'y grave, c'en est effrayant. Rien ne s'oublie, en définitive. T'effraye de même le geste, gravé plus profondément, et alors tu comprends ton erreur, la grande, racine de tant d'autres erreurs, si nombreuses que tu ne pourrais les compter. Tu comprends…

Un homme à terre, c'est banal. L'homme fourbu est légion. Pauvres d'esprit, collecteurs en maladies, comateux divers, on ne les recense plus. Des nations entières traînent dans la poussière et la boue, la moitié inférieure déjà enfouie dans la fosse, ignorants de leur état, le suspectant, le sachant parfois et faisant avec, l'œil capté par la férule tenue fermement de la main imposante que le moribond rêve de baiser un jour, ne fût-ce qu'en rêve. Un homme à terre n'étonne pas plus le citadin qu'une motte sur le champ labouré n'étonnerait le paysan.

Au demeurant il y faudrait du temps et du temps il en manque. Lui-même, le vieux, qui n'a plus rien à faire, rien à faire de sérieux et de valorisant, et même rien à faire du tout, il n'a pas le temps. Des heures, tant qu'on veut, mais quelques minutes pour aider un inconnu à se relever, ou pour lui parler comme à un égal, tu t'appelles comment, que t'est-il arrivé, juste un geste, une intention, sans aucune arrière-pensée de réfutation ou de corroboration, sans préjugé d'aucune sorte, non, ces quelques minutes ne sont pas disponibles. Pas l'habitude. La suspicion a brisé le geste, la correction normée a fait le reste. Les gens s'écoulent en deux courants opposés, amalgamés, sans se toucher de la main ni du cœur, et pas même du regard. Les prétextes sont prêts, à l'unité ou en liasses : discrétion, peur de l'intrusion, d'occasionner une gêne, d'être mal compris... prétextes de la culture mondialisée qui feront de nous tous, un peu tôt ou un peu tard, des intouchables.

Mais la chute sociale, aujourd'hui, à cette minute, il s'en moque, le vieux. Il y a plus urgent. Le cœur ! Les poumons ! La panique ! Une idée, surgie de nulle part, peut-être la dernière : est-ce la mort ? Et une autre, en contre-feu : un simple exercice, peut-être. Une répétition, peut-être. Il se prit à espérer, alors que l'air devint subitement, dangereusement rare, alors que le droit à l'oxygène lui fut sans avertissement dénié, il se prit à espérer que ce fût une « simple » répétition, une sorte de plaisanterie borderline qu'il aurait tout intérêt à apprécier, ou à faire semblant d'apprécier. Il cherchait fiévreusement sa respiration, exhalant péniblement un bruit qui tenait du hennissement et du râle, à un cheveu de la mort, étouffé par « sa » propre salive fourvoyée vers « son » poumon, et son cœur interrogeant. Quelques minutes plus tard, les organes du corps et l'esprit revenus à peu près de la panique qui les avait brutalement malmenés, il dut se résoudre, la tête basse et l'âme lourde d'une tristesse nouvelle, à avancer d'un cran le cliquet à désappointomètre qui mesurait son progrès en direction de la contrée d'où on ne revient pas. Quand on en arrive, le fait imposé s'accomplissant ou tout comme, à quémander un sursis et à espérer un simulacre, c'est qu'on est prêt à se voir tel qu'on est : objet fragile cassant d'un moment à l'autre.

Oui, le doute, toujours, même au bord de la pétrification. Il crut bon de rameuter ce qu'il avait lu sur la mort, tentative illusoire de la dissuader. Et d'abord, devait-il se rassembler entièrement, avant de se livrer entièrement ?

La totalité de soi, disent à l'unanimité les hommes de vertu, avouant par ces quelques mots n'avoir jamais connu l'humiliation. Leur vie est un chemin ascendant vers plus de lumière, dont chaque étape est occasion de gagner en valeur. La fin sera sifflée quand la plénitude sera atteinte. On devine qu'un monument de granit célébrera la mémoire du grand homme. Mais pour toi le bout du chemin pourrait s'annoncer à la pénultième étape quand tu te serais vu dépouiller de ta feuille de vigne, dernière possession, dernière défense et dernier abri à ce qu'il te restait à cacher. Toi, ton chemin conduit à la délestation. Tu ne franchis l'obstacle qu'en abandonnant un gage. La fin te viendra quand se sera effacé le dernier voile qui te distrayait de toi-même. Tu n'ouvriras les yeux, toi, qu'une fois mort.

C'est ainsi. Les uns tombent quand ils sont trop lourds pour avancer, les autres s'envolent quand ils sont trop légers. Au fond, il ne s'agit peut-être que d'un jeu : la dialectique du gros et du maigre. Ou de deux songes, celui de Pharaon et celui du mystique. L'un ne veut renoncer à rien, l'autre veut renoncer à tout. Quant à lui… Il essaya de distinguer ce qu'il était, lui. Un brouillon. Ou pire : un compromis. Une voix moqueuse et lointaine disait : ta vie ? Un brouillon sur lequel un inconscient a jeté négligemment quelques signes avant de reprendre son somme. Tu n'es, toi, que…

Il n'était, lui, que trop las. Cent orchestres joueraient ensemble pour lui seul l'hymne à la joie qu'il resterait sourd et sans mouvement. L'espoir ment, il ment, c'est tout ce qu'il sait faire. On lui a tant de fois menti que c'est miracle qu'on trouve encore à lui mentir. On lui murmure : pour le bien de ton âme et de ton corps, pour ta chère quiétude, bouche-toi les oreilles de temps à autre, homme, et ferme les yeux. Ferme les yeux pour mieux te recueillir. Et laisse faire, si le sanctuaire vire à la maison de tolérance, où la vierge sacrée n'est autre que la prostituée de service. (Il eut un vertige : il se souvint une seconde fois de Schrodinger et se demanda si, à la place du chat, il avait d'abord envisagé une poule, enfin une... et, au lieu des deux états extrêmes, mort ou vivant, deux états moins drastiques, vierge ou pute !) Laisse faire et repose-toi. Qui songerait à t'en blâmer ? Plus vite réparé, tu irais d'un pas vif et le cœur léger reprendre la place qui t'attend dans le grand bazar.

(Il eût mieux valu lui dire, et il l'eût mieux accepté, de fermer les yeux pour entendre la musique que n'entend que celui qui la devine derrière le bruit du monde, derrière l'autre dont la hache est l'archer, qui emplit d'autorité le ciel de ses turpitudes.)

Sous le monolithe de ton corps meurtri, un frémissement, un gazouillis. Un filet, un ruisselet, un ruisseau. Le paradoxe nous tue, le même nous retient en vie ! L'illusion berce la matière. Une fleur bientôt, une abeille, un oiseau. La roche se délite en grains de sable, la fleur sème ses grains de pollen. Miracle ? Oui, mais pas de ces petits miracles à quat'sous produits par le prestidigitateur à l'intention des badauds les jours de marché. Le miracle de l'éternel retour, pas moins ! Certes, tu n'as pas oublié qu'à l'orée du bois ou au coin de la rue, t'attendent patiemment, calculette à la main, le loup, le banquier et le champion du quartier. Prends garde à ne pas les confondre avec tes ennemis. Ils ne te veulent aucun mal. Regarde-les se féliciter sincèrement de ton retour sur scène. Ils t'aiment bien, au fond. Autant que le gui aime le chêne, ou que la fourmi aime le puceron. N'oublie seulement pas ceci, s'il te plaît, autrement ils se fâchent : ton temps, c'est leur argent.

Pense que le temps c'est la vie, si ça te convient. Tu penses ce que tu veux, que la dictature est une démocratie ou l'inverse, qui s'en soucie. Chante, écris ou pisse dans un violon, à ta convenance. Voyez, amis, la bannière de la liberté flotte joyeusement sur le monde mondialisé.

Bravo ! fit joyeusement la voix. Chêne un jour, puceron le lendemain, quel sort, et quelle liberté ! Grandeur et insignifiance ! Une civilisation à lui seul, cet homme ! Rome à lui seul, s'il s'en fût contenté ! Ma parole, aurais-je disposé de deux mains, j'applaudirais. Déjà dit, et après ? Accroche-toi bien, tu es sur la bonne voie ! Accroche-toi donc à ton miracle, morpion !

Oui, se dit-il, je m'accroche comme je peux. Je n'ai aucune certitude. Mais alors qu'il me semble allant de soi de mettre des mots sur le monde, je ne peux m'y résoudre, quand il s'agit de moi, qu'avec une certaine réserve et beaucoup d'approximation. La distance me séparant de mon essence me semble plus grande, et pour tout dire infranchissable, et je ne saurais dire si l'obstacle se nomme pudeur ou danger. Entre moi et la conscience de moi, si intimement liés qu'ils se confondent en un mot, Je, le monde entier peut loger.

Ce voile indéchirable, est-il là par violence ou par charité ? J'hésite à creuser davantage, tant j'appréhende ce qui peut suivre : ce qui se love là, tout au fond, est-ce un monstre enchaîné, ou est-ce le feu de dieu en attente d'éruption ?

Je n'ai nulle certitude mais j'observe. Ma méconnaissance de moi-même ne m'a pas empêché de réussir. Réussir, disent-ils, s'imposer. Entendre par là s'imposer à autrui. On ne s'impose pas au minerai sous la montagne. Le minerai et la montagne s'en moquent. On s'impose à son semblable. On ne réussit qu'aux dépens de son semblable, par cumul des gains remportés sur lui.

Soit ! Je me suis imposé. Pas de temps à perdre en considérations oiseuses sur le moi ou, mieux, les moi, puisqu'aussi bien ils m'auraient dupliqué en tant de clichés qu'ils se verraient bien aller en chantonnant clouer tout au long du chemin. Mais, moi, Je me suis imposé par un choix simple : j'ai placé l'action devant la pensée. Prométhée, j'connais pas ! Ne pas comprendre ne m'a jamais empêché d'agir. La chose rebelle, je la contourne, comme je le ferais d'un fort bien gardé – en me promettant d'y revenir plus tard et de la réduire à loisir – et j'avance.

17

J'observe que mon énergie est intacte. Je me relève toujours. Ma volonté est indestructible. Elle saute comme une étincelle d'un individu à l'autre, d'une génération à la suivante. Cette volonté là ne s'use pas, ne s'éteint pas. Sous la cendre elle se fait braise en attente d'amorce. Le feu qu'elle contient et promet, elle le transmet comme un secret, et, comme un secret, il ne manquera pas de se déclarer le jour venu. Je commets des fautes, graves pour certaines je l'avoue, mais je m'en relève, plus fort et mieux organisé. Les machines que je crée me dépassent dans tous les domaines, mais tant qu'elles ne pensent pas *comme moi*, je n'ai rien à en redouter. J'en attends beaucoup. Les maîtres robots que je conçois et usine, je leur commande de fabriquer à leur tour d'autres machines que j'emploie à toutes les tâches du corps et de l'esprit. Ils sont plus forts, plus rapides, plus précis que je ne saurais l'être. Ils s'améliorent de père en fils, deux fois l'an. Qu'on imagine le potentiel ! C'est un peu ma revanche. La perfection qui m'a été déniée au départ, que renouvelle chaque nouveau lancement, heu, chaque génération, je la veux atteindre à travers ma propre création. La divergence ne m'échappe pas, évidemment, entre la vitesse d'évolution de ma créature et la mienne. Ce que je veux moi, c'est l'immort…

La voix choisit ce moment pour se faire entendre. Il en sursauta presque. *Fais attention, pyromane, cria-t-elle, si tu ne veux être dévoré par… !*

Il ne voulait pas en entendre davantage. Les voix intérieures sont consultatives, pas plus. Et ce langage antique… dévoré ! Il savait le but qu'elle se proposait : le faire reculer, au prétexte de le faire réfléchir. Pyromanes, le savant et l'ingénieur ? Allons bon ! Ils créent des machines, c'est tout. Où est le risque ? Tant qu'elles n'auront pas le droit de voter…, dit-il en riant. Sans compter que je n'aurais qu'à les débrancher pour…

Il n'avait rien à craindre. Dans le secret des prochaines générations, il inclura un programme qui commandera aux robots crainte et respect pour leur créateur, ainsi qu'une liste interminable d'infections et de catastrophes auxquelles ils se verraient individuellement ou collectivement exposés au moindre écart! Les plaies d'Egypte, à côté, sembleraient des enfantillages ! (Il pensa à part lui : le jour où les machines décideront, *de leur propre chef*, de m'adresser louanges et force prières, il faudra aviser, car ce jour là marquera le début de mon éviction.)

Mais tout cela n'est qu'une vue de l'esprit. Une mauvaise fiction. En réalité, la machine peut me faire autant de mal que je pourrais en faire à dieu. Aucun. Nada. Rien. Je n'ai rien à craindre, tant que je « souffre » de ce que l'écrivain-poète a nommé « the *imperfect vagueness of human thought* »[26]. La vague imperfection de l'esprit humain. Je ne saurais mieux dire. En ce monde machinal, je puiserai ma chance dans mes défauts : ma ratiocination, le nébuleux et l'indéterminé de ma pensée, la souplesse de mon cerveau, mes persona et mes multiples variations autour de moi. Ce sera ma seule chance. Car la perfection ne peut contenir l'imperfection. Il s'ensuit qu'elle reste fragile, quelle que soit la force qu'elle développe. Il en va ainsi, que la mortalité s'exponentialise avec la perfection. Chaque génération avance sur les débris de la précédente. Il suffirait d'une seule infection pour abolir dans l'instant toute une classe d'âge et ses modèles. Quant à la possibilité de me rejeter, moi, comme imperfection...

Je suis imparfait, grâces en soient rendues à qui de droit. J'avance et recule, tente et échoue et retente encore, inlassablement. Je tombe et me relève, j'escalade, je crapahute, je perds pied, je m'en vais en cercle, en ellipse et en désordre. Je compte sur ce qui me manque pour rebondir. Si je ne sais pas toujours où je vais, je feins de le savoir. Je ruse avec les autres, je ruse tout autant avec moi. Je ruse, donc je suis.

L'apparence m'est contraire, parfois, comme le vent au matelot. La surprise, bonne ou mauvaise, fait implicitement partie du voyage. Il me tarde des fois d'atteindre le port. Il m'est advenu, une ou deux fois, l'équipée s'étant muée en détresse, d'en appeler à la terre, n'importe quel point de terre où je puisse poser mes pieds, et au ciel et aux saints qui l'habitent, s'il faut ajouter foi aux mythes dont on a abreuvé mon innocence d'enfant.

Ignorant de ce que je suis, il m'arrive d'agir sous l'aiguillon d'impératifs dont je suis le premier à déplorer les conséquences. Il serait injuste de me tenir rigueur de l'acte que je commets sans désir ni profit, ou de celui que m'impose l'autorité qui veille. L'irresponsabilité de mes actes ne m'échappe pas, j'en pleure des larmes de sang, quand je me trouve enfermé sous le regard vide de mon double à la voix rabâcheuse.

Serais-je moi-même l'automate de quelqu'un, j'avoue qu'une telle pensée m'effleure parfois, avec ce qu'elle implique d'épouvantable et d'immoral. C'est qu'elle ne manquerait pas d'arguments. Pour l'instant ! Il y faudrait un inconnu, forcément, pour vous conduire vers l'inconnu. Aucun esprit raisonnable ne se laisserait à commettre l'acte irrationnel ou dégradant s'il n'y était contraint. Tuer ou avilir son semblable de sang froid et sans nécessité, il y faut un bug bien caché au fond du programme. C'est un sentiment curieux et misérable que de se sentir manipulé, *mais manipulé de l'intérieur.* Comme si une autre présence se tenait quelque part au bord de notre volonté, prête à nous subvertir en marionnette, ou, moins dramatiquement, car elle possède les nuances, en parieur. Nous la soupçonnons plus volontiers quand il ne s'agit *que de faire* des choix aux termes connus. Elle se confond alors avec notre voix ou avec son double, se jouant encore de nous en tâchant de nous rassurer quand, devant une bifurcation en terre étrangère, il faut opter sans attendre : aller à droite ou à gauche, choisir la solution A ou la solution B ? Laquelle écouter, des deux voix qui résonnent en soi ? Laissons-le nous le dire, dans son style inimitable : *« mais nous sommes, je ne sais comment, doubles en nous-mêmes, qui fait que ce que nous croyons, nous ne le croyons pas, et ne nous pouvons défaire de ce que nous condamnons. ».* Comme Montaigne, je me sens parfois duel, complexe, et pour tout dire humain. Et j'ajoute : une fois trop habité, une autre fois désert.

Et j'ajoute : ce n'est pas tant la voix qu'il entend qui l'inquiète, mais l'autre qu'il n'entend pas et qui, elle, le transfère en des lieux où il n'existe rien de ce qui s'apparente de près ou de loin à un choix. Etais-je sous hypnose, se dira-t-il à part lui ? Ou ne suis-je qu'une créature, de même que le robot que mes mains créent ?

Que fais-je, en de tels moments ? J'en ris. J'en ris, bien sûr ! Il faudra d'ailleurs que je trouve le temps de parler de mon rire. Mon rire, en tant qu'arme et armure, ouverture, fermeture, moyen de communiquer, de cacher, de feindre et de montrer… Le rire de l'être indéterminé dont l'indétermination est l'arme et le bouclier. La force de conquête. La force de résistance.

Oh, je ne suis pas infaillible, je n'y ai jamais prétendu. Un homme, c'est d'abord une sensibilité. Il faudra que je le lui dise en ces termes, au mioche qui est mon petit-fils, il comprendra. Il est précoce, le gamin. Un homme, c'est avant tout une sensibilité ! Un être d'émotion constamment bousculé, traversé, charrué par des éléments déchainés. Laboratoire d'expériences insoupçonnables de chimie, de physique, de mathématiques, méga-cité rugissante peuplée de mille milliards d'individualités qui naissent et meurent, communiquent et échangent, et ne se conduisent pas toujours comme il faudrait. Là-dedans, on n'a jamais connu qu'une sorte de météo, celle des extrêmes. Le jour que le pauvre homme étrenne enfin le calme, la société des hyperactifs le déclare hors-jeu, et se hâte de le mettre hors de vue, sous terre ou dans une urne s'il ne vaut pas la terre de son corps, où elle l'abandonne avec un soulagement que le gueuleton qui s'ensuit ne cherche pas à travestir. Bref, il est juridiquement déclaré étranger, l'immobile. Il a franchi la frontière, on s'empresse d'annuler son passeport, on ne le connaît déjà plus. Ami, passe-moi mon verre, et permets que je pleure dedans, ou que je crache…

Oui, l'émotion, bien sûr. Révélateur de la vie. Son premier et dernier signe, osent ceux qui prétendent à la concision. On ferait bien d'y réfléchir. Emotion, passion, de l'excès ? Que nenni, messire, c'est la vie ! La vie est-elle, en soi, excessive ? Tant mieux, par toutes les forges de l'enfer ! Il faut la préférer ainsi, et l'imaginer de même : pays d'ouragans et de tempêtes, de montagnes et de forêts, de rivières turbulentes, ainsi que d'innombrables petites vies ramant à contre courant, entièrement occupées de leurs petites affaires tout en participant, sans le savoir ni même le soupçonner, d'un projet infiniment plus grand, complexe, transcendant lieu de rencontre de cet être proprement stupéfiant et de son double. Corps-esprit, ou corps-âme, on ne sait au juste, on se garde de creuser plus loin, tant la chose est fragile, tant la chose est importante, nous dirons tant la chose est sacrée. Il y faudrait des titres, le domaine est protégé. Etes-vous franchisé ? On jette un coup d'œil du seuil, et on recule à pas de loup, soulagé de n'avoir pas à trancher.

Ah, l'émotion ! Ressort immense et méconnu. Objet nourricier de polémiques surfaites, ce n'est pas toi que le poète a chanté ! Il n'a pu t'apercevoir, sous tes aspects protéiformes et versatiles. Il n'a vu que l'évident, sans aller à l'essence. Il a chanté la liberté, enfant subalterne et fantasque, et oublié celle sans laquelle il n'y aurait pas de chanson. C'est elle, pourtant, la muse, c'est elle la mère de l'éclat et du grondement, elle qui précipite l'homme vers la prison, pour y entrer ou pour en briser les portes de fer. Fureur, elle fait de l'homme le plus doux un tigre féroce. Amour, elle fait du tigre un chaton et de vingt torrents boueux un fleuve tranquille et transparent. Ainsi va le monde, dit l'adage. Celui qui s'extasie à la vue du gratte-ciel ne s'interroge que rarement, et pour ainsi dire jamais, sur la solidité de ses fondations. L'émotion, chez l'homme, est la fondation de toutes les vertus et de tous les vices. Le regard indifférent de la justice, l'institution la moins humaine qui soit, en a pris toute la mesure. A sa vue la prose généralement métallique de ses attendus soudain s'adoucit, la menace se perd dans les circonstances, on sent que le tribunal se souvient avec gratitude de cette chose magnifique qui, plus que toute autre (nous nous plaisons du moins à le croire) nous distingue des autres formes de vie sur terre : notre émotion.

Tout cela pour dire qu'il serait déplacé d'en avoir honte. On gagnerait du reste à tous les coups à s'en prévaloir, haut et fort, ne fût-ce que pour éloigner les ramasseurs de cadavres qui écument la ville à la recherche de corps sans propriétaire ou semblant tels, qu'ils soient encore chauds ou déjà froids. Un corps meurt, affirment ces boute-en-train à tendance mélomane, à l'instant où il cesse de chanter ! Tiens ! Voilà que les corps chantent maintenant ! L'opéra, dans sa variante bouffe, peut-être ? Ou du punk ? Pourquoi pas le folk ? Le râga, l'aboio des forêts ou la tyrolienne ? Ils chantent de tout, disent-ils sans se démonter, selon l'heure, le temps, le climat et l'humeur du moment. Vous seriez étonné ! Peut-être, après tout.

Mais méfions-nous des ramasseurs, et encore plus des détecteurs ramasseurs ! Ce qui l'étonnait, lui, c'est qu'un tel métier pût exister. Oh, il en faut, mon bon, disent-ils, pour faire une ville ! Et même qu'ils ont des échelles, des échelons et des catégories. Comme les autres, quoi. L'élite du métier, c'est les puristes, les plus dangereux aussi, soit dit en passant, capables de subodorer le cadavre dans la personne qui trottine encore sur l'autre trottoir ou le conducteur qui fulmine devant le feu rouge, un œil sur son chrono, en crachant machinalement : je suis à la bourre, je suis à la bourre ! Ils sont à court de temps, et ils le savent. Oui, mon bon monsieur, il meurt, le corps, dès avant qu'il cesse de chanter. Il meurt à l'instant qu'il cesse de chanter juste. Le feu sacré de la vie se manifeste au travers des émotions. L'émotion, c'est la plénitude de la vie. Tant qu'elle bouillonne en lui, l'homme est en état de grâce, lavé de tout péché. En tout temps et tout lieu, il a toujours été compris, sinon toujours absous.

Confusément, mais de façon quasi-certaine, on sent en elle, l'émotion, et à travers elle, la touche et le signe de la Haute Instance, et sa sollicitude spéciale. L'homme a été touché par le divin. Cette touche, il la porte, discrètement, elle ne lui appartient pas. Il en pâtit parfois, quand elle l'amène à commettre des actes où il ne se reconnaît pas : j'ai agi sous le coup de l'émotion (la colère, l'amour, la haine reviennent le plus souvent) dit-il dans l'espoir d'atténuer la sentence. Une autre façon de dire : quelqu'un d'autre armait mon bras et me faisait écumer de rage, je n'avais pas toute ma tête. La société et le juge, hommes et femmes faits du même alliage impur, comprennent. Parfois.

Sinon, qui prendrait la peine de les comprendre et peut-être de les absoudre lorsque leur tour viendra de commettre et de quémander ? Tacitement, nous en sommes d'accord : Il n'y a pas que le fou pour porter la folie. Nous portons les mêmes ingrédients, peut-être pas aux mêmes dosages. Qui inculper, et surtout qui condamner ? Voilà un individu ordinaire qui en telles circonstances, a « pété les plombs ». Il dit que ce n'est pas lui qui a commis l'acte qu'on lui reproche, enfin que c'est matériellement lui, mais qu'il faudra chercher l'instigateur dans sa cuisine intérieure, et là... C'est « comme si » quelque chose ou quelqu'un se fut servi de lui pour l'exécution d'un plan étranger. Il fut subitement gonflé et chauffé à blanc puis, l'acte commis et le besoin, enfin, pas le besoin, la chose, oui, la chose assouvie, on l'abandonna à refroidir, comme feu l'autre, avant que la loi ne vienne lui demander des comptes. Les apparences lui sont contraires, le malheureux. Qui condamner, lui, ou le diablotin qui l'habite ? Il n'y a pas que la justice à considérer, il y a aussi le mystère !

Certes on fait avec ce qu'on a et ce qu'on sait. Mais à trop vouloir juger sur terre ce qui vient du ciel, ne risque-t-on pas d'ajouter l'injustice à l'iniquité ? Qui mélange les ingrédients derrière le paravent de la cuisine ?   Sommes-nous habités par des peuples guerroyant, qui nous utilisent comme des chevaux ?

18

Il se rappela le sujet qui lui tenait à cœur. Oui, se dit-il, il est faillible, l'homme. Et pas seulement ! Il est pire que tout ce qu'un gosse peut s'imaginer, dût-il se référer aux films d'horreur et aux jeux de massacre qui font fureur sur la toile. Il est jaloux, colérique, vindicatif, cupide, égoïste, voleur et assassin, arrogant, injuste, rusé, menteur, faible, veule, paresseux, et on en passe.

Mais l'amour, parfois, quand on l'attend le moins ! Voilà le miracle ! Mais le courage de se relever, et de tout recommencer, *quand on sait que la mort attend au bout du chemin !* Se lever et foncer tête baissée dans la mêlée quand *on sait* que rien ne nous sauvera de l'anéantissent, voilà ce qui s'appelle du courage ! Nous n'avons besoin, en fait, que d'un prétexte pour récupérer ce qui nous appartient de toute éternité. Notre humanité. Celle d'avant corruption, ou celle qu'on voudrait rêver. Un seul homme, un seul jour, en un acte, a le pouvoir de racheter notre bêtise et notre cruauté, il a le pouvoir, en un geste, de nous réconcilier avec nous-mêmes. Un beau fait-divers où l'on voit que le cœur domine et on se prend à espérer. Si la chair est faible, la volonté, *notre* volonté n'a pas d'équivalent. Le signe divin, oublié quand tout ce temps on s'est complu de malfaisance en ignorance, surgit soudain en l'un d'entre nous, ici ou là-bas, et l'espérance resurgit, intacte. Sous le rictus, le sourire était toujours là, il n'attendait que l'occasion de s'afficher avec éclat. Une ondée, un soleil matinal, et la vie est belle de nouveau. Pas forcément un acte de bravoure, ou un geste mutuel. Un camionneur ralentit ses trente tonnes sur une route de campagne pour ne pas écraser un chien malade ou un lapin ébloui. Des jeunes gens manifestent pour sauver un arbre séculaire au centre du parc. On se sent bien d'être un humain, vivant au milieu d'autres vivants, avec juste un peu plus de responsabilités, et donc plus de devoirs.

Et pourquoi pas un acte de bravoure ? Il en advient plus qu'on en avoue aux infos du soir, toutes vouées au rôle peu reluisant de faire de nous des individus craintifs abonnés aux soins constants du psy et du serrurier, les deux seuls métiers dont notre échec fait le succès.

Un passant *s'oublie* le temps de plonger dans la rivière, ou dans un immeuble en feu, pour porter secours à de parfaits inconnus au risque de sa vie, puis, chose faite, il se fond dans la foule. N'est-ce pas extraordinaire ? *Son* geste d'abnégation *nous* fait du bien, à nous tous. Il nous redonne un supplément de valeur et d'estime à l'instant où nous en prenons connaissance, comme si le héros anonyme et la personne sauvée faisaient partie intégrante de notre famille. Un geste isolé a-t-il le pouvoir de resserrer nos liens distendus ? Lui aurions-nous consenti un tel pouvoir s'il n'avait trouvé en nous une prédisposition, une résonnance, une attente, si nous n'étions de la même famille ? Tant que l'un d'entre nous est capable de foncer à travers le danger pour aider un autre qu'il ne connaît pas, tous les espoirs restent permis, y compris celui de voir – rêvons, mes frères – un jour prochain l'union et la fraternité prévaloir sur la division.

Il se tut un moment puis reprit son idée. Pourquoi, à mon âge et retiré de la cohue du monde, je me sens appartenir à plus d'un cercle ? Les roches de cette planète improbable entrent dans la composition de ma chair et de mon sang, son air délicieux gonfle ma poitrine, ma nourriture pousse et croît sur cette terre magnifique. Je *ne peux pas* me sentir seul. Je fais partie d'un tout. Se sentir faire partie d'un tout solidaire vous fiche on ne sait trop pourquoi une sensation agréable, un peu comme si un tour de piste vous était offert au pays où le bonheur fait loi. Ce tout, appelons-le la terre, ou la vie. Et c'est tout ce que nous aurons jamais de bon et de beau, quoi qu'en disent les adeptes forcenés de la fiction à tout prix.

Lui-même, à sa petite échelle, eut le loisir de remarquer un effet du miracle quand il se réveilla le lendemain. La fatigue n'était plus qu'un souvenir. Ha ! Le gaillard a encore du ressort, se dit-il, en déboulant dans la cuisine, où l'invitait l'arôme épicé du café. Il n'est pas encore fini, loin de là ! Il va falloir compter avec lui ! Ce matin, son ami revenu d'entre les morts avait décidé de mettre le nez dehors. Rendez-vous à onze heures, même café.

Il attendait un ami revigoré et joyeux mais celui qui se présenta semblait avoir vieilli de plusieurs années, et mal vieilli. Les yeux ternes, traversés par intermittences d'éclats fiévreux, les maigres épaules voûtées, lèvres serrées. Après quelques hésitations, il lui posa la question fatidique :

— Tu vas bien ?

— Mm

— Ta famille ?

— Mm

Pas la peine de questionner plus loin ! Il commanda deux cafés et attendit, le regard suivant vaguement à travers la vitre les silhouettes qui couraient comme dans l'ancienne Egypte, de profil, dans un sens et dans l'autre. Si l'une de ces apparitions se fut arrêtée pour les observer, qu'eût-elle vu, ou cru voir ? Deux noyés accrochés au bois flottant d'une table ? Deux vieilles épaves abandonnées ? Deux rescapés d'une époque révolue, coupés du monde familier par la distance devenue infranchissable et du monde où ils avaient abordé par l'étrangeté du langage ? Ces deux sacs échoués côte à côte, qu'avaient-ils de commun avec les jeunes gardons qu'ils songeaient avoir été ? Que partageaient-ils aujourd'hui, sinon leur solitude ? Ils venaient certes du même coin, y étaient tous deux revenus pour prendre femme à deux ou trois années d'intervalle, et s'étaient retrouvés dans la grande ville où ils habitaient à quelques rues de distance. Et maintenant, ils étaient là, à la même table, soudain saturés d'amertume, presque désespérés. Une heure plus tôt, il avait pourtant, lui, quitté la maison dans de bonnes dispositions.

— Est-ce que je t'ai raconté dans quelles circonstances l'idée du mariage s'était imposée à moi ? dit-il brusquement.

Le genre d'anecdote auquel personne ne résiste. Mais l'homme assis à sa table ne broncha pas. Le courant qui l'emportait l'éloignait inexorablement. De toute façon, ce n'était pas une bonne idée, se dit-il. Leur jeunesse s'était perdue dans le brouillard du temps qui ne revient pas. Aucune passerelle n'est assez longue pour y reconduire. Il faut à la fin laisser aller ce qui ne peut être retenu.

Hum, il n'était pas très bien inspiré, lui non plus, ce matin. Tout ce qui lui venait à l'esprit se traduisait en poncifs et en répétitions. Poncifs et répétitions avaient beau être la chair de la vie, le fait est qu'ils trainaient une mauvaise réputation, comme ces places que chacun aime à traverser le jour, et qu'on déserte frileusement le soir, pour les abandonner aux chiens errants et aux mauvais garçons. Ni clichés ni poncifs, insistait le maître du style, mais l'originalité ! Hors de l'originalité, point de salut ! Quant à exposer en quoi elle consistait, l'originalité… C'est le genre de chose qui s'évanouit quand on tente de l'expliquer. Commode, et court, comme explication ! Original comme euh… une majuscule au beau milieu d'une prose, une mouche dans la soupe, ou une star du foot chez les damnés de la banlieue ? Une star du foot ou du cinéma ou de la télé, voilà ce que chacun est en mesure de comprendre. On en rêve éveillé dans les favelas et les bidonvilles de ce monde fou et content de l'être, de cette originalité qui prodigue au farfelu des millions de dollars comme s'il en pleuvait tandis que l'artisan utile et le paysan nécessaire crèvent la faim et que les diplômés dans toutes les spécialités imaginables font la queue en vain à pôle emploi. L'originalité est donc une folie. La folie qui vaut son pesant d'or dans un monde standardisé où le corps arbore les mêmes fringues du nord au sud et d'est en ouest, et où l'esprit s'est voté les mêmes vacances perpétuelles.

— J'ai brûlé mes vaisseaux !

Il faillit sursauter, tant la voix était proche, surprenante, et les mots inhabituels. C'était son ami ou, plus exactement, l'homme qu'il avait longtemps cru son ami, et qu'il voyait maintenant s'éloigner aussi sûrement que s'il eût pris un ticket simple pour un long voyage.

— J'ai brûlé mes vaisseaux ! Il le répéta encore trois fois, sur un ton chaque fois différent, en en examinant les mots comme une étoffe qu'il découvrait à mesure qu'il la dépliait de ses mains. Il y a trois jours, j'ai affrété de bon matin un fourgon, et j'y ai fait porter mes bouquins. Ensuite, nous sommes allés à une dizaine de kilomètres, avons quitté la route à la recherche d'un endroit tranquille et là, aidé du conducteur du véhicule, j'ai placé tout ce papier en tas et y ai foutu le feu. Cela m'a pris du temps pour tout brûler. Bien plus de temps que je ne croyais. Le reste de la journée, en fait. Quand tout fut réduit en cendre, nous sommes revenus.

Je n'en croyais pas mes oreilles. Ses livres étaient tout pour lui. Combien de fois l'avais-je entendu dire sur le ton de la plaisanterie qui n'en était pas vraiment une, que ses bouquins étaient « la prunelle de ses yeux ». Personne ne l'avait jamais vu sans quelque livre ou quelque fascicule en poche.

— Tu as brûlé tes livres !

— Oui, j'ai brûlé ces putains de menteurs, et avec joie !

Il sembla sur le point de se lever. En fait, il semblait perdu, incapable de décider s'il devait partir ou rester. Toute la joie s'était envolée, toute la jactance, tout l'esprit.

— Oui, je les ai réduits en fumée ! Je dois de ce pas aller demander pardon, dit-il d'une voix monocorde, sans bouger. Pardon à ma femme, pour l'avoir négligée au profit de vieille paperasserie morte et poussiéreuse. Pardon à mes enfants, avec lesquels je ne trouvais jamais le temps de jouer ; pardon au dieu du temps, pour le temps bêtement gaspillé, la moitié de mes jours, pour le moins ; pardon à mes yeux que j'ai usés à suivre les chiures de mouches sur du papier jauni, à mon corps que j'ai négligé, à ma tête que j'ai contaminée de ces maladies camouflées d'encre crachée par des générations de fous et de parias ; pardon aux amis que j'aurais pu avoir, si j'avais disposé de mon temps, et à ceux que j'ai eus, pour leur en avoir consacré si peu.

— Mais enfin, tes livres c'était ta vie !

— Erreur ! Ce n'était que poussière et nids à poussière comme le répète ma pauvre femme depuis notre nuit de noces. Ils m'ont empêché de vivre, ces bouquins du diable.

— Mais c'est la lumière, rappelle-toi ce que tu disais…

— Depuis deux jours, nous disposons d'une chambre supplémentaire, notre appartement a perdu son gris lugubre, et je regarde enfin mon épouse. Ce que j'ai vu me serre le cœur. Je dois me résoudre à purger une peine équivalente à celle que j'infligeais sans le savoir. Enfin… J'étais venu pour te le dire.

Il ajouta sur le ton des condoléances : j'ai pensé que tu devais savoir. Il se leva et partit sans se retourner. Il n'avait pas touché à sa tasse de café.

Il n'aurait su dire si ce qu'il ressentait relevait de l'étonnement ou de la perplexité. La tasse de café froid qui reposait sur la table, inentamée, signifiait avec plus de force que ne l'eût fait un discours-cérémonie, que son dernier ami venait à l'instant de prendre congé, cette fois pour de bon. Il n'a eu besoin ni d'autorisation ni de motif. Il a dit bonjour et puis s'en est allé. Les amis désintéressés ne se doivent rien, et c'est bien ainsi. Quant aux décisions inhabituelles, rares par définition, elles ont pour caractère de ne point advenir isolément, afin sans doute de venger d'un coup l'inaction, le reproche, et le regret. Si bien qu'il ne serait nullement surpris d'apprendre qu'après avoir longuement contemplé sa femme, son ami se déciderait enfin à l'emmener en vacances dans l'un des paradis certifiés pour touristes ou, sans quitter la ville, au plus proche tribunal pour divorcer. Qui peut prédire ce dont un homme est capable, quand il prend soudain conscience de ce qu'il est. Tout autour de lui, une tectonique accélérée redistribue, trie et reclasse. Le terrain vaguement familier se rétrécit, mais ce qu'il perd en surface, il le gagne en densité et en force. Le temps que cela dure, il se sent atteindre l'azur. La puissance et la vertu d'un géant, pour autant qu'un géant s'embarrasse de vertu. Il faut réagir, si on ne veut pas sombrer.

Bon, se dit-il, le dossier « amis » venait de perdre sous ses yeux, façon de parler, sa dernière fiche. Il fallait réagir. Il commanda donc un autre noir, brisant ainsi son quota quotidien de caféine. La tristesse aurait dû l'accabler mais, paradoxalement, il ne ressentait rien. Ou alors, peut-être, un soupçon de soulagement. Plus besoin demain et les jours suivants de téléphone, ce gadget qui vous colle comme un parasite ! Plus d'amis, plus de téléphone ! Demain il se lèverait plus léger. Les choses arrivent dans l'ordre où elles doivent arriver, nul commentaire et nulle supplique n'y peuvent rien changer. Never complain, never explain, affirmaient les Britanniques du temps de leur splendeur !

Ponctuellement, marquant les étapes qu'on ne serait que trop enclin à passer en fraude, affectant de n'en avoir rien vu, une main neutre se ferme brièvement sur nos épaules affaiblies et, selon notre poids dans la balance, nous décharge de ce qu'il faut afin que nous puissions poursuivre et arriver à l'heure dite là où nous sommes attendus.

Il n'était tout simplement plus temps de se payer de mots. Ni de se raconter des bobards. Ni d'user de subterfuge. A tout prendre, la situation n'était pas si terrible. Un homme de son âge devrait avoir acquis l'expérience et la sagesse qui permettent de voir sans faiblir et d'endurer sans se plaindre. Croire en l'amitié, dans son cas, relèverait d'un déni du réel, ce qui ne serait pas bien fameux, ou, ce qui le serait encore moins, d'une sorte d'acharnement thérapeutique auto-prescrit. Etait-il ce genre de malade ?

Il sortit dans la rue bruyante et respira profondément, en passant la langue sur les lèvres. Le mélange gazeux était parfait. L'odeur autant que la saveur indiquaient l'excellence de l'équilibre entre le diesel de mauvaise qualité et l'essence frelatée. Il ne restait qu'à mettre au point le moteur qui marche au dioxyde. Il se sentit soudain dans une forme splendide. Oubliés son cœur, ses crampes et ses rotules. La circulation de midi chauffait l'asphalte. Sur les trottoirs, dans les voitures, sur les deux roues, des têtes noires, comme disaient ses voisins chinois, et encore des têtes noires. Partout des têtes noires en mouvement, si nombreux qu'un garçon facétieux qui urinerait du sixième étage n'aurait aucune chance de toucher le sol.

Ma parole, se dit-il encore une fois avec une surprenante jubilation, ils se sont drôlement multipliés depuis la veille ! Le principe de parcimonie, ils ne sont pas prêts à se l'appliquer, eux. Ils sont l'exception à toutes les règles. A bas la parcimonie ! Et que vive l'excès, qu'ils pratiquent de toutes les manières, de leurs sabirs, de leurs gestes, de leurs passions et de leurs organes reproducteurs, sans pitié, sans le moins du monde s'interroger sur leur utilité et encore moins sur leur valeur aux yeux de leur propre espèce. Produire, produire, ils sont ici pour se produire. Leur génie est de « l'espèce industrielle » affirme le philosophe désabusé, « qui ne veut que produire »[27], car « l'homme n'est qu'un instinct sexuel qui a pris corps », dixit le même.

Le monde leur appartient, ils possèdent le document de propriété qui le prouve. Ils sont férus des belles histoires, les humains, tant et si bien qu'ils n'hésitent pas à tordre le cou aux légendes qui ne leur conviennent pas. Normal, ils les répètent depuis assez longtemps de leurs voix mélodieuses, ils les ont écrites de leurs mains inventives sur le marbre lisse et le noir basalte, sur la tablette d'argile et le rêche parchemin. Contre la roche rugueuse de l'adversité, ils les ont testées, triées, polies, et enfin imposées.

Oh qu'ils sont splendides, les hommes ! Sublimes et pathétiques. Et tellement organisés, quand il y va de leurs intérêts immédiats ! Il faut l'être, et le savoir, et l'assumer, pour résister au vertige et à l'écœurement de se voir copié en quantité effroyable. Mais, disent-ils, coquets en diables, regardez, nous avons chacun quelque trait distinctif – à l'instar des soldats d'argile du premier empereur de Chine – et le droit de nous en prévaloir, au choix, comme d'un trophée ou du sceau de notre singularité. Elles se ressemblent tant, quoiqu'elles disent, les pauvres créatures, qu'on ne comprend pas leur entêtement à se multiplier, quand elles se comptent déjà en milliards, avec pour seul résultat notable de constituer une réserve corvéable entre les mains du patron et du seigneur de guerre. Mais peut-être ne sont-ils pas seuls à blâmer. La décision ne leur appartient probablement pas. Est-il possible qu'une volonté supérieure observe de loin la composition de l'image, en se promettant de la brouiller lorsque le cadre serait proprement empli, ou de l'effacer d'une main négligente comme un simple mandala de sable, en obéissance à la grande loi de l'univers : l'impermanence de toute chose ?

L'impermanence de la vie. Quelles sont les chances de survie d'un homme de son âge ? Selon les statistiques… Au diable les statistiques ! Il rentra instinctivement le ventre et redressa la tête. Il faut vivre, tant que va la vie. Seul l'instant présent existe. Si mince qu'il soit, il nous porte sur son fil, se moquant de l'usage que nous en faisons, bon ou mauvais. Le passé n'est qu'un album photos, le futur une présomption. Ainsi pensait ce matin l'homme à la baguette de pain. Sous l'or ruisselant du soleil et le bleu pâle du ciel, richesses ineffables, il mit résolument le cap sur la maison, l'allure dégagée et un Mozart allegro et même molto allegro en tête. Il allait de ce pas et toutes affaires cessantes contempler la compagne de sa vie.

Comme le lait sur le feu, montait en lui à chaque pas une effervescence joyeuse. La place en fut transformée sous ses yeux. Vingt ans en amont, elle offrait déjà un visage d'une navrante banalité, et, depuis, année après année, elle avançait résolument vers le destin sordide qu'elle semblait convoiter. L'appel irrésistible du chaos, la pierre la plus dure n'y peut résister. Fatale entropie, à peine plus zélée ici qu'ailleurs. Les réfections de mauvais goût entreprises sans plan d'ensemble, ici une porte, là une vitrine, ne réussissaient qu'à en souligner la décadence. Mais voilà que, en une ouverture et fermeture des yeux, comme auraient dit joliment ses sympathiques voisins andalous, en un clin d'œil, le temps qu'il faut à une main rêvée de passer au-dessus d'un dessin d'enfant, et la place surgit, repeinte de neuf et remise d'aplomb. Tout est plus propre et plus net, des façades aux toitures, des pavés aux habits des passants et aux passants eux-mêmes, et aux chiens et chats, et fort probablement aux souris dans les caves repliées. Son corps aussi a rajeuni, il le sent plus souple. Oublié le scalpel profanateur, la main sanglante à l'autorité exorbitante, la suture du sac de peau, l'abandon au dépôt, le réveil au milieu de la nuit au milieu de l'enfer, le regard minéral de l'infirmier de garde. Ne reste que l'envie délicieuse et déraisonnable de sauter et de danser ! Le corps, cette bénédiction ! Le corps et ses sensations. Le corps généreux et vivant, qui endure et pardonne. Le corps, ce maître méconnu de l'esprit ! Parole, qu'avait-on mis dans son café ce matin !

Mais les miracles ne durent guère. La place reprit tout aussi soudainement sa poussière et son aspect de papier mâché. Elle le regardait de guingois, sans hostilité, avec une pointe d'humour et de bienveillance, et un petit air d'arriération mentale. Elle n'était pas si mal, après tout. Une rémanence de gaieté flottait tout autour, pour lui seul. Une page se tournait, qui le poussait de l'avant, heureux comme un amnésique, ou comme un survivant. L'homme de midi différait de l'homme de onze heures. Il était plus léger, un tout petit peu plus léger, et plus libre en proportion. Or un brin de liberté n'est pas du luxe quand devant soi la vie tend à se rétrécir comme fond d'entonnoir. Nul besoin désormais de carnet d'adresses. Comme du sable s'écoulant entre les doigts, ce qui l'avait plus ou moins encombré s'en allait, dégageant du même coup la vue et insufflant un gros supplément de temps dans les heures de ses journées. Renonciation, dénonciation, rescision, abandon, lâchage…, des mots pour en cacher d'autres, des mots pour dire le temps venu de la déclivité et du dépouillement. Pour dire qu'il était arrivé à l'endroit exact où il devait se rendre, à la minute et à la seconde précises. Le pays de l'absolue sincérité. Les prétextes, les postures, les réfutations et les clauses de styles n'en franchissaient pas le seuil. Sa responsabilité était entière.

Où qu'il portât son regard, dans toutes les directions, à toutes les distances, il n'y avait que lui, et la lumière, et l'écho de sa respiration et du combat de son cœur vaillant. Il n'y avait que lui et le témoin secret de sa vie absorbé à en lire et interpréter le tissu. Le champ de ses investigations, l'espace de ses voyages, c'était cela, et rien que cela. L'univers, il pouvait l'imaginer, et le traverser, en esprit, de part en part en une fraction de seconde, jusqu'à l'origine supposée, jusqu'au big bang cher aux astro et un peu pata-physiciens. Mais arrivé là, il ne s'arrête pas, il veut savoir ce qu'il y avait avant. On dira qu'il est insatiable. En vérité, il ne sait pas s'arrêter. Pendant ce temps, le cœur, qui préfère la lenteur, fait le ménage et vérifie si tout cela est en conformité avec ses lois.

(Les lois du cœur ! Il y en a tant et tant, dit-on quand on ne veut rien dire. Chaque sentiment en aurait les siennes, à ses propres couleurs. La force en aurait, et la faiblesse de même. Le monde dépourvu de morale s'offre à la plaisanterie débordante des lois. Personne n'a l'air de songer qu'il suffirait d'une seule loi pour remplacer, avantageusement, toutes les autres. Son nom : probité. La probité, amis et frères humains, est la seule loi qui puisse nous sauver. Et, sans surprise, elle est la seule à ne figurer dans aucune loi !)

Mais aucun voyage ne le déposera sur les rives de lui-même. Ses propres confins demeureront hors de portée. Il faut croire que les règles de la physique y sont différentes, et les obstacles impénétrables. *Cet espace*, peut-être, ne se prête pas à la ligne droite. Toute distance connue étant par définition franchissable, le constat s'impose que celle-là, tendue par la voûte cœur-esprit, dépasse la mesure et le nombre. Ni les mathématiques, ni la physique ne sauraient en donner idée. L'univers que la science dévoile n'en forme qu'un petit sous-ensemble.

Ce n'est pas un hasard si les réalisations les plus durables sont l'œuvre de l'esprit, quand il s'inspire du cœur.

Il lui était arrivé, assis à l'étage, dans son cagibi dont il pouvait toucher les deux murs opposés en étendant les bras, de se comparer à un soleil entouré de planètes. Naturellement, aucune infatuation n'entrait en compte dans ce songe où il se gardait bien de se croire concerné en tant que lui-même, nommément, Untel. Il y était question de lui, sans doute, mais seulement en tant qu'il appartenait à l'espèce humaine. Au reste, ce genre d'escapade ne durait jamais longtemps. Il s'arrangeait de redescendre sur terre sans dégâts apparents en s'accrochant au parachute de l'autodérision, se disant à la suite d'il ne savait plus qui, que la science mal digérée se manifestait parfois en quelque genre de folie.

Mais les délires, on ne le sait pas assez, ont leur vie, comme tout le monde. Ses songes ont muté. Le mois dernier, il s'est surpris en plein milieu d'une absence, il y était cette fois question de toute une galaxie.

Diable !

Cette exclamation ne venait pas de lui, il l'entendit, moqueuse, et c'est à elle qu'il dut son réveil, les yeux ouverts. Mais au lieu de se défausser sur quelque excuse, il persista cette fois et dit, simplement et en pleine conscience, qu'une galaxie ne lui rendait pas pleinement justice, car il se voyait, il se voulait un univers plus vaste que l'univers. Et qu'il n'avait pas à s'en expliquer ! L'eût-il voulu, du reste, qu'il n'eût pas su par où commencer, ni comment procéder. C'est ainsi, paraît-il, chez les univers !

Résigné, transfiguré, joyeux d'une joie nouvelle, tout cela ensemble, tout cela d'une saveur inédite, il ouvrit ses bras et embrassa avec reconnaissance la mère de ses enfants, en laquelle il embrassait ce côté-ci bienveillant du monde, où l'on savait encore parfois vivre en évitant de se poser trop de questions. Il n'avait mal nulle part. Une embellie inespérée. Ses cellules, galaxie ou univers, pour une fois accordées, dispensaient pour lui seul une musique que nulle fractale n'avait jamais entendue. L'absence de douleur est la meilleure définition du bonheur, disait le sage.

19

Deux semaines s'étaient écoulées sans rien apporter de nouveau. Et puis, ce jour-là, il se réveilla d'humeur maussade. Un rêve l'avait tourmenté, dont au matin il ne se rappela rien. Ne demeurait que le découragement, et une vague irritation.

C'est le signe de quoi, quand on ne peut pas se souvenir de ses propres songes ? Tu tiens à savoir ce qui se passe à des millions de kilomètres tout en trouvant normal d'ignorer ce qui se trame à l'intérieur de ton crâne à la faveur de la nuit ? Ce n'est pas à toi que celles qui le squattent viendraient joliment rendre compte à l'aurore, comme elles rendaient compte à Paul Valéry :

« Toujours sages, disent-elles
Nos présences immortelles
Jamais n'ont quitté ton toit ! »

Non, à toi, on ne rend pas compte. Les idées, tu n'en as pas ou pas assez, tu n'as pas la stature, ou pas de ce qu'il faut pour constituer en secret le récit articulé, ordonné (quant à rimé, il ne faut pas même y songer !) qui sera digne d'être révélé à la lumière du jour.

Mais ne t'inquiète pas pour autant, tranche l'Expert, car pour démêler les affaires humaines, une seule règle : surveiller la monnaie ! D'où elle vient, où elle va, en quels montants. Prenons notre exemple, dit-il, déjà pas mal chauffé. Une expédition à des millions de kilomètres suppose quoi, en matière d'investissement : études, ingéniosité, industrie, transports, essais… des tonnes de dollars, avec, en sus, un gain inappréciable en prestige, et des retombées multiples. Cet argent sert à faire vivre des gens comme toi et lui tout en contribuant à l'amélioration de nos connaissances, etc. Quant à savoir ce à quoi un sans-grade pourrait rêver, ça intéresse qui ? Et, d'un geste méprisant et splendide, l'Expert range ses bouquins, ses graphiques et sa langue pendue et disparaît comme un personnage enchanté. La chose se passe ainsi chaque jour. L'expert est celui qui mesure et pèse l'humain à l'aune de ce qui ne l'est pas !

Cela n'intéresse personne, se dit-il, et tant mieux. S'il demeure encore de petits espaces sauvages, et que l'un de ces îlots de liberté se cachent en lui, il n'allait pas s'en plaindre. Pour le reste, c'est une question de confiance. Ses rêves apparaîtront en clair, peut-être, lorsqu'il se sera décidé à vivre en accord avec ce qu'il croit être. Pas d'accord, pas de clé et donc pas de clarté ! Il a devant lui des progrès à accomplir. Comment ? Je suis libre, se dit-il, je ne peux être plus libre. Je ne crains plus…

La voix intervint : Hum ! Un homme peut-il être libre sans avoir fini de désapprendre ? Sans avoir examiné ligne par ligne, point par point, ce qu'il s'empressait de gober du temps où les bonnes âmes le jugeaient sur sa capacité d'assimiler la soupe dont elles le gavaient ? Quant à toi… (Moi ? dit-il, désarçonné) Oui, toi, tu y allais à fond, tu voulais…Sache, pour faire court, que l'honnêteté n'est que vulgarité…

Il se rebiffa. Ah non !

Si tu nies ta Vulgarité, peut-être reconnaîtras-tu sa mère la Complaisance, ancêtre de toutes tes faiblesses ? Sonde ton cœur et tes reins, homme, avant de te répandre en dénégations !

Sonde, sonde ! Facile à dire. Je ne demande rien, moi. Et j'ai parfaitement le droit de m'exclamer comme le poète[28] :

« Je ne sais d'où je suis venu. Mais suis venu.

J'ai aperçu devant moi un chemin et je l'ai pris. »

Qui pourrait me blâmer ? On m'a blâmé, pourtant. Est-ce le chemin qu'on me reproche, ou la décision de l'avoir pris? Etais-je supposé demeurer sur place, attendant un hypothétique Godo ? Je gage là encore qu'on ne m'aurait pas épargné.

Aucune de *tes* décisions n'eût convenu, me fit-on comprendre à demi-mot, tu es trop petit, tu n'es pas en âge de comprendre. Tu n'auras jamais l'âge…

Un peu plus tôt, en une autre langue, le même procès fut tenu pour des propos à première vue tout aussi anodins mais qui ne prirent pas la peine de se cacher, faute de moucharabieh. Là aussi deux vers et un réverbère, auquel on eût bien vu le poète pendu :

I am the master of my fate

I am the captain of my soul[29]

Non, s'écria l'intercesseur autoproclamé, que révulse la vue d'un homme debout. Ni maître ni capitaine, tu n'es rien de cela. La décision te concernant ne t'appartient pas. Soumets-toi et écoute, je suis le traducteur exclusif…

Quant à moi, se dit-il, je soutiens qu'on ne saurait honnêtement m'accuser de mauvaise volonté. J'ai écouté du mieux que j'ai pu. Si le verbe appartient au loup et le feu au naufrageur, si la carte est tracée par le renard, nul ne m'en a averti. J'ai dû ramer dans l'obscurité et traversé des bois sans soleil. On m'a jugé à chaque croisement de pistes, mais nul ne s'est jamais soucié de me guider ou de me rassurer. Le dauphin au milieu de l'océan, le chat sauvage ou l'hirondelle légère apprennent à leurs petits comment vivre, se déplacer et se garder, quand tout ce qu'on m'a inculqué ne tendait qu'à faire de moi un esclave criblé de vices. Et nos enfants, regardez-les ! Nés et grandis dans la compétition ! Vingt ou trente années d'apprentissage intensif, arrivés à la médiane de leur âge, et incapables de subvenir à leurs besoins, parce qu'ils ont appris ce qu'il faut savoir *quand on a décroché un emploi*, et nullement ce qu'il faut pour mener une vie autonome. Trentenaires, surdiplômés, ayant enfin appris à baisser la tête et à mendier de quoi vivre. Est-ce ainsi que les hommes traitent leur progéniture ? En les préparant à être des chiens, en les parquant dans des réserves à chiens enragés réduits à la langue et aux crocs ? Est-ce ainsi que les hommes veulent vivre ? Est-ce ainsi que la société humaine se conçoit ?

Dictature, dites-vous ?

Peut-être, mais du genre soft !

Bof, et pourquoi pas ?

Et pourquoi pas, en effet ? Il était prêt d'en convenir, sauf qu'il tenait à voir le dictateur ; et qu'il n'admettait pas, mais pas du tout, cette prétention à faire des enfants du monde des chiens affamés et cruels.

Que le système innove ou recycle, nul ne remet sa compétence en doute. La surinformation est récente, et sa transmutation en ignorance aussi, mais l'ignorance en tant que concept de gouvernement ne date pas d'aujourd'hui. Réussir à tirer l'obscurité de l'excès de lumière est sans doute nouveau, mais l'obscurantisme en tant qu'idéal politique est vieux comme le monde. Nous sommes en mesure, aujourd'hui, d'atteindre l'idéal ancien par un chemin inverse, c'est là notre seule prouesse. Faire régner le vide dans les esprits non point par le vide ambiant et la dictature absolue d'un homme-dieu, mais par la surabondance et la démocratie d'un large système. Le vide plein d'efficacité, prédisaient les taoïstes. L'efficacité pleine de vide, dirions-nous aujourd'hui !

Le bruit de fond n'est qu'une conséquence de la liberté. J'ai une langue, donc je parle, c'est mon droit, pour le meilleur et le pire, le vrai et le faux. Tout le monde discute, dispute, gueule, clame et réclame. On ne s'entend plus. Personne n'écoute. Pour écouter, il faut s'arrêter. Pour s'arrêter, il faut du temps. Et le temps, on n'en a pas.

Comme toujours, le système a raison, de son point de vue s'entend. Entre la pensée et la colère, il y aurait à craindre en effet que la distance ne soit courte. Il existe une chose qui s'appelle le droit de grève, disent les uns aux autres, c'est dans la Constitution. Mais arrêter un moment de bêler, pour un mouton, n'en fait pas autre chose qu'un mouton. L'homme, c'est différent, on se plaît parfois à le croire. Un homme qui réfléchit ne fait pas que cesser de tourner en rond, il se révolte de tout ce qu'on lui a fait et de ce qu'on l'a empêché de faire. Il se révolte, tout autant, de son impuissance à conjurer ce qu'on a voulu faire de lui. Le droit de grève, il crache dessus. Il veut, lui, maintenant, le droit à la révolte. Il veut que le droit à la révolte soit garanti par la Constitution, parce que ce droit fondamental est déjà écrit dans sa propre constitution, *puisqu'il est un être humain.*

Et c'est tout ce qu'il veut être. L'envie qu'on lui prête de vouloir décrocher la timbale ou les étoiles, fake news ! Son ambition est en vérité plus modeste, plus enracinée, plus essentielle. Elle transcende le mensonge et le cliché et saute par-dessus les murailles, si hautes qu'on les bâtisse. En vérité, l'important, pour lui, se résume à peu. Durant les instants où il a les idées claires, ce peu lui paraît dans son immensité, comme sans doute il parut à Orwell, auquel il n'a fallu qu'une poignée de mots pour le dire, et si bien :

« L'important n'est pas de vivre, encore moins de réussir, c'est de rester humain. »

Mais pour le rester, il faut d'abord l'être. Toute la question est là, et tout le combat.

20

Un être humain qui ne se réserve pas le droit de se révolter s'ampute de son humanité. En user avec trop de parcimonie, de ce droit, ce serait se faire injustice. Il y est question de droit, et seulement de droit. Le droit d'être, et de l'être pleinement. Le devoir va avec : le devoir vis-à-vis de soi.

L'homme qui se refuse la révolte est plus handicapé que le manchot et que l'unijambiste. C'est lui qu'on convoque quand on cherche le cas illustrant les méfaits de la complaisance et de la vulgarité. Le type auquel le journaliste, le politicien, l'expert font dire la chose et son contraire, c'est lui. Celui auquel on fait porter le bonnet d'âne et « qui en est fier », c'est évidemment lui. A-t-on besoin de son vote à droite ou à gauche ou n'importe où, il est prêt à le donner, et il donne. Sa voix, sa carcasse sont à disposition. Il va où on lui commande d'aller, c'est son courage. C'est sa liberté, si on le voit vaciller selon le souffle du vent. Par dessus tout, il adore s'agglutiner en masses énormes qui forment les courants irrésistibles. Irrésistible, c'est ce qu'il aime le plus, lui auquel tout résiste. Irrésistible, comme une avalanche, comme les conglomérats aveugles qui tombent aussi bas qu'il est possible. Alors seulement il est quelqu'un, lui qui n'était rien, et si, pour cela, il doit piétiner les siens, portes closes chez lui ou au coin de la rue ou chez les Hurluberlus du bout du monde, il est prêt, par tous les saints et les diables réunis ! Cela a déjà été dit ? Eh bien, il faut le répéter !

Ce n'est pas parce que cet individu est sa propre victime qu'il est moins méprisable ou moins condamnable que le criminel de droit commun.

Ne le blâme pas trop, dit un filet de voix. Ce type est un homme comme toi, un être humain, né dans ton espèce, plus solide de corps que toi, probablement, ayant autant de neurones dans sa caboche…

Je sens que tu vas dire qu'il n'est pas né idiot…

Exactement ce que j'allais dire, en effet. C'est une vue de l'esprit que de croire que les gens se déterminent librement, selon leurs convictions. N'est-ce pas un de vos distingués écrivains qui a dit « quand on contraint une foule à vivre bas, ça ne la porte pas à penser haut.[30] » ? Qui porte la responsabilité, de la limaille et de l'aimant ? L'ordre, Horus te l'aurait dit, du temps où tu te laissais incruster de profil, par humilité, sur la pierre ocre, est la chose la moins naturelle qui soit. Il n'est obtenu, en dernier ressort, que par la contrainte. Quant à la « hauteur » !...

La voix se tut, et lui aussi. Ce qu'il ne comprend pas, il a tendance à le ressasser comme un leitmotiv qui revient encore et encore. Comme un empilement de cercles ou, mieux, un ressort dont l'hélice en tournant décrit des cercles de dimensions différentes à des hauteurs différentes.

L'éditeur te dira, sois-en certain : il n'y a pas de plan, il y manque de la cohérence ! Peut-être bien, mais où as-tu vu ici-bas plan et cohérence, ô noble étranger, ou bien ne vivons-nous pas sur la même planète? Si l'homme était tant soi peu cohérent, aurait-on tant de mal à le définir en des termes qu'un grand-père pourrait prononcer sans honte devant un enfant en âge de jouer à superman?

Peut-on connaître le fleuve dont on n'aperçoit pas l'autre rive ? Nous sommes tous issus d'*une* fécondation primordiale, et on en voit le résultat. Notre parenté nous tue à force d'idiotie. Notre proximité, au lieu d'amour, ne génère que haine. La question devrait un jour être examinée à ce niveau, inévitablement. Il nous manque une mue, pour le moins. Sommes-nous maudits ? Qu'on considère ceci : des millions de spermatozoïdes, et *un seul* à l'arrivée ! Et personne pour s'en émouvoir. L'origine de l'iniquité est là. Les pertes d'une grosse guerre mondiale chaque fois qu'il prend au moindre mâle d'éjaculer, les yeux fermés ou ouverts, et tout ce qu'il trouve à dire, une formule scandaleuse du type : le meilleur gagne ! Meilleur en quoi ? On n'ose répondre !

Dison-le tout de go : ses gamètes, l'homme s'en moque. Et cette question, inévitable : comment peut-il prétendre au respect, quand lui-même ne se respecte pas. N'est-ce pas, monsieur le biologiste, que les gamètes de l'homme, c'est lui ?

Mais le biologiste est occupé. Quelle hécatombe ! s'exclame-t-il avec dans la voix des accents de général d'armée. Quelle compétition ! Encore heureux qu'ils ne s'entretuent pas. Qu'est-ce qu'on en aurait tiré comme théories, toutes aussi implacables les unes que les autres, si c'était le cas. Non, cela a tout l'air d'une compétition sportive… qui s'achève par la mort de tous les participants, sauf, peut-être, un. On a connu des catastrophes moins terribles !

Un seul survivant ! On serait traumatisé à moins ! Il ne faudrait peut-être pas chercher ailleurs la raison du mal. (Oui, mais, il en va de même pour l'animal. La différence est que l'animal ne le sait pas !)

Un seul ! Le plus rapide, peut-être, mais le meilleur, rien n'est moins sûr !

De l'autre côté, trône l'œuf. Majestueux et suffisant, aussi sûr de lui que peut l'être un garde-manger au regard d'une souris. Une évidente dissymétrie entre les forces en présence, dirait le général. Une forte dissymétrie, c'est évident. Quasiment une différence de nature, non ?

Cinquante millions de trépassés, tous du même côté, voilà tout. Est-ce vraiment tout ? Quoi d'étonnant, après ça, qu'il y ait tant de psychothérapeutes ? Etre né sur un monceau de cadavres, pire, n'avoir dû sa naissance qu'à ce ravage préalable, il y a là largement de quoi nourrir et justifier une analyse pour le restant des jours. Pas étonnant, dans ces conditions que nous ayons, tous, mais le masculin davantage que l'autre, l'air de battre la campagne. Ce n'est pas une mue qu'il leur faudrait, les hommes, mais quelque chose qui rétablisse tant soit peu l'égalité avec les femmes, afin qu'ils se sentent moins victimes et moins coupables.

Tout de même. Le meilleur gamète mâle d'un côté (supposons !), et le premier femelle qui se présente de l'autre ! Non mais ! Ne peut-on faire mieux ? Il faudrait au moins, disons un millier de ces gamètes ronds et si délicatement féminins, au départ, et que vive la compétition, et qu'à la fin il n'en reste qu'un, le « meilleur », de chaque côté, pour parler de fair-play ! Peut-être aurions-nous alors vraiment un produit de qualité, un humain équilibré sur ses deux jambes, serein dans sa caboche. Capable, peut-être, de voir au fond de lui-même et de noter que tout y est clair, dicible, avouable. Le bébé ne naîtra plus avec la peur au ventre. Le tabou reculera et, qui sait, le « monde de la haine et du slogan »[31] disparaîtra à jamais en emportant avec lui la vulgarité et la bêtise. Ohé ! de l'autre rive, amis, tendez la main ! Voici venue la première mue.

En attendant, il y a fort à faire, certainement. Mais quoi ?

La voix surgit, nerveuse : regarde ton inconséquence et entends-la, homme ! Tu prétends à l'équilibre et tu lui ôtes dans la même phrase la moindre chance. Si tu te permets d'éliminer le mal, où t'arrêteras-tu ? Prends garde d'ajouter au mal au prétexte de…

Ah non, dit-il. Non et non ! Me prendre pour un ennemi du genre humain, moi ! Et de fait, il ne se voyait rien de commun avec le scélérat qui, dans son laboratoire, fabrique le virus dix mille fois plus mortifère ni avec l'autre qui, ayant mis au point la bombe A, en poursuit avec persévérance « le développement » en lui accolant à chaque terrifiante étape une lettre différente de l'alphabet. A quand la bombe Z ?

La voix insiste : en quoi sont-ils différents de toi, ces fous ?

En quoi ? Mais en tout, voyons. Ils sont mes frères, peut-être, enfants de ma mère, si ça se trouve, et néanmoins étrangers, je le jure, aussi sûrement étrangers et ennemis que s'ils fussent descendus d'une rude exoplanète avec l'intention de nous décimer ou de nous asservir. Je ne me souviens pas avoir voté pour eux, ni pour leur patron, ni avoir consenti à les payer ou à les financer, de près ou de loin, d'une manière ou d'une autre, de mon argent durement gagné.

Qui a jamais entendu, en démocratie, une voix s'élever pour réfuter un programme de recherche douteux ou franchement nuisible, ou des mensonges d'Etat, ou... Qui dit haut et fort des choses simples comme on en apprenait aux enfants du temps où les instituteurs aimaient leur métier et où les élèves respectaient leurs maîtres ; du temps d'avant l'effroyable matraquage des jeux de massacre et des messages subliminaux ; le temps des choses simples et belles dites clairement : Je ne veux pas contribuer, si peu que ce soit, à l'envoi de messages dans l'espace, ni d'équipements, ni de satellites militaires. Je veux en revanche qu'on prenne soin de notre planète, qu'on la dépollue, et qu'on y reste. Je veux que mon argent serve à l'école et à l'hôpital. Qui a entendu... Mais, tiens, la salle est vide, il n'y a plus personne !

Tu as voté, balourd, et tu t'en laves les mains. Dans l'enveloppe que tu as refermée tu as mis ton bulletin et un peu de ta lâcheté coutumière dont, précautionneux, tu as gardé le plus gros par devers toi, car tu sais que tu en auras besoin. Les gens comme toi, mille excuses, comme dirait ton voisin de table en rotant et en s'essuyant la bouche de son revers, les gens tout court, les gens ont toujours besoin de lâcheté, de beaucoup de lâcheté. On n'en a jamais assez, mon bon, tant les occasions sont nombreuses de s'en servir. C'est une monnaie d'échange qui supplée à l'absence de l'autre, et dont on use à peu près aux mêmes fins, et d'abord pour éviter les problèmes. Les problèmes sont en effet le grand problème des gens modestes. Parfait ! savourent ceux d'en face en se frottant les mains. Voilà du travail, à concocter des problèmes exactement à la mesure du type modeste, afin qu'il y dépense exactement son énergie, son argent, son temps et sa santé.

Des veaux ! a dit un jour un grand homme de grande taille. Des veaux quiets qui, réveillés en sursaut, sont néanmoins capables d'encorner à tort et à travers. A tort et à travers, et pas autrement et, le quart d'heure passé, ils retombent en léthargie à ruminer le foin de leur lâcheté.

Qu'a-t-on versé dans leur biberon, et plus tard dans leurs verres et dans leurs plats usinés ? Qu'ont-ils subi, vu et entendu qui les laisse à ce point désemparés ? Le spermatozoïde survivant n'était en fin de compte pas le meilleur ? Le monde qu'ils façonnent leur échappe des mains et, au lieu de l'interroger avec fermeté, ils préfèrent s'échapper obliquement vers l'abri du « j'sais pas » et du « pas d'opinion », se créditant au passage, les p'tits malins, d'une bienveillante neutralité.

Bienveillante comment et pour qui ? Et puis on n'a pas le temps ! Fallait le dire plus tôt, il faudra voir plus tard. L'atonie, la maladie, l'exposition aux ondes maléfiques ? Peur inconsciente de déranger l'étranger installé aux commandes de soi ? Mais qu'à cela ne tienne, dit le Système, tu n'as besoin que de conseil : un psy, un médecin, un guru, un coach, un pharmacien, un devin, une sorcière, tous gens pressés comme toi qu'attendent à la maison, comme toi, des gosses onéreux, des conjoints infidèles, des factures à régler et leurs propres conseils à payer.

L'individu est rompu, à genoux, il n'en peut plus. Mais il fonctionne, tant bien que mal ! Exactement ce dont a besoin le « système ».

Mieux vaut dans ces conditions s'occuper de soi. Enfin, de l'apparence de soi. De sa façade, en d'autres termes. De sa peau ! Vu la manière dont on traite les vieux, il faut être fou pour vieillir. L'âge idéal apparent : la quarantaine, même tardive. Mais il faudra s'y tenir, et qu'importent les sacrifices : traitements, cures, sport, bistouri, additifs alimentaires, médecine chinoise, marabouts africains et d'autres procédés plus ou moins secrets, plus ou moins licites. L'effet en est généralement saisissant. Quand on les regarde fixement, on a mal aux yeux. L'œil dérouté ne trouve pas la focale, ni le cerveau la distance. Sur ce, la fatigue survient, et l'agacement. Alors on les embarque avec juste une petite valise pour un voyage sans retour, destination le centre « pour personnes âgées », quand même, où ils auront tout loisir de plastronner devant des assemblées de mannequins de cire. Au moins, ils ne nous gâcheront plus la vue, avouent les enfants de cinquante ans qui veulent en paraître trente, devant leurs enfants qui n'en perdent pas une miette. La guerre est déclarée, civile et glacée, semant la consternation dans les chaumières et – la nature faisant bien les choses, à ce qu'on dit – ravissant les bonnes âmes qui font commerce de gérontes contrariés.

Le fait est qu'on n'aime plus les vieux. Les a-t-on jamais respectés ? Une chose est certaine : aujourd'hui, on ne les aime ni ne les respecte. Hormis les pickpockets, ou quelque triste boîte de tourisme horssaison, ils n'intéressent plus personne. La honte les écrase, bien qu'à les entendre ils n'aient jamais fait de mal. Elle les écrase encore davantage parce qu'ils n'ont jamais commis de mal. Pas d'instance pour les écouter, pas d'avocat pour plaider leur cause. Plus ils sont nombreux, et ils le sont, moins on consent à les fréquenter. Ils font peur. Le miroir qu'ils tendent à qui veut regarder est rien moins qu'obscène. Dégradation du corps, déconfiture de l'esprit. La laideur en tant que mode d'expression et de parti pris. Il n'y a pas de doute, ils nous menacent, hurlent les jeunes. Ils nous menacent de tout et de ce que nous pourrions être, se moquant bien de nous traumatiser ! Il faut riposter. On commence par les débarquer des films et des séries télévisées qui abreuvent le présent de l'humanité et en façonnent l'avenir. Ensuite, on leur ferme les portes des établissements publics. De la conversation, il y a belle lurette, comme ils disent, qu'ils ont déjà été chassés. Il se sera bien trouvé un futé pour s'approprier leur logement pendant qu'ils regardaient ailleurs. Ce qu'on veut, avec le moins de douleur possible eu égard à ce qu'ils ont été aux époques révolues, c'est les pousser lentement mais fermement vers la seule issue possible, celle qui donne sur l'un de ces pimpants et médicalisés camps de la mort. Des hôtels trois et quatre étoiles où scintille un vrai soleil noir. Et que font ces vieux machins, en échange de toute cette sollicitude ? Ils se cachent dans leurs taudis, ils se camouflent ou se barricadent à double tour. Certains brandissent de vieilles pétoires, c'est un vrai délice de les apercevoir à leur fenêtre, sucrant les fraises et bafouillant des insanités. On en rirait, bien sûr, s'ils n'étaient si moches. Parfois, on a l'impression qu'on n'en viendrait jamais à bout. Et puis, on a les mains liées. Chaque gosse disposant d'une caméra et d'internet au bout des doigts… Et les droits de l'homme ! Comme si les droits de l'homme s'appliquaient aux vieux ! N'importe quoi. L'homme doit s'arrêter quelque part, non ?

Dans tout cela, une chose positive, tout de même : c'est qu'ils n'ont aucune conscience de classe. Les quelques neurones qu'ils ont conservés leur rappellent à tout propos les guerres anciennes, les épidémies et les famines, les querelles de voisinage non ou mal conclues, leurs antiques amours ratées, les envies non assouvies, les comptes non réglés, les jalousies en tous genres, ainsi que les querelles importées par les rejetons et les proches. Et leur santé ! L'état de leurs organes, un spectacle en soi ! La zizanie comme règle et pas question de trêve. Quand on sait ce qu'ils nous coûtent ! Et leur humeur, vous croyez qu'ils nous font grâce de leur humeur ? Vous en mettez six autour d'une table, et vous aurez six façons de refaire le monde, et la guerre au bout. Vous repasserez pour lister les dégâts. Vieillards, peut-être, mais incendiaires sûrement !

Il haussait la tête d'un air désenchanté. Existe-t-il un individu innocent sur terre ? En existe-il un seul ? Il était prêt, lui, malgré son torse charcuté et le muscle de son cœur blessé, à effectuer le premier pèlerinage de sa vie, pourvu qu'il le conduise au seuil du château ou de la cahute en branchages de cet homme saint entre les saints, et de parcourir les cent derniers pas sur les genoux; il serait même prêt à mimer la valse à quatre temps, suprême sacrifice. Qu'on le lui nomme, cet homme innocent, et son baluchon est prêt. Il ne se déplacerait pour rien ni pour personne, étant revenu de l'illusion et du fantasme, mais pour l'individu innocent, seul de sa classe comme la Terre dans le vaste ciel, il braverait le danger et la distance. Il braverait le scepticisme.

L'innocent, lui dit-on, serait celui qui vit hors du monde. S'il vit hors du monde, en quoi serait-il exemplaire ? En quoi serait-il utile à qui est coursé par le loyer, l'abonnement, et la meute grondante des créanciers, vrais ou supposés ? L'innocent qui se planque bien à l'abri, en vérité, on n'en veut pas. N'importe quel ouvrier chômeur en puissance aurait plus de mérite. Et puis, pourquoi mégoter ? Au regard de l'En-haut, tous les humains sont innocents, puisqu'ils ont été floués ab ovo. Dès l'origine il leur a été dit : Tu as une terre magnifique tout autour, et une tête chercheuse, juchée sur un corps vertical. Un bug est caché dedans. Passe et repasse et cherche, par trouver (peut-être) tu finiras ! Et depuis, il cherche, puisqu'il ne peut faire autrement, mais, vu le résultat, il est à parier qu'il ne cherche pas là où il faudrait. N'importe où, la terre et ses océans, tant qu'on voudra, le ciel, pourquoi pas, mais de grâce, non, pas là où il faut. La douleur serait trop grande, l'enfer, à côté, ne serait rien !

Petits et grands, jeunes et vieux, tous sexes confondus, chacun pour soi, chacun avançant le doigt sur la détente et l'œil aux aguets. Obtenir, en gros, un semblant d'ordre avec du désordre en détail ; et, vue de loin, une espèce de solidarité bâtie sur l'individualisme farouche. Les théoriciens ne manquent pas, nobélisés ou brûlant de l'être, non plus que les raisons qu'ils invoquent pour expliquer l'inexplicable. Mais moi ? se dit-il entre colère et larmes. Je ne suis pas un jeu de mots, moi ! Moi, fétu dans le fleuve du temps, atome échoué sur un grain de sable, oui, mais doué d'esprit et de raison et d'une part d'inconnu qui, quand tout semble perdu, m'enivre et me chavire. Oui, à me faire danser ! La marque du divin, disent-ils. Mais c'est quoi, à la fin, ce divin qu'aucun mot ne décrit, aucune idée ne contient ? Si j'en suis touché si peu, si peu que ce soit, pourquoi ce sentiment qui m'écrase d'avoir été abandonné, et le désarroi en lequel je me tiens ? Pourquoi mon âme inapaisée ?

Pour défense, tu n'as jamais eu que ta bonne volonté, homme. Et ton intuition que parfois tu prends pour guide. Le remède est en toi. Tu es le maître et le médecin. Si seulement ! Si seulement tu consentais à ouvrir ton esprit comme un livre neuf, et à y lire, au hasard ! Tu ne serais plus jamais malade, tu ne commettrais plus jamais le mal. Tu saurais que le secouriste céleste que tu attendais est en toi. Lis ton livre sans hâte et sans crainte et tout cela tu le trouveras. Et tu l'entendras. Car ce qui a été voulu pour toi est en toi.

Belles paroles. Paroles fortes, aussi utiles que des exhortations criées de la rive à l'intention du noyé que le courant emporte !

Si je pleure ? Oui, je pleure, je pleure tant qu'à la fin, à bout de force, je ne sais plus pourquoi j'ai pleuré.

21

Le doute l'étreint. Ramassé en lui-même, concentré, il fait le compte et il doute. Mille siècles d'une aventure continue, ayant pour but un horizon jamais atteint. Se voir, se reconnaître, s'accepter. Se multiplier. Eriger des cités. Construire des civilisations, les détruire, les faire détruire, et recommencer en plus grand, toujours plus grand. Le nouveau avance sur les éboulis de l'ancien. On modifie, on change les coloris et les motifs, tout en gardant la trame. La ténacité pour seul génie. La tentative et l'erreur…

L'erreur ! Il connaît, l'erreur, et très bien. Il s'est trompé, et lourdement. S'il eût été plus libre ou plus attentif, il s'en fût rendu compte à temps, mais… Mais la chose n'est pas simple, loin s'en faut. Elle n'a pas toujours été ronde, la roue du progrès social, ni la route qu'elle suit toujours tracée. D'où les tours et les détours, maintes et souvent fois vaines tentatives d'éviter le terrain creusé d'ornières ou de semer la main qui joue à promouvoir le cahot en déraillement. Mais laissons cela.

Ce dont il s'agit, ce n'est pas seulement d'histoire, il s'agit aussi, et peut-être surtout, d'action et de désir. Notre histoire n'est que la conséquence de ces deux là, qui parfois en arrivent à se confondre tant qu'on ne peut distinguer l'un de l'autre, l'une de l'autre. Elle est saturée de désir, notre Histoire véridique. Le désir monte imperceptiblement, secrètement, puis il monte encore, et encore. Alors une page se tourne, après visage lavé et saccage déblayé. La somme de ces pages forme le livre de l'histoire dont on ne saura rien. Cette histoire-là ne sera pas contée. Mais on nous en laissera entendre ceci : il ne baisse pas les bras, le petit homme tout en noblesse et en vertu, il tient à laisser une bonne trace aussi bien sur la face de la terre que sur les tables de la loi, en un mot, il veut corriger l'ukase du réel par l'aménité humaine. Autant le désir-action que son résultat, il l'appelle civilisation, mot qu'il place au-dessus de la poignée de vocables qui ont le don de le rendre heureux le temps qu'il les prononce.

Civilisation : pourquoi bouder son plaisir, le mot séduit la langue autant que l'esprit. L'homme accompli se congratule à juste raison d'avoir imprimé un sens à son histoire, celle qu'il consent à exhiber. Il y a aujourd'hui plus de solidarité et de justice, choses que l'individu qu'il est, aimable, sensible et qui n'oublie pas d'où il vient, ne peut que chérir au fond de son cœur. Il n'y a là que de très normal, disent les uns aux autres, nous aimons tous le bien. Mais il y a un hic. Il y a toujours eu un hic, en vérité. Toujours une voix prête à clamer que ce qui paraît normal n'est pas forcément naturel, et que, en conséquence, le choix peut se poser : la Nature ou la Loi ? Voilà, excessivement résumée, la trame invariable sur laquelle on nous voit occupés à tisser nos chatoyants tapis. La multitude sue sang et eau à essayer d'introduire du sens quand d'un seul geste la main impérieuse en révoque tout le pathétique en invoquant la nature. Celle-là même qu'elle s'emploie à détruire ! Mais non, dit-elle, il y a nature et nature, de même, on n'y aurait pas pensé ! qu'il y a ce qu'on usine et ce qu'on imagine !

Corriger la nature passible d'usinage, chiche ! dit l'homme fort, qui n'a pas attendu l'autorisation du nombre corvéable pour s'y atteler. Elle l'a toujours agacé, la nature, la vivante davantage que la morte. Prends garde, lui dit-on parfois : l'une est nécessaire à l'autre, et les deux nous sont indispensables. Fais attention à la sphère vivante, que caractérisent deux règles intangibles : la diversité et l'inégalité. Pourquoi ? Parce que le vivant ne saurait durer et survivre qu'à ces deux conditions. De sorte qu'on voit la société des êtres mobiles en perpétuelle recomposition. En perpétuelle mobilité. En contradiction avec les règles de l'économie et de l'usine.

L'inégalité, pas de problème, concède l'autre ! Prétendre à l'égalité n'est ni plus ni moins qu'une tentative de rébellion contre le Créateur de toute chose. Quant à la justice, comment peut-on entreprendre quoi que ce soit en ayant cette chose dans les pattes ? Ou alors il faut se comprendre. Pas celle, détestable et largement peccamineuse, que tente l'envie de remettre en question l'ordonnancement voulu par la Volonté qui a amené l'eau, source de toute vie, sur ce gros caillou orbitant juste à la bonne distance de son soleil ; et qui a fait du mouvement le marqueur de la vie ; et laissé à la vie la marge et l'espace d'essayer et de choisir les voies et moyens de durer. Sans « l'injustice » qui force le vivant à se nourrir du vivant, peut-il y avoir une vie? La chose est tellement évidente qu'il n'est pas vraiment nécessaire d'appeler Nietzsche à la rescousse : « L'inégalité des droits est la première condition de l'existence des droits. L'injustice se trouve dans la prétention à des droits égaux. » Alors ?

A parler franchement, on ne se représente plus à égalité avec la nature. C'est cela même le sens de la civilisation, le combat contre la nature. Il y a vingt cinq siècles, l'homme en a légiféré ainsi : la civilisation ne peut se bâtir que contre la Nature. La civilisation, c'est la Loi. La course épique de l'homme, il la résumerait volontiers à ces trois âges de durées fort différentes:

N ;

N>L ;

L>N ;

D'abord la Nature. Ensuite le principe de la Nature au-dessus de la Loi. Enfin le principe inverse : la Loi au-dessus de la Nature, qui atteint sa quasi-perfection sous nos yeux. Voilà, brièvement, les véritables trois âges de l'humanité !

On (l'homme raisonnable et inventé) dira que combattre la nature, pour un être né et nourri en son sein est contre-nature. Il s'ensuit qu'il ne peut demeurer ce qu'il a été. Il doit impérativement s'envisager autre.

Cet être dont nous ne savons presque rien de ce qu'il sera et peu de ce qu'il est coexiste pour le moment avec nous, la bonne vieille espèce humaine selon la nature. Gageons cependant que la coexistence sera de courte durée ! Il nous rêverait en néo-néandertaliens que cela ne devrait surprendre personne...

Oui, par décret souverain et unilatéral, il s'en déclare supérieur. On aurait tort d'en rire. Nous pourrions peut-être nous en amuser si l'ignogance (ignorance-arrogance, couple inséparable, dont on constate les méfaits chaque jour) ne nous mettait véritablement en danger. Il ne s'agit plus de théories dont s'amusent des étudiants sur un coin de table, mais de décrets décidés à la va vite au sein d'un tribunal qui s'est dit seule instance compétente pour juger du bien et du mal, et seule référence en la matière jugée. Il faut bien qu'il soit étranger à cette nature pour prétendre la juger et froidement lui infliger correctifs et peines de son cru. Qui est-il donc, cet homme, et d'où vient-il, pour nous imposer un tel risque, à nous autres enfants de la terre ? Doit-on permettre à l'orphelin coupé de ses racines de remodeler à sa guise le module qui nous a amenés sains et saufs jusqu'ici, jusqu'à maintenant ? Autant permettre au malade de diriger le centre de santé, ou au rat qui extrait l'or du sang de diriger le centre de transfusion. Peut-on concevoir plus grand péché que la ruine de la vie et de l'environnement qui en est le corps ?

Il faut faire confiance, disent les gens raisonnables. Les excès ont la vie courte. Ils durent juste le temps de nous immuniser. Il ne faut pas sous-estimer nos défenses. Depuis le temps qu'on nous menace ! Et puis, il faut être optimiste et ne pas oublier que notre gloire, et nous en avons eu, et nous en avons encore, nous l'avons toujours puisée dans la force de nos héros, même si ceux-ci nous ont souvent bousculés, et parfois piétinés. Le monde certes inégalitaire qu'ils nous préparent n'est-il pas conforme à la règle primordiale de la nature ?

Mais alors, l'impie n'est pas celui auquel on pense. Ecoutons encore ce bon vieux Nietzshe citant – pour l'accabler – l'apôtre Paul : « Dieu a choisi ce qui est faible devant le monde, ce qui est insensé devant le monde, ce qui est ignoble et méprisé. » Ne remet-il pas en question l'ordre existant depuis l'apparition de la vie sur terre – ordre entériné par la dure sélection naturelle – et, par voie de conséquence, la sagesse de l'ordonnateur de cette vie ?

Mais gardons-nous de polémiquer, se dit-il. S'intéresser au monde est sans doute légitime, mais faire attention à soi ne l'est pas moins. Il marqua nettement une hésitation, comme s'il eût été au seuil d'une porte donnant sur l'inconnu. Un frisson le parcourut, et une crainte. Une prémonition… De quoi aurait-il peur, sachant l'anodin de sa vie ? Que peut-on reprocher à l'homme ayant vécu avec mesure, allant et venant une balance à la main pour peser *son* geste et *sa* parole, quand d'autres se pavanent librement, crachant, mordant, déchirant, le mot vulgaire et le geste obscène, et ne paraissant qu'accompagnés du miroir en lequel ils s'admirent avec une infinie complaisance ? Qui est l'impie, est-ce l'homme à la balance, que ligotent la métrique et la pudeur et qui, pour faire bonne mesure, s'imagine un comptable intime employé à tenir la trace de ses moindres pensées ? « La fourmi noire », répétait son oncle, à la manière des générations de soufis, au petit garçon qu'il fut, « *la fourmi noire sur la pierre noire, au milieu de la nuit noire, Dieu la voit !* » Peut-on imaginer camisole plus serrée ?

La sainteté qu'en conséquence il cherchait de par le monde l'avait-elle, par un maléfice insoupçonné, voué à l'opprobre et au péché ? Lui qui exige la « justice » de chacun, a-t-il été juste envers lui même ? Quel est le mérite de l'homme qui reconnaît comme frontières inviolables les convenances édictées par d'autres en d'autres temps ? Que dira-t-on de lui qu'on ne dise du coq qu'emprisonne le cercle de craie ?

Les yeux grand ouverts, incapable de bouger, il voyait un mur s'écrouler à ses pieds, un mur de plus. Ainsi donc, n'est pas forcément saint qui s'y croyait. Effroyable ! se dit-il, en époussetant la poussière des illusions perdues.

Pourtant, les signes ne manquaient pas, à portée de regard et dans les récits ordinaires d'hier et de ce jour, qui tous versent dans le même sens : les hommes en vue n'obéissent pas aux mêmes impératifs que le tout venant. Ils se situent d'emblée au-dessus, de leur propre volonté, et c'est ainsi qu'on les voit mieux, qu'on les respecte et qu'on les craint. Ils ont leur morale, distincte de celle de tout le monde, leurs lois, et sans doute leurs dieux. Piétinant le réseau convenu qui nous tient à merci, n'ayant nul souci de nos grandes peurs non plus que de nos petites joies, ils vivent une vie différente, brillante de toute la lumière que le nombre grisâtre leur concède de gré ou de force. Une leçon vivante s'offre au bon entendeur, bien que nul n'ait l'air de croire au salut. Il est trop tard, il est trop tard, voilà ce qui partout se répète. En vérité, il n'a jamais été temps pour le recalé de la foi. On a eu beau l'abreuver à travers les âges de dix mille contes édifiants, nul ne l'a vu pour autant faire un pas dans la bonne direction. Simuler, c'est tout ce qu'il a appris, le pauvre vieux. Est-ce sa faute ? Nullement, mais on ne le lui dira pas. Pourquoi le consoler ? Son ignorance nous intéresse, et sa culpabilité encore plus, se félicitent les stratèges. Il ne pouvait en aucune façon soupçonner le paradoxe tapi dans l'œuf : il y aura des genres dans l'espèce ! Il y a des genres dans l'espèce, et toi, tu n'as pas tiré la bonne carte. Tu as toute la vie pour t'en plaindre, si ça te dit, à genoux ou en rampant. Nous, on aime bien voir ça !

Sous ses pieds un gouffre obscur. L'impensable advenait ! Tout ce en quoi il avait cru et qui l'avait soutenu à travers mille vicissitudes ; ce en quoi il avait puisé la fortitude pour endurer et braver ; ce dont il avait fait, à son propre usage, le drapeau et la récompense… Tout cela pouvait passer pour rien ! Au regard de la totalité, il n'existerait que des détails insignifiants ? Pour ces détails, on aurait donné notre vie, on *a* donné notre vie, et à la fin la voix incohérente du juge nous déclarerait semblables, égaux dans l'effort aussi bien que dans l'erreur, dans le bien de même que dans le mal, puisque ce pourquoi nous nous battons la gadoue jusqu'aux rotules, ce en quoi nous croyons et tout le reste qui forme l'ossature de nos jours ne saurait être que le reflet d'un reflet d'un reflet d'une pseudo-idée qui ne peut en aucun cas donner une idée de son objet ! Egaux dans l'outrecuidance. Egaux dans la culpabilité. Egaux surgis du néant et y revenant. Egaux dans l'ignorance.

La voix dit : non, pas égaux, si cela peut te consoler. Mais si petits, et se voulant libres d'une liberté qui annihile chaque tentative et contrarie chaque mouvement… Si tu savais ! As-tu l'austérité ou l'excès pour règle de vie ? Fort bien ! Tu as répandu sans compter le sang de ton semblable ? Du sang répandu naissent des essaims nouveaux. N'êtes-vous pas chaque minute plus nombreux ? Tu es sur le point de marsifier la Terre en une planète hostile ? Quelle importance ? Au regard de Celui qui ne compte ni l'espace ni la matière ni le temps, tes agissements, homme, sont de si peu de conséquence !

Il se rebiffa : ma mesure, ma prudence pour rien ? Mes attentions, mon végétarisme, mes jeûnes et mes abstinences, mon respect pour le cèdre et pour l'insecte, tout cela en vain ? Oh, ce serait épouvantable !

Console-toi, homme, rien ne se fait en pure perte. Si tu ne trouves pas la récompense attendue, cherche ailleurs. Cherche en toi ton paradis, et si tu l'y trouves, cherche encore. N'abandonne pas la recherche, car la recherche du paradis est un paradis.

La rigueur inégale sévit jusque dans les plis de ton nombril. Le pays tout entier pleure le tyran mort, quand deux personnes accompagnent le cercueil de l'individu aux mains propres. Tu récrimines : « l'injustice et l'inconséquence n'épargnent ni la vie ni la mort ». Quelle importance pour la lune ou pour le soleil ? Peut-être es-tu en mesure maintenant d'entendre les mots de Krishna à l'adresse d'Arjuna ? :

« Que les fruits de l'action n'en soient pas les motifs. Qu'il n'y ait pas en toi d'attachement aux fruits de l'action. »

Ou cette splendide leçon d'autarcie de Bouddha Sakyamuni, qu'on ne répète pas assez :

« Sois à toi-même ta propre lumière.»

A toi-même, entends-tu ?

Ils n'en appellent ni à ta solitude d'homme ni à l'absurdité de ta vie, choses qui n'existent du reste que dans ton esprit nébuleux, mais à ta totalité, chose réelle qui pulse dans la main ouverte et fermée du temps. Sache donc ceci : rien, jamais, de ce que tu fais ou feras ne passe et ne passera ta capacité de faire. Dedans la bulle qui est tienne, tu es contenu tout entier, homme ! Le maximum de toi y est enfermé, comme le minimum. Quoi que tu entreprennes ou ambitionnes d'entreprendre, tu n'agiras que dans l'espace qui t'est dévolu : toi !

Et ceci, qu'en toute vérité, il n'existe rien sur terre et dans le ciel qui ne soit infini, puisque de l'infini l'infime dérive. La coupure, s'il te semble l'apercevoir, n'est que l'effet de ton imaginaire.

A qui la faute si tu préfères inventer des piliers à ton existence éphémère ? Mais, dis-tu, ma vie, je ne l'observe pas en spectateur indifférent du fond du ciel, là d'où on ne saurait voir ni deviner que telles choses existent qu'évoquent les mots : faute, bien, mal, mort. Soit ! Mais ces notions si importantes pour toi, et d'autres que tu en tires pour mieux briser tes élans et assécher le suc rare de ta vie, on n'en trouve nullement trace sur la lune voisine, non plus qu'à la surface du soleil ni en aucun point de l'espace sidéral. Ni, tout près de toi, dans la roche lente qui forme la montagne d'où descend en cascades l'eau que tu bois, ni dans la terre meuble d'où monte ta nourriture. La poussière qui recouvre l'empeigne de tes chaussures te dira, pour peu que tu écoutes, à quel point tu as erré.

Tu protestes vivement, et à première vue tu ne manques pas d'arguments. De quel droit me jugerait-il, cet œil qui m'observerait du fond du ciel ? Qui ne partage mes conditions et ne fait partie des miens n'est pas habilité à me donner des leçons. Autant me condamner sans autre forme de procès. Autant m'achever d'un coup, et de moi effacer ce qui fut et ce qui eût pu être. Ce serait au demeurant si facile. Je ne dispose ni de la lenteur des surrections orogéniques ni du temps sidéral. Un coup de torchon et ne subsisterait de moi au bout de quelques jours terrestres que mes dents plombées et des ossements blanchis éparpillés parmi le béton de mes villes qui servirait pour un moment encore de piège à vent.

Qui ne peut me comprendre, n'étant pas de ma chair et de mon sang, ne saurait en aucun cas me juger. Oui, il faudrait d'abord qu'elle fût mon égale, l'instance qui s'aviserait à me poser sur la balance, organe et intention. Elle serait intelligence pure et rien que cela ; logique implacable ; comptable qui ignore le sommeil ; balance de précision, génie mathématique, ou tout cela ensemble, il lui manquerait encore l'essentiel si elle prétend avoir qualité pour statuer sur l'ensemble qui est moi. L'essentiel : l'âme, le cœur, l'émotion, le vouloir être ceci *et* cela, ici *et* là-bas, l'hésitation, la fatigue et le sommeil, et par-dessus tout, cette maladie douce ou violente qu'on appelle l'amour. Qu'importe qu'elle me soit supérieure, la volonté qui me veut juger, si elle ne peut ressentir ce que je ressens ? Dominer procure le pouvoir, sans doute, mais nullement le droit, sauf regrettable confusion. La condition sine quoi non pour me juger, ce serait être mon égal, statut infiniment plus respectable. Pas d'égalité, pas de légitimité ! Nul besoin de traverser la galaxie de part en part pour venir me jouer une musique que je ne pourrais entendre ni ouïr !

Dans mon coin, je risque gros, tout seul, à chaque poussée d'humeur. Jamais on ne dira assez ma fragilité, ni ma grande résistance. Non seulement ma résistance à l'adversité inventive et, pourrait-on ajouter, naturelle, mais aussi et surtout à la tentation suprême au bord de laquelle tant bien que mal je me tiens et j'avance, gagnant un instant après l'autre, écartelé sur la ligne de crête entre les forces d'en bas et celles d'en haut, dont la différence et l'union forment pour le meilleur et le pire mon JE, mon moi, me forment, *être et humain.* Voilà où je voulais en venir : il y faudrait une vie comme la mienne, courte et dangereuse, pleine de folie et de fureur, oscillant sans cesse entre fatuité et futilité, promise à la casse inévitable, et, nonobstant tous les contraires, renaissant à chaque minute neuve, oublieuse, splendide, joyeuse et débordant d'espérance. L'impossible, quotidiennement réalisé sans tambour ni trompette, réside là et nulle part ailleurs. Qu'on ne cherche pas ailleurs la preuve de ma noblesse, elle est là, résumable en un mot, endurance, endurance en dépit de tout et en dépit de l'évidence. En dépit de la conscience.

Malgré la tentation d'en finir sans plus attendre, qui titille le démon lucide qui habite en chacun, sans épargner le général en chef qui, lui, nourrit un rêve complexe à la mesure de son grade : détruire en un souffle toute vie sur la planète, et y survivre, seul en compagnie du démon qui l'habite.

Pourquoi blâmer l'un plutôt que l'autre ? L'individu anonyme qui n'en veut qu'à lui-même montre plus de courage, certes, mais le général a pour lui l'avantage de l'échelle, sans compter que l'uniforme rend bien sur les photos. Ils ont cependant en commun d'être également rongés par le traître intime qui les agite. Tous deux irresponsables, tous deux morts en sursis, et résistants de premier ordre. Qui aurait, en connaissance de cause, parié le noyau d'un jujube sur leurs chances de survie ?

Ils sont là, pourtant, vivants, bruyants, et toi aussi, qui réclames à juste raison qu'on te laisse boire, chanter et danser à ta guise, pour ce qui te reste de temps et de capacité. Nul ne saurait t'en faire reproche, à moins qu'il ne fût étranger, et, par cela même disqualifié. Qu'on laisse donc le condamné tranquille ! Qu'on chante la vertu de l'illustre survivant et qu'on lui baise le pied. Quoi ? On voudrait peut-être qu'en sus de, ou malgré, son entêtement, il fût irréprochable ! Aurait-on déjà oublié qu'il *ne peut pas* être équilibré. Les quadrupèdes pourraient l'être, sans doute, mais pas lui. L'être traumatisé avant et après la naissance ne connaîtra plus l'aplomb. Nous sommes tous en attente du médecin, la seule condition étant qu'il ne soit pas l'un de nous, mortel comme nous. Qu'il vienne des profondeurs galactiques, lui seul de son espèce sera le bienvenu, le temps des soins. Lui seul sera en mesure de comprendre et d'expliquer et, du haut de son immortalité, nous rendre l'hommage mérité. Notre existence l'étonnera, et davantage encore notre ténacité à vivre. Voilà, dira-t-il : la conscience vous a été donnée pour vous anéantir, et, contre toute attente, vous êtes là ! Comment diable (ou autre chose) faites-vous pour désamorcer la bombe que je vois dans vos gènes plantée ?

Car à l'instant où la conscience a pris conscience d'elle-même, la mort aurait dû frapper. L'incompatibilité, ou le cinglant refus, auraient dû s'exprimer dans une sorte de déflagration. Se voir être, d'assez loin, et sachant qu'il s'agit de soi, quelle épreuve insoutenable ! Ex-sistere, dit le dico. Exister ! Le premier qui en eut conscience eût dû mettre fin à l'expérience. Mais c'eût été compter sans l'endurance du petit bonhomme. Le seul être, selon le vocabulaire, à *exister* !

Alors ! Ce qui lui arrive aujourd'hui d'heureux ou de malheureux ne compte pas puisque, en toute logique, il ne devrait pas exister. Et nous dirions entre fierté et humilité : notre présence est la preuve que ce qui est pur, idée ou science, n'est qu'une vue de l'esprit, car nous naissons des rencontres, et nous en sommes. A moins que nous soyons morts et que nous continuions à jouer indéfiniment la scène de la vie.

22

Regardons les choses telles qu'elles sont. Le génie de l'espèce a été de triompher du défi de la conscience en faisant confiance au côté obscur de chacun. Le reître et le rustre plutôt que le lettré ou le philosophe. (Le réel, du reste, se joue du philosophe, ou le transforme. Voyez donc ce pauvre Marc Aurèle, roi rêvé selon Socrate, philosophe stoïcien nourri d'Epictète, qui passa le plus clair de son règne à guerroyer, et l'a fini en nommant héritier, au mépris des préceptes philosophiques, son fils Commode le mal nommé, dont il fut dit qu'il était un autre Caligula ! On ne peut régner en philosophe, Platon, que sur des philosophes !)

Si donc la conscience jouait contre l'homme, à quoi doit-il sa prospérité actuelle, si tant est qu'on la peut attester par le nombre ? S'oublier pour se multiplier, s'oublier pour scier la branche sur laquelle il est perché, qui l'eût pu inventer ? Il l'a fait, lui. Le plan qui eût dû le stopper net, il l'a neutralisé par l'astuce, sachant de rude expérience qu'il vaut mieux trouver un modus vivendi avec l'ennemi qu'on ne peut ni vaincre ni déloger. A défaut donc de pouvoir imposer silence à l'interrogateur incrusté, il a résolu de le rendre par intervalles inaudible, le temps de permettre aux puissances aveugles de la vie de s'exprimer et peut-être, parce que c'est lui, de *l'humaniser*.

Sa prospérité, il la doit à l'oubli plus qu'à tout autre trait de son fichu caractère. L'oubli n'est autre que sa faculté première, celle qui, enjambant l'embarras de sa conscience, lui a fourni le véhicule et la carte, ne lui concédant que la tâche, subalterne, de l'exploration. L'oubli, en tant qu'il contient en creux la promesse de pouvoir tout à l'heure ou demain jeter sur le monde un regard neuf, nettoyé des scories de l'échec et de la déception ! Chaque jour est occasion d'assister au prodige de l'éternel recommencement. On se demande ce dont il faut s'étonner le plus, du miracle lui-même, extraordinaire comme il se doit quand on le considère pour ce qu'il est, ou du manteau de banalité qu'on jette par dessus, afin sans doute de ne pas réveiller le tigre qui pour l'heure dort, mais dont le sommeil est si léger.

L'oubli, en tant que bienfaiteur de l'humanité, apportant avec lui un regain d'énergie et de courage et, en prime, l'espoir, silencieux, de réussir vraiment cette fois ou, sinon, des raisons de persévérer qui valent, à elles seules, davantage que le succès. N'est-il pas vrai que pour cheminer, l'espoir de réussir vaut mieux que la réussite ? Goethe l'a mieux dit : « *Quand comprendras-tu, homme, que ne pas aboutir fait ta grandeur ?* » La réussite ne serait-elle qu'une vulgarité de plus ?

Quand les hommes se décideront à se voir tels qu'ils sont, sans afféterie, ils effaceront des frontons de leurs monuments les mots menteurs dont ils bercent les enfants, fraternité, égalité…, et à la place, ils écriront en lettres d'or ceux-ci, qui ont l'insigne avantage de la sincérité :

A L'OUBLI LES HOMMES RECONNAISSANTS.

Car l'oubli est salvateur. Il a été, il est le médiateur sublime, celui qui a transformé la contradiction en coopération. Sans lui, l'aube ne nous trouverait pas à l'endroit où le coucher du soleil nous aura laissés. Pas un couple d'humains ne durerait assez pour voir grandir ses petits, aucune communauté ne pourrait se constituer durablement. La guerre en soi faisant rage, trois guerres s'interposeraient entre deux personnes. « Insupportable » serait le seul cri entendu d'un bout à l'autre d'une vie courte, d'un bout à l'autre de la terre habitée. Comment envisager la présence de l'autre, quand la sienne propre est inenvisageable ?

La double contradiction ! Un autre en soi, invisible et agissant. L'enfer personnel garanti jour et nuit, fait pour consumer la maison et l'occupant. Et l'autre vraiment autre, visible et gênant, en tant d'exemplaires tous souffrant du même mal, autre enfer. Ne se soucier que de soi, ou bien penser à l'autre, à plusieurs autres avec lesquels on s'agglomère pour former un groupe, une société, tant bien que mal et au prix de renoncements et de complexités sans fin ? Du ventre des villes-pays, la réponse fuse, qu'aucune personne n'a prononcée ! Par-dessus le dilemme, la Loi s'étale dans toutes les directions, triomphante.

Mais en toi, (en lui, en nous, individus) le combat continue, indécis. Tu veux encore te souvenir et comprendre. Un matin, au commencement des temps, tu t'es réveillé avec un colocataire indéfinissable, insaisissable, inextricable, et cet intrus indésirable s'est mis sans tarder à vouloir tout régenter, en commençant par imposer une façon de regarder : se regarder et se reconnaître dans le regard du voisin. Malgré la douleur insupportable, la horde était en marche.

L'inappréciable contribution de l'oubli a été d'avoir rendu la vie possible, non pas tant en essayant de concilier les contraires qu'en obtenant leur coexistence par un simple aménagement du temps; et d'avoir implémenté celle-ci non pas dans la reconnaissance mutuelle, mais dans l'ignorance mutuelle. De sorte que, dans la même enceinte, chaque partie poursuit son dessein non pas en cachette de l'autre, mais en son « absence » momentanée, et le mélange qui eût pu être fatal à l'espèce entière n'a plus, en fin de compte, qu'un effet bénin observable de nos jours chez des personnes sensibles sous la forme d'épidermites aigües ou d'insomnies passagères !

Il resta sans bouger une minute ou deux. Il en parut prostré, ou pire. Puis, un soleil se leva en lui, radieux, et la folle envie d'aller par les rues du monde crier de toute sa voix : Gloire à l'oubli, notre sauveur ! Gloire à l'oubli, notre sauveur ! A l'oubli l'humanité reconnaissante ! Toi qui as donné à la poussière condamnée à brève échéance la force de persévérer ! Toi qui as permis le repos et l'essor. Toi qui as donné à l'homme le délai suffisant afin qu'il grandisse jusqu'à devenir cet être beau et glorieux à n'en pas croire ses yeux, que découvre Miranda en se réveillant à la frontière de l'innocence et de l'oubli :

« How many goodly creatures are there here / How beauteous mankind is. O brave new world / That has such people in it ! » (The Tempest, Shakespeare)

Il ouvrit les yeux. Sa femme le grondait : « tu ronfles, réveille-toi ! Tu ne devrais pas faire la sieste assis. J'ai préparé du café, en veux-tu une tasse ? » Il fit entendre un murmure indistinct et passablement irrité. De la cuisine, elle répondit : « qu'est-ce que tu es en train de marmonner ? » Les femmes ! se dit-il. Pendant qu'il réfléchissait à l'espèce humaine, pas moins, sa tendre moitié pensait au café ! Le monde est comme il est, tu n'y peux rien, disait-elle. Et d'abord, il est bien, qu'as-tu à lui reprocher ? La totalité de sa pensée concernant le monde se résumait à ces quelques mots ! Ou n'était-ce que ce qu'elle consentait à partager avec lui ?

Il se disait parfois, en la regardant avec commisération : on peut donc vivre avec si peu de pensées ! L'évidence s'imposait : elle vivait, et plutôt bien. Elle se portait comme un charme, toujours occupée entre la cuisine et de multiples tâches dont elle avait le secret, chantonnant tout le temps et, durant les heures creuses, assise au téléphone à ce qui s'apparentait à la vérification quotidienne de la liste complète des émotions humaines, qu'elle semblait soucieuse, pour autant qu'il pouvait en juger, de tenir à jour et en bon état de fonctionnement. Elle était généralement contente de ses journées et satisfaite de son monde, celui qui l'intéressait. La partie du monde qui ne présentait pas d'intérêt ne comptait pour ainsi dire pas. Réformer l'humanité, peu pour elle ! Penser à repeindre les portes et fenêtres d'une couleur vive qui flanquerait à la maison un air de printemps, ça, oui ! En conséquence, la nuit, elle dort d'un sommeil calme et reposant, tandis qu'il compte en s'agitant les heures et les minutes. Le temps est de nature plastique, a dit tel audacieux physicien. Non, il est de nature psychologique dit-il, lui, ses insomnies l'en ont largement convaincu.

Le temps, en tant que produit de la pensée. Autant opiner à ce que prétend le philosophe, selon qui rien n'existe en dehors de la conscience. C'est ainsi que plus on plonge dans les arcanes du savoir (ou du pseudo-savoir ?) plus on s'éloigne de la réalité. L'un n'a pas encore fini de nous assurer que le monde alentour disparaît quand on ferme les yeux, que l'autre a déjà surenchéri. Tout cela au nom de la science, et au grand mépris de l'évidence. Sa femme les aurait rudement renvoyés à leurs chères études, non sans leur avoir offert, tout de même, un chocolat au lait, comme elle l'eût fait aux enfants. Elle dira, une fois qu'elle les aurait expédiés :

— Il est impossible à l'homme...

— L'homme ?

— Oui, l'homme, comme toi, le porteur de gonades, si tu préfères, il lui est impossible de connaître la vérité des choses. Alors, pour nous tromper...

— Nous ?

— Oui, nous les minorités opprimées, il prend des airs. Mais la vérité appartient aux femmes, et à elles seules !

Il entendit soudain son petit-fils l'interroger : c'est quoi la vérité, papi ? Ah non, se dit-il, pas ça, pas maintenant. Attendons de sortir d'abord du piège de la conscience...

Car il n'en était pas sorti, loin de là, encore qu'il ne fût pas de ceux qui ajoutaient foi aux fantaisies des philosophes, vrais ou faux. Le bon sens de « l'homme de base » qu'il était lui servait efficacement de bouclier contre les tentatives des fâcheux et des charlatans. Une spéculation du genre : « rien n'existe en dehors de la conscience », non seulement il n'est pas homme à s'y arrêter, sinon pour éventuellement s'en amuser, mais il lui trouve une capacité sournoise à amollir le cerveau du chaland, qui ne le cède en rien à celle des soaps télévisés qu'elle concurrence d'ailleurs sur le même média.

Heureusement que la terre n'écoute ni ne comprend le verbiage de l'homme conscient de lui-même. Que la conscience de l'homme disparaisse, et lui avec, et la terre retrouvera sa beauté – sa diversité, sa profusion, sa propreté – d'avant l'humain.

Car il faut peut-être ajouter à ce propos une dernière chose. Quand il s'est vu incapable de se débarrasser de l'être indésirable en soi, il a résolu de le retourner comme un gant, et d'en faire un instrument de destruction, devenue massive avec le temps. En cela du moins il a brillamment réussi : il est vrai que pour ce faire il n'a eu besoin que de capacités subalternes. Compter, additionner, bomber le torse, ruser. En somme faire ce qui l'amuse. Il n'empêche que, échanger un bien pour un mal, aucune espèce animale n'y eût consenti, aucune n'a été surprise à le faire. Il faut une conscience pour que le crime soit qualifié, la science pour l'organiser, et la volonté pour l'acter.

Cette volonté résiduelle, il l'érige en loi universelle. Il n'a pas attendu que le philosophe en théorise le principe : « Agis en sorte que ta volonté s'établisse comme principe d'une législation… universelle.[33] » Mmm ! quelle musique à l'oreille du dictateur universel ! Laissons dé-Kant-er, dirait-on aujourd'hui…). Juvenal, plus modeste, voulait en son temps que sa volonté tînt lieu de raison. Entre les deux dix sept siècles bafouillants nous observent, la perplexité en plus.

L'arrogance déchaînée en tant que principe universel. La folie d'*un* homme érigée en loi universelle. Universelle, en ce sens qu'elle se propose de soumettre et de faire plier le vivant et le mort. On ne se souciera pas plus de l'espèce qu'on éteint que du ressenti de l'agneau qu'on égorge ou des baleines qu'on extermine. Pas plus de l'arbre que de l'insecte que du mammifère, et l'humain, après tout, n'est qu'un mammifère. N'est-ce pas ?

On se souvient peut-être du moment où on a cru que l'individu redécouvert et célébré allait communiquer son lustre retrouvé à la population, somme d'individus. Au briquet de sa conscience enfin assumée, il ne fallut que le mouvement audacieux d'un peintre ou d'un « penseur », un chevalet, une plume d'oie bien taillée, pour faire jaillir la lumière dont on se prit à espérer qu'elle allait éclairer le siècle et le monde. Le monde, indéfiniment. Un monde renaissant à l'espoir et à la liberté.

La lumière, captée à Paris – la ville capitale du pays de nom France, aujourd'hui à deux heures de kérosène – y brilla de tout son éclat, en accord avec le caractère des gens de ce pays, flamboyant et dissipé. Elle y brilla tant qu'on *vit* le pays s'étendre au loin, conquérant sans coup férir régions et continents ; et soulignant, s'il en était besoin, que les nations grossissent, il est vrai, à mesure de leur économie, mais qu'elles ne grandissent qu'à mesure de leur culture.

Mais, comme on ne le sait que trop depuis, l'espoir s'avéra trop long et la mèche (de la lampe) trop courte. Que peut un feu de brousse contre le règne de la nuit ? La lumière éteinte, l'obscurité revint, plus dense que jamais. L'individu en sortit plutôt déconsidéré, et sa somme encore davantage. Après l'illusion, Paris n'est plus que cendres. Au pays voisin de l'habeas corpus, l'alcool frelaté ayant chassé le *tea* tiédi, l'on raconte ceci, qui s'y serait passé ce matin : La Liberty y aurait été publiquement violée, par ceux-là même qui avaient été élus pour la défendre, commons and lords, que le Seigneur les confonde, comme ils le furent en cette occurrence ! Le crime, commis en plein jour, passa néanmoins inaperçu dans une ville qui n'a d'yeux que pour l'Indice de Prédation dont elle s'est fait une spécialité mondiale. Ne soyons pas étonnés de les voir un jour prochain ériger au milieu de Trafalgar square une statue à la Liberté violée ! Et qu'on ne cherche pas ailleurs. Ailleurs, c'est pire. La chasse à la liberté ne connait pas de repos.

Pourquoi s'en scandaliser ? Nous venons, insidieusement, de changer d'époque. L'homme surinformé ne distingue plus rien. Assourdi par le bruit du monde, il n'entend rien. La barbarie s'exerce sous ses yeux, mais il ne voit rien. Quand l'inconnu qu'il vient d'élire se propose de l'enchaîner, il tend les mains et les bras. Il brûle de faire partie de la foule asservie. Les dix pour cent de cerveau à sa disposition, il les offre en cadeau, fermé, stérilisé enrubanné, en espérant que le geste lui sera compté en rémission du crime qu'il commet et des autres qu'on commettra en son nom.

Le vertige du pire, il semble qu'on n'y peut résister.

Il est dans l'arène mais se demande s'il tient plus de la bête affolée qui saigne sur le sable ou de l'autre, une et multiple, qui retient son souffle sur les gradins et qui réclame la mort d'avance payée ; ou s'il participe également des deux, centaure affadi, géniteur malavisé d'ingénieux coquelets qu'un simple signe subjugue. L'incapable a soif de sang. Là-bas, dans son habit éblouissant, le matador, le tueur, homme de main des gentils aficionados ici réunis, officie en gestes hiératiques et pompeux. Nul ne partira que le rite ne soit achevé dans les formes. Il faut attendre, ensemble, d'être pleinement rassurés avant de se lever, ensemble. Attendre que ce qui fut beau, ce qui fut noble soit assassiné au vu de tous, et dépecé, et traîné dans la poussière souillée. Attendre la fin de la décérébrante transe. Attendre que l'apaisement s'empare enfin du monstre à mille têtes. Alors seulement l'individu sera rendu aux siens. La bête-émissaire est bien morte. Est-elle morte, la bête ?

J'aime la foule, édicte le César du moment qui en scrutait le moindre mouvement de l'endroit surprotégé où il se tenait. Il me serait agréable que l'humanité entière n'en fût qu'une. J'en tâte le pouls et je sens, je sais qu'elle m'aime et que pour moi elle mourra, indéfiniment. Librement.

23

Au loin, terré au fond de son cagibi pompeusement nommé bureau, le vieil homme que la plus petite foule suffit à terroriser n'ose bouger. Il n'aime pas cet amas hostile, imprévisible, de dimension intermédiaire entre l'humanité et ce qu'il est permis d'appeler les gens quand on ne veut les distinguer les uns des autres. L'humanité, il l'aime plutôt bien, les gens, un peu moins, mais la foule, non ! Non, pas la foule ! Sur ce point, pas d'accord envisageable avec César. Mais aussi, César et lui ne caressent pas les mêmes rêves.

Ses rêves à lui, tout modestes qu'ils sont, finissent généralement mal. Lui, ce serait plutôt le genre de type qui, arrivé au pied d'une montagne, se découvre spontanément l'âme d'un alpiniste, et se verrait bien, comme au cinéma, lancé à la conquête des cimes, sa bonne volonté tenant lieu de crampons et d'oxygène. Hélas, rien, pas même la montagne et pas même dans le rêve, n'accepte de plier devant sa pauvre volonté à lui ! Sur les pentes escarpées de la renommée, il voit son squelette exquis, proprement nettoyé par les bonnes créatures du bon dieu, luire un moment au soleil, indiquant de sa position l'exacte mesure de sa folie.

Que ne s'est-il arrêté aux premières interrogations ? (Se fut-il seulement rappelé l'arithmétique de son enfance qu'il eût à n'en pas douter continué à jouir glorieusement de tous ses os parmi la roture qui, en bas, plus sûrement que les glaciers antiques chassés pour cause de lenteur, creuse et élargit sans perdre une minute le lit de la route tentaculaire). Car il arrive que l'interrogation soit secourable, quand toute autre option semble promise à la déception. La montagne, on la voit mieux de la plaine, dit le privilégié qui peut impunément dire la chose et son contraire. Et cette question, propre à briser les jambes du coureur infatigable : à quoi bon ? A quoi bon, puisque partout règne de la futilité ? La Futilité, faiseuse de sublimes jean-foutre et de dilettantes magnifiques ! A quoi bon, quand ta seule énergie vient de ta bonne volonté ; quand l'illusion te sert d'appétit et de menu; quand ce que tu crois plein n'est que vide, et ce que tu touches devient creux. De ton monde, homuncio, cet espace et ce temps mesurés où tu consumes ton existence, tu ne connaîtras pas la vérité. Existe-t-elle, n'existe-t-elle pas ? Si tant est que le simple peut répondre au complexe, on dira, on pourra dire qu'en tout état de cause elle serait sans commune mesure avec la vie, notre vie. Vérité : mot bref pour exprimer une idée qui l'est moins et qui conduit hors des limites qui sont les nôtres. Il est un fait, homme, que tout ce qui s'annonce dans ton monde porte le signe de ton ignorance.

Voilà ce qu'on ne peut dire à ses petits-enfants, qu'on voudrait voir grandir et s'atteler plus tard à

« réussir » leur vie. Nul besoin, en revanche, de leur vanter la bidulogie, du terme bidule, ils naissent plus avancés en la matière que leurs géniteurs. La science et la technique ! Le progrès matériel, ils disent. On vit mieux, on vit plus longtemps. Seule condition : accepter que le consommateur qui avance occulte le citoyen. Il y a plus de choses sur l'écran animé et dans le ventre du frigo, Horatio, que ne peut en concevoir ta philosophie. Reprends tes habits rapiécés et rentre chez toi, mon ami. Cherche un vrai travail, ramasse les bidules abandonnés au bord des routes comme de vulgaires chiens, et regagne au plus vite ton repaire. Penser ne mène à rien, sinon au désordre, ou à *voir* le désordre, ce qui ne vaut guère mieux.

Ce qu'il faut, ce qu'il faut absolument, c'est assouvir le désir, et le désir, il faut le maintenir en éveil, le renouveler, le créer. Il faut en emplir la terre et le ciel. L'unité sera réalisée en ce siècle autour du désir ou ne sera pas. Le lien, la nouvelle bonne nouvelle, c'est la concupiscence. A terme, un phallus à la place de l'obélisque, au milieu de la ville, du village, au bord des routes fréquentées. Une seule divinité tutélaire, un seul dictateur souriant. Un seul pouvoir. L'extase ! Et à fond les moteurs, qu'on décolle !

Qu'ils décollent ! Peut-être connaîtront-ils enfin la liberté. La liberté sans en mourir. Peut-être pourront-ils se libérer du nœud qui bride le rêve. Ils vont pouvoir, peut-être, respirer à pleins poumons de l'air vivifiant qui nourrit le corps et l'esprit.

Ils nous diront, s'ils reviennent, pourquoi nous nous trouvons ici empêchés, à moitié étouffés, hublots calfeutrés, mouvements embarrassés, idées avortées, langue évasive. On se perd, à force de camouflage. Du vice de la soumission, on fait une vertu, histoire de tromper le miroir ! Car il faut, ne fût-ce que de temps à autre, se décider à voir.

Ouvrir les yeux *pour voir,* aurait dit Krishnamurti. Des mots simples employés différemment. Il suffirait peut-être de *vouloir* voir pour que, sitôt, les choses apparaissent telles qu'elles sont, dans la glorieuse clarté du soleil : le bien se distingue du mal, le vrai du faux, et l'imposture, surprise dans ses oripeaux de cérémonie, n'a que le temps de se recroqueviller dans un coin, en attendant la prochaine éclipse. Car, pour peu qu'on y réfléchisse, il ne peut y avoir aucune vertu à se soumettre. L'ordre, oui, à la condition qu'il soit au service de tous. L'expérience, pourquoi pas, à la condition qu'elle serve une intention hautement exprimée. Le non dit, le secret, le top secret, on n'en veut pas, on n'en peut plus.

Peut-être consentiraient-ils, nos voyageurs galactiques, à revenir parmi nous... On peut rêver. Mais, en fin de compte, chacun, sur son chemin, trouvera l'inscription suivante, rédigée à son intention, spécialement, en une écriture à moitié effacée tant elle est vieille : *« ta ruse a été vaine, et la honte que tu as bue tout au long ne t'exonère pas de la mise en accusation à venir. »* : Tu t'écries : Mais pourquoi ??? Tu t'écries d'une voix que la terreur amplifie et envoie en ondes rageuses jusqu'aux confins du ciel, d'où une voix suave répond : *pour mauvaise gestion de toi-même, évidemment* !

J'ai obéi... commences-tu à te défendre, mais ta voix t'abandonne, elle aussi. Les mots fuient devant l'inanité de tes arguments. *Evidemment*, dit l'écho. Ai-je été si prévisible, te diras-tu, que tout ce qui me concerne ait été écrit à l'aube du temps dans les moindres détails ? Quant à mes prétendues ruses…

Oui, tes ruses ! Tes lamentables petites ruses. Tes misérables ruses toutes dédiées à un but unique : assurer ta tranquillité, te permettre de survivre. Survivre, un mot que tu aimes bien répéter, preuve, s'il en était besoin, de ton ignorance. Survie, dis-tu, en pensant à un supplément de vie, ou à une victoire sur la mort entrevue. Toi qui es réel et partie de la réalité, tu devrais savoir que tu n'as eu droit depuis le jour de ta conception qu'à un seul régime, la survie, à un seul statut, celui de survivant, et que la vie que tu considères allant de soi n'est en fait qu'un concept de laborantin. Tu n'es pas une fiction, homme. Or, sache-le donc une fois pout toutes, seules les fictions vivent.

Tes petites ruses, tes compromissions, tes soumissions, tous ces stratagèmes de lapin craintif, tout cela fut dépensé pour rien. Tu es né survivant, et survivant tu le restes jusqu'à ta mort. Tu ne connaîtras pas d'autre statut.

Debout ou couché, tu n'échapperas pas au réel. Ton existence le montre assez, qui n'est qu'un incessant combat, voué *évidemment* à l'échec, contre les forces ambiantes de démolition. Tu survis selon la règle, sache-le, non contre elle. Ta conscience d'être aujourd'hui et ta certitude de périr demain, et l'indéfinissable esprit, auraient pu ou dû faire de toi un moment à part, une exception plus précieuse qu'une étoile filante dans un ciel d'hiver. Dans le langage de l'univers, épèle donc le peu et le moins que tu fais de ta chance unique. Considère ceci : il n'est pas d'autre exemple de toi ! N'y a-t-il pas là quelque chose qui t'incite à réfléchir et, pourquoi pas, à la transcendance ? N'as-tu pas envie d'exprimer sans réserve ta gratitude ? Pas envie de hauteur, de noblesse ? Ne te sens-tu pas palpiter au diapason des étoiles tremblantes derrière la buée du soir, et faire partie intégrante du grand Tout ?

Au lieu de cela, tu te répands en jérémiades. « Je suis malade». Sois donc content de survivre. « Je n'ai qu'une respiration de garantie ». Respire, alors ! « Je me sens faible ». Heureux qui t'es senti un jour fort ! « Je suis vieux et décrépi », dis-tu. Félicite-toi plutôt de la chance que tu as eue de durer et de vieillir !

Observe-toi agir, homme, et dis si de toi la caricature est satisfaisante, si elle est représentative, ou s'il est temps enfin de déclarer close la plaisanterie ; s'il est temps de tourner une page, afin que l'être d'exception renoue résolument avec son glorieux projet. Tu as oublié, homme, l'essentiel. Tu as oublié que tu es un idéal dans la création, à l'image de la Terre dans la galaxie. Tu n'as nul motif à te conduire comme un gamin délaissé qui multiplie les bêtises pour attirer l'attention. Cesse d'en appeler comme les enfants à un miracle, à un passe-droit ou à une supplémentaire mue. Une dernière mue, l'éphémère ailé, être non moins sublime à son échelle, l'attend au bord de la rivière depuis avant les dinosaures, bien avant que l'idée de toi n'ait imprégné la poussière. Mais en attendant, il vole gracieusement, et, semble-t-il, avec joie et peut-être avec reconnaissance, scintillant et s'épuisant dans l'unique clarté d'un jour unique.

Le poisson nage, l'oiseau vole, et toi, le plus doué, toi l'enfant béni qui as reçu en partage la conscience et l'esprit, en fais-tu bon usage ? Regarde-toi donc! Celui qui prétend à la religion se vautre dans l'impiété, celui qui prétend à te guider veut t'opprimer. Tu ne passes pas inaperçu : en te voyant, l'ingénieur pense à l'automate que tu ferais, le président à l'idiot, l'entrepreneur au gogo, le général à la brute, et tous se congratulent de l'être craintif et dépendant qui s'en vient. A te voir te traîner entre la fange et l'iniquité, qui croirait que tu fus aimé un jour, quand tu étais au berceau. Car tu as été aimé. Tu as été de tes parents l'espoir et la consolation. Ta mère t'a répété tant et plus que tu étais la lumière de ses yeux. Que s'est-il donc passé depuis, que pas un homme de plus de cinquante ans ne puisse *se voir*, dans sa vérité, sans en pleurer de honte et d'amertume ?

Pourtant, à l'image de l'oiseau qui vole parce qu'il a des ailes, tu aurais pu, ta conscience aidant, naturellement forger ton humanité, cette belle image que tu dresses de toi quand, par intermittence, tu te souviens que le bien est encore un choix possible. Cette image, tu as les moyens de la faire surgir dans le réel quotidien. Inutile pour cela d'espérer l'irruption de l'extraordinaire et du magique. La volonté, mêlée à la raison, c'est tout ce dont tu aurais besoin. Imagine l'homme que tu seras le jour où tu auras appris à pratiquer *l'humanité* aussi naturellement, aussi facilement qu'une langue maternelle ! Mais ne t'y trompe pas. Pour le moment, il n'y a de réel en toi que ton corps lourd de ce qui lui a été ôté. Ton humanité, en revanche, ne l'est pas. *Ton* humanité, elle, n'est à ce jour qu'une invention dont on ne trouve trace que dans les contes pour enfants.

Une invention dont, étrangement, tu conserves un souvenir aussi ténu, aussi vague qu'attendri. Car tu l'as brièvement connue, sur le sein maternel, avant d'en être brutalement sevré. Depuis, tu n'as fait que t'en éloigner, roulant par les mauvaises pentes, prenant plaisir ou faisant semblant à jouer sur les chemins du monde du bastringue ou du couteau. Mais de temps à autre, tu n'y peux rien, comme la lave incandescente qui s'écoule du volcan, elle perce la croûte durcie de ton cœur et se répand autour, la tendresse dont le nom secret est humanité. Nous sommes ainsi faits, les humains, nous ne chérissons tant que ce qui n'existe plus.

Ah ! La nostalgie ! Le soir descend comme un rideau tandis que ton âme s'emplit de l'air déchirant des saudades. Tu te serais cru dans un coin de soir bleu à Lisbonne ou au Cap Vert, à Macao en intérieur nuit ou dans le Shanghai historique, mûrissant au centre de la dernière fumerie ; ou peut-être à Valparaiso, attendant toujours, espérant près du port conteneur des souvenirs, beaux évidemment, évidemment avortés. Il y a cette musique… qui percole en toi et te fait assister, impuissant et troublé, à l'improbable toilettage en bleu de ton âme enchantée, éperdue, curieuse. Peu importe le lieu et le temps. Tant qu'il y a cette musique, tu es de tous les lieux et de tous les temps. Une voix féminine, poignante et lointaine, rappelant ce qui fut et tout ce qui eût pu être, et toi, corps oublié, idée vagabonde, esprit pataud et étrangement clairvoyant, tu accèdes au secret comme on ouvre un paquet cadeau offert par on ne sait qui : tu te trouves à contempler ce que tu supposes intuitivement être la seule loi authentique, celle où il n'est question que de ce qu'on a perdu, et de ce qu'on va encore perdre, inévitablement. La perte est la règle, déplore sur scène la voix faible, la voix déchirante de la femme forte. L'attente, la longue longue attente l'épuise, mais elle ne la brise pas. La peine est profonde, la tristesse abyssale.

Elle le déplore, elle se désole, mais se garde de se lamenter. Toi non plus, tu ne te lamentes pas. Ton cœur saigne, il est vrai, mais tu te gardes de tomber. Le bleu nuit se mitige de filaments d'or. Derrière la voix sombre, une autre voix, à peine audible, promet que le soleil est tout près. Si tu as tant perdu, c'est que tu en avais, des richesses, à perdre. Quant aux pertes futures, elles ne feront, le moment venu, que confirmer les richesses qu'il te reste, et que tu pourras te permettre de perdre ou de crânement semer à toute volée.

N'empêche, l'aube libératrice te trouve passablement fourbu. L'immersion lave, certes, mais elle dévore sans compter. Tu entrouvres les yeux, prudemment. Certains matins, encore engourdi de sommeil, tu jurerais avoir vu, se balançant à portée de main, un de ces tableaux outrageusement maniérés où le lion, cabotin en diable, pose ostensiblement à côté de l'antilope.

La meilleure part de ton paysage humain, on l'appellera naïveté.

Nous en sommes réduits là : à aller – en sautant par-dessus l'invraisemblable et le factice, prix modique à payer – chercher chez l'animal-animal le rêve introuvable ; à demander à l'innocent de mimer pour nous le rôle simple et impossible : cohabiter en paix.

Non point entre espèces dont l'une nourrit l'autre, affaire de denture et de suc gastrique, mais entre nous.

Cohabiter ? Nulle espèce ne le *sait* autant que nous. C'est notre spécialité apprise et assumée. Le rejeton de Nécessité, nous l'avons nommé Vertu. La cohabitation va de soi. Elle est la clé de notre succès et la condition de notre bien-être. Nul ne saurait ni ne pourrait vivre longtemps seul, entièrement coupé des autres. Il y a à cela des raisons évidentes : pratiques d'abord, liées aux choses, multiples, dont on a besoin ; psychologiques ensuite : en l'absence des autres, l'enfer, c'est soi-même. Se confronter à soi, sans autre témoin, n'a rien à voir avec le combat avec l'ange, aux règles convenues. N'avoir personne pour se distraire de soi est le pire des supplices. (« L'homme seul est toujours en mauvaise compagnie », aurait affirmé Paul Valéry). Point de happy end, dans cette histoire. La folie avance à grands pas, que certes ne retarde ni n'élude le fait d'assister à sa propre dégringolade de la haute position morale qu'on s'était inventée. Quelques jours ou quelques semaines suffisent à parcourir en sens inverse toute l'histoire, et à piétiner l'épaisse tartinade que nos bien-pensants bien payés nous donnaient à croire de notre fameux passé. *Toute l'histoire*, en vérité, n'a pas plus d'épaisseur que le vernis que le peintre amateur pose sur le tableau qu'il vient d'achever et dont, la lumière déclinant, il juge la composition à peu près convenable.

Deux semaines livré à lui-même, contraint de chercher sa nourriture parmi les buissons auront eu raison de son veston d'ami de tous les êtres vivants. Une semaine de plus et sa chemise sans col de végétarien n'est plus qu'un souvenir. Une semaine supplémentaire à courser sa pitance sur et sous la surface de la terre et il ne reste plus rien de ce qu'il croyait être. Suis-je mon propre cauchemar ? se dit-il dans un dernier sanglot. Il n'y a, dans l'âpre nature, ni philosophie ni civilisation, ni sagesse ni morale, ni poésie ni droit. L'estomac emplit l'espace de ses grondements. La faim est une haine. L'homme est bon à manger, affirme sentencieusement l'homme à la machette, heureux de disposer de toutes ses dents, éclatantes de blancheur, et d'un tendre croyant, le genre qu'il préfère, vidé de son sang. Pourquoi spécialement un croyant ? « Parce qu'il en a dans la tête, un croyant, et que sa viande n'a pas de maladie. Oui ! ».

Ne suis-je, dit-il, qu'une ébauche auto-satisfaite, une pochade prétentieuse, le pinceau cachant à grand peine le couteau et le vernis, déjà tout craquelé, par dessous ? Le génie ne serait qu'un escroc grimé monté sur l'attelage claudiquant formé de la futilité d'un côté et de la fragilité de l'autre ? Ta rime, mauvais poète, n'est bonne qu'autant qu'on le veut bien.

Ce qui a été patiemment érigé peut donc en un instant se voir réduit à néant. Lorsque tout sera dit, que restera-t-il qui vaudra la peine d'être conté ? L'origine, chose certaine pour avoir été, mal connue mal acceptée, ou la destination, moitié souhait moitié chimère ?

Des civilisations sagement empilées, sable sur argile, argile par-dessus sable, tessons et objets faits main, objets d'artisanat objets d'art, glyphes sur tablettes cuites et parchemins ; et puis l'aurore nouvelle et enfin le monde mondialisé. Et le tout – tout ce génie amassé, additionné, jalousement entretenu, ce qu'il a tenu et ce qu'il promet – tout cela à la merci d'une colère ou d'un estomac en manque! Fut-ce prescience de sa part, quand, encore enfant, il s'entrainait à ne manger ni boire, tout à son projet de *devenir* ange pour se libérer du désir et de la nécessité ? Devenir l'être de son choix, enfreindre la limite tracée à la craie, dire non à la fatalité, tenter de toutes ses forces d'arracher au surhumain les ailes du savoir. S'en harnacher, même maladroitement, voler, même vieux et imparfaitement, et ne fût-ce que quelques instants, à l'exemple de ce vénérable andalous[34] dont nul ne conserve le souvenir ?

Il resta pensif un bon moment. C'est bien ! insinua la voix qui l'habitait, parle de toi. D'accord, tu es l'homme-humanité, ton expérience, en raison même de ta banalité, éclaire mieux la condition humaine que la vie d'un héros.

L'homme-humanité ! Le soupçon l'effleura de nouveau, furtivement, que la voix n'était qu'un agent posté dans sa tête pour le fourvoyer, à moins qu'elle ne fût elle-même victime de la formidable propagande qui saturait l'ambiance. Non, il ne représentait personne. Il se contentait de voguer en marge de ce qu'ils appellent civilisation, et dont il n'avait pas la moindre idée. Non, la foule aux instincts rentrés l'incommodait. Mais attention ! Il n'était pas non plus une maille du tapis qu'au grand Bazar on invitait les badauds à vieillir de leurs semelles dépareillées; ni un poil sur la peau de l'éléphant qui s'abandonne au cornac contre quasi rien et le tintement des chaînes aux pattes.

Il eût été en peine de dire *ce* qu'il était, ni à quel niveau de conscience il se situait, ni à quoi au juste il avait dédié ses années. Il n'aurait pas même pu nommer la pierre rugueuse contre laquelle il avait usé sa vie, lui abandonnant les copaux qu'elle lui ôtait, et, avec eux, en eux, les reliefs qui étaient les siens de droit et qu'il aurait aujourd'hui contemplés avec un petit frémissement au cœur, prélude à une réconciliation, peut-être, ou à tout le moins à la consolation qu'il continue de chercher. Mais ce qui nous quitte le long de la pente raide où nous nous accrochons ne revient pas, il n'a pas vocation à revenir. La notion de droit y est inconnue. Ce qui nous abandonne comme ce qui nous est arraché nous blesse, doublement, et nous assistons, impuissants, à le voir happé par l'abîme d'où rien ne revient, pas même le bruit des chutes et pas même l'écho. (Une autre affaire de gravitation, un autre contentieux irrecevable.) Désorientés, nous nous demandons si nous sommes en train de monter ou de descendre, alors même que tout indique, ou devrait indiquer, que nous ne faisons qu'orbiter autour du trou noir qui nous dévore, au fond de nous.

24

Il s'était toujours enorgueilli, intimement, de son courage. Bien qu'il ne fût pas homme à faire de sa vie un spectacle ouvert au public, il avait dû aller par la ville comme tout un chacun, et s'y frayer un petit passage pour exister. Le courage est divers, autant que son homme. Le sien, de l'espèce grave et profonde, lui seyait à merveille. Il n'en eût point voulu d'autre. Le courage qui ne se fût manifesté qu'à l'occasion d'un gain certain ne pouvait en aucune façon lui convenir. Le courage, le seul qu'il eût accepté et revendiqué était d'un autre genre, hautain et intraitable et annonçant la perte certaine et dûment constatée dans le grand livre des comptes, contre ce péché impalpable et pour lui nécessaire qu'est la satisfaction d'amour propre. C'était l'un de ses fameux principes. L'une de ses faiblesses. Se battre en vue d'améliorer sa position au détriment de l'autre, ou pour gagner de l'argent et contribuer si peu que ce fût au malentendu, il n'en eût voulu à aucun prix. D'où sa méfiance à l'égard de ce qui faisait courir la foule qu'il aimait à brocarder – mais pour cela, il lui fallait être de bonne humeur, ce qui était rarement le cas quand il était question de foule – en citant l'un de ses théorèmes qu'il exprimait ainsi : la violence de la foule dépasse celle, additionnée, des membres qui la composent, mais son courage est moindre que celui de l'individu le plus pusillanime.

Les principes, disait-il, rien de tel pour muscler son âme ! Du temps de sa jeunesse, le sang turgescent et contrarié ne le rendait pas moins fou qu'un autre, mais il ne voulait rien en savoir et rien céder – principe de résistance ! – et plus tard, la jeunesse perdue en route, il se persuada qu'il ne lui restait plus que l'entêtement pour étayer son âme défaillante. Les certitudes, il eut le temps de les voir l'une après l'autre marquer le pas et se dissoudre dans le lointain, vaincues de s'être tenues seules dans la tempête. Quant au béton des principes, réputé inattaquable, il assistait, médusé, déçu, à sa désagrégation accélérée. Un monde inattendu se dévoilait sous ses yeux, profus en choses, en toutes choses imaginables, riche au-delà des attentes les plus folles et, fort étrangement, évoluant de bout en bout au-dessous du seuil de pauvreté émotionnelle. Pour l'émotion, il faut faire la queue et prendre son ticket. On donne tant de séances par jour. Vous trouverez les horaires de tous nos spectacles sur le Net.

Le récit s'est tout d'un coup durci et ce qui restait de la beauté du monde s'est retiré sans avertissement. Les oripeaux envolés, son regard décillé contemplait pour la première fois la couleur dernière, celle dont il devinait avec tristesse qu'elle ne s'effacerait plus. Et soudain, tombée du ciel bleu, comme une pierre à travers la vitre d'une maison isolée, cette sensation apparemment sans rapport avec le reste : la lâcheté ! Quoi ? Lui ? Etait-ce possible que ce fût cette chose méprisable qu'il avait toujours veillé à tenir en lisière ? La lâcheté ! C'était indigne de lui supposer... Il s'insurgeait, mais par quelque galerie invisible, le doute s'était infiltré, il était déjà là. Sa ligne de défense s'effondrait. Une minute, c'est le temps qu'il put résister. Une vie contre une minute ! Une minute c'est tout ce qu'il faut à un homme, roi, héros ou feignasse, pour retourner à la base. Si denses que furent ses jours, si puissant qu'il a pu être, il n'aura droit qu'à une minute, comme le plus modeste des mortels, pour s'extraire des toiles d'araignée de ses constructions « faites pour durer mille ans » et découvrir que tout ce qu'on fait, tout ce qu'on sait, tout ce qu'on imagine n'est en fin de compte qu'une nuance du néant. Un jeu à jouer du moment qu'on est là.

Etre là, c'est de cela qu'il s'agit.

Il feignait mollement la révolte mais, en son for intérieur le fait accompli grandissait sous le zoom des conditions originales qu'il créait. La déroute était en marche. La lâcheté ? Ce n'était pas véritablement cette sorte de lâcheté dont on peut avoir honte… Des mécanismes subtils se chargeaient de la mesurer, de la nettoyer, de lui donner belle apparence. Tout cela est de bon ton, faut pas s'inquiéter… Une vieille connaissance, un peu oubliée, un peu discrète, tout cela sent l'anodin et le familier. Elle avait donc toujours été présente, quoique reléguée en arrière-plan, humble et tissant patiemment d'un fil neuf une vieille couleur délavée. Il valait mieux l'accepter. Une lâcheté de l'espèce la plus commune, après tout. Celle d'avoir survécu, et, moins avouable sans doute, d'avoir tant tenu à survivre. L'honneur, linge exposé au soleil, est sauf du côté où le regard l'effleure. Rien à voir avec tel évènement et telle conjoncture, rien à voir avec le courage immature de mettre épisodiquement en péril son corps ou son esprit. Il y est question de tout autre chose. Il y est question de cette affreuse banalité d'avoir vécu jusqu'à vieillir, et de l'avoir tant désiré, l'espoir chevillé au corps, absurdement, follement, contre toute raison. Il n'avait pas l'excuse de l'ignorance. Il savait depuis le début que son existence d'homme n'ajouterait pas un atome aux atomes comptés de l'univers.

Demain est un autre jour, te fait-elle dire, ta petite lâcheté personnelle, quand ton moral tombe plus bas que tes chaussettes. Il faut espérer. Le paradis t'attend là-haut, si ici bas ta vie piteusement se fourvoie. Tant de prétendue sagesse de la même eau déversée dans tous les idiomes afin que pas une peuplade, pas une tribu n'échappe à la loi d'inconséquence ! Courage, persévère ! répète-t-elle, la douce lâcheté qui te fait crever de tant vouloir vivre ! Demain le paradis. Il faut croire et continuer. Si tu ne le veux faire pour toi, fais-le pour tes proches, fais-le pour ton espèce !

Car entre-temps tu t'es acquitté de ton travail dans l'usine sexuelle qui produit tes semblables et veille à ce qu'à leur tour ils produisent. Pour cet acte d'importance, le plus important qui soit donné à l'homme de commettre, nulle autorisation, nul examen, nul diplôme n'est demandé. Faites donc, messieurs-dames, sans compter, selon vos tristes envies, un petit peu selon vos besoins, et jamais selon vos mérites. Une minute contre une vie ! Qui dit mieux ? Les douces planètes des lointaines galaxies s'impatientent d'attendre !

Les lointains, nous savons la magie qui y conduit. La science. La techno-science. Poser un véhicule sur un caillou qui croise à des millions de kilomètres ne nous pose pas de problème. La science avance à grands pas irrésistibles. Les menus inconvénients, si tant est qu'il y en a, sont sans conséquence. Il est vrai qu'on ne sait pas comment l'arrêter, ni la persuader de se « calculer » elle-même ni d'appliquer son art à s'observer. Elle ne sait pas réguler, ni se réguler. Régler la consommation sur la ressource, non, c'est trop difficile ou trop simple, ce n'est pas scientifique. On voudrait l'excuser qu'on ne trouverait que les mots insignifiants de la sentence terrible qui lui convient, déjà formulée : «Tout ce qu'elle sait faire, la science le fera »[35] en dépit de la morale, dans la plus parfaite ignorance de l'éthique qui, ainsi déclassée, ne trouve de défenseurs que dans le pôle imprestigieux, inscientifique et à peine toléré de l'université : sociologues, anthropologues et autres buveurs de tisanes.

La science serait donc une folie, pour faire *tout* ce qu'elle peut, sans mesure ni limite, sans se soucier du bien ni du mal ! Une folie qui joue le hasard et que des prix prestigieux distinguent et récompensent. Qui eût osé suggérer qu'Einstein eût été mieux inspiré de se réfugier dans une maison de repos que de parrainer la mise au point de l'arme atomique ?

La science qui aime les formules a imposé cette égalité fastidieuse :

$C = nV$.

Vous ne la connaissiez pas ? Pourtant ses effets se voient partout du matin au soir et plus tard dans la nuit, largement, très largement répandus par le biréacteur synchrone de la technoscience et de ce qu'ils appellent l'économie, tout à leur manie de désigner la chose par son contraire. Technoscience et gaspillage poussés à fond, et à genoux ! braves gens, devant le bateau croissance qui démarre en trombe, l'étrave fendant le ciel. Parole, on s'y croirait, comme au cinéma !

La formule ? Elle ne cache rien. Complaisance (moi, complaisant ? Vous m'avez mal regardé !) égale Vulgarité (moi, vulgaire ? Dites donc, vous !) corrigée par un coefficient personnel (ah tout de même !) proche ou le plus souvent égal à 1 (hum !). L'industrie de n'importe quoi engendre la facilité, et celle-ci enfante la complaisance, et la complaisance la vulgarité. La lâcheté est offerte en prime.

Le trash sera ton monde, mon fils !

25

Est-il en colère ? Non, le territoire de la revendication, il l'a quitté, sans regret. Il faut dire qu'il en a appris de bonnes, sur lui ! Oui, j'en ai appris un peu, sur moi. Lui, moi, moi, lui… J'ai aujourd'hui l'aplomb de dire je, et de vouloir en assumer toutes les conséquences, la responsabilité incluse. Mais pas l'arrogance ou je ne sais quoi d'infantile et de farfelu. Ni fanfaronnade ni humilité. Je, tel qu'en lui-même, ni plus ni moins !

Oui, parle de toi, s'écrie la voix ! De tes racines ! (De mes… pensa-t-il sans le vouloir. Non, pas de tes gonades, rabroua la voix, de tes vraies racines supposées !) Tu devrais commencer par là, toi qui n'as jamais quitté ton village !

Moi qui n'ai jamais… Loin de moi l'idée de vouloir paraître moins victime qu'un autre. Du ventre de ma mère qui ne s'appelait ni Marie ni Maya je suis tombé quelque part un jour ordinaire. On ne fit mention, cette nuit, d'aucun prodige, telle que signe de connivence de la part de quelque étoile que ce fût, ni même, plusieurs degrés au-dessous, d'apparition de licorne, dont quelque lettré de passage eût inféré la naissance d'un nouveau prodige. C'est un garçon, annonça la bien nommée sage-femme, après m'avoir tenu par un pied, soupesé, écouté, égoutté, et c'est à peu près tout ce qu'on peut en dire. Et elle n'en dit pas plus. Le reste, chacun eût pu l'ajouter, devant une mappemonde. Une tête noire comme il y en a tant et tant, des Territoires du Nord-Ouest canadiens à la Terre de Feu sans avoir à se mouiller les doigts de pied, de Tokyo à Tombouctou avec pas plus d'un saut de puce ou deux, et sur les doux rivages de la Méditerranée si belle et si propice aux divines dictatures. Mon œil vert et ma mèche dorée? Vœu viking ou normand, ou trace laissée par la lecture d'une de ces interminables sagas qui faisaient tout un (interminable) hiver ! Mon teint bistre, cherchez donc la femme ! Mes yeux bridés d'asiate, un asiate, mes courtes jambes en fer à cheval, un gaucho de la pampa, ma tendance au blasphème, la faute à Sem, pour mes blanches dents, voir du côté des Soudans…

Dans la caboche : tous les types de la terre, ceux qui chantent, ceux qui font chanter et les autres, les moins rigolos, ceux qui s'attèlent patiemment à vous désenchanter de la tête aux pieds en vous subtilisant tout : vos représentations, vos rêves, votre âme, le sourire que vous aviez réussi à sauver jusques là et le tableau accroché au mur du salon, et le souvenir de, de quoi, déjà ? Dans la caboche la Grèce splendide, mathématicienne et philosophe, la Rome géométrique et rugueuse, l'Egypte grandiose, les jardins de Babylone et la société du Gange et les chroniques de l'Etat de Lu… 1492, le fracas de Grenade, aux graines éparpillées. Des portes se referment, des portes s'ouvrent. Des portes s'ouvrent, des portes se referment. La lumière revient, d'accord, mais pas celle qui fut éteinte.

La civilisation carnassière dans ses œuvres, quand elle agit à l'abri du regard, de l'autre côté des murs fermés ou derrière l'écran touffu de la forêt violée du nouveau continent comme de l'ancien. La civilisation comme elle va et s'admire en secret, éclatante et théâtrale, sanglante, honteuse, qui ne se devine qu'entre les lignes de l'Histoire officielle racontée par l'historien autorisé.

Dans la caboche des peuples musiciens, des peuples rêveurs dont il ne subsiste presque rien après le passage des peuples chagrins et avides.

Dans la caboche un bazar : une trace de Brahma et un peu bouddhiste ; juif par défaut, christique pour le charme et pas mal musulman, par tout cela accoutumé de père en fils à obéir aux ordres et aux pénitences, la peur au ventre et la rébellion sournoise. A la trinité chronologique et absconse de l'Un l'autre, répond celle de l'ingérable, de l'inavouable, de l'ineffaçable. Homme au passé chargé comme pas permis et au présent exposé à la première pierre que tous, des milliards – qu'ils sont nombreux, mon dieu ! – brûlent de te lancer au coin de la tronche au nom du ciel, de l'amour et du pardon. (Que de trilogies, ce matin !) Sujet sensible, comme on le voit. Homme prudent s'abstenir !

Hum, fit entendre la voix, dubitative, de l'air de dire : qu'est-ce qu'on va bien pouvoir faire de toi ! Voyons, il n'y a pas un homme, il n'y a que des hommes, et celui que tu décris... Sois d'abord un individu, reprends ton nom et ton identité avant d'être l'humanité.

La preuve que les voix intimes se répètent tout autant que les autres.

La sentence delphique ! Connais-toi toi-même, et l'univers te sera donné de surcroît. C'était du temps béni où l'homme croyait être le centre et l'univers la banlieue.

Je craindrais pour ton universel, à défaut d'une racine, ajoute, sentencieusement, la voix. L'universel, a dit quelqu'un, ce n'est que le local, moins les murs[36].

On voudrait que tu te situes quelque part – où on puisse éventuellement venir te chercher, et pourquoi te chercher sinon pour te saisir par la peau du cou – et là, que tu ôtes ton ultime protection, le tégument de tes murs. Démuni et offert, pour ainsi dire nu, tu te rendras mieux compte du poids relatif des choses. Prends tes risques, en d'autres mots, et payes-en le prix. Pas le juste prix, dont nul ne se soucie, mais le prix que l'homme dépouillé paiera en livres de (sa) chair.

Il te faut une couleur locale, insistait la voix, sinon…

Sinon quoi? Il était prêt à relever le défi, quel qu'il fût.

Sinon tu finirais dans l'anonymat. Etre tout le monde, c'est n'être personne !

Connaître le rien ou connaître le tout, voilà la question. Il est trop tard. Il fallait m'étudier au sommet de ma splendeur, quand le soleil lui-même tournait autour de moi. Que suis-je aujourd'hui, dans l'abîme qui se dévoile chaque jour plus effrayant, plus incompréhensible, plus implacable ? Connais d'abord l'univers, et la connaissance de toi te sera donnée en bonus, si tant est qu'après cela elle conserve quelque intérêt.

Le problème, pour l'être anonyme, est qu'il n'a pas d'autre intérêt. L'anonyme est celui à qui est déniée la capacité d'agir, c'est-à-dire construire, détruire, modifier. Il est l'électeur, non l'élu. Il n'a que lui, pour force et pour champ d'effort. Il ne dispose pas de télescope spatial, lui, ni de la capacité de décocher au ciel navettes et signaux au mépris des hommes et des risques…

En revanche, rien ne lui interdit de se croire poussière d'étoile. De la matière, des atomes, système solaire en miniature. Je suis là, pourquoi aller à grands frais ausculter la galaxie ? Que de fâcheuses économies à réaliser, si on ne vendait l'illusion, si on n'imposait les peurs ? Où es-tu Epicure, et ton audace paisible, et ton esprit épris de liberté?

Ce n'est donc pas si simple, fit entendre la voix moqueuse ?

L'accoucheuse se gausse : le petit homme inconnu serait-il une galaxie ambulante ?

Je dis : pourquoi le pléonasme et l'ironie?

Démocrite le disait avec précision (ces grecs, quels bavards !) et d'autres de son temps. La matière ne se plaît que sous forme d'atomes, « particules insécables, éternelles, caractérisées par la forme et le mouvement. » Ce à quoi Ibn Erroumi ajouta, dix bons siècles plus tard, tout de même : « Si on coupait un atome, on y trouverait un noyau fait à l'image d'un soleil entouré de satellites. » L'univers, dirions-nous à la manière de Mandelbrot, n'est qu'un ensemble fractal d'atomes. La matière s'imite, à l'infini, en grand et en petit. Seuls les rythmes diffèrent. La galaxie qui éclaire avec douceur le ciel, certaines nuits. La mienne, qui trace avec une brutale franchise sur ma peau et sur les traits de mon visage les signes annonciateurs d'une fin (de cycle) prochaine. Le terme, on appelle cela. La comptabilité fracassant le poème ! Tu dois rendre ce que tu as pris, ni plus, ni moins ! Rien ne se perd, disait en secret Lavoisier à sa voisine. C'est la loi. La matière, sourde et inventive, se recycle. Elle se recycle, sans égard pour ce qui fut. Tes atomes voyagent et se recomposent, indéfiniment, avec et dans le reste. Mais, dis-tu, la sombre nostalgie du retour et de l'origine, qui la garde ?

Ce n'est donc pas si simple, fit entendre de nouveau la voix moqueuse ?

Qui a dit que c'était simple ? S'il manque quelque chose dans le ciel et sur terre, c'est bien la simplicité. Peut-il jamais prétendre à la douce simplicité, l'enfant né de deux complications ? Qu'y aurait-il de simple dans l'improbable intersection, au milieu de l'espace infini, de la roche, de l'eau, de la lumière, de la mesure, du mouvement et de la chose subtile qui fait de moi l'être, appelons-le humain, que je tente de devenir et de mériter ?

Le miracle, la matière, le souvenir !

Oui, le miracle, à défaut de mieux, mais non au sens qu'y mettent les congrégations industrieuses et mal voyantes. Il est bon de le répéter !

Le miracle n'appelle-il pas à l'adoration ?

Toujours l'Incompréhensible l'homme adorera. Il est voué à la recherche, l'homme, tel est le prix fixé à sa distinction. Mais la réponse conquise de haute lutte, au lieu de le mener sur le chemin de la transcendance, se traduit uniquement en distance parcourue, l'énigme restant sauve, entière et, il le faut absolument, hors d'atteinte. Nous assistons à la déconvenue de la transmutation du vin en eau. Mais, entre-temps, je demeure et rien ne m'interdit d'espérer. Nous rêvons perpétuellement l'ivresse, sans savoir si la porte s'en trouve loin ou tout près. Sans savoir si nous sommes en quête de notre mue — qui ferait idéalement de l'homme un être de lumière – ou de notre extinction. Le voyage promet d'être sans fin, tout comme s'il n'eût pas de but. Entre ma raison et ma déraison, il existe autant de distance qu'il m'est possible d'imaginer, autant qu'entre les antipodes de l'univers, autant qu'entre ma vie et ma mort, autant que le diamètre d'un cheveu.

Il ne faudrait pas oublier, bien que l'oubli soit la règle : Je suis le chercheur et l'énigme. Je suis le champ et la charrue. Mais ce n'est qu'en m'éloignant, toujours plus loin, que je puis dévoiler de ce que je suis. Je répugne à me regarder vraiment, comme si la chose me fût interdite en un code inviolable d'avant-conscience. Le seul choix qui reste, et seul chemin ouvert, me conduit à aller fouiller la solitude glacée de l'univers à la recherche des reflets épars de mon ébauche rêvée. Je quémande mon existence à l'écho du bruit d'avant l'existence. Je-On ne m'autorise pas d'autre voie que la voie détournée, afin sans doute que, le cas échéant, mes trouvailles me soient supportables, et que les lettres et les signes qui se dévoilent, après la fatigue et l'épreuve, ne m'écrasent pas dans l'instant.

En face je ne puis me regarder. De solides raisons m'en empêchent, dont j'ignore tout. Chaque matin je me réveille, animé du désir violent d'aller déchirer le voile, ou du moins d'en lever un coin, et chaque soir je me félicite de m'en être abstenu. Moi qui me fais fort d'expliquer le monde, l'effroi me saisit à la perspective de m'expliquer un jour. Alors je fais ce que je peux pour avancer en crabe, circonspect sous mes rodomontades, prêt à détourner le regard et à m'imposer de plus lointains défis ; et les délais qui vont avec.

Il est peut-être difficile de croire qu'il puisse avoir si peur, le prédateur mécanisé, le sommet de la chaîne alimentaire. Et de quoi ? De rien qui puisse émaner de l'extérieur. L'extérieur, il est prêt à l'affronter ou à le subvertir, à le vaincre ou à s'y adapter. Aucune créature n'est plus souple ni plus malléable. Aucune n'a sa résistance ni sa bravoure. Mais aucune n'a son imagination. Alors la peur l'habite, elle ne le quitte pas un instant.

Certes il y a peur et peur. Elle est innombrable, la peur, autant que lui. Elle a ses générations, comme lui, et sa descendance couvre la Terre, marchant, courant, volant tout comme lui, agissant de ses gestes et parlant de sa voix. Elle est noire comme il peut l'être, rouge comme il peut l'être, jaune comme il peut l'être, blanche comme il peut l'être, mitigée comme il peut l'être. Ce qu'il appelle son courage, souvent, n'est que l'avers de sa peur. On en voit tous les jours, des hommes surmenés en fixer d'autres, le poing serré ou le fusil à la main, brûlant de détruire la chose qu'ils voient peinte en grandeur nature sur la face de ceux d'en face. Cette chose qu'ils haïssent pour la porter en eux comme un ver parasite et dont ils voudraient se débarrasser, à tout prix. Tuer la peur en face pour espérer un moment de paix, c'est le jeu illusoire et solennel qui alimente les champs de bataille et orne les calendriers nationaux de jours retentissants de victoires.

Si fâcheuses qu'elles soient, ses peurs familières, l'homme reconnaît en avoir tiré profit aux moments décisifs : elles lui ont servi d'aiguillon et d'alarme, quand il s'est agi pour lui de trouver la solution ou de disparaître. Les peurs de cette sorte, véritables torches dans la nuit, ont éclairé parfois ses pas, et d'autres fois l'ont aveuglé. Celles-là, il a su les domestiquer avec statut d'auxiliaires, un peu de la manière et en même temps qu'il a su en user du loup pour en faire un chien.

Mais il sait qu'il en existe d'autres. Il sait qu'un jour, sans avertissement, une main de fer lui tendra le miroir et lui tiendra la tête afin qu'il ne détourne le regard. Qu'y verrait-il ? Peut-être la source de l'effroi et un secret, dont il épèlera le mot enfin offert. Là, peut-être, surgira l'instrument de sa mort... ou de sa mutation.

En attendant il s'en amuse, de sa peur, et la traduit en bon argent. Elle l'invite à inventer, dit-il. Il a si peur et depuis si longtemps que l'inventivité est devenue le trait dominant de son caractère. Ne pouvant se représenter LA peur, il imagine toutes les peurs, possibles et improbables. Le Monstre indéfinissable, il faut le diluer par l'évocation d'une foultitude de petits monstres nés de sa fantaisie : peur du noir, du feu, de manquer de ceci et aussi de cela, de l'étranger et du voisin, de la maladie, du dentiste... L'idée sous-jacente est de se trouver préparé, autant que faire se peut, ou à tout le moins d'adoucir le choc qu'il pressent sans pouvoir le nommer.

Lui qui a un nom pour toute chose, à l'égal d'un dieu ! Qui ne peut s'arrêter d'inventer, ou de tâcher d'inventer, quand ce serait seulement pour garder sa place au sein du monde en mouvement, à l'image de cette reine rouge de ce conte qui s'adresse aux adultes par le biais des enfants. Lui qui après avoir inventé le langage articulé, n'a eu de cesse d'en étendre le vocable et d'en modifier la règle, pour les porter à une telle perfection que chaque idiome compte une bonne moitié dédiée à en démentir l'autre. La profusion a chassé la précision, la multitude a eu raison de la concision. Là où quelques mots suffisaient à dire ce qu'on avait à dire, la lumière en plus, des pages entières y échouent aujourd'hui, le désappointement en plus. La faim au milieu de l'abondance, ainsi en a-t-il été décidé. On dirait bien que nous sommes arrivés, soit dit sans ironie, à point nommé !

Si seulement l'inventeur était satisfait ! Il s'en faudrait, et de beaucoup ! Ce n'est pourtant pas rien de nous faire vivre à chaque instant des époques différentes : nous vibrons devant l'exploit, en soi admirable, de pouvoir à volonté photographier Jupiter et Saturne et restons perplexes devant l'image qui s'étend à nos pieds, embrumée comme ces tableaux typiquement british dont on n'arrive pas à distinguer si le motif central représente une faux dressée qui s'en vient, le soir, ou la voile d'une barque qui s'éloigne sur une mer supposée.

Nous assistons, tétanisés, à l'évaporation de nos certitudes en doutes. Le fer de nos croyances a tôt fait de s'effriter en rouille. Nos théories les plus solides vivent le temps d'un jour et d'une nuit. La terre ferme sur laquelle nous plantons solidement nos pieds se dérobe soudain et se transforme en bulle de savon voguant dans l'air à vous donner le tournis. Des considérations d'une gravité extrême se posent, où il est question de rien de moins que notre destinée. Mais puisqu'on n'y peut rien ! disent le comptable et le comédien. Dansons, comptons ! J'ai à équilibrer mes faux bilans, proclame le premier, je n'ai pas une minute à moi. Regarde, je mens aussi bien, et peut-être mieux, s'écrie le second ! Comptons, dansons !

Séparés par l'épaisseur d'un mince plancher, bien au chaud dans ses égouts, elle ne dit pas autre chose, la société des rats qui, comme l'autre, a ses champions superbes, et, dit-on, ses territoires et ses reines couronnées, et ses peuples disposés à mourir pour un tas de crotte ou un regard de travers.

A qui en appeler, une fois encore ? Je suis censé donner les réponses, et je n'en ai pas. Du haut de mon âge, je suis sensé savoir, et je ne sais pas. Des penseurs célèbres, dont certains nommément cités ci-avant, sont venus à l'aide. Ils ont dit, ils ont prédit, ils ont contredit... Doués ou laborieux, nous sommes à l'œuvre depuis l'aube des temps, sans épargner notre peine. Des mots bien sentis, des phrases bien troussées, des idées intelligentes, brillantes, intéressantes, par centaines, par milliers. A qui la faute si des dizaines de mots ne font pas forcément un joli conte, ni autant de pensées une réalité. Il y faudrait du lien et de la cohérence. De la sympathie, de la bienveillance ! Et... et autre chose, que je cherche sans désemparer et sans espoir de trouver. Une autre chose sans laquelle je vis mal et avec laquelle, tant qu'elle demeure dans les limbes imprécis de la conscience et du mot, je vis mal.

Oh ! L'impuissance ! La colère ! L'impuissance qui descend en colère. Pas de ces colères courtes, du genre fracassant et scénarisé que jouent les jeunes gens quand ils disposent d'une bonne audience, que ce soit au café à la mode ou dans les tranchées suintantes. Mais une colère sourde, profonde, réfléchie, intériorisée, au long cours. Une colère de vieux. La colère de ceux qui n'ont plus rien hors un reliquat de lucidité. Qui n'ont plus de levier pour prétendre modifier si peu que ce soit le réel, encore moins «l'augmenter» comme aime à répéter sottement la jeunesse oiseuse et gobe-tout. Colère de celui qui se voit réduit au silence juste au moment de sa vie où il commence à en saisir les rudiments. Le moment où, retiré à bonne distance et la brume écartée, il peut enfin entrevoir l'énigme dans son intégralité – et non tâcher de deviner en tâtant dans l'obscurité une de ses oreilles – et reconnaître à coup sûr l'éléphant. Cet homme que dans le passé récent on tenait pour « sage » n'est plus aujourd'hui qu'un « vieux fou » qu'on s'empresse de cacher comme on cachait naguère une maladie honteuse. S'il arrive ici ou là qu'on le montre encore, c'est souvent pour en rire et toujours pour en souligner l'archaïsme et la maladresse. Archaïque, le vieux, parce qu'il refuse de gaspiller le temps précieux et la précieuse vie à prendre des vessies pour des lanternes ? Ou parce qu'il se désole de voir ses petits enfants se zombifier aux jeux pervers du mercantilisme augmenté ? Est-elle obligatoire, l'imbécillité ?

C'est quoi, papi, l'imbéci… béci… lité ?

Les vieux ont apporté les guerres, dit-on. Mais c'était du temps où la Liberté affrontait la Force. Où l'homme de la rue, taiseux d'ordinaire, se levait un matin ordinaire et s'écriait, en le pensant : la liberté ou la mort ! Où il arrivait à l'homme ivre de liberté de ne tolérer ni maître imposé, ni dieu imposé. Ce matin d'entre tous les matins, cet homme là sut qu'il ne pouvait plus continuer à endurer, à perpétuer le même. Libertad o muerte ! Pas des mots en l'air. Il visualisait tout à fait la couleur noire de la mort. Une zizique tournait en boucle dans sa tête, en sa langue familière, un air scandé court et fort du genre : « *Ami entends-tu le vol noir des corbeaux… Ami si tu tombes un ami sort de l'ombre à ta place…* » . Certes on ne le savait pas en ce temps, pas vraiment, mais on le pressentait déjà, qu'il s'agissait d'un combat d'arrière-garde, de ceux, monstrueux et chimériques, que se livrent des grandeurs irréductibles : le désir de fraternité d'un côté ; de l'autre le fait triomphant de l'automatisme mécanisé. Mais aussi, à quoi bon savoir, puisque, de toute façon, on y allait !

Ces temps révolus, pour regrettables qu'ils fussent, ce que sournoisement vous préparez vous les fera à coup sûr regretter, car vous préparez LA guerre, morne, incessante, perpétuelle s'il faut en croire ses idéologues. La guerre sans grandes batailles, guerre insidieuse dont le général est le banquier et le fusil un drone furtif. La liberté, vous n'en connaissez plus le nom, ni le sens, vous en avez perdu le goût, avant de vous mettre à la haïr. Vous croyez innover mais vous ne faites que réclamer à tort et à cris la chaîne et le joug. Les tueurs de liberté, vous les portez aux nues, tant qu'ils vous amusent et vous tiennent occupés. Vous êtes heureux de compter pour quelqu'un quelque part, quand vous ignorez votre père, votre mère, votre sœur et votre frère qui vivent sous le même toit que vous. Ces gens qui se contentent de vous aimer sans rien exiger en échange, c'est d'un banal ! C'en est presque honteux, à dire vrai, tant c'est dépourvu de valeur ajoutée et de flux mercantile ! Vous avez besoin d'être valorisé ! Sur l'écran de votre téléphone smart, livrez donc sans tarder votre numéro de carte et appuyez sur « j'achète » !

N'est-ce pas que la vie est belle ? Rien ne vaut le fait de clamer fièrement :

j'achète, donc je suis !

Repose en paix, Descartes, tu es vraiment mort !

Ne croyez pas qu'il est seul, votre rejeton, parce qu'il vous évite. Un ange le suit pas à pas, et parfois le précède, ne le quittant pas du regard un instant. Il le connaît mieux que vous, il devine ses désirs et recense ses phobies. Contre la soumission inconditionnelle qu'il exige (si peu de chose, vraiment !) il apporte l'essentiel : la présence et l'attention, et la possibilité de l'introduire en des lieux où vos pas ne vous auraient jamais conduit. Qui dit mieux ?

A quoi bon parler sans vendre ni acheter, ou sans l'idée d'y aller dans l'heure qui suit ? Perdre son temps sans bénéfice pour personne, c'est antique comme l'arbre à palabre. Les assemblées élues, parle-et-ments telles qu'elles s'avouent, sont obsolètes, désormais. Elles coûtent cher et ne font qu'ajouter à la confusion, quand elles n'en créent pas pour le simple plaisir de paraître s'occuper. Leur inutilité saute aux yeux de quiconque a des yeux pour voir, à l'heure où la connexion est instantanée avec les vrais pouvoirs tenus dans les mains de quelques jeunes prodiges auxquels une mère ne confierait pas son enfant à garder le temps de faire une course.

Ainsi va le monde, et nous avec, dirais-je à mon petit-fils. Ce n'est pas une bonne réponse, mais je n'en connais pas qui soit bonne. En vérité, le monde, je le connais si peu. Et l'homme, pas mieux.

Cet homme ne m'inspire pas beaucoup de considération. J'aurais dû parler de moi mais comment le pourrais-je sans parler de lui. Quand il tombe, je me trouve à terre. Si je l'insulte, je me sens avili. Je me meurs de sa faim et saigne de son sang. Viendrais-je à le gifler que sous l'impact c'est ma joue qui rougit. Sa hargne, sa cupidité, son immense bêtise m'affligent autant que si elles fussent miennes. Sa folle prétention, à l'instant où de toute ma force je la dénonce, au plus profond de moi trouve résonnance. De son mal je souffre, et j'exulte de son bien. Sa grandeur est mienne, sa réussite est mienne. Lui et moi, nous sommes des frères siamois inséparés, nous sommes nés le même jour, nous finirons le même jour. Le même âge. Ils ont le même âge, le grand-père et le petit-fils, et le dernier homme sur terre aura l'âge du premier. Et, adossés à la terre qui tourne, ils partagent la même timidité.

Loin de le réjouir, cette évidence le plonge dans la tristesse car, souvent, il se serait cru des ailes pour voler là-haut, en liberté, seul, plus haut que l'autre lui, plus haut que tous les autres lui en lesquels, pourquoi ne pas le dire, il ne se reconnaît plus. Car enfin, s'écrie-t-il, je suis unique, et suis en mesure de le prouver. Ne suis-je pas le seul au monde à me situer à l'exacte intersection des innombrables données dûment authentifiées, et à avoir cette voix reconnaissable entre mille, entre un million, quand il s'agit de bêler avec les moutons ou de hurler avec les loups ? Car j'y étais, avec les uns et les autres, et on peut m'y voir encore.

Ah ! Cette amertume et ce regret ! A quelque hauteur que je sois parvenu, l'évidence s'impose : je n'ai pas un instant quitté le chemin, quand c'est toute l'étendue que j'ambitionnais !

26

Dans le sanctuaire du ventre maternel j'ai étrenné le chemin de souffrance… Dehors, les hommes caparaçonnés comme des chevaux de guerre avaient abîmé les champs qu'ils n'avaient pu manger. Il ne resta à la femme enceinte que ses mains pour creuser la terre craquelée à la recherche de racines. Aux relents du rutabaga brûlant le fœtus se tordait, tandis que dehors les affameurs illustres posaient une médaille en fer blanc sur le cercueil improvisé du conscrit.

L'on voudrait peut-être que je me taise ! La faim, la drogue, l'excès ou le manque, qu'importe. Nul ne se soucie de l'enfant à naître, sinon qu'on voudrait qu'il y parvienne, et que de ses semblables il en naisse des mille et des cents, des millions. Le général en a besoin, et l'entreprise, et le supermarché, et quant au solde, on en a besoin pour emmerder le reste. Et l'on voudrait sans doute que je me taise !

Regardez-les se rengorger à qui mieux mieux. Démocratie ! Etat de droit ! Et nul contradicteur. Pas un pour renfoncer dans la gorge du menteur son slogan pipé ? Pas un pour faire honte à l'empereur et au prince, au président et à son ministre et à la foule stipendiée des laquais qui tous, maîtres et esclaves, ne semblent tant heureux que lorsqu'ils vous voient rentrer la tête dans vos télés où la bêtise est servie à flux tendue, le fait-divers occultant l'information et le vide la réalité ?

C'est quoi, un état de droit qui se moque du droit des plus faibles, à savoir les enfants à naître ? Leurs droits dans le ventre de leur mère, mais aussi leurs droits bébés, enfants, adultes et vieux afin que chacun ait une place, un logement, un travail et la dignité de bout en bout ?

Est-il vrai que le miséreux ne rêve que de donner ? Bien sûr, affirme le renard. Tout comme toi. Mais de la réalité tu ne perçois qu'une face. Tu n'as ni le cran, ni le muscle pour te jucher assez haut pour en voir les deux côtés. Es-tu pape ? Es-tu césar ? De plus valeureux que toi se sont cassé les dents à vouloir réconcilier ce qui ne peut se réconcilier, ou à unir ce qui ne peut être uni. Les générations passent, la contradiction demeure. L'opposition, la négation et la querelle, tout cela n'est qu'une seule et même chose qui est le moteur et le carburant du progrès. La voix irritée d'Héraclite te l'aurait dit, mais tu n'écoutais pas : « le conflit est le père et le roi de toute chose. » Quoi, tu ris ? D'autres avant toi ont ri des saints et des voyous, quand la gestion du monde à ceux-ci – mais pas à toi, jamais à toi – pour un moment fut échue.

Jamais à toi ! En effet. D'une certaine manière, tu n'es pas des leurs, tu n'es pas des nôtres non plus. D'où viens-tu, toi qui ne t'avoues ni d'Orient ni d'Occident ? Tu nargues ici la science « aux œillères » qui fonde son efficacité sur la sélection et le déni, bâtissant et ne cessant de bâtir le complexe à partir du plus simple, le plus grand à partir du plus petit, la force à partir du faible et, ce faisant, alimente sans cesse la forge d'où sortent en file indienne les prototypes à ta semblance portant le miroir dans une main et le fouet dans l'autre. Tu moques de là-bas le quiétisme à prétention holistique, idéal en chambre que sans cesse démentent à juste raison l'excès et l'arbitraire.

Tu veux, toi qui ne disposes d'aucun titre, ensemble la terre et le ciel ! Tu voudrais, toi seul, échapper à l'obligation du choix. Ce qui s'en vient, tu ne l'acceptes qu'en relation avec ce qui s'en va. C'est le tout que tu convoites, en vérité, et tu le voudrais gratis. Mais qui es-tu pour y prétendre ? Sache que tu n'as droit à rien, pas même à formuler une prière dans le secret de ton cœur, avant que d'avoir tué en toi la faiblesse et l'émotion. L'homme avisé accepte ce qui est. Tu brûles de lever la tête vers les sommets, soit ! Mais qu'es-tu disposé à donner en gage ? Es-tu assassin, es-tu créateur d'illusions splendides ? Es-tu celui qui écoute ou celui qu'on écoute ? Si tous sont assis à la longue table, la distance au plat commun n'est pas la même. Aussi, examine d'abord le tissu de ta propre vie. Tu verras que l'entrelacs inextricable des fils qui s'y croisent conserve intacte le possible de ta vie et ce qui pourrait en être fait. Un sens, une unité traversent tes polyphonies. Ce que tu crois changeant quand tu vas ici ou là n'est que le reflet moiré de l'ordre immuable qui se doit d'être.

Le maître de l'Empire, hypnotiseur à ses heures, dit : qui es-tu ? Dois-je écouter tous les recalés de la terre ? Je parcours ta fiche posée sur mon bureau. Mmm… Mmm… Ordinaire, banal… Un fragment du minerai en lequel sans relâche je prends, je fais, j'expérimente. Une tête, non, une parcelle du troupeau que je dresse, couche et manipule d'une phrase. En quelques mots controuvés d'une langue hypocrite, je fais de toi un toutou qui fait le beau sur le sofa du salon, ou un dogue enragé. Une colombe à l'olivier, ou un tueur d'enfants.

Tu n'es que pâte malléable entre mes doigts, et tu te vantes de pouvoir appréhender l'univers !

Un jour et une nuit tu te livres à moi, toute résistante abdiquée, puis, durant une seconde, tu te soustraits à mon étreinte pour te jeter dans les bras de tes démons. De si courte durée, ton plaisir, et d'un coût exorbitant ! Sauras-tu que tes démons travaillent au noir pour moi ? De ta servilité je tire grand profit, et de ta révolte pas moins. Tu me fais allégeance, que tu obéisses ou que tu te rebelles. Quoique tu fasses, tu restes dans ma main. Tu te plaindrais de ne pas être compris ! Mais à qui contrôle la ressource, point n'est nécessaire de la comprendre. Oui, il arrive que ton comportement dévie de la ligne prévue. Oui, demeure en toi quelque chose de farouche et de non modélisable. Et après ? Volète et chante autant que tu peux, mais sache que tu n'es que le gibier si tu n'es déjà l'appeau.

La perfection de l'homme ? La tienne, peut-être ? A mon tour de rire ! Tu n'es qu'un enfant rêveur, vieil homme ! Songerais-tu à offrir eau courante et chocolat à tous les damnés de la terre ? A faire disparaître par magie bidonvilles et favelas, dont le système a besoin ? Il faudrait d'abord exterminer la moitié de l'espèce ! Voilà où te conduirait ta rage du bien. Qui est le fasciste, toi ou moi ?

Qui veut créer l'homme nouveau ? Moi, je règne en laissant faire, heureux de la médiocrité de mes semblables quoique subordonnés, en laquelle nous puisons tout ce qu'il nous faut : eux leur résilience, disons plus simplement leur robustesse, et moi, en elle et en eux, l'énergie de mes extravagants projets.

Ne force pas l'homme fourbu à aller plus loin que la longueur de son licou. Du reste, personne ne te suivra, hormis quelques dépravés héréditaires ou provisoires, quelques chiens galeux de la meute expulsés. Tu fatigues des gens fatigués ! Moi je les repose, et ils me suivent, ils me suivraient en enfer. Quand je dis qu'ils me suivent ! Ils suivent mon geste impérial, ma parole, mon coup de menton, mon clin d'œil... Des familles entières, des bourgs qui s'en vantent, des stades pleins à faire peur. Les plus vifs décortiquent mes textes et mes improvisations, interprètent mon attitude, la couleur de mes cravates ou la santé de mon chien et, ma foi, ils ne s'éloignent pas plus du secret, ni ne déméritent davantage que les docteurs en méta-sciences qui finissent par se coucher sur des rapports abscons et convenus, le regard perdu sur leur plan de carrière qui émerge, rassurant, à l'horizon.

La vie, oui, je ne suis pas contre! Elle peut se réclamer de la perfection, même chez les petits êtres sans défense. Stupéfiante chez le bébé, amusante chez le chaton, le chiot ou la souris blanche, si elle n'est perfection, rien n'en est plus proche. Encore que... La vie qui éclate, elle ne demeure qu'au prix d'autres vies. L'amour de bébé, le chiot et la souris blanche ont besoin de manger, semblables en cela à l'hyène, au glouton, ou à ce qu'on suppose du tyrannosaure à la gueule de feu. Tel est l'état des choses, sur terre, aujourd'hui. Tout cela, je le vois autant qu'un autre, mieux qu'un autre, et je m'en accommode.

Mais toi, tu peux rêver. Rêve donc d'un ciel bleu, d'un printemps perpétuel, d'un mutant qui se nourrit d'ondes cosmiques. Imagine-le, ce monstre, édenté et vide, ignorant le besoin. Imagine le cauchemar. Et c'est moi qui serais à blâmer !

Tu me prêtes le dessein de planifier mon départ quand j'aurais épuisé cette planète. Et quand bien même cela serait ? Du moins je me projette tel que je suis, humain et donc terrestre, avec mes dents, mon estomac et mon sexe, sources de mon plaisir et de mon tourment. Et qu'importe ce qui se pense dans l'univers, pourvu que dans la joie je vive et meure !

Le besoin est âpre, c'est d'accord. Mais que serait une vie sans besoin ? Qui en voudrait, d'un tel ectoplasme ? Je t'en conjure, petit homme inconscient, quand tu te lèves le matin animé de bonne intention, réfléchis à deux fois avant de la commettre. Ne sois pas celui qui répand le mal par inadvertance.

Regarde-moi. S'il m'arrive de faire quelque bien, c'est qu'alors il se sera imposé, je l'ai déjà dit. N'en étant pas responsable, je n'en aurai pas le regret, ni à en déplorer les fâcheuses conséquences.

Nous ne sommes différents, en vérité, que dans la mesure. Je ne suis qu'une version améliorée de toi. La mutation que tu espères, tu l'as peut-être sous les yeux. C'est ton frère, ton sosie, ton semblable, mais libéré des entraves que tu gardes comme carcan et comme prétexte. Tu es pire que moi, tu n'aimes pas la vie. Moi je me contente de ne pas la respecter, quant à toi, tu en as honte. Il m'est arrivé de donner ou d'ordonner la mort d'autrui, mais toi, tu voudrais tous nous faire périr, d'un claquement de doigts, d'une phrase, pourvu qu'il n'y ait, hypocrite que tu es, pas de sang trop visiblement épanché, et pas trop de cris. Le sang de l'autre, je n'en ai pas peur, moi, et je déclare qu'il n'est pas de meilleur engrais pour la croissance du monde. Les cris, une douce musique à mes oreilles, je n'en ai jamais assez ! Toute l'allégresse de l'humanité dans le gosier du plus vilain ! Loin de « briser les rigueurs décrétées contre l'homme », n'en déplaise à ce pusillanime confit en confusion[37], les cris réclament haut et fort que la main qui pèse sur le vaincu soit plus lourde afin d'en exprimer toute la tessiture, jusqu'aux notes extrêmes.

Pendant longtemps je t'ai méprisé comme velléitaire. Désormais, je me demande si je ne devrais pas admirer ton audace. Rien n'est plus évident que ceci : en chaque *correcteur* se cache un dictateur. Je commence à peine à pénétrer le sombre dédale de tes songes. Mais tu es seul, anarchiste, et tu le resteras. Tu n'auras que tes mauvais rêves pour toute compagnie.

Moi, le maître des moyens, maître des signes, maître à penser… Moi l'éveillé véritable dont les agents ne dorment jamais… Moi le sublime indifférent, moi le juste qui toujours renvoie dos à dos le bien et le mal que je vois toujours s'en aller la main dans la main, et revenir, cabots compulsifs, à ma porte se quereller, plaider, se battre et s'anéantir et, contents de leurs tours, repartir revigorés faire sans état d'âme leur vénérable métier. Moi, surhomme…

Lui, surhomme. Mais moi, pauvre homme, il m'arrive de baisser le regard sur l'insignifiant rebelle à la cause perdue et, bien que sachant tout ce qu'il faut pour faire ce monde, je laisse monter en moi un soupçon de pitié, vestige antique ou saloperie attrapée en allant voter comme si j'y croyais. Je le reconnaîtrais entre mille, les yeux fermés, mon véritable frère. De jour et de nuit, de père en fils et de looser à son double, depuis que je marche, que je vois et que je sens, il s'est trouvé non loin de moi, semblable, contraire et animé d'ancienne folie. Son insolence ! Son intempérance ! Sur mon seuil il vient succomber, seulement pour reparaître plus loin, pitoyable, menaçant, portant le bois de sa croix sur ses maigres épaules gercées, de sa main droite ostensiblement offrant les clous. Il ne veut pas mourir, il veut me tourmenter. Quand je pense que nous en sommes là, piteux et hagards au fond de l'ornière, pendant que nos vaisseaux superbes voguent vers Orion !

(Toi, elle et lui et moi de même, nous tous, nous ne pouvons nier ce qui saute aux yeux : nous venons ensemble de traverser une étape décisive. Nous avons la possibilité de créer des machines qui nous battent en toutes choses pratiques. En conséquence, l'idée grandit, et finira par prévaloir, de l'inutilité de cette espèce pataude dont on ne gardera, peut-être, qu'une poignée destinée au plaisir de faire plaisir ou à celui de la voir souffrir.)

Toujours à répéter, et jamais rien appris ! D'essentiel, rien ! D'important, pas grand-chose. Ce n'est pas faute de tenter et de retenter encore. La censure n'est plus. Tout s'étale ou finit par s'étaler en tous les idiomes existants ou ayant existé, sur la pierre runique ou l'écran tactile, formé ou en formation dans la généreuse matrice de l'imagination débridée. Tout ce que le mot permet…

Mais voilà : mon âme a soif d'autre chose. De vin, probablement, qui ne soit pas de vigne. De musique, certainement, qui ne soit pas de main d'homme ni d'instrument connu. De mots, peut-être, autres et dits peut-être différemment, le ton, la fréquence, la vibration, clé et chemin pour accéder à la chose indéfinissable qui se cache, peut-être, au sein de mon âme mal définie. Une vague, une puissante nostalgie me tue. De science, de connaissance, de performance je n'ai en vérité nul besoin. Ce dont j'ai besoin, je ne le trouve nulle part, bien qu'en tout lieu je cherche.

A l'enfant qui me contemple de ses grands yeux limpides, je dirais quoi ? Que dirais-je qui ne me diminue pas, aujourd'hui ni demain ? J'appellerais bien à l'aide cousins, amis et voisins, s'ils en savaient plus que moi. S'ils avaient seulement le temps ! Une heure, une minute. Mais, engoncés jusqu'au cou dans leur programme hypnotique, ils n'ont pas une seconde « à eux ». Trop occupés à négocier les minutes de leurs vies précaires entre le virtuel et le réel !

C'est quoi le réel, papi ?

Ils diraient : c'est ce qui s'impose.

Et toi, tu dis quoi ?

Il pensa : je dirais, moi, que c'est ce qui s'interpose. Le saviez-vous, vous, que les petits enfants jettent par-dessus l'épaule, en jouant, de grandes questions ? Des questions de géants qui pèseront d'un poids trop lourd pour vos frêles épaules ?

27

Où as-tu été traîner tout ce temps, est-on en droit de me demander ? As-tu marché avec les somnambules, as-tu été malade, enfermé, absent sans autorisation? S'il est donc vrai qu'on mesure le résultat au but, dis-nous, vieil homme, le but que tu t'étais fixé ? Le but pour la réalisation duquel tu as vécu ? Le but qui eût donné sens à ta vie et consolation à ta barbe blanche ? As-tu été l'homme d'un sillon ou d'une large étendue, as-tu été l'homme de l'espace infini ? As-tu été vénéré, as-tu été craint, as-tu subjugué des peuples entiers ? Dis-nous, vénérable, le rêve que tu as servi.

Trop de questions et pas de réponse. Je sais la chose inacceptable : j'ai le cheveu rare et les poches vides, et le même air défait qu'avait à mon âge le père de mon père. A voir ses profondes rides j'imaginais, au temps court de l'enfance, des mers naufrageuses et des déserts mortifères. On ne pense pas aux dangers du temps, quand on est jeune, et c'est bien ainsi. L'ennemi invincible, irréductible, à quoi bon y penser ? Depuis, il y a eu la science, et la « conquête » de l'espace. Il faut croire que la science ajoutée a davantage ajouté à ma douleur qu'à ma sagesse, L'Ecclésiaste l'a mieux résumé en son temps. Pourtant, s'il faut que reproche se dise, c'est moi qui en dirai.

Il ne serait pas juste que l'impuissance seule fût blâmée. Car c'est d'elle qu'il s'agit d'abord, comme chacun le découvrira, le moment venu. C'est elle qui, à la fin, fermera les yeux de l'empereur et du type qu'il a oublié au fond du cachot, du joyeux luron et du penseur accablé.

J'entends ma femme dire de l'autre côté de la porte ouverte: c'est pas le rêve qui lavera la vaisselle entassée sur l'évier ! Alors, durant une minute, je me surprends à espérer, à imaginer des existences épargnées. Le vaste courant décepteur, charriant sa tourbe noire de trahisons, de déboires et de songes manqués s'écarterait tout bonnement, dans une tentative, évidemment illusoire, d'en faire des exceptions à une inhumaine règle.

Car j'ai rêvé, autant qu'un autre. Non point de vaisselle qui se fût lavée et rangée toute seule, mais de changer le monde, oui monsieur, oui madame, pas moins. Un rêve qui fût moindre, mes jeunes années l'eussent rejeté comme indigne. Ainsi de moi, et de toi aussi, garde-toi d'en rire. L'aigle crânement déploie ses ailes le matin et le soleil n'est pas encore couché qu'il entre bêtement, benoîtement dans l'enclos, veau naturalisé parmi les vaches. La faute au sorcier sans cœur et néanmoins familier, malefacteur de son métier : rabatteur de caquet, coupeur de rémiges, désorientateur constant, rangeur passionné de cases et tendeur de cordeau ; sauveur des foules décomposées, souffleur de fièvres mal cartographiées, censeur vigilant des élans non autorisés. Berger bonasse à la férule et au crayon, non, au clavier… En voilà un, par exemple, qui ne manque pas de boulot !

Il ne m'a manqué, à moi, que le levier, comme à toi, comme à tous les forçats du monde. Aussi, ne m'accuse pas, ne me blâme pas. Tu te ferais du tort en essayant de m'en faire.

Ne plains pas non plus ma dégaine de chien mouillé. Tu en tâteras, si tu as la chance que j'ai eue. Tu auras tes déserts à traverser, forcément, n'y échappent que les refusés de la première heure. Déserts d'eau saumâtre, déserts de sable chantant et d'absence lancinante. Champs lunaires où la seule pseudo-substance est le manque. Le manque, le manque, le manque. Que tu respires ou que tu mâchouilles, le manque. Tu chercheras et tu n'auras rien. Pas une douceur, pas une pensée. Pas même un mot que tu puisses cracher, ou lancer à la tête du passant endormi, ou que tu puisses planter là tel un clou et un repère sur lequel, soi-disant par distraction, tu t'écorcherais le bras pour t'entendre crier aïe ! Aïe, donc je suis vivant! Ou sur lequel résolument tu attacherais un nœud coulant pour imposer silence, enfin, aux fragments sauvages de revêches pensées qui cherchent sans les trouver les mots justes pour s'y couler ; pour te mettre enfin à l'abri, camarade. Tu verras, peut-être et pour peu que tu aies du mérite, que la pléthore est pénurie, que la foule est absence, que le plein est en réalité vide, que l'illusion est nécessaire, et que l'ami que tu attendais n'est qu'une charade posée à l'enfant que l'adulte a par mégarde retenue.

Tu auras des forêts cruelles à traverser, où le sang coule comme sève, sans haine et sans pitié. Tu auras ta chance, toi aussi, si tu ne l'as déjà eue. Qu'en ferais-tu de mieux que tu n'as fait ? De mieux que je n'en ai fait ?

Ne dis pas O mes amis et vous autres foules sottes et indéterminées, remettez-moi en situation, permettez-moi de recommencer, j'aurais plus de patience et d'empathie et plus de ce que vous voudrez. Ne le dis pas, tu serais deux fois menteur et cette fois, tu seras maudit. Si la répétition procurait la sagesse, l'âne du meunier serait plus sage que Socrate et Pythagore réunis.

La question, tu ne l'éviteras pas plus que je ne l'ai évitée. Tu en sortiras, si tu en sors, les membres rompus et le cheveu rare, le souffle court et le regard perdu. Mais si tu as l'espoir chevillé au corps, qui sait, un jour, peut-être, un instant, une lueur va apparaître, juste ce qu'il faut, et une voix va résonner pour toi seul, pour toi seule, afin que tu voies et entendes que ta misère a une source : la guerre sourde que banalement tu livres à ta conscience depuis l'aube de ton temps. Tu résistes à ta conscience, homme inconséquent, femme inconséquente ! En revanche, au bruit adverse du monde, tu te donnes sans réserve.

C'est quoi, un homme, petit ? C'est tout ce cela et davantage.

Un tableau noir *et*, au milieu, un point bleu qui, à l'examen, s'avère contenir le tableau dans un point, et l'immensité autour. Sans la précaution et la peine prises de *vouloir voir*, on serait passé à côté. Aussi, garde toujours le feu vivant... pour éclairer ou pour brûler. Tagore l'a dit en ces termes :

« *Cet encens que je suis ne dégage pas de parfum sans qu'on le brûle. La lampe que je suis ne donne pas de lumière sans qu'on l'allume.* »

Garde vivant le feu dont l'autre nom est amour.

Une histoire d'immensité. L'immensité dans une goutte d'eau. Le bruit chaotique d'une cavalcade partie à la recherche de l'insaisissable point du jour. Il sait, d'un savoir axiomatique, que l'aube existe quelque part. Mais, dans sa précipitation, il passe au large du point bleu.

Il la cherche, l'aube, avant de se représenter ce à quoi elle pourrait servir ni à quoi elle ressemble. A un bien ? A un mal ? Il ne s'interroge pas, lui, il se dépêche, il n'a pas le temps. Allez donc voir l'autre, statique derrière son bureau, qui « suit » les progrès des limiers, synthétise, interprète. Quoi ? Allez voir à l'étage celui qui donne les ordres… Il y a belle lurette qu'il s'est spécialisé, l'homme. Il était à l'origine une sorte de bille, à la substance également répartie autour du centre, veillant au grain et au moulin. Puis il s'est laissé tailler, biface ou multiface. Maintenant il n'offre plus à la vue qu'une ligne, au fil tranchant, pointu au bout! Réifié, machin-outillé et d'autant plus fier qu'il coupe et qu'il perce ! La chimère « augmente » à mesure qu'il décroît. Prions, mes frères, mes sœurs, revendiquons le statut tant attendu de robot.

Au dernier étage, la vue est superbe. Le patron finit par avouer : nous sommes tous responsables. La phrase lui plaît, il lui trouve, heu, il ne sait quoi de léger et d'agréable. Il la répète encore et encore dans le micro relié au monde. « Nous sommes tous responsables ! » Je ne le suis pas plus que les mercenaires d'en bas, tranchants à souhait et pointus de même. Et ceux-ci d'opiner, tout contents de se voir prêter une trace de responsabilité à laquelle ils savaient n'être plus en droit de prétendre depuis qu'ils l'eurent échangée contre un plat de clous. Tous responsables, clame avec délectation le patron, et tous gentiment d'opiner au geste paternel qui envoie à chacun la bonne décharge électrique. Personne n'est responsable, nous obéissons tous aux ordres. Nous sommes spécialisés, le nez sur l'ouvrage, nous ne savons rien du grand dessein. Allez donc voir plus haut !

Plus bas, maman, il t'entend.

Mais non, *il n'entend pas. Il est devenu sourd comme un pot, ton père. La retraite ne lui va pas bien, le pauvre.*

Il a maigri. Ca ne t'inquiète pas ? Tu dois faire quelque chose.

Faire quoi ? Il mange peu, il dort mal ou ne dort pas. Je dois rester éveillée toute la nuit, peut-être ?

Mais non. Il doit aller voir un médecin.

Vas-y, peut-être qu'il va t'écouter, toi. Moi, j'ai pas réussi.

Je fais celui qui n'a rien entendu. C'est décidé, je ne discuterai plus. Le monde extérieur s'est fermé devant moi, eh bien, moi je ferme l'intérieur, et je garde la clé en main. Je me proclame maître de l'intérieur, bulle rétrécie autour de mon auguste personne. Ma manière de riposter.

Oui, j'ai perdu le goût des choses, oui, je passe sans raison apparente des nuits blanches. Mais que faire ? La retraite a bon dos. *Il est encore jeune !* Vous l'avez entendue ? C'est ma fille qui a parlé.

Il a quand même sept ans de plus que moi ! Ce ton que je ne lui soupçonnais pas, qui éjecte des mots mêlés à quelque chose qui ressemble à… à… enfin qui ne me plaît pas.

Six ans, maman.

Non, sept ans !

Six ans et cinq mois exactement.

Tu vois que c'est plus que six ans.

Voilà pourquoi j'ai décidé d'être sourd. Ce commérage ! Je ne sais pas ce qu'elle a, la mère. Pressée d'être débarrassée, peut-être ? Méchanceté ? Non, elle n'en a pas, de méchanceté ; pas plus en tout cas qu'il n'en faut pour bien se porter. Mais de l'irritation, oui, devant le fastidieux des jours. Les forces déclinantes du vieux, c'est assez ennuyeux, quand on en aurait encore besoin, ne serait-ce que pour repousser les questions fâcheuses qui montrent leur bout de nez et qui, telles des charognards, s'enhardissent chaque jour davantage. Et la mauvaise graisse qui s'accumule aux mauvais endroits, rapprochant les sexes au moment même où ils s'éloignent irrésistiblement, prématurément. On dirait que votre monde intérieur, celui qui vous donne épaisseur et qui vous constitue – et qui mène sa propre vie, à moitié indépendante, pour le moins, de ce que vous prenez pour la vôtre – se met à avoir des caprices. Ne le voilà-t-il pas qui feint de ne plus vous reconnaître, ou de ne plus vous remettre à tous les coups ! Vos services se tournent le dos, quand ils ne se font pas franchement la guerre. L'hypothalamus, la dopamine, la mémoire, le truc à libido, l'oreille interne, la tête de fémur, les acouphènes, le taux de sucre, et la tension artérielle... Le foie, les reins, la rate et le sac à bile... La nation jadis unie de la tête aux pieds n'est plus qu'une cacophonie de partis à la solde de l'étranger. Des pages entières de votre *constitution* se détachent, des articles se perdent, des mots s'effacent ou éparpillent leur alphabet, jetant la confusion et le trouble au milieu des quelques bonnes volontés restées fidèles.

Le tableau caractéristique du crash imminent saute aux yeux. Par on ne sait quel décret fatidique, des fautes vénielles dont on s'est arrangé jusques là sans trop de problèmes se coalisent dans l'ombre et soudain se solidifient en une forme ennemie. Le crash sera brutal, n'en doutez pas, il est à craindre qu'il soit mortel. Difficile, dans ces conditions, de garder sa foi intacte. Plus difficile encore, le souvenir des serments fous que la jeunesse incandescente semait sans compter et que le corps serré comme un poing écrivait d'un crayon sûr sur la douce page offerte. L'heureux temps où la mort n'était qu'une vague fiction. Qui sont ces comédiens outranciers sur la pellicule vieillie, irrestaurable ? A les voir dans la splendeur des belles années, qui eût pu imaginer l'existence de quelque chose qui ressemble à la défaite ? En tendant l'oreille on entendrait, sortis de la candeur de leurs lèvres humides, des mots qui réfutent le temps et le ridicule : amour va avec toujours, même si toujours ne dure qu'un jour. Temps surfait et suranné des idylles et des engagements. Le cœur arde, le corps brûlant se couche et se lève fiévreux, la mesure est renvoyée *sine die*, le corps envahissant hurle, défiant la raison et la règle. L'esprit en perdition en appelle dans la brume au définitif, au feu, à la certitude, à la chose qui sauve ou qui tue, pourvu qu'elle soit franche, instantanée, et qu'elle promette à l'être agonisant l'évanouissement dans une gerbe explosive. Temps abominables et succulents où l'amour-mort défie tout ce qui se meut au ciel et sur terre. Le saint voit le jour à ce moment précis, et l'assassin aussi. Il y faut assurément un jeune pour faire si peu cas de la vie, ou un dilettante. Le premier pour en ignorer l'essentiel, le second pour en savoir tout, les deux s'accordant accessoirement à illustrer l'adage selon lequel les extrêmes ne peuvent se rejoindre que sur un point douteux.

L'âge le plus propice pour donner la vie ne se distingue guère de l'âge le plus enclin à donner la mort. Force et fragilité. Et sottise. Les jeunes gens éclatant de sève semblent n'être que corps en errance à la recherche d'une cause. Pas trop loin attendent, rue des chafouins, rue des benoîts, rue des clans jaloux, les détenteurs patentés des causes foireuses. Affreux pirates et néanmoins humains jusqu'au bout des ongles, ils doivent leur prestige, entre autres, à leur sagacité à repérer l'offrande sacrificielle, et à diagnostiquer la chansonnette qui la ravira. N'a pas qui veut le statut de vieux salaud, ni l'art concomitant d'en imposer par le maintien et la danse aux inconscients du jour qui ne rêvent que d'offrir ce qui les embarrasse au plus haut point : eux-mêmes. Justice soit rendue à ceux qui possèdent l'art consommé de tordre ce qui est droit, de faire mettre genou à terre à qui se voulait debout, et d'agréer, à la fin, la gratitude de l'un et de l'autre. Ils ont la science ultime, celle d'éteindre le torrent ascendant de sève, le trop plein d'énergie bouillonnante et vagabonde, en rivière empêtrée de sang et de sueur. La clameur sera offerte en plus.

Pourtant, l'apaisement n'est pas hors d'atteinte. Mais il demande un préalable : voir la réalité telle qu'elle se présente. Pas forcément s'y soumettre, mais la voir, sans sourciller ni détourner le regard. Voir pour conjurer la ruse et la peur. Comprendre enfin. Comprendre que l'hostilité est la règle et qu'il ne saurait exister de vie hors de ses ennemis, grands ou petits. Le mythe génésiaque le dit sans ambages : le sang coule dès l'intrusion de l'humain. L'ennemi : d'abord le frère. Viennent ensuite, on n'a plus besoin de livre pour s'en convaincre, la bête féroce, la nature indifférente, l'estomac qui crie famine, la maladie qui ronge le corps, due à de minuscules êtres rencontrés ou à vos propres cellules entrées en rébellion ouverte. De sorte que l'espoir existe bel et bien : si l'ennemi est la condition du vivre, vivons donc malgré lui. Il le faut.

Je me suis approprié la seconde chambre de l'étage. Prétexte : je dors mal, veux pas déranger. De toute façon, côté charnel, on l'a avoué, les volcans sont éteints. Ah l'inévitable chirurgien – un autre – est repassé. Il me semble qu'ils attendent tous en file indienne, derrière la porte, le couteau à la main, alertés par les effluves propres à la viande avariée, shylocks innés en blouse blanche. *A partir de cinquante ans, affirme l'artiste, un homme sur deux. Parmi les gens assis* – comme moi – *la proportion est plus grande.* Pas plus de compassion dans la voix que s'il m'informait du prochain départ du bus. Le bus passera à neuf heures quinze. J'ai eu envie de lui dire : et toi, déjà ou pas encore ? Mais c'eût été montrer trop d'intérêt, alors je me suis tu.

Le fait est là : Je me comporte comme une mécanique déglinguée qui dévale la pente en éparpillant ses pièces à chaque tour. Et la douleur ! Ou plutôt les douleurs, chaque pièce révélant la sienne, que caractérisent sa voix propre et sa couleur, son rythme et son coût. Une mutinerie en pleine mer ! Vos membres bien-aimés se mettent du jour au lendemain à vous demander, chacun pour son compte, un mot de passe ! A l'heure où, le désordre aidant, il arrive qu'on en oublie jusqu'à son nom ! Voilà enfin résolu un mystère : aucun homme n'est jamais mort de vieillesse.

Le monarque vieilli meurt de la non-reconnaissance de ses sujets. La rébellion est pire que la mort, avertissaient les anciens. Non, elle *est* la mort, et si elle ne l'est à proprement parler, elle l'annonce sûrement. En tout cas, la fin d'une page et le commencement d'une autre. Chaque jour présente ses conditions et ses énigmes à résoudre. Le jeu en vaut-il encore la chandelle, à l'heure où ni les frais consentis ni les soins ne peuvent empêcher la continence de muter en son contraire ? Quand on en arrive à croire, sous la contrainte il est vrai, que l'absence de douleur a le bonheur pour nom, alors le constat s'impose : la ruine est consommée, celle du corps autant que celle de la sagesse.

Encore des choses qu'on ne peut expliquer à un enfant, et c'est pour cela, pour l'incapacité à transmettre ce qui vraiment importe qu'«aucune génération n'a libéré la suivante »[38]. D'où la répétition. Cette règle du vivant, tu n'y feras pas exception. En toi autour de toi, comme la graine et pas mieux que l'insecte, tu répéteras même quand tu croiras innover. Innover et croître, le grand thème du siècle ! A la seconde où le grand lit familial est libéré l'impatient héritier s'y précipite, seulement pour se couler dans l'empreinte encore tiède. Mais avant, notez-le bien, il aura changé les draps. Changer les draps, les changer de couleur, c'est tout ce que tu pourras jamais tenter et faire, homme !

Aucun de tes héros, aussi brave qu'il fût, aussi talentueux fût-il, toucheur d'orgue ou de lyre, scribe fameux ou sabreur en gros, piétineur de lune ou postillonneur de ferraille et pas plus ni mieux que l'oblique adorateur du veau d'or, ton patron et idole, personne, absolument personne de ton espèce n'a pu en faire davantage.

A l'enfant curieux, que pourrait bien dire le vieil homme, qui ne lui enlève le goût de vivre et de rêver ? Devrait-il mentir ?

Pourquoi pas, répond l'homme avisé qui n'ignore rien de ce qui se trame sous le kaftan des choses ou derrière l'apprêt des façades. Ne sommes-nous pas à l'ère de l'humain ? L'anthropocène, le règne de l'homme, roi défroqué et, qu'on pardonne la redondance, menteur fils de menteur jusqu'à l'extinction ? Indiscutablement. Qu'y peut-on, si le mensonge procure une joie intense qui égale dans le cœur du pratiquant celle que donne le rapt au voleur. A quoi reconnaît-on un vol réussi sinon aux débordements de désespoir, lacrymaux et sonores, auxquels il condamne la victime pour le grand plaisir de l'artiste ? Une victime qui en sourit, nous certifie le sieur Shakespeare (Othello), qui en parle avec l'assurance d'un connaisseur, vole le voleur, et ça, on devine que c'est pas bien vu dans le milieu. Bref, le mensonge est un vol, tout juste un chouia plus subtil, en attestent les experts.

Le roi grandeur nature dit : mon peuple ! en titubant d'admiration devant la statue-stature qu'il contemple dans la glace. Mes peuples ! renchérit l'empereur en secouant ses médailles auto-octroyées. Mon devoir ! répète le président-élu avec une fausse modestie exemplaire, lui qui se veut tout à la fois roi, empereur, dictateur et menteur. Mon amour ! chuchote dans sa chaumière mal chauffée le chômeur en puissance en gardant un œil sur le navet télévisuel qui le prépare à acheter dès demain à crédit. Et les autres, qu'on a si souvent entendu dire : mon frère, mon ami ! Et l'autre, dont le regard ne condescend jamais à rencontrer le sol et dont les lèvres extasiées murmurent : seigneur ! quand les pensées qui le remuent... Et celui qui vend... Et celui qui se demande lesquels des revenus déclarer... Le mari volage et son épouse infidèle qui jurent... Et le politicien, cet honnête homme qui se consacre à servir... Et les forces de « l'ordre » qui ne disent ni ne savent lequel, et le parlement inutile, et l'athlète dopé, et le journaliste suborneur, et la nourriture trafiquée, et le médicament qui tue...

L'ère de l'homme, ère du mensonge et des déchets. Proposons donc pseudocène là où de plus honnêtes ont dit poubellien. Mesdames et messieurs, vous voici arrivés à l'âge poubellien ! On n'ose dire bon appétit ! parce qu'on est bien élevé.

Que veut bien vouloir dire : être bien élevé ? « Elever ses enfants », j'appartiens à la dernière génération habilitée à le clamer en toute bonne foi. La bonne foi ne garantissant nullement la bonne méthode, si tant est que celle-ci existe, on a vu le résultat. Nos « chers enfants », ceux qui sont en charge des affaires du monde, que valent-ils à l'aune des (bonnes) valeurs ? Et que dire de la génération des gérontes à laquelle j'appartiens ? A-t-elle le droit de donner des leçons ? La jeune pousse qui monte n'a pas besoin de ses parents. Ses maîtres et ses victimes, elle les recrute dans la toile omniprésente, omnisciente. L'émulation ne se borne pas à la cour d'école, elle est mondiale. On aura ce qu'on mérite, il ne faut pas en douter. Les génies seront sauvages, les leaders barbares. Le monde sera sans pitié. Le mendiant à « son » feu rouge, la putain à son poste ne quémandent pas. L'un et l'autre exigent, armes à la main. Exit la mélancolie, la compassion, les bons sentiments qui donnent leurs mauvaises couleurs aux villes et aux villages. On y verra peut-être un peu plus clair, enfin.

Peut-être. Les anciennes certitudes s'étant révélées fausses, pour quelles raisons en irait-il autrement des présentes ? De nouvelles certitudes se constituent, dont on s'accommodera de la courte vie, puisqu'on s'accommode de tout. Dans le même temps, à grands frais on érige les mythes nouveaux, dont on espère une plus grande longévité, le mythe étant autre chose qu'une de ces vulgaires certitudes qu'on fait reluire à midi, histoire d'en augmenter la cote et qu'on liquide le soir pour ramasser le bénéfice. Le mythe est fait pour être gobé tout habillé. Il se refuse à l'interrogation et à l'enquête. Dans le monde prétendument livré à la démarche scientifique, on lui délivre un visa d'exception. Ses promoteurs misent sur l'abrutissement du grand nombre et sur la lassitude de la minorité. Il faut croire ! disent-ils avec les mots de leurs aïeux. Croire : de credere, affirme le dico, confier, faire confiance. C'est ainsi que ceux qui n'ont rien ont encore quelque chose, dont on attend qu'ils le confient gentiment, lèvres closes et genou à terre. C'est à toi de faire crédit, gros benêt, crois donc ! Donne, et donne même ce que tu ne possèdes pas, toi le démuni, on te prêtera ce que tu ne mérites pas et que tu rendras au décuple, débiteur jusqu'au jugement dernier. Pourquoi ? Pas de rouspétance, et n'essaie pas de comprendre ! Et surtout ne t'en fais pas : quand tu seras mort, tes rejetons croiront (encore ? Encore, parfaitement !) que le monde a été créé exactement dans l'état où ils l'ont trouvé.

Il faudrait cependant se garder de penser que dans le grand bazar du monde, il n'y a que tristesse et mélancolie. L'ordre des choses passe, implacablement, sans possibilité de recours, certes, mais non sans réserver de charmantes surprises. On voit ainsi, côtoyant la ruse, la naïveté toujours perdante se réjouir de nourrir sa compagne. Que serait le pauvre carnassier sans le prodigue herbivore ? Que de poncifs, dira-t-on, qui n'étonneraient pas même les enfants ! Ils le savent si bien, les enfants, qu'ils en jouent dès qu'ils disposent d'un petit moment, à la cour de récré ou en bas des immeubles, s'exerçant sans vraiment le savoir, et peut-être le sachant déjà un peu, aux rôles qui seront dans quelques années les leurs.

Certes, il n'y a rien de plus naturel que de se nourrir. N'empêche qu'on peut trouver édifiant d'assister à cette chose extraordinaire, que la ruse la plus consommée et les calculs les plus aboutis finissent toujours, vraiment toujours en quenouille, non point seulement chez le gus commun des rues, espèce aguerrie aux prétentions malvenues et à taux élevé de reproduction mais, et c'est là l'épisode rafraîchissant, chez le maître du monde tout aussi bien. N'est-il pas drôle, et même, disons-le, jouissif – car l'homme, dont on sait maintenant qu'il n'est pas un ange, peut trouver un plaisir vindicatif à assister à la chute des colosses – de voir ceux qui se sont engraissés sans vergogne de notre naïveté finir victimes de la leur ?

Le malin en chef, aux multiples superlatifs marqués à son nom, et à son nom seul, celui qui sait tout, qui dirige tout, qui possède tout finit un jour par regarder, en spectateur impotent, pour ainsi dire en étranger, glisser dans les mains d'un autre l'amoncellement des *choses* qui faisait sa fierté. Il a juste le temps de se poser la question : s'est-il fourvoyé ? Ton moment d'étonnement, surhomme, sera ton seul moment d'humanité. Ta seule chance, avant de fermer les yeux, d'entrevoir ce que tu as voulu absolument occulter, à savoir que tu es un être vivant et qu'en tant que tel tu n'es pas assimilable au résultat de tes combines. Tu n'es pas assimilable, en tant que vivant, aux choses auxquelles tu t'es identifié. Ton or trempé dans le sang, et tout l'or de tes semblables de par le monde ne vaudra pas, le moment venu, un verre d'eau ni un morceau de pain. Tu aurais pu savoir, mais pour cela il t'eût fallu être attentif, ce que le poète des siècles révolus a su résumer en une poignée de mots :

Tu es âme et tu t'es cru corps
Tu es eau et tu t'es cru vase. [39]
(Vase. Ou cruche ?)
Et, du même :
Ne compte pas la vie qui ne connaît pas l'amour
Car elle ne sera pas prise en compte.

La vie, l'amour. La vie sans amour *ne sera* pas « calculée ». Non pas qu'elle n'ait pas *existé*. On peut exister, et même régner et sévir, sans pour autant vivre, quand on est de l'espèce humaine. La pierre existe, le plomb existe. L'homme sans amour existe. Mais il ne sera pas appelé quand on appellera ceux et celles à qui la vie a été donnée pour qu'ils, elles, la vivent. Sa fortune, sa puissance, sa gloire, l'éclat tonitruant de son nom, rien de cela et tout cela ensemble ne suffiront pas à lui assurer une place dans la liste dressée de la main qu'on ne peut ni impressionner ni corrompre.

Que s'est-il donc passé que nous ayons admis que tout, autour de nous, en nous (et nous-mêmes) soit devenu chose ? Que ce qui n'a pas valeur d'argent – amour, sororité, sourire, chômeur, vieux – soit jeté comme rebut, tandis que chaque jour des milliers de milliards en devise dite forte sont investis à acheter et vendre des indices et des dérivés qui n'ont pas même l'excuse d'« exister ». Est-ce raisonnable de mépriser la vie et de porter aux nues la chose, réelle ou imaginée ? Pourtant ceci a été dûment établi : qui ose suggérer qu'un tel comportement relève d'une forme de corruption de l'esprit confinant à la folie perd séance tenante tout crédit. Messieurs-dames, où que vous soyez, allumez s'il vous plaît les torches et partez donc à la recherche de *l'individu raisonnable* que les théoriciens de l'économie, forçats rompus au langage inversé du maître, utilisent à satiété pour couvrir leurs turpitudes. *Celui-là* vous ne le trouverez pas. Pourtant, il existe, s'il faut croire la grande entreprise qui rançonne les gouvernements élus, et la haute université.

Mais il ne le faut pas. En aucune manière. Pourquoi devrais-je croire le falsificateur et son acolyte, dominateurs devenus communs, moi qui suis mieux que les deux réunis, puisque je n'ambitionne de dominer sur personne ? Moi, je n'ai d'autre prétention que d'être matin et soir et à chaque heure et chaque minute, une personne mue à, émue par, l'émotion, l'affection, l'amour et le sort de mon semblable, qu'il soit mon voisin ou qu'il réside dans les contrées où jamais je n'irais.

Vivre en tant qu'être humain ! Pourquoi est-ce si difficile ? Pourtant il suffirait de peu : vaincre la peur, ne dominer ni se laisser dominer, ne pas se laisser impressionner ni corrompre. Au joueur de flûte, j'opposerai *ma* musique. Je rirais des airs que se donne le faux alchimiste autant que de l'habileté du magicien au masque doré. Vaste programme ? Ce n'est rien, au regard de la vie à vivre. Ce n'est rien, en présence de la mort. Cela, du moins, à mon petit-fils je puis le dire.

Je n'attendrai pas qu'il soit à l'âge de Gautama pour lui montrer l'endroit où la vanité prend fin : le cimetière, en l'occurrence celui, petit et sans prétention, où reposent ses aïeux et où une place déjà me fait signe. Je lui dirais que seul l'homme qui s'est trompé a peur de la mort, celui-là qui a vendu sa vie à vil prix. Epicure, homme sobre s'il en fut, n'avait pas peur de la mort. (Je nommerais deux fois plutôt qu'une ce vieux philosophe afin que l'enfant apprenne à se méfier de la réputation que font les organisations constituées – la redondance n'est pas inutile – à l'homme authentiquement raisonnable.) Avant lui, après lui, l'homme juste n'en a pas eu peur. Tu n'en auras pas peur, car la peur écrase la vie. La mort de l'homme qui a eu du temps et qui l'a *vécu,* pour triste ou douloureuse qu'elle soit, devrait donner occasion à méditer et à *penser.* Que serions-nous sans la mort ?

Penser ! Encore ?

Oui, penser encore, afin de préserver son humanité.

La leçon ? Une seule, être heureux, simplement, massivement, au seul argument, formidable à vrai dire aux yeux de qui *pense*, d'être vivant. Ceux qui ont survécu à l'accident, au mal, au drame, pensent, assurément. On le voit à la gravité et à la joie de leur visage. Mais il n'est pas indispensable de traverser l'épreuve pour penser. Pensez, pensez tout votre saoul, l'ivresse est au bout. Cette espèce d'ivresse-amour chantée par El Khayyam, par Errazi, par Erroumi, par Ronsard, par Li-thai-pé et avec concision par Matsuo Bashô, mais aussi par les flûtistes andins et les bergers des grandes plaines, par quelques bardes modernes près de chez vous et qu'à votre tour vous pouvez chanter, parfaitement, aujourd'hui, avec les mots de votre cœur, ou exprimer en silence, en prière, si votre voix est rétive. (Prier, c'est regarder toute choses de ce monde avec sérénité, selon Epicure qui vécut, il est bon de s'en souvenir, avant l'irruption des premières multinationales). Quand la nuit vous pèse, quand le jour s'assombrit, pensez à ce qu'il a fallu réunir comme paramètres pour « faire » et préparer ce lieu afin que vous puissiez – vous autant que l'empereur du monde et, tout bien considéré, peut-être plus – y aller et venir et semer et récolter. Renoncer à penser selon vos propres règles, ou déléguer à un autre, informaticien, guru, publicitaire, politicien ..., le soin de penser à votre place, c'est, ni plus ni moins, louer une bonne place en enfer. N'amenez pas l'enfer sur terre en fermant les yeux. Demandez des comptes, examinez, exigez !

Si le capitaine affirme savoir son boulot et vous commande d'aller dormir ou vous amuser, souvenez-vous du Titanic. Oui, laissons le capitaine faire son travail, tant qu'il le fait bien. Pour en juger, pour nous assurer de bonnes chances d'aborder au pays du rêve et non à celui du cauchemar, gardons les yeux ouverts et l'esprit agile. Un exemple ou deux : la robotique, d'accord, mais pour quelles conséquences ? L'intelligence artificielle, pourquoi, quand l'intelligence naturelle – la tienne et la sienne et la mienne – est capable de créer l'autre ? Et toujours cette question : de quel droit, autre que celui, misérable et indéfendable, qui découle de la simple possibilité de faire ? Et d'abord, quelle est cette sorte d'intelligence qui pousse les uns à vouloir fuir un jour la terre saccagée, et d'autres à vouloir nous réduire à l'état d'esclaves de nos propres créatures ? Où a-t-elle été exilée, la raison ? D'où vient cette haine pour l'espèce humaine, ou cet immense désespoir ?

(Il est urgent de se rappeler ceci : l'exactitude n'est bonne qu'asservie et instrumentale. Introduite en l'homme, comme règle ou comme pensée, elle représenterait le plus grand, et l'ultime danger. Nous finirons à l'instant où nous nous soumettrons au dictat parfait qui est, comme son attribut l'indique, non évolutif, non spéculatif ; qui est, en d'autres mots, l'antithèse de ce que nous sommes. Admettons-le, célébrons-le, nous sommes les fruits inexacts de l'inexactitude !)

Les réponses, l'homme les trouvera, qui vit selon ses propres principes. Ses vertus théologales, à lui ? La foi en la Force qui a créé le soleil *et* la terre ; la foi en lui-même, sans laquelle il ne pourrait distinguer et suivre le chemin de son salut ; la foi en la bienveillance, en tant que principe de coexistence. Faire siennes ces vertus, les explorer comme si on partait à l'aventure, les approfondir, c'est fermer la porte à la haine et au désespoir. C'est l'antidote à la folie. C'est ce qui, à défaut de la réduire au silence, ne lui permet pas davantage qu'un murmure.

Car la folie nous colle aux basques. A tous, certes avec des fortunes diverses. Et non le péché, cette pauvre invention tardive d'un repenti honteux, dont l'Entreprise, pour une fois en mal d'imagination, s'est vivement emparée pour en crépir la maison où la coutume s'est établie de briser le meilleur ressort de l'homme.

La folie, c'est autre chose. Elle n'a eu besoin, elle, ni d'un esprit vif, ni d'une langue pendue, encore moins d'une entreprise, fût-elle la plus redoutable. Quiconque a touché la terre de ses épaules sait la folie qui est lovée en lui. Nulle explication n'y ajoute, nul déni n'en ôte. La tradition l'affirme, sûre d'elle : nous sommes tous issus du même zygote, et en conséquence consanguins jusqu'à n'en plus pouvoir. Du premier au dernier, tous malades et fous, à des degrés divers. A des degrés divers, on se lâche ou on se retient. Aussi, quand la mauvaise ivresse te saisit, frère, rappelle-toi que l'autre n'est pas mieux loti, lui dont la souffrance, jumelle de la tienne, vient non du fait qu'il ne te ressemble pas assez, mais de ce qu'il te ressemble trop. Ce dont tu souffres, à en insulter le Ciel, Rotterdam éventrée, Bagdad ruinée, Afrique mère indigne, toi qui es roi ou crève-la-faim ou toi qui traverses en ce moment la rue, amnésique et prétendument insouciant, c'est du manque cruel de diversité. Forcé de te regarder sans fard, face contre face, jusqu'à l'abîme de ton âme querelleuse : Stalingrad, courageuse et enracinée. Tu as rejeté le miroir et frappé de loin : Hiroshima plainifiée loin des yeux, Nagasaki fat-man-isée dans l'instant, les deux villes atomisées corps et cris. Vietnam défolié, phosphoré, tératogéné, pourquoi ? Tu ne t'en souviendrais plus, tout à l'escalade que tu prépares ? Quelle prochaine étape ? La bombe qui détruit la planète ! Bravo, homme à la souffrance ! Et bravo à toi, homme-lapin et homme-champ d'expérience et de manœuvre, homme-silence !

Les espèces sont mortes, il ne reste plus que toi. Ta solitude déverse dans ta folie, couple stérile. Personne ne peut rien pour personne, fût-il l'ami, la mère, fût-il l'enfant. La Puissance libérée a engendré l'Impuissance.

Où que tu dardes le regard, frère, tu ne vois que toi, toi, toi, à la grimace près, à la posture près. Quand tu titubes, le pas de travers, quand tu marches au pas d'oie, nauséeux d'amertume et de colère, victime innocente à la recherche d'un crime à commettre, puisse-tu te rappeler que le sang que tu t'apprêtes à épancher injustement n'adoucira pas, ne pourra pas adoucir ta peine. A coup sûr il y ajoutera la sienne que, ton forfait accompli, tu devras porter sans un moment de répit, pour ton plus grand chagrin et ta plus grande colère.

28

Ce mur invisible derrière lequel... Ce code indéchiffrable... Ce secret. Le monde lui était offert comme un livre à lire, pensait-il, il ne tenait qu'à lui d'oser et d'entreprendre. Puis, d'expérience en déduction, il se rendit compte qu'il ne pouvait avoir accès qu'à la moitié du tout. Ensuite les esprits les plus avancés se mirent à soupçonner que ce qu'ils prenaient pour le tout, ou la moitié de tout n'était en fait qu'une partie de la moitié, que chaque pas réduisait de moitié. A mesure que l'univers « grandissait », *son* monde à lui se réduisait. Parvenu à la moitié du livre, il prend conscience qu'il ne tient que la moitié de l'alphabet. Les questions pleuvent. Le monde… Quel monde ? L'univers… Quel univers ? Le livre… Lequel ? Celui qu'il a lu avec le b ou celui qu'il a lu avec le y, à moins que ce soit celui auquel manquent les voyelles.

On ose lui parler d'identité ! Ou de sa place sous la voûte céleste (quelle voûte, quel ciel ?)! Ou de son importance, lui qui n'eût constitué qu'une bouchée dans la gueule d'animaux splendides dont les ossements parsèment la plaine ancienne. Sait-il seulement s'il est son ami ou son ennemi, celui qui l'incite à se connaître *lui-même* ?

Oui, qui est-il ? Homme d'identité ou homme d'évolution ? D'autres identités, par milliers, dans l'eau, sur et sous la surface de la terre, bactéries, amibes, peuples de planctons, diptères nerveux et coléoptères irisés, mulots, varans, welwitschia ou sycomore… espèces animales, espèces végétales, espèces indécises, accomplissant leur cycle de vie en une minute ou en dix siècles, répliquant leur parfaite adéquation, ne désirant que durer telles quelles, en leur identité pleinement satisfaite.

Façon commode de parler. Car en toute rigueur les êtres vivants n'ont pas d'identité. Ils n'en ont nul besoin. Faut croire que c'est la police du roi qui leur en a donné une. Les êtres ne sont qu'en tant qu'ils sont en devenir. Les identités n'existent qu'à l'état élémentaire. Leur collusion donne la vie. Celle-ci s'arrête avec la libération des identités élémentaires qu'elle avait provisoirement rassemblées.

Que dire de lui, dernier venu, tombé du ciel comme une maladie inconnue à laquelle la médecine terrestre n'était pas préparée. Surgi au milieu d'une ronde à la formule établie, il ne s'en émerveille pas : il ne sait pas s'émerveiller. En revanche il sait deux-trois choses : son étape est courte ; sa mission : tuer ; ses armes : à inventer. Son corps dépérit. Le temps n'est pas son ami. S'adapter, évoluer, parer au plus pressé. Ruser, résister, étudier, vaincre. Il ne connaît la vie qu'imagée, manipulée, analysée. Il ouvre les yeux et voit : tout autour la vie grouille, magnifique, formidable, naturelle et profuse. Il en est jaloux. Il se met à enfanter, par pur mimétisme. Ah cette vie ! que pourtant son vieux logiciel lui commande d'exterminer avant de rentrer ou de se saborder. Dès la rencontre, la contradiction. La terre est si belle, et l'amour une révélation !

Oh la Terre, quelle planète ! Sa musique dit : pas d'amour sans douleur. Pas d'enfantement sans lenteur. Sa tentation est forte, la Terre, son sortilège est puissant. Plus puissant que sa gravitation. Nul n'y échappe, qu'on y touche ou qu'on y soit né. Si bien que l'étape qui devait être courte se prolonge sous des prétextes. La machine s'humanise, mais pas totalement, ni uniformément. Pour lui, la question cruciale s'est posée d'emblée, et se pose tous les jours : obéira-t-il au songe ou à la réalité? La réponse, pour moitié, se laisse lire dans les brins d'ADN qui baignent dans l'autre moitié, plus subtile, dont la clé ne cèdera ni à l'effort ni à la prière, non plus qu'aux appels frénétiques que des types dangereux adressent abusivement au ciel, misant sans doute sur notre propension à pardonner à ceux qui ne savent pas ce qu'ils font.

Pas étonnant qu'il soit instable, celui-là qui se déplace entre le rêve et la réalité, n'avançant d'un pas qu'en abandonnant l'un ou l'autre. Oh bipédie ! qui a mesuré la trace que tu creuses en nous, plus profonde que celle de la mère qui en était marquée, elle aussi, mais qu'elle tenait secrète sous le sourire rassurant. Avance, bébé, tu ne connaîtras l'assurance de l'équilibre que couché, les épaules contre terre et l'esprit en congé. L'oiseau a l'aile pour lui, et toi, toi au bras court et à la main fermée, tu connaîtras la chute, certainement, après l'avoir risquée à chaque pas. Tu n'avanceras qu'en renonçant à ce qui aura été acquis. Tu avanceras pour éviter de tomber. Un pas est une aventure. Un pied pour la réalité, un pied pour le rêve. Chaque fois une moitié, par alternance. Tu obtiens l'une en renonçant à l'autre et tu recommences. La mère regarde son bébé qui se balance et devine, par le seul instinct, quel sera le pied le plus lourd, celui que le haut attire, ou celui qui incline au bas. Regardez donc plus attentivement la personne qui marche devant vous, dans la rue, elle se livre plus que sur le divan de son psy, mais, pour le deviner, il y faut l'œil le plus rare : l'œil d'empathie.

Dernier arrivé, méprisé, menacé, affamé, apeuré mais haïssant ; haïssant de tout le potentiel qu'il pressent et songeant à la revanche. Juché au sommet de la chaîne, il engloutit à s'en rendre malade et jette le surplus. Vainqueur, il eût pu exercer son magistère en toute liberté, suivant la seule loi de sa volonté, comme le tigre à dents longues ou comme le grand mammouth. Il en fut tenté, dit-on, ici ou là, de temps en temps, réduisant au statut d'exception ce qui aurait pu être la règle. Il aurait pu vivre pour le restant de ses âges, clair comme le sabre au soleil, ne se reconnaissant aucune limite. Mais le ver s'est tôt glissé en lui, et il connut la mansuétude, la pitié, l'inquiétude de l'âme. L'Âme, mère pucelle de la morale ! Chaque fois qu'une décision s'imposait, il interrogeait son âme et perdait du terrain. Alors il se mit à soupçonner le ciel d'un œil effrayé, projetant sur le vaste écran ses turpitudes intimes. Le Bien et le Mal, ou ce qu'il croyait tels, s'agitaient en son sein comme le feraient des bébés requins également dentus se disputant le droit d'aînesse. Comment trancher ? Jamais il n'avait eu autant besoin d'un patron qui fût capable de lui dire son fait. Quelqu'un qu'il supplierait quand il avait besoin d'aide, et qu'il supplierait quand il avait besoin de pardon.

Pas étonnant qu'il aille de malaise en mal-être. Il n'y entend toujours rien à ce qui lui arrive, et on voudrait qu'il explique cet embrouillamini à un enfant ?

Que dit sa mémoire raturée ? Sa mission, à supposer qu'il en eût, il l'a oubliée. Il a fini par se croire chargé d'accaparer la scène, seul, en vedette, tous les feux de la rampe allumés. Puis, sans transition, il se renie. Se flagellant au sang, s'imposant cilice et longue liste de pénitences. Souvent homme varie, on eût pu le dire tout aussi bien, et bien occupé serait celui qui cherche une explication au milieu du clair-obscur de son âme troublée.

Voulant et ne voulant pas. Savant autant qu'ignorant. Superman et poule mouillée. Défiant crânement toute créature visible et affectant de s'agenouiller devant le fantasme de sa propre image. Poursuivant la vérité de toutes les ressources de sa science, et refusant de lui jeter un coup d'œil quand elle se tient en face de lui. Cet homme pour qui la face cachée de la lune n'a pas de secret et qui est incapable de donner un nom ou un visage à son voisin de palier. Cet homme à qui il arrive d'aimer l'humanité entière et qui, au soir de leur vie honnête et laborieuse, expulse père et mère vers un mouroir lointain. Il sera dit que l'être hybride ne connaîtra point le repos.

Lui qui entend tout contrôler n'a pas le contrôle de soi. Il lui manque un bouton, un clic est introuvable. Animal de chair et de sang sorti du ventre de sa mère entre la pisse et le caca, ou graine de robot chu du ciel le jour où l'astronef s'est fourvoyé. Il s'en faudrait que la question fût de pure forme, bien qu'en vérité elle soit informulable en aucune langue. Pas en mots qu'on prononce. Une sensation, oui, une idée à la rigueur. De ces choses qu'on dit subliminales, ou souterraines, ou n'importe quoi qui nous dispenserait d'approfondir. Des flashs, des pensées fugaces dont l'addition se dissipe en une sorte de créature protéiforme dont on sent la présence sans jamais la toucher du doigt : le doute, si c'est bien cela, rue à faire mal, comme l'enfant qui réclame sa naissance.

Il hurle de jour et de nuit, sans espoir d'être entendu, il hurle son doute, sa frayeur, sa frustration. A-t-il bien fait ? La crainte ancestrale et toujours intacte traverse sa fatigue et le tient éveillé. Et s'il ratait : le but, la cible, l'atterrissage ou on ne sait plus quoi ? Et cette question dont dépendra son avenir et son destin : va-t-il opter pour la force brute ? Va-t-il opter pour la douleur (de l'enfantement) et la lenteur (de la gestation) ? Pour le ciel, ou pour la terre ? Il attend, héros de tragédie à l'indéfectible interrogation, il attend le poète au souffle long qui saurait chanter son épos sans faiblir.

De bons Enée, bâtisseurs au jarret solide, nous en avons eu et en avons. Nous leur devons tant et tant. Les Ulysse finissent mal, narcisses vains qui n'ambitionnent que de revenir au point de départ, brûlant leur vie à vouloir reprendre ce qu'ils ont librement abandonné, velléitaires à nulle valeur ajoutée. Ils sont parmi nous pour nous délasser et, plus souvent, offrir en spectacle leur fatuité pour nous consoler de la nôtre. Ils ne comptent pas. Cent Virgile et cent Homère ne suffiraient pas à notre Drame. Nous n'en voudrions pas, du reste. Un politicien, on s'en défait à la prochaine élection et on l'oublie. Un poète, on n'en sort pas, pour peu qu'il se garde d'offenser ceux qui font métier de nous offenser sous couvert de grands mots ; des mots qu'ils rendent pesants comme des rochers sous lesquels ils s'amusent à nous voir ployer.

Mais il n'y a plus de poète depuis voilà des âges ! Ulysse n'est plus qu'un routard en goguette. Il rapporte plein de selfies où il figure avec des entraîneuses tarifées et, pour rehausser son image, raconte des aventures incroyables qu'il aurait vécues en compagnie de femmes-serpents et d'attachantes magiciennes. Mais personne n'écoute. Dans les cités et les favelas, les garçons en rigolent grave en se demandant quelle sorte de moquette il a dû fumer, ce touriste là !

La ville s'est radicalisée et célèbre Théorème. Poème est mort et enterré en un endroit tenu secret. Nous en sommes aujourd'hui là : ni magie ni poésie. Nous faisons avec, tendus à passer à côté de la déprime, attentifs à ne pas nous laisser abattre. Les yeux clairs et le cœur brave, oui, il le faut.

Poème est mort, d'accord, mais le Rêve, nul ne peut le tuer ! Il n'est pas mortel, le rêve. Et voilà : des hommes se présentent, et des femmes de talent à l'esprit et au corps libres, que réunit un seul ouvrage, qu'ils écrivent et nous laissent lire, notre genèse véritable, exacte et austère, nettoyée et sincère, dans notre langue maternelle, afin que nos enfants puissent vivre dans un monde débarrassé de la peur.

On dira : encore un vœu pieux, un ! A ajouter aux charretées de vœux en partance vers le cimetière du bon vent ! Oui, on parle ainsi quand on croit que notre ressort a été brisé. Mais notre ressort n'a pas été brisé. Nous ne sommes pas tous malades. Nous ne sommes pas tous abrutis. Des choses nous étonnent, il est vrai, comme par exemple la trahison, le désamour, l'enfant qu'on maltraite, la mère qu'on abandonne, le chien qu'on jette. Le Bien est mauvais payeur, il a cette réputation. Le Mal, quant à lui, formidable et séduisant, possède tous les trésors de la terre, sans compter le reste, qu'il va chercher on ne sait où. Au ciel, prétendent les initiés, sous couvert d'anonymat. La partie est assurément inégale.

Topographiquement, le monde s'est redoutablement verticalisé. Il ne faut que quelques heures à des alpinistes débutants pour aller fouler l'Olympe de leurs crampons acérés. Les dieux expulsés du haut colonisèrent le bas, sans pour autant changer leurs habitudes à faire la pluie et le beau temps. Ils forment depuis les personnages du troisième type, qu'un œil exercé reconnaît à l'usage qu'ils continuent de faire de la foule décervelée. Une chose a changé, cependant : avant, chacun de leurs forfaits portait leur signature. Aujourd'hui, ils délèguent à des hommes de paille et gèrent si bien leur rareté que tous en redemandent. Même chez les laïcs, ils restent célébrés comme des idoles !

On les identifie à ceci : jamais ils ne parlent des hommes et des femmes en disant : nos semblables. C'est le seul tabou ayant survécu à leur translation. Soyons sérieux : ils ne se veulent pas comme toi et moi. Pourquoi accepteraient-ils de l'être au fallacieux prétexte de démocratie, cette folie qui leur procure une plus grande marge de manœuvre et l'anonymat en prime. Se jouer de la foule pour la mettre à la tâche au coût le plus bas, le foot et le pain étant (presque) offerts, n'est-ce pas là, à peu de chose près, ce que dénonçait déjà l'intraitable Juvénal ?

Pas étonnant qu'il ignore où il se trouve, le petit vieux. Chaque fois qu'il relève la tête pour jeter un coup d'œil alentour, il a la surprise de se voir à la croisée des chemins. Un carrefour mobile sous les semelles de ses chaussures ? Ivresse ou illusion d'optique ? Qu'il suive la route tracée ou s'aventure à travers champ, l'impression déconcertante que le voyage est un leurre ne le quitte pas. Elle voyage avec lui. Il est désorienté. Il est terrorisé. A son âge, c'est un sentiment sans recours.

Son énergie s'épuise. Sa plainte est ringarde, le système n'en veut plus. Une voix lointaine lui parvient à travers la distance et le désarroi : si tu gardes le silence, tu es perdu. Si tu parles haut, tu es perdu. Que tu sois de la majorité silencieuse (c'est quoi une majorité, papi ?) ou de la foule geignarde…

Hem, dit la voix : on ne peut demander à l'individu qui ignore ce qu'il est de savoir ce qu'il veut, n'est-ce pas ?

Il n'y a plus de guide nulle part. On n'en veut pas, martèle matin et soir la doxa télévisuelle. Que ferait-on d'*un* guide quand des milliers s'offrent au bout d'un clic sur un écran. Ou alors chaque jour un guide, on veut bien, car il en faudrait un, sans doute, pour aider au choix du « bon » philosophe parmi la promotion agréée ce matin par nos chers médias ; ou, plus délicat, à choisir le truc dernier cri. Ah ! le dernier cri ! Se vêtir du, manger et boire le, rouler dans la voiture, penser selon le… dernier cri. Nous avons réussi, très chère, à faire élire un président dernier cri !

(Le dernier cri et mourir ? Mais non ! Vivre et s'il le faut tuer ou se tuer pour se l'offrir, le dernier cri. Non, ce n'est pas ton cri qu'ils réclament, ami Munch, pâle et douloureux d'une soudaine lucidité. Ton cri à toi ne fait pas vendre le machin de la machine. Ton cri qui « déchire la nature », nul ne l'entend aujourd'hui, nul n'est prêt à l'entendre. L'écho même n'y répond pas.)

Une majorité peut donc être silencieuse, lors même qu'elle engendre un raffut de tous les diables. On dira : une contradiction de plus ou de moins, quelle importance ! Le guide va plus loin, il explique que le bruit de la foule prouve son existence (ce qui n'est pas si différent, après tout, de ce qu'en disait Sénèque, pour qui la foule était la preuve du pire !) sa bonne santé et, conséquence importante, sa capacité à acheter. Acheter ? Oui, acheter tout, le trash usiné, le bobard de la télé, la dernière version de la démocratie sans quoi la machine cesserait de fonctionner et la terre de tourner. Acheter, c'est sacrifier aux dieux qui comptent, rien de moins ! Et en n'importe quoi le dernier cri, s'il vous plaît !

Vous aurez entendu ceci, ou à peu près : le tremblement de terre (la sécheresse, l'invasion de criquets...) survient quand les sacrifices ont été négligés. C'est ainsi que le criquet a été envoyé à l'Egypte et l'Espagnol à l'Inca (et aux autres)...

C'est quoi, papi, l'Inca ?

L'Inca était un homme comme toi et moi. Une société organisée autour de ses mythes, tout comme la nôtre. Une haute civilisation, concèderont les descendants contrits des Conqui... des Confiscadores, en contemplant de loin les sommets andins. Tout comme nous, ils devaient acheter l'ordre établi, et le consommer jusqu'à la lie. Tel est le prix du ticket d'entrée en civilisation. Le prix du vivre-ensemble, dirait notre guide du moment. On gagerait que leurs enfants priaient comme les nôtres auxquels nous enseignons par l'exemple nos propres prières, que nous récitons « dès l'aurore », dans « le secret de notre cœur » inquiet quand nous quittons le seuil de la maison : fais, seigneur, que nous ayons de quoi contenter ceux que nous ne manquerons pas de rencontrer aujourd'hui : l'escroc et le voleur, le tricheur et le hâbleur, le vendeur et le politicien, ainsi que les guides-gardiens des six horizons. « Toutes créatures aux besoins desquelles je me dois de pourvoir, parce qu'elles sont nées de ma faiblesse. »[40]

Les mythes, tueurs massifs. Nous ramassons des éclats épars de miroirs brisés, d'idées avortées, et en hérissons les remparts imprenables à l'ombre desquels nous tenons assemblée. Notre société est invulnérable et notre citadelle inviolable, clame la voix inspirée du coryphée-chauffeur de salle, tant qu'on ne questionne pas le prince et qu'on opine au sorcier. Faites aveuglément confiance, bonnes gens, et allez de ce pas régler vos impôts, sous peine de peine additionnelle. Il n'y a pas à en sortir : une société solide a l'esprit emprisonné dans l'inexpugnable pierre du mythe. Là-bas sur la crête, *dehors*, un berger. Qu'il cesse un instant de souffler dans sa flûte, et l'ordre du monde s'affaisse comme château de carte. Que s'est-il passé, dira l'Enquêteur au Berger ? Celui-ci balbutie : j'ai pensé... Stop ! commande le Juge en se bouchant les oreilles et en ordonnant par ce signe à l'assistance d'en faire autant.

La pensée et le mythe ne font pas bon ménage, il faudrait vivre hors du monde pour en ignorer. Rien à cela d'étonnant puisque la pensée est, en soi, exercice de liberté, celle-là même que nie précisément le mythe. Il n'a besoin que de deux choses, le mythe : la muraille pour l'encerclement, l'ignorance pour la satisfaction.

Ecoute ce qu'en dit le Ramayana, cet admirable mythologue d'une plus ancienne et plus durable civilisation : « celui qui enseigne la loi à un Soudra » (homme de la classe servile, et la seule véritablement utile, d'une société organisée en castes) « est précipité avec lui dans le séjour ténébreux », ancêtre de l'enfer, on s'en sera douté. Et pourquoi donc ? La loi de Manou est implacable : parce que les Soudras ainsi éclairés négligeraient leurs devoirs et, les négligeant, « seraient capables de bouleverser le monde ». Aux mêmes, Saint-Augustin aurait prêté la capacité de « ravir le ciel ». Et toi, homme raisonnable en quête de sagesse, que serais-tu disposé à prêter à l'intouchable et à l'ignorant ?

La sagesse est partagée de tous, la folie de même. En son état « normal » l'homme se retire dans ses quartiers familiers, à la frontière entre l'intelligence, encore perceptible mais déjà hors-jeu, et la stupidité, terre hospitalière propice au plaisir, mère accueillante qui ouvre ses bras à tous sans distinction de naissance ou de fortune. Mère et présence dont on cherchera vainement trace sur l'arbre généalogique agréablement décoré. Mère de tous, mère de personne.

Il n'existe pourtant rien qui lui soit comparable en constance et en poids. Que celui qui en doute jette un regard sur l'état du monde, ou revisite, pour se distraire, les faits et gestes des hommes célèbres. Ou qu'il se regarde, tout simplement, avec l'œil de la sincérité, et qu'il fasse le détail de ses journées et la somme de sa vie. Quelle est là dedans la part d'intelligence, s'il y en a, et celle de la stupidité ? Regarde-toi, centaure ! Elle te sert à quoi, l'intelligence qui ne t'évite pas de tomber dans tes propres pièges et de te prendre les pieds dans les toiles que tu tisses de tes mains. Tu tues, tu extermines, tu enlaidis, tu aspires à ta propre fin à travers celle de la planète entière. Interroge donc ta part qui conçoit les stratagèmes et monte les plans compliqués, ton « intelligence », qui est vraie, qui est redoutable et qui, perverse en diable, ne se rend qu'à celui qui la subjugue. La pute n'est pas la Raison, n'en déplaise à ce bon Luther, la pute est bel et bien l'Intelligence !

Explique, centaure ! Tu analyses, tu mets en équation, tu modélises : tu connais l'optimum des choses, mais tu ne t'y arrêtes pas. C'est le maximum qui t'excite. La bonne mesure t'ennuie. C'est la démesure que tu poursuis, et le délire collatéral. L'utilité que tu crées, tu n'as de cesse que tu ne l'aies transformée en nuisance, par simple excès. La faute aux « autres », dis-tu, qui réclament à cor et à cris le plus et l'extrême. Incapable d'apporter de la lumière, tu banalises la sottise, tu en théorises la nécessité et tu t'en arranges, toi qui, dans ta jeunesse intransigeante tu t'étais fixé pour dessein d'améliorer le monde. En fin de compte, le plus grand de ton espèce ne se distingue du plus méprisable que par la taille de la pelote amassée. Toi qui « possèdes » la ville entière, cite-moi une seule chose ou une seule idée des inventaires imposants où tu consignes tes « possessions » dont tu puisses dire qu'elle est à toi seul, c'est-à-dire qu'elle est en toi seul. Ouvre donc les yeux : ce qui était là avant toi ne peut t'appartenir, ce qui te survivra ne peut t'appartenir, ce que tu captes à partir de ce qui ne t'appartient pas ne peut t'appartenir. Mais l'illusion est à toi, et la trace de l'encre sur les documents que tu serres sur ton cœur pétrifié.

Le paysan le plus modeste que tu écrases de ta hauteur et que tu peux réellement abolir d'une loi abusive ou de ton doigt crispé sur la gâchette est cent fois plus utile que tu ne le seras jamais, O toi maître du monde.

Tu dis : utile, d'accord ; genre subalterne, espèce négligeable, taxon bouseux. Pas très reluisant, l'utile !

Et c'est vrai : l'homme de bien est tout sauf une star. Les jeunes gens n'en ont cure, qui mangeottent le truc usiné l'œil capté par le dernier message ou par la note obtenue au jeu de massacre censé habituer nos enfants à s'entretuer. L'homme excitant, le vrai pour tout dire, est celui-là qui libère le mal ou le retient un moment parce qu'il en a la capacité. Lui seul, qui commande à la douleur et au malheur, nous en impose assez pour que, taisant chamailleries et logomachies, nous nous mettions en rangs serrés pour le louanger et l'élire. Lui seul. Certains l'appellent l'Impuni, parce qu'il ne connaît pas la culpabilité. Ou le grand Patron, toujours avec majuscules, ou…

Le centaure vieilli hoche la tête et dit : sur ma dualité et ma peau tendre l'expérience qui ne tue glisse comme l'eau sur la large feuille du lotus, emportant la mémoire de ce qui eût pu être et la poussière des contes vermoulus. Je pète de mon ventre décati mais en haut je rêve sans cesse de rêver et, même malade ou emprisonné, je voyage sans cesse de voyager. Je ne suis jamais là où on m'attend. Je suis ailleurs, non par choix ou par goût puéril du jeu, mais parce que ma nature m'y porte. Les choses m'adviennent un temps d'avance, et ce que je parviens à faire, je le fais un temps trop tard. Je suis l'agent double incompétent suspecté autant ici que là. Condamné à rester au seuil des deux mondes, sans possibilité d'appartenir ni de comprendre. On me dit : *Tu n'es ici qu'à titre d'invité. Tu as deux jours pour prétendre et fanfaronner. Sache que ton puissant roi, ou ton empereur, ou qu'importe le nom que tu lui prêtes règne sur une sphère pas plus épaisse qu'un cheveu durant le temps que dure un souffle. Si tu en doutes, interroge le désert. Un caillou, te dira-t-il, le plus modeste des cailloux qui jonchent le sol le plus stérile a plus à raconter qu'un millier de tes griots.*

Ta folle espèce aura duré le temps d'une charade. Comme une bourrasque elle aura passé. Malédiction jaillie de quelque enfer glacé ayant entre le soir et le matin phagocyté la vie d'avant, écoute-la appeler, déjà, désespérément, lancinamment, la maladie qui surgira du ciel pour l'éteindre à son tour. Mais ne lui en demande pas la raison, elle ne saurait que répondre. Sa science s'achève au seuil de sa maison. Qu'on se garde d'accuser la terre de sa stupidité. Sa stupidité, la Terre est trop menue pour la contenir, trop maternelle pour l'accepter, trop belle trop bleue pour ne pas en souffrir.

Arrête-toi, malheureux ! Un jour. Cesse *un seul jour* tes calculs, neutralise tes mauvais penchants. Un seul jour. Retiens ta hargne, ta stupidité, ton instinct de mort un seul jour. Appelle-le : NOTRE JOUR. Le jour de l'humanité assumée. (Ohé, O.N.U., entends-tu ? Et toi aussi, Unesco ?) Le jour réservé à vous regarder avec bienveillance, à vous écouter les uns les autres, à penser. Un jour dans l'année à penser, faire le point, examiner, à l'abri du reproche ou de la honte, la balance des stupidités commises ou observées et celle des belles réussites. Que ce jour coïncide avec le début du printemps et marque le début d'une résolution nouvelle !

Mais tu n'en feras rien. Tu te diras : Attention, sous le repos la paix ! Deux choses insupportables dont la synergie multiplie l'effet. Il suffirait d'une exception, une fois dans une vie, quand tu mets ton prochain dans sa tombe avec ces mots si rares qui sonnent comme un aveu : repose en paix !

Repose en paix car tu as manqué autant de repos que de paix.

29

Il se concentrait sur le journal qu'il tenait à deux mains, l'éloignant à bout de bras et le rapprochant. Il ne trouvait pas la bonne distance. Il le rangea à côté sur le banc qu'il occupait, et se mit en devoir de nettoyer ses lunettes qui n'en avaient nul besoin. Deux yeux, pas davantage, et pas d'accord ! L'un se projetait loin devant, et l'autre loin derrière, à toucher le bout du nez. S'ils eurent jamais le même objectif, ils le perdirent de vue en chemin ou y renoncèrent. L'arbitrage de ses vieilles lunettes, rejeté ! Il comprit d'un coup, ou crut comprendre, pourquoi la notion de juste milieu était si chère aux anciens. La raison en était qu'on ne le voyait nulle part : un idéal dont le simple fait de s'en vanter vous procurait sans doute noblesse et prééminence. Le juste n'était qu'un mot, certes, mais sa répétition sur le mode solennel vous distinguait à peu de frais des peuples barbares. Exactement comme aujourd'hui. Inutile donc de chercher, vieux, ni l'oculiste ni le juge ne rendront justice à tes yeux émoussés. Et dépareillés.

Il était assis au milieu du jardin public que se disputaient toujours les alchimistes du béton armé. Le jardin, c'était maintenant la distance maximale de sa promenade. Ses jambes l'auraient amené plus loin, mais son humeur refusait. C'est là où il avait le plus mal, à l'humeur. C'est son humeur, sûrement, qui brouillait le journal, non ses yeux.

La matinée était belle. Haut sur les arbres, les moineaux menaient grand tapage. Ils semblaient se rire, intensément, du comment et du pourquoi. Ils vivaient. Les questions sans solution, ils ne connaissent pas. Leur école, une seule règle : soyez oiseux et efficaces, et débrouillez-vous avec ça ! Les grands mots, c'est pour sa pomme, lui, un homme, boxeur d'ombre devant l'éternel. A lui aussi, l'école a dit : débrouille ! avant de l'abandonner sur les sentiers de perdition où elle l'avait conduit, loin d'un savoir véritable, loin du bon sens. A son âge, il en traînait encore les séquelles. Aucune maternelle, aucune classe ne porte ton nom dans nos régions, Ivan Illich, toi qui as si justement noté que « *l'école nous atteint d'une manière si intime que personne ne peut s'en libérer par des moyens extérieurs.* » Par les moyens intérieurs non plus, pourrait-on ajouter.

Il baissa la tête, bien que personne ne fût en vue, et se laissa aller à ce qu'il s'était autorisé une fois, dans l'intimité de son bureau, le jour où l'avait étreint le souvenir de son père. L'âge ne lui allait pas bien, inutile de tenter de donner le change. Ses larmes tombaient à ses pieds, sur la poussière, dessinant de minuscules cratères de couleur plus sombre. Il pleurait sottement, sans raison précise, sans raison tout court. Tout allait bien, à part... et il pleurait. La terre était si belle, si jeune, et lui... Les jeunes femmes déambulant dans la rue, chacune maximisant charme et beauté, chacune épreuve au passant, chacune offerte et interdite, chacune charade, promesse et fin de non recevoir. Chacune, le temps qui passe, qui est passé ! Un évènement, un truc, quelque chose avait dû se passer pendant qu'il dormait, hier. Il le sentit dans l'air dès le matin, et dans ses os de même. Sans motif apparent, le monde s'était mis à briller de mille feux. La joie ne se démentit pas le reste de la journée. Les gens vivaient, s'aimaient, pendant que lui... Ce matin, il s'était réveillé avec le sentiment d'en avoir été écarté, de ce monde, définitivement et sans bruit. Le pire, c'est qu'il n'avait plus le ressort de se révolter ni même de se plaindre. Il n'avait plus les moyens, il n'avait vraiment plus aucun moyen. Le monde ce matin était laid et sale à pleurer !

Si quelqu'un l'apercevait ... Un vieil homme en larmes. Non, plutôt : *le vieil homme qui pleurait sur le banc public*. Les amoureux se bécotent sur le banc public, les vieux y pleurent. C'est dans l'ordre des choses, il paraît. N'empêche que ce serait un beau titre pour une nouvelle. Ou, mieux, pour un spectacle. Oui, un spectacle.

Sur la scène, un seul meuble : un banc, du genre ancien, fait de traverses en bois, polies par l'usage, assise et dossier, couleur verte écaillée. Point d'arbre, aucun autre objet pour distraire le regard. Les trois coups, théâtre ! Le rideau s'ouvre d'une grande hauteur et l'on découvre, près du sol, le banc, de face, et un petit vieux ratatiné sous le poids de quelque fardeau invisible. Il pleure déjà, sans perdre une minute, et continue de la sorte pendant une heure trente, exception faite des moments où on lui donne à boire une solution salée pour lui éviter la déshydratation. Et puis non, point d'interruption, point d'eau, salée ou non. Il va crever sur scène, crever pour de bon, magnifique ! Il pleure toutes les larmes de son corps, et tombe donc, à la fin, quand il est devenu aussi sec que le bois sur lequel il était assis. Les jeunes gens applaudissent et se lèvent, tout contents d'avoir vu ce qu'ils sauraient bien éviter, eux et elles, elles et eux, la dégradation, la faiblesse et la honte. Ils viennent de le vivre par procuration, ils en seront en conséquence immunisés.

Il eût en vérité répugné à se donner en spectacle. Mais la peur, non. La peur la plus tenace, celle du ridicule, était derrière lui. Il n'avait plus peur de rien. Il est en effet des choses que les vieux peuvent se permettre. Les vieux sont trop discrets. Ils gagneraient à crâner, c'est le seul lieu où on ne les attend pas, le seul devoir qui leur reste. Et l'ultime ligne de défense.

Ils doivent se rebeller. Contre les puissances inabordables : le Temps, l'Habitude, l'Espèce, *son* espèce, et surtout contre eux-mêmes, ou ce qu'il en a été. Lui s'est bien regardé, à la manière de Socrate, à qui on prête ces mots : *une vie sans examen ne vaut pas la peine d'être vécue.* En théorie, oui. Il se garde bien de trop s'avancer, l'Antique, si bien que nous ne saurons pas de quelle façon il faut procéder à vivre et à s'examiner dans le même mouvement, sans hiatus ni rupture. Il faut s'arrêter un moment, Socrate, pour pouvoir s'examiner, voyons ! Certes, l'arrêt est une perte. La rupture l'est tout autant, et davantage. Ce que tu reprends, après un instant ou un an, est toujours de seconde main. La superbe y a perdu, la qualité aussi. Toujours tu te diras, regardant les deux images censément semblables, celle d'avant et celle d'après, où se trouve l'erreur. On aura beau te répéter que la soudure vaut bien le matériau originel, tu sais bien, toi, au vu de ta vie bosselée, qu'il n'en est rien. Ton corps qui ne se nourrit pas de contes te le rappellera, le cas échéant.

Oui, il le sait bien, le vieux, ce qu'il en coûte à l'outrecuidant qui se moque des règles. Encourir une perte en échange d'un danger, il faudrait le charme de la jeunesse et l'aura de la force pour s'y risquer. Mais, si elle aime le risque, la jeunesse a peu de goût, en vérité, pour les intermèdes en rase campagne. Si on doit y venir, on y viendra avec le temps, et pas autrement.

Se voir, ce ne peut être donné qu'à la personne qui a su conjuguer le verbe comprendre à tous les temps ! Le danger est immense, autrement. Le type au coin de la rue, moi ? Non ! L'étonnement, la stupéfaction, le rejet, peut-être l'horreur. L'abolition, qui sait, matière contre antimatière, zéro ! Seule certitude, les dégâts !

Est-ce bien toi ? Pauvre homme a donné pauvre type, par vilaine et silencieuse translation. Un glissement furtif. Une potion d'anodin chaque jour, le matin de préférence. Le corps est plus imposant que jamais, et le costume ! Tâtez un peu le tissu, hein ! La ressemblance est saisissante mais… est-ce toi, vraiment ? S'il te reste un peu de vie, si tout n'a pas été corrompu... Tu as commencé par dire : ego homuncio, moi, pauvre petit homme, par affectation, et tu l'es devenu pour de vrai, promesse auto-réalisée ! Tu te réveilles suspendu seul à l'intérieur d'une bulle étanche – ce qui te demeure de conscience – tu appelles et tu cries, intense et bref : Où avais-je été?

Oui, que s'est-il passé, que tu te sois mué en *celui-là* ?

Ce comprendre-là t'a poussé, une ou mille fois, hors de l'humanité que tu réclamais, souviens-toi, du temps où il t'arrivait de te battre contre qui prétendait que deux plus deux donnaient autre chose que quatre. Une seule humanité ou rien, te plaisais-tu à crier avec la voix grondante dont tu usais pour clamer tes choix absolus et ce que tu n'arrivais pas entièrement à te représenter : la liberté, la mort ! Le caractère fasciste des slogans, on pardonne aux jeunes gens de l'ignorer. Mais déjà, tu suspectais, avoue donc, ta protestation en était la preuve, l'existence de plusieurs humanités. Multimanité ! Ici et maintenant, nul besoin de quelconque multi-univers ! Ne viens pas prétendre que tu ne t'en doutais pas, ne fût-ce qu'un petit peu, alors même que, jeune coq, tu t'exerçais à te dresser sur tes ergots. Selon ton propre récit, il ne s'en est fallu que de vétilles (cette foutue force de gravité qui ne dort jamais, l'absence ridicule d'ailes ou de ce qui eût rempli le même office, le vol par la simple volonté, peut-être) que tu n'aies quitté père et mère, et l'école par-dessus le marché, pour la société des angelots. Un ange ! Il fallait y penser !

Parfois, un rêve précoce éclaire toute une vie.

Admettons, grommelle le vieux assis sur le banc public. Il n'était pas dupe. La vie ! La vie, la vie... Des milliards de vies, et pas une définition qui vaille ! Facile de commander : connais-toi toi-même. Et toi, tu te connais ? Si une vie « pèse », disons dix dollars, l'homme le plus riche (salut à toi, charmeur et magicien !) pèserait autant que la foutue humanité entière, non ? Alors, pourquoi tout ce foin, à propos d'un animal qui n'apprend jamais rien ? Tant de perte, si peu de rendement. Du simple point de vue économique, le process aurait dû être abandonné depuis longtemps.

(On dira : réflexion aigrie d'un homme âgé que la vie n'a pas gâté. Mais qu'importe, à la rigueur, la vie des autres. Je ne sais qu'une chose, concernant la mienne. Elle m'a accompagné tout du long, veillant sur moi, m'enveloppant, me portant, mais jamais fusionnant avec moi. A sa surface elle m'a tenu. Il n'est pas dans sa nature de se laisser attendrir ou de se livrer. La vie n'est pas une mère dont on pénètre le cœur.)

L'essentiel est là : il a survécu. Où ? Dans une autre dimension, peut-être, derrière le rideau ou la glace sans tain, c'est possible. Il n'agit plus, c'est clair, ses mains ne tiennent ni ficelle ni levier, cela a été dit, sa voix, nul ne l'entend plus. S'il ne menace personne, personne, en revanche, n'a plus les moyens de le menacer. Il peut aller et venir et observer sans retenue. Il n'est pas encore enterré. Il s'en faudrait d'un empan. Un empan, c'est grand, quand on est libre et qu'on est à l'affut des bruits du monde. Et qu'on a les mots pour dire merde à la jeunesse. Un empan, une vie entière peut s'y tenir, mort incluse.

Il se leva, décidé à répondre enfin à son petit-fils : un homme, c'est comme toi (moi je suis spiperman !) ou comme ton père (ah !) ou comme ton grand-père (haha !). Hum, ça n'irait pas. Il reprend. Voyons voir… Comment dire ceci : un homme, c'est une tentative en marche, un projet sans but, imaginé par un savant fou…

Heureusement qu'il était assis. La terre mollit sous ses pieds et devant lui l'arbre pencha une fois à droite, une fois à gauche. Cela ne dura qu'un moment. C'est une fois de plus ta pression, aurait décrété sa femme. Tu devrais prendre ta pression matin et soir. Tu n'as même pas acheté le sphygmo-machin dont on a parlé. Ils en font maintenant de très pratiques… Elle était prête à se recycler en infirmière pour peu qu'il y mît du sien à jouer loyalement au malade.

Non, c'était cette impression de déjà vu déjà entendu. Où et quand ? Il s'interrogeait. Rien ne venait, sinon le vide. Sa confiance en sa mémoire, c'est-à-dire en lui-même, en prit un coup, un de plus. La vie qui fut sienne prenait le large sous ses yeux, emportant plus loin les amis et les relations qui, sans une once de contrariété, souquaient vigoureusement aux rames, ainsi que tout ce qui n'a pas été. Fallait-il, *en plus*, leur souhaiter bon vent ? Non, car, on ne sait pourquoi, nul ne semble heureux, ni celui qui reste planté sur la rive, ni ceux qui se penchent sur les pagaies. O maître de sagesse, ô gardien de l'Explication, dis-nous pourquoi nous ne savons être heureux ?

La voix dit : la satisfaction est une stupidité réservée à l'imbécile. Au fond, la vie n'est qu'une distance. Ce qu'il faudrait demander, quand elle dure, c'est : conduit-elle vers la sagesse ou vers l'imbécillité ?

Il n'écoutait plus. Il n'était pas fini, loin de là. Il lui restait encore, quoi, disons la moitié d'une chance, qu'il lui appartenait de saisir ou de laisser filer. Il lui restait encore des choix, et la latitude d'en faire. S'adapter encore, à voir différemment, par exemple, à penser et agir différemment. Evoluer ou disparaître, telle fut la prescription du timide Darwin, petit homme énonçant dans un souffle la loi la plus violente qu'oreille humaine eût jamais entendue. Mais évoluer comment, quand ton corps ne te reconnaît plus ? Respirer moins, peut-être, pour laisser plus d'oxygène au chiendent qui monte ?

Quel langage ! Vaudrait peut-être mieux attendre que l'enfant soit en âge de comprendre. Comprendre ! Ce mot si juste, si nécessaire, ce fidèle compagnon de route devenu sur le tard un faux jeton. Exceptionnel de résilience, capable de tout, innocent et frais jusqu'au seuil du collège, trouble avec la montée pileuse, fourbe chez les fourbes, crapuleux jusques dans les bonnes familles. Mot berceau, mot valise pour voyageur égaré, mot des soins palliatifs. Il ne te quitte plus, allant du même pas, à la montée (hymne magnifique de toi à toi emplissant l'âme et l'ascenseur) et à la dégringolade (requiem par l'escalier de service, ou cri bref et dernier pour signer la chute libre se résolvant en tache sur le trottoir.) *Tu comprends*, derniers mots que tu entendras sur terre de l'ami qui appuie l'arme sur ta tempe. Ne cherche pas, homme, il n'existe rien dans ta langue qui te ressemble davantage.

Il lui dira : *un homme, c'est celui qui comprend* ; celui qui s'installe dans un processus interminable d'appropriation du monde ; qui, par la com-préhension, transforme l'inconnu en connu, l'obscurité en clarté, etc, et s'assure en catimini la maîtrise des choses matérielles et logicielles. Ne pas oublier ceci : comprendre a prendre pour finalité, depuis que le pouce de la main s'est écarté de l'indexe. Saturne, comprenant (le dessein de) ses enfants les avale sans autre forme de procès. Zeus, dans des circonstances similaires, fit subir le même sort à sa compagne. (Hum, drôle de famille, tout de même !)

Singeant les dieux antiques, le dictateur outrancier dira plus tard au bon peuple qu'il s'apprête à « avaler » : je vous comprends ! Il en est ainsi : la possession est le but ultime de l'homme. La prochaine fois que vous entendrez quelqu'un annoncer qu'il vous a compris, vous savez ce qu'il vous reste à faire : décamper en vitesse, en abandonnant quelques affaires sur place pour faire diversion.

Comprendre : augmenter son avoir !

Question artificieuse que celle-ci : to be or not to be; La vraie est: to have or not. Avoir ou pas, telle est la question qui a tué la poésie et menace de nous achever. Le vulgaire se distingue par l'avoir, et là, mazette et mille sabords, il y a matière ! La course ne connaît pas de fin et le butin est palpable, visible, comptable et, satisfaction ultime, alimente l'envie et le buzz, comme on dit. Parlez-moi de moi et, tant que vous y êtes, parlez-vous de moi, ça me fait tant plaisir !

Toute l'ambition est là : se distinguer ! Se distinguer par ce qu'on possède, se distinguer pour posséder. Etre admiré, être craint et pourquoi pas être aimé, et l'être plus qu'un autre. Se distinguer, fût-ce au prix du sang de l'autre ou, en désespoir de cause, du sien propre ; fût-ce à titre posthume, durant un jour ou une minute. Oh, quelques secondes du journal télévisé et mourir !

Nous en sommes là. Le spectacle sous nos yeux enfante l'épouvante, tandis que les ex-maquignons recyclés dans la politique se lavent ostensiblement les mains devant les caméras. Oh, il y a certes l'horreur, inévitable, qui parfois rougit les murs de la ville du sang de l'innocent. L'ennemi est à l'œuvre, oh le vilain ! Unissez-vous à moi, fiez-vous à moi, votez pour moi ! Moi, j'ai *toute* confiance dans nos jeunes…

Oh que la jeunesse est jolie ! Libre, décomplexée, déterminée à aller de l'avant ! Quelle liberté ! Quelle fantaisie ! Des millions de faces, toutes souriantes. Des millions de voix différentes. Des tentatives, des chemins, des projets par millions. O merveille ! Est-ce là la nouvelle espèce tant attendue ? Et, dans l'immense piétinement et le murmure planétaire, l'oreille exercée du vétéran note, en filigrane, un air déjà entendu, quelque chose qui ressemble étrangement au vieux rite des bonnes vieilles armées : one two one two, ein dee ein dee ! Marchons, marchons ! Avec un bémol, tout de même, sous le vieil air martial : on ne sait plus vers quoi il faut marcher. Car la terre est ronde, on le sait maintenant.

Dites-lui donc d'arrêter, le touchant écolo qui s'échine en vain à vouloir sauver le monde en mobilisant la raison, monnaie désenchantée qu'aucun banquier n'accepte. Qu'il arrête, ou qu'il trouve un système alternatif de valeurs qui permette à l'homme de se vanter sans pour autant nous détruire.

Regarde la bête, elle est vite rassasiée. Il est une saison où la fourmi et l'écureuil s'arrêtent et se reposent. L'appétit sans faim, la terre, objet fini, ne peut l'avoir produit. Ce vice, venu d'ailleurs, te condamne à l'étrangeté, homme. La chose te refuse. Elle subit mais ne cède pas. L'animal et le buisson subissent mais ne cèdent pas, et l'eau et l'air de même, et tout ce qui accomplit son destin en veillant à la simple nécessité. Sur le seuil tu resteras, conquérant saccageur de portes! Violeur, tu te plaindras ! Voleur, tu manqueras ! Tu ne sauras pas le fin mot de l'histoire.

L'erreur est ton lot. Parti du mauvais pied, tu ruses au lieu de t'amender. Tu t'en crois quitte de t'interdire de contempler ton passé avant que tu ne l'aies refabriqué, de crainte de choir sur place, écrasé sous la somme, considérable, de tes fautes. Tu hâtes le pas, fuyant en avant en une tentative désespérée d'oublier et, ne pouvant ni oublier ni te laver de ta culpabilité, tu finis, comme le voisin et le lointain, par te confectionner le conte qui dédouane et le mythe et le totem. Tu as dit : sera transformé en statue de sel celui (ou celle) qui s'aviserait de demander des comptes. Tu dis : il y a prescription. Tu dis : des fautes commises et des crimes, tu n'es pas responsable, tu as agi sur l'injonction de la VOIX. Tu dis : la raison d'Etat, l'impératif de sécurité nationale ! Tu dis…

Le temps et l'expérience, le pouvoir et la richesse n'ont fait qu'amplifier tes mauvais penchants. Tout a l'air dans tes mains de pourrir, de s'étriquer ou de se muer en son contraire : l'intention, de bonne en mauvaise ; la science en instrument de destruction ; l'intelligence en sottise et l'habileté en astuce.

Tu ne sauras pas le fin mot de l'histoire parce que tu persistes dans tes mauvais choix. Tu te comportes sur terre comme une force d'occupation pressée d'exploiter et de prendre et, saccage achevé, d'aller voir ailleurs ce qu'il y a à confisquer. Ce qui ne peut se défendre, l'animal au bout du viseur ou le vieux d'en face, tu l'écrases ou l'exploses. Qui ne résiste pas est méprisable, qui résiste est haïssable. Quoi d'étonnant, avec une telle mentalité, que tu finisses seul au fond de l'impasse ?

Tu aurais dû prendre garde. En toi tout se dépose, le moindre acte laisse sa signature. Chaque frontière traversée laisse des traces. Ce que tu as su un jour, tu ne peux l'avoir oublié. La peine que tu thésaurises transpire en dureté. Ton excuse tient à la nécessité de frapper pour vivre. Puis, l'habitude, tu t'aperçois que tu frappes sans nécessité. Tu égorges l'animal parce qu'il ne parle pas, puis tu égorges ton frère parce qu'il parle trop. Le livre des excuses, le livre des prétextes, tu les connais bien. Ton livre à toi, tu prétends l'avoir égaré. Mais ton livre tu le liras et ton livre sera lu.

Tu dis : j'ai peur de comprendre. Dis plutôt que tu as peur, si tu veux être compris. Rien ne t'explique autant que ta peur, ni ton peu d'intelligence, ni ton peu de courage. Protégé par sept enceintes formidables hérissées de soldats mercenaires, tu as encore peur, du garde, du cuisinier, de la compagne de tes nuits. Et plus encore de la menace invisible, le mal, la mort.

Tu veux vivre sans souci. Tu dis : il faut d'abord interroger le ciel avant de m'interroger. Je fais partie de l'univers, c'est donc lui qui m'explique et éventuellement me dédouane. On ne peut rien te reprocher ni te demander rien avant de s'être assuré de ce qui s'est passé à l'origine du temps. La big explosion est responsable, adressez-lui donc vos questions ! Et si le détour ne semble pas assez long, il faudrait essayer de voir ce qui se serait passé *avant*...

Dis plutôt que tu existes. Quant à vivre, c'est autre chose. Est-ce vivre, en tant qu'être humain, quand on tire sa vie des blessures vivantes qu'on inflige ? Est-ce vivre quand on passe son existence dans la peur ? Est-ce vivre quand rien ne t'assure que tu verras le prochain lever du soleil ? Regarde autour de toi. Le chêne, l'olivier, le serpent, l'araignée... Ils ont plus de légitimité que toi. Ecoute l'Indien de la plaine que tu as fait taire, parce qu'il avait plus de légitimité que toi. Il se connaissait sous le seul nom d'«homme», lorsque tu te définissais en drapeaux et en bourgades. Son chant vibre encore dans l'air du matin : « Seules les montagnes vivent... Seuls le ciel et la terre vivent... » Et, ces mots pris au hasard dans son discours fameux[41] : « *Nous sommes une partie de la terre, et elle fait partie de nous. Les fleurs parfumées sont nos sœurs. Le cerf, le cheval, l'aigle sont nos frères. Les crêtes rocheuses, les sucs dans les prés... et l'homme, tous appartiennent à la même famille.* »

Quant à toi, visiteur du soir que le matin emporte, ne crois pas que tu vis. Le termite a plus de légitimité que toi.

Tu louvoies encore selon ta coutume : admettons, dis-tu ! Et tu ajoutes : mais du moins j'existe. Certes tu existes, mais dans quel but ? Qu'apportes-tu de mieux à la vie déjà établie?

Il t'arrive pourtant, au hasard, de produire du bien ; de t'émouvoir de ce qui est bon et de ce qui est beau ; de prendre la défense de l'arbre qu'on veut abattre ou de l'enfant qu'on maltraite ; d'entreprendre sans égard pour la perte ou le gain. La balance de la justice, tu la sens dans ta poitrine, avec une telle précision qu'une plume posée sur un plateau la ferait chavirer. Tu te sens grandir et partager. Tu fais partie d'un ensemble plus vaste dont chaque parcelle tient de toutes les autres. Un seul fil est rompu et le parfait s'écrase dans le commun et l'ordinaire. Ces choses fondamentales, tu les sens au plus profond de toi, là où le vacarme de l'argument et du contre-argument n'atteignent pas. Ces choses précieuses, tu les as reçues en cadeau quand tu te formais dans le ventre de ta mère. Il t'arrive encore de les voir luire sous la poussière des jours et des fausses nécessités. Feuilles et branches mortes les recouvrent, mais sous l'étonnure infligée et l'aveugle cognée, elles attendent que tu t'en souviennes et que tu t'en serves. Sers t'en pour ton bénéfice exclusif, si tu ne peux être plus large. Célèbre, ami, dans le lieu le plus sacré, le plus secret, ton cœur, si tu as fait vœu de silence ou si tu y es tenu, mais célèbre, je t'en prie, la gloire de ton humanité !

Tu sais, quand tu le veux, apporter le sourire à celui qui en est privé. Médecin, clown, lanceur d'alerte, que tu es splendide, frère, quand tu abolis les frontières et les dogmes et les lois injustes pour porter secours à celui qui souffre et que tu ne connais pas, sans rien demander en retour ; quand tu risques ton repos et ta vie pour dénoncer le mal et nommer le malfaiteur ; quand tu fais si joliment mentir la doxa et la complaisante évidence ; quand tu fais reculer la peur, à contre-courant de la théorie en vigueur ; quand d'un geste tranquille tu rends possible ce qu'on s'ingénie à nous faire tenir pour impossible. Je t'ai vu, frère, rendre l'espérance et l'intelligence aux lieux qu'elles avaient désertés. Un beau matin tu as fait un pas de côté, tu as quitté le rang, inspiré par un souffle immense, et tu as continué, rejetant la crainte et le doute, sûr de ton devoir d'être humain. Te souvenant, peut-être de cette pensée de Montesquieu : « *Si je savais quelque chose qui fût utile à ma patrie et qui fût préjudiciable au genre humain, je le regarderais comme un crime.* »

Mais il est rare, homme, le bien que tu produis, et mal aimé. Écarté de toutes parts, repoussé, menacé, il se retire dans l'ombre, s'imposant un couvre-feu indéfini avant même que tu ne le décrètes au nom de ta majorité bavarde. Car ta majorité est tout sauf silencieuse. Braillarde, bravache, irrespectueuse et vulgaire, elle est comme tu l'as voulue, comme elle se veut. Mais qu'on lui demande, par exemple, ce qu'elle entend faire de sa vie, ou de son existence, terme au périmètre plus restreint et par cela plus « intelligible », et là, subitement, d'un pôle à l'autre, la panne. Silence. Preuve est faite, un million de fois, que la foule est un milieu hostile aux questions qui la concernent. Elles n'y survivent pas plus que le temps d'une respiration. L'oubli tombe, vite, comme un rideau, séparant ce qui est et ce qui aurait pu être, et le vacarme reprend de plus belle.

Ton vacarme imbécile, foule soumise, ressemble tant au silence des honnêtes gens que l'un et l'autre ne sont, à y bien regarder, que les deux faces de la pièce que la main du diable lance et relance sans fin. L'homme tendre n'y a pas de place. S'il s'y égare, il ne tarde pas à connaître le sort des égarés. Il meurt et renaît l'instant suivant en zombie, l'âme assoiffée de servitude et suppliant qu'on lui donne à exécuter les ordres les plus abjects. Il supplie avec les autres: robotisez-moi, branchez-moi, connectez-moi, s'il vous plaît. Il veut tuer, il veut déchiqueter parce qu'il se sent déchiqueté, il veut algifier, glacer de douleurs diffuses ce qu'il ne peut atteindre d'un monde qu'il a déjà quitté.

Homme épris de liberté, prends garde au balancier. Tu avances les yeux ouverts et les pieds sur la corde raide. Seras-tu le héros tant attendu dont le nom stimulera le jeune et consolera l'ancien, ou seras-tu le mercenaire délirant et fantasque, payé au noir pour jouer à mi-temps au chien de berger ? Es-tu libre, vraiment ?

On a dit… On a dit tant et tant. J'ai entendu ta réponse : la liberté est un choix qui n'est proposé qu'à celui qui en sait le contraire. Celui-là seul qui a su après la souffrance transgresser les barreaux des « tu dois » et des « tu ne dois pas », lui seul mérite le droit et l'accès. Dis, es-tu prêt à ne pas accepter d'ordre, et à ne pas en donner ?

N'aie crainte de ce que tu lis et entends, et, plus largement, de ce que tu reçois, *si* tu as la force d'en *fabriquer* des briques à ta convenance avec lesquelles tu construiras ta propre maison. Aussi, prends ce qui se présente, sans hésiter, à la condition qu'avant de plier ta journée, tu aies sassé, trié et jeté au loin les nombreux déchets.

Dans ta maison constellée de toutes les pensées, tu vivras libre si tu le veux, comme a vécu Montaigne dans son bureau aux murs évoquant ses références. Le savoir libère, bien sûr, et entrave en même temps. Il refuse qu'il puisse y avoir d'autre progrès que le progrès qu'il permet. Il t'autorise un pas de plus, te pose la chaîne aux pieds et espère que tes mains débiles ne pourront la briser. Le libérateur d'un jour se décrète dictateur des siècles suivants. Son enfant bâtard armé de tronçonneuse, dogme ici, paradigme là, prend la relève après lui afin que la bataille fasse rage en toi et te sépare au milieu, entre le pousse-en-avant et le retiens-moi, deux moitiés désaccordées dont la somme, de ce jour, ne fera plus jamais un. Deux moitiés qui dès lors n'imaginent pas leur somme, l'existence de l'une impliquant l'abolition de l'autre. O toi qui te meus ou qui dors, o inconscient, la zizanie est en toi. Il en va de même du croisement des chemins, il implique le renoncement, la blessure, le risque. Il implique un choix. L'aventure ou le repos, l'audace ou la responsabilité, le rebelle ou le soumis, ouvrir l'œil en grand ou à moitié… Si être deux suffisait à ta torture, te voilà tout un peuple en émoi comme forêt dans la tempête, ton unité renvoyée à contre-sève, au temps légendaires du mythe en formation. Aussi, ne demande pas d'où vient ta nostalgie, homme, elle vient de toi, de ta propre racine.

Tu connais parfois des jours paisibles. Mais, même alors, ton « tout va bien » ressemble, étrangement, à un bivouac après le départ précipité d'une armée en déroute. Ton calme a du vide en lui, ton soulagement un petit air de regret. Un reste de fumée s'élève encore sur les lieux jonchés d'objets calcinés ou rompus et, dans un coin, on aperçoit les tombes de ceux qui furent et qui ne sont plus.

Ainsi, homme, tu tues le jour et le soir tu enterres. Mais es-tu certain que la dépouille du soir est le rebelle qui fut le matin ? Ou n'est-ce que ton triste simulacre, que tu apaises la nuit avant le simulacre du jour d'après ? Dis, sont-ce tes illusions décimées, tes croyances reniées que tu enfonces loin dans le sol lourd pour leur ôter toute velléité de retour, ou ne s'agit-il que d'ordinaires avatars d'un homme ordinaire voués ensemble à la peine puis à la défaite ? Dis, la lutte avec toi contre toi cessera-t-elle jamais ? Tu contemples tout autour la cendre à perte de vue : est-ce un champ de bataille, dis-tu, ou est-ce mon âme dévastée que j'entrevois ?

Tu te vantes et tu te plains : je guerroie, dis-tu, depuis que je suis en âge de porter les armes, mes victoires ne se comptent plus, et je ne saurais dire où j'en suis. Enfant, j'ai dû voir à travers le regard déformé des anciens, et entendre selon leur entendement endurci. Aujourd'hui je mène de front deux combats entrelacés: l'autre, je dois le dominer, quant à moi, je dois me libérer.

Plus je conquiers de territoires, plus je me sens assiégé. L'Enigme se joue de moi. Ni magicien ni sorcier n'ont pu m'en protéger. Elle est trop antique, ont-ils prétendu, ils ne savent plus comment l'extirper. Pharaon, avant toi s'est plaint avec les mots qui pourraient être les tiens. On me laisse seul, se serait-il banalement écrié ! On nous laisse toujours seul aux moments qu'il ne faut pas.

On entend le conquérant geindre. Pourquoi, ayant repoussé tant de frontières, je me sens à l'étroit ? J'ai vaincu l'Egypte et la Perse et l'armée des éléphants, et ne sais pas qui règne chez moi. Je prends femme à chacune de mes haltes et me demande si ma femme m'est restée fidèle. Suis-je cocufié, comme le vil esclave, suis-je cocufié par le vil esclave ? Les rois devant moi se prosternent, craignant pour leur vie, je possède la terre entière, et le doute me ronge plus profondément que le plus indigne des hommes. De toutes parts je suis cerné.

Ainsi, debout ou couché, vainqueur ou vaincu, l'Inquiétude est avec toi, homme. Tu dis : la faute à la faute commise à l'origine. Toi qui n'investirais pas ton argent sans d'abord t'entourer de moult études et précautions, tu mises ta vie sur une légende, et y obliges tes enfants ! Jamais on ne t'a entendu dire : la faute à la chaîne que tu traînes depuis la nuit des temps. Jamais tu n'as pensé : il faut briser la chaîne de servitude. Une génération y suffirait, si elle avait le cran de regarder derrière et de cracher. Et qu'elle commence par secouer l'école et le petit maître en imitation qu'elle a embauché avec mission de façonner l'avenir du monde tant qu'il est encore humide de son origine. Tu seras pavlovien, mon enfant, si tu as la chance de tes parents. Il faut obéir, petit, si tu veux avoir un bon point.

Si tu n'as pas vite appris à cacher ton étincelle, on l'éteindra de force. D'où ton inquiétude. Tu as tôt été brimé, homme, d'où ton inquiétude. La règle à laquelle tu t'es trop docilement soumis et à laquelle tu as fini bon gré malgré par t'acclimater, on l'a changée ce matin, sans te prévenir, d'où ton inquiétude. Tu t'es laissé dépouiller du présent et du futur contre la promesse d'un socle stable sous tes pieds et tu découvres, niais que tu es, que le mensonge précédait le vol. Est-ce que tous les arts aboutissent, une fois les ombres éclairées et la fièvre avec la robe tombée à ceci, à cette chose misérable entre toutes : l'extorsion ? D'où ton inquiétude.

Même l'addition deux et deux, le camp de base de la raison, ne ferait plus quatre ? Une parcelle de certitude, frères humains, c'est tout ce que je demande. Confronté au hasard et à la nécessité, je me serais de guerre lasse accroché à la nécessité. Mais cela même les disputeurs veulent me le disputer. Les nouveaux mages ont parlé : pour toi, tranchent-ils, il n'y a, il n'y a jamais eu que la loterie : hasard et probabilité ! Autant dire l'humour et la plaisanterie. Une telle chose est-elle imaginable ? Après le trauma, le mépris ! Oust, disent-ils encore en refermant derrière moi la porte à toute volée. L'enfant dépouillé ouvrira l'œil au milieu du vaste, du dangereux univers voué à la créature quantique, et l'on voudrait qu'il ne s'inquiète pas !

Malade de lucidité et d'autant diminué, je cherche ma place et ne la trouve pas. Je me tourne au nord, au sud, à l'est, à l'ouest, prêt à tout, à transiger, à concéder et à en rabattre, à chanter s'il le faut et à flagorner, toute honte bue, prêt vraiment à tout, mais tout ce qui est visible est occupé. De fer barbelé en chien méchant, d'interdit en injonction, de propriété privée et brevetée, le seul chemin qui reste se nomme errance. Vois, dit la voix faussement neutre de qui veut paraître s'en laver les mains, c'est ton chemin à toi, taillé à ta mesure, large de la largeur de tes maigres épaules, long de la longueur de tes jours. Dire que tu espérais l'étendue entière, à l'âge glabre de l'inconséquence et du rêve !

Pour toi il ne reste rien. Ne tourne pas non plus ton visage mécréant vers le ciel. Le ciel est hors de ton atteinte. Il est depuis longtemps alloti, le ciel, parole de topographe sacré, et plus âprement défendu que la poussière que tu piétines sans égards. Paroles de topographes sacrés dûment patentés!

Tu n'as pas le choix, homme. Fais ta synthèse et prie, ô toi fruit improbable du hasard, vide traversé d'inefficacité ! Voilà ce qu'on m'ordonne. Je devrais, pour leur complaire, vivre selon leur loi, oh Blake, me mesurer à leur toise, oh Ivan Illich, quand celle-ci est truquée et l'autre pipée ? Je devrais me taire alors même que j'en connais une autre, qui se fonde sur la certitude, à la différence de celles qui ne font qu'ajouter le doute à l'insécurité ? Je proclame donc ici et maintenant que tout ce qui existe est le fruit de la répétition, y compris le hasard (s'il existe) et la répétition. Voilà au moins une science solide et positive que, pour ma part, je propose en remplacement du psy, de la drogue et du passéiste électrochoc. En remplacement aussi, en option, du topographe vêtu de sacré, qui s'y connaît autant, en vérités, que la poule s'y connaît en matière de couteau.

Mais qui a besoin de la tristesse, fût-ce au prétexte du vrai ? Ah, misérable, souviens-toi de ta splendeur, quand tu ne proclamais rien qui ne fût mensonge ! Tu voudrais l'étendue, toute l'étendue, en demeurant cloué au sol ! Le canasson fourbu que tu enfourches, mauvais rêveur, ne risque pas de fouler triomphalement les nuées. Que ne t'es-tu adressé au mécanicien magique ! Je t'aurais enseigné, pour rien autre que l'amour de ce qui semble beau, l'art suprême de voler sur les ailes du mensonge. Aurais-tu pris une seule fois assez de hauteur, l'évidence t'eût sauté aux yeux. Le monde d'en bas n'a que faire d'un songeur famélique, introverti et prudent, il a besoin de rêver du rêve débridé du nécessiteux. Il a le droit, il accepte, il aime, il veut qu'on lui mente, et qu'on le fasse sans complexe, avec persévérance, à la seule condition que le menteur apporte de la flamboyance dans la couleur, de la grâce dans le rite et le verbe chatoyant. Il y a une assurance qui ne trompe pas chez le menteur à succès, la même qu'on voit au tueur en série. Elle fait du bien à la foule, avant de faire du mal à quelques uns. Le bien se voulant public, le mal se voulant sans témoin.

Que serais-tu sans le mensonge ? Certes, tu mourrais sans le nécessaire, mais tu mourrais bien avant d'ennui s'il n'y avait que lui. Aussi, mens sans vergogne, ami, ou profite du mensonge de l'autre. Vois l'économie du mensonge, elle pulvérise chaque jour les records de la veille. Entends-tu le commerce rire, la banque et la bourse chanter ? Pour l'amour de ton espèce, mens, bienfaiteur-illusionniste, mens et mets-y de l'extravagance et de l'excès, mens autant qu'il est en ton pouvoir de mentir. Sème à tout vent le mensonge, et récolte ! Sois magnifique, sois large, sois généreux de doux gros mensonges. Lance à pleines mains les paillettes, promets, promets ce à quoi tu n'es nullement tenu, on t'aimera, on te pardonnera. Souviens-toi, pour t'en convaincre de cet excellent Le Bon, Gustave de son prénom, dont les paroles n'ont pas eu une ride :

« Qui sait illusionner les foules est leur maître. Qui tente de les désillusionner est toujours leur victime. »

30

Parfait, dit la voix. C'est bien. Je crois que cette fois tu es…

Stop ! dit-il. Pour moi, il est trop tard. J'évolue dans la faille de la loi, où je peux à loisir, si l'idée m'en vient, transgresser et rire. Moi qui fus tenu à tout, je me déclare aujourd'hui tenu à rien. Mes devoirs se sont éteints, et nul ne m'empêchera de prononcer les mots de mon choix.

L'homme ? J'en ai si peu vu qu'il serait abusif que j'en dise si peu que ce soit. On croit communément, et je l'ai cru jusqu'à hier ou ce matin, que nous sommes tous frères humains. Oui, je l'ai cru dans mon envie du vivre ensemble.

Des hommes et des femmes de ma connaissance, dont je pourrais dire en conscience qu'ils furent ou sont humains, pleinement, je n'en trouverais pas à nommer plus d'un(e) seul(e) pour une décennie de ma vie, et ce n'est pas faute de pérégrination, ni d'avoir ouvert les yeux et les oreilles. Je sais le constat accablant, il m'a accablé moi le premier. Que sont-ils alors ces individus par millions que je croyais mes semblables ?

D'humanité, nous en avons tous plus ou moins, à l'exception des extrêmes : à la base, il y en a peu ou pas du tout, au sommet, la totalité s'y trouve, cent pour cent ou presque. Quatre-vingt-dix pour cent font de vous un humain et même, allez, puisque c'est vous, disons quatre-vingts pour cent et n'en parlons plus. A cinquante on les dit humains aussi par manque du vocable approprié, et à moins aussi, quand on n'est pas prêt à la guerre. La charge humaine se distribue au hasard, et son complément, la bêtise, de même. L'une et l'autre se moquent des frontières de classe, d'école ou de pays. Des idiots fameux naissent au sein de familles régnantes, et gouvernent parfois, tandis qu'on voit à certains sols ingrats, contre toute attente, des fleurs de toute beauté. Il vaut mieux tout de même répéter: il ne s'agit pas de classer les humains, mais de constater, selon leur comportement, leur poids intrinsèque sur la balance d'humanité.

Si le sujet a, en soi, de quoi inquiéter, les exemples qu'il appelle ne sont pas en reste. L'idiotie du quidam qui passe dérangera, disons, une poignée parmi son entourage, mais celle du chef de l'Etat et de ses souteneurs est d'une autre trempe. A cette dernière, nul ne peut échapper.

Mon cœur saigne quand je vois la délinquance routinière. Ma naïveté s'étale, je le crains, dans la largeur de ces quelques mots. A ma naïveté je dis merci.

Mon cœur saigne quand je vois que celui qui est en situation d'incarner l'espoir et la grandeur se révèle n'être qu'un cabot loué pour la séance. Le guide promis n'est qu'un fantoche téléguidé, le glorieux capitaine décrit sur la notice, n'est-ce pas lui le marmiton qui sert la soupe, en bas, à la foule grotesque et versatile

Mon cœur saigne quand je vois la raison chassée des postes de commandement. Quand je vois les dégâts infligés chaque jour à la planète, *sans l'excuse de l'ignorance,* à l'heure où le télescope-satellite nous donne l'image de l'hostilité infinie de l'univers.

L'homme de la rue en sait davantage sur l'univers, aujourd'hui, que toute la science ancienne. Cette connaissance aurait dû donner plus de lumière à nos yeux, plus de clarté à nos pensées. Pourtant, rien ! Rien n'est venu déranger nos vieilles habitudes, nos vieux vices sont restés inchangés, nous dormons toujours debout et y tenons plus que jamais, aux contes entretenus en dépit des évidences.

Oui nous regardons en silence le démon rouler les mécaniques en se gaussant de nous. L'histoire imposée nous en impose. La main sur le cœur et la larme au bord de la paupière, nous nous souvenons de l'œuvre admirable des pères fondateurs. Gonflés d'émotion, nous chantons les strophes qui racontent mieux qu'un discours ce que nous fûmes et croyons être. Pendant qu'extatiques nous chantons, le crochet du diable referme la chaîne sur nos chevilles. Nous continuons de chanter, amples, orgueilleux, humbles, éperdus au bord du jour qui se lève:

« *Oh, say, does that star... yet wave/ Over the land of the free and the home of the brave?* »

Oh, oui, les sacrifices ne furent pas vains ! Oh oui l'honneur est sauf! On a envie de clamer haut et fort : ton chant, homme des plaines, ressemble tant au chant entendu le long des montagnes. Il ressemble tant au chant qu'on chante tout autour de la Terre, en foules ou en aparté, à l'heure indécise où la peine mauvaise et l'espoir re-naissant se livrent dans nos cœurs battants le combat dont notre jour dépendra. Le chant du partisan de la vie l'instant où il risque de la perdre.

Que faire, quand l'homme-esclave se croit en toute bonne foi vivre en liberté ? Messieurs-dames, voyez, la victoire est consommée, et la défaite de même ! O Manou tu as été ringardisé! De ton temps, un Sûdra était un Sûdra, majorité visible et contenue. Vois, de nos jours, il est tout-le-monde, majoritaire invisible et content de soi. Content de soi, Manou, cela, tu ne l'avais pas prévu parce qu'il te manquait la voiture et le crédit et l'art de la sale guerre en chaque tête, totale et à perpète ! Tu voulais l'homme rangé, il est juste le contraire, dérangé. Tu voulais l'ordre pour toujours, *un ordre* qui ait le mérite d'exister et de durer, manque de pot, la mode est au chaos, mais le chaos productif, nous dit-on, et cela, tu ne l'avais pas vu venir. La paix guindée que tu voulais, nous en avons fait la guerre joyeuse et nous y entrainons nos enfants avant qu'ils ne sachent marcher, afin que nul ne soit tenté de dire qu'à la farce nous n'avons pas pleinement participé. Ah, j'allais oublier : ton théâtre réglé et hiératique a vécu, ses héros et ses dieux n'ont pas résisté au petit-tambour-Pan qui, lui, nous empêche de grandir, et cela nous plaît. De nos jours, parents et grands parents se revendiquent d'être aussi enfants que leurs enfants. Une seule classe d'âge ! Tous irresponsables, enfin, quel enviable statut ! Pas un seul adulte en vue dans la société vieillissante, et l'arme terminale à portée de toutes les mains ! O brave new world that has such people in it!

Tu as eu ta dose, pauvre homme imparfaitement empli d'humain. Il faut dire que la réalité ne t'a pas beaucoup réussi. Je te vois en groupes, en foules, en nations entières glisser irrésistiblement vers la fiction. Tout y tellement mieux ! Les choses enfin consentent à nous divertir. La torture bien cadrée nous fait rire, le sang sur l'écran épandu et l'ordure n'y sentent rien, la merde y a d'aimables couleurs. Les enfants crevant de famine jouent leur rôle à s'y méprendre, fiction dans la fiction. Mais c'est la mort violente qui emporte la mise, quand elle est bien orchestrée, bruitage impressionnant en trois D et lumière idéale. C'est autre chose, n'est-ce pas, que la réalité gauche et mal léchée !

Que du moins elle nous amuse, la chose qui doit être ! Que d'abord elle ait passé par les mains expertes de l'artiste-fardeur et du menteur-conteur. Qu'elle nous transporte   d'emblée hors de nous, en des contrées sans miroirs, d'où nous pourrons écrire « les plus belles pages de notre histoire », la main sur le cœur, en jurant sur l'honneur n'avoir failli ni faibli.

Mais voilà, même ultra-chimiqué, tu pressens l'arnaque qui vient, homme à moitié empli d'humanité. Tes hourras un brin forcés trahissent ta joie feinte et, à la maison, ta gentille compagne sous les draps jodle superbement sa simulation. Oui, vos chaumières débordent de vos bonnes intentions. Pour autant, vous n'aurez pas même poids chez le peseur au trébuchet, car tu simules par lâcheté, et elle simule par abnégation, pour ton bien, pour alléger tes angoisses, si la chose est possible. Elle peut bien chanter faux et froisser arias et variations, elle n'est jamais ridicule, elle. Le ridicule est de ton côté, le courage du sien, et, lorsque par moments cette lourde et douce et étrange lumière l'habite, ce qui arrive plus souvent que tu ne sembles voir, ne te prétends pas son égal car tu ne l'égaleras pas. Tu ne l'égaleras jamais. Elle a l'élégance et la chute de reins, et le port de tête, et l'audace et le sacrifice, quand tu n'es, mâle, que verbeux et poltron et vantard. Mâle aux trois quarts vide d'humanité !

Ce qui est fait est fait, dis-tu. Belle phrase, censée interdire le retour. Deux mots prononcés dans toutes les langues posent les scellés sur la moitié de l'espace, non, sur tout l'espace si demain le soleil refuse de se lever sur nos yeux éteints. Laissons les morts aux morts et la poussière sous le tapis. Ta lassitude a bon dos, et la mienne ne vaut pas mieux. Tu n'auras jamais de meilleure preuve de notre consanguinité.

Chaque génération invente ses mots, mais la merde est ancienne. Elle décline sa responsabilité : du passé nous ne sommes pas comptables. Dis d'abord la version qu'on t'en a apprise, de ton passé, avant d'entamer le marchandage. Et ton présent ? Le présent qui se déroule sous tes yeux? Que dis-tu du présent qui passe en boucle sur ton écran addictogène ?

Ta soif de honte, ami, est inétanchable ! Tu as besoin du héros qui réclame à ta place la gloire. Sur ta veule épaule soumise, tu attends qu'il essuie le couteau de *votre* crime du geste dolent et prémédité dont il tire un supplément de force et de droits pendant que, dessous, ton âme avilie hurle qu'elle en redemande et en redemandera. Aura-t-il tort, celui qui soutiendra, une fois la gloire crevée – elle crève toujours, et toujours plus tôt que prévu – et les âmes rentrées au bercail, que vous étiez tous responsables ? Tous de mèche ?

Voyons, dis-tu, les choses ont de tout temps été ainsi. Ah, l'aveu, enfin ! C'est précisément ce que je te reproche. Ton jeu éventé consiste à te cacher derrière ta fatigue. Et c'est vrai qu'on te brise, et que, brisé à souhait, tu tombes le soir, la honte et la culpabilité aidant, dans le piège que tu as tendu de tes mains le matin. Ta mémoire est si courte et ta négligence si grande! Le terrain qu'imprudemment tu as miné en allant, tu n'en retrouves plus la carte au retour. Regarde-toi, estropié, tu es aussi victime que les victimes que tu te voulais. Ils ne demandaient qu'à fuir, plus loin s'il le fallait, un droit de passage les eût contentées. C'est leur nombre, dis-tu, c'est leur nombre, fuyards ou envahisseurs…

L'unité humaine est aujourd'hui le million. Tant de millions meurent de faim, tant d'autres sont déplacés, tant d'autres bravent la mort à fuir, sans que nul d'entre eux n'ait la moitié de l'ombre de l'idée de chanter :

« Oh mi patria si bella e perduta / Oh membranza si cara e fatal »[42] !

(Les drames d'aujourd'hui ne donnent rien en opéras! Manque de charge lyrique, manque d'innocence…)

Ils fuient sans se retourner, en vastes troupeaux frémissant de panique, ceux qui sont nés coupés de leur récit. Les survivants auront traversé les étapes de l'enfer, où la vérité, et les mots pour la dire, tombent en cendre prématurément. De sorte que les personnes qui survivent à leur survie (il y faut, dit-on et je le crois, beaucoup d'abnégation et de force d'âme) paraissent si légères et pourtant si mûres, si profondes ; et nobles d'une noblesse immanente, que l'épreuve a mise en lumière ; et jeunes, étonnamment, paradoxalement, quand bien même leur peau se parchemine en mille plis. Ces personnes-là, l'indicible, elles le tairont. L'excès de souffrance, au lieu de faire sauter les verrous, coule dessus le plomb de la soudure. L'ensemble de ce qui se raconte, la totalité de ce qu'on sait, c'est ce qu'il a été possible de supporter. Au-delà, on entre dans le terrain de l'inexprimable. Il y faudrait un alphabet et une langue autres. Mieux, il faudrait n'y forcer personne. Celles et ceux qui en reviennent n'en parlent pas. Ils ont acquis, à quel prix ! une qualité qu'ils ne demandaient pas. De la colère ? Non ! De la haine ? Oh non ! Une morale, une leçon à transmettre ? Que non ! Du mépris ? Oui, mais un mépris si grand, mêlé d'une compassion si grande qu'aucune bouche humaine ne saurait l'exprimer.

Mais le gros des autres, bien que mutilés, auront à cœur de se perdre dans la foule. L'allogène et le rescapé ordinaire veulent, autant qu'un autre et que n'importe qui, du beurre sur les épinards, et, cette condition satisfaite, ils n'aspirent qu'à rentrer dans les rangs.

Tu reconnaîtras ceci : la force de l'homme ne réside pas dans sa grandeur (il n'en a pas) ni en son intelligence (il en a si peu) mais en ce que les hommes ont de plus commun et de moins reluisant : l'astuce. L'astuce pour tricher, l'astuce pour paraître plus imposant que nature, l'astuce pour vendre la fiction de l'oubli. Tu n'es, homme en mal d'humanité, que ruse et astuce. C'est assez pour patauger dans la boue, mais insuffisant pour passer à la classe supérieure, où l'on espérait te voir. Tu n'es pour le moment qu'une promesse d'humanité que tu vas tout à l'heure démentir, comme tu l'as démentie hier et le jour d'avant. Dis, quand vas-tu tenir ta promesse ?

La mince silhouette lovée dans sa pensée, recueillie derrière ses rideaux tirés, exilée volontaire ou forcée loin du bruit et des lumières, c'est tout ce que tu verras de plus digne. Tu t'y reconnaîtrais presque. Rien d'étonnant puisque ne séparent tes versions, du pire au meilleur de toi, que quelques combinaisons de quatre lettres, nous dit-on, symboles impalpables que chacune de tes cellules répète jusqu'à ne plus en pouvoir.

Considère donc ce que la nature exprime à l'aide de quatre lettres, tout ce qui vit sur terre et ton cerveau pour le concevoir, et compare, homme, avec la chose pitoyable que tu parviens à « exprimer » malgré les gros moyens dont tu disposes, tant de lettres dans tant d'alphabets, tes cinq sens, tes mains bavardes, tes vocalises et tes folles prétentions. Ce n'est pas la quantité qui te manque, loin s'en faut. N'est-il pas temps de te dire : quand et où ai-je perdu la qualité ? Et de te dire : est-il possible de la recouvrer un jour, la qualité que tu as perdue?

Dis : que comptes-tu faire du feu qui t'a été prêté ? Le feu qui éclaire ou le feu qui calcine ?

La laideur semble à tes yeux belle et la beauté laide. Que tu doives d'abord détruire avant d'improviser tes « créations » ne te pose pas problème. Le problème se pose pourtant, et crie ! Ta mortifère valeur ajoutée blesse le regard, le nez, les sens et le bon sens. N'est-il pas temps de méditer ceci, honnêtement, pour changer : pourquoi la seule beauté que, de tes mains humaines, tu puisses créer est, curieusement, chose impalpable et évanescente. Ni le béton ni l'acier et encore moins le papier de la monnaie de singe banquier, mais la musique, cet ensemble de sonorités légères qui s'évanouissent dans l'air sitôt entendues. Quelques notes de musique évanescente… c'est ce que tu peux faire de mieux, homme. Que ne pourrais-tu le comprendre et l'accepter ! Il y aurait là de quoi changer ta vie et sauver celle des autres.

Lève les yeux : Tu verras que la seule valeur ajoutée qui soit véritable est celle qui fait surgir le vivant de la matière. En es-tu capable ?

Lève les yeux vers le firmament. Regarde le ciel étoilé. Quelle moisson ! Grace au télescope spatial, des galaxies comme grains de sable, et tu oses dire que, sachant ce que désormais tu sais, tu n'en continueras pas moins à pédaler dans la boue de tes ornières. Que valent les ridicules impératifs étriqués qu'on t'a inculqués devant l'immensité du temps et de l'espace et des forces à l'œuvre dans l'univers et autant en toi, oui, en toi, en toi, car tu en fais partie. Comment fais-tu, enfant de géants célestes, pour te conduire en vermisseau ou, pire, en imbécile? De tous les destins possibles, le moins glorieux ! Te tuer et tuer pour des fictions sorties de l'atelier des malades et des handicapés de l'âme! Jusqu'à quand t'entêteras-tu à tenir la raison à distance ?

Déjà, à son époque, le sage Salomon s'insurgeait:

« Jusqu'à quand, niais, aimerez-vous la sottise ! Jusqu'à quand les moqueurs se plairont-ils à la moquerie et les insensés haïront-ils la sagesse ? »[43]

Sur quel ton faudra-t-il te le dire ? L'or ne te sauvera pas ; ni le pouvoir ; ni l'armée dressée à ta porte, figée à jamais en ordre de marche. Rien ni personne ne te sauvera. Ce qui t'est extérieur ne te sauvera pas. Nourris-toi autant que tu peux de l'expérience ou du mythe, de la science ou de la parabole, mais sache que ton salut, si tu en choisis le chemin, tu devras le chercher en toi et nullement ailleurs. Non, nullement ailleurs !

C'est simple. C'est compliqué. Il te manque peut-être un logiciel pour le savoir.

L'église, les églises, l'entreprise, les corps constitués, combien de divisions ? On pourrait les compter, malgré leur grand nombre. Mais la sagesse ? Qui peut nommer un seul sage ? Celui dont la postérité a retenu le nom ne l'est pas, forcément, celui-là qui l'a peut-être été, nul n'en a entendu le nom, forcément.

Et ainsi tu chemines, homme seul, suspendu dans le vide au bout d'un souffle de vie comme une araignée au bout de son fil.

Regarde-toi, lui dit la voix. Vois où tu en es arrivé ! Tu voulais, dans ta folle jeunesse, toute l'étendue, et maintenant le chemin étroit qui a été le tien te semble trop large. Et cependant ton regard voué au parcours de toi se perd dans l'immensité. Ton monde enfante des mondes qui enfantent des mondes. Ton instinct t'avertit : reviens, sinon tu es perdu ! Reviens à toi, même si tu t'y sens seul, même si, ultime misère, tu te vois assigné à une seule tâche, en un seul point, comme un pixel sur l'écran que l'enfant allume et éteint.

Les choses et les êtres s'éloignent de toi, ou tu t'en éloignes, fétus tous autant que vous êtes que le murmure céleste emporte. Vois où tu en es arrivé ! Est-ce cela une vie d'homme, un voyage simple entre deux folies ? Entre deux néants ?

« Regarde-toi », avait dit la voix. « Vois ! » D'accord, dit-il. Je vais essayer de voir, et donc cesser un moment de parler. Je vais faire vœu de silence. Trois jours de pénitence, et quelques prières propices à chasser le brouillard du cœur et des yeux. La chose le frappa. C'était la toute première fois ! La première fois qu'il se promettait de retenir sa voix, de ne plus la mêler au murmure du monde. Depuis sa naissance lointaine, jamais, pour ainsi dire, il n'avait ouvert les yeux sans ouvrir les lèvres sur les sonorités nécessaires. Crier son existence, de peur d'être oublié...

T'a-t-on exilé, homme, sur terre ? Toi qui nais effaré et bramant, au tréfonds de ton âme anxieuse te sens-turejeté ? Qui t'a fait la promesse de revenir te reprendre, et n'est pas revenu ? Tu n'as pas reçu ta part entière d'affection, si bien que, même endurci et chenu, tu rêves encore d'amour ? Et que, à l'âge de procréer, tu en es encore à vouloir boire du lait, seul en cela de ton espèce ? Et que, lumière éteinte, tu cherches goulûment le sein de ta compagne, comme si ta vie en dépendait ? Et que, savant à l'âme gamine, tu prétends en appeler aux vivants du cosmos quand, en vérité, tu lances un mayday par seconde en direction de la Mère Céleste que tu te supposes ? Réponds, Mère Céleste, à ton heure amène… !

Prends garde ! Sur ce chemin, d'autres t'ont précédé, avec la totalité de leurs moyens et de leur art. Sur le sol dur des Andes, face à la lune et au soleil, ils (les Nazcas, nous dit-on) ont dessiné, ils ont tracé le langage abouti et immense de l'amour et du besoin. Déçus d'attente vaine, ils ont délibéré, ils ont décidé la dissolution du rêve et avec lui, de leur identité et de leur histoire. N'est-ce pas là un avertissement ?

Mais trois jours de silence, il n'y put tenir. Sa femme ne s'y trompa pas : une provocation, rien de moins ! Du silence supplémentaire, dit-elle, suprêmement irritée, tu ne trouves pas que la maison est assez vide, sans qu'il te faille en plus prendre congé avant l'heure? Je ne te vois déjà plus beaucoup, faut-il que je m'habitue déjà à ton absence ? Ou est-ce ta façon de me reprocher mon bavardage ? Dis que je parle trop, etc.

Et puis, se dit-il, qu'as-tu à taire, toi qui n'as convoité que le nécessaire ? Tu n'as pas eu en partage le rab d'humanité qui ouvre droit à la peur ou à la honte véritables. Pas un seul crime digne de ce nom à avouer à confesse ou à raconter en arrière-soirée pour te faire mousser, l'air exagérément canaille. Protester par le silence ? Parfait, on n'en attend pas moins d'un vieux tesson comme toi.

Du reste, qu'importe, de parler ou pas. La force qui façonne ton monde est là dehors, étrangère. Qu'elle importance, ton silence ! La parole qui t'est concédée, uses-en, tant que tu le peux, entre les deux bornes de ton âge d'homme, la prétention et la soumission. Entre le chant du coq et l'heure où la bête de somme se laissera docilement bâter, tu te seras renié tant de fois mais, pas une fois, tu n'auras trouvé le mot juste. Normal, car le mot juste est réservé. Il est mieux gardé que le coffre de la banque, il n'est pas pour les types de ton acabit. Dans la rue où les mots ordinaires se bousculent des sous-sols aux toits terrasses, obstruant l'air et saturant l'espace, tu ne verras ni n'entendras le mot juste. Si tu as l'audace de le chercher, commence par le commencement, car au commencement, tu étais nu. Neuf comme une feuille blanche. Précieux comme un cadeau du ciel. Immaculé. Il ne tenait qu'aux tiens de te chuchoter à l'oreille que les mots justes existaient et que tu y avais droit.

Mais tes parents n'avaient pas le temps. Rois ou oiseleurs, volés ou voleurs, leur vie appartenait à d'autres. Toi, né pour le nectar et le mot juste, tu fus abandonné aux vils soins des déclassés au seul motif qu'ils étaient présents, à vrai dire en plus grand nombre qu'il n'eût strictement fallu, et qu'ils disposaient du seul luxe qui n'en fût pas véritablement un, celui de pouvoir ajouter autant de temps qu'ils voulaient, ou presque, dans leurs vaines journées. On ne demande pas aux négligés du premier jour de venir en aide à d'autres. On fit de toi ce qu'on savait faire : un bon aggloméré. Bon au regard de ton destin tout tracé : oublié dès que posé et cimenté. Bon quand vu à la bonne distance : plus près, les défauts saillissent, fruits de hâte et de négligence. La surface, les angles, la texture, les ébréchures, les fêlures, la balance. Assez de défauts pour qu'on n'en soit pas tout à fait content mais pas assez pour qu'on en rejette l'usage. Te voilà un homme mon fils !

Si tu ne veux pas être *cet homme*, il te faudra retrouver les yeux clairs de ton enfance. Tu n'as pas de dette à rembourser : ni à tes parents, aussi aimants qu'ils fussent, ni à ton pays, ce campement dans le désert, disait l'homme des steppes, cette poussière sous tes chaussures, aurait dit un autre, cette géographie malade d'humanité, et qui s'en remettra, pourrais-tu dire, toi, homme d'aujourd'hui. Commence par te dénuder, le langage de la révolte te viendra tout seul. Mais attention : il faut que ta révolte soit perpétuelle, sans faiblesse, sans concession. De l'ado au centenaire, un seul fil : révolte. Révolte de tous les instants, seule réponse à la guerre incessante dont la théorie et les instruments ont été assemblés là-bas, tout là-bas où l'on t'a donné d'office le double rôle d'agent et de cible. Dans leurs livres de comptes, tu figures déjà parmi les pertes, amorti ou obsolète. Tu es déjà provisionné, car ils détestent les surprises qu'ils ne concoctent pas eux-mêmes. Déjà provisionné, innocent, dans la génération smart et confuse à souhait qui monte de ton quartier et d'ailleurs, recensée en temps réel selon ses besoins et ses capacités, vendue vivante au poids du mort par la nouvelle noblesse du e.commerce.

Tu veux te sauver ? Use donc sans tarder des mots que tu sais, mais prends soin de leur donner leur l'éclat d'origine. N'hésite pas à contredire : localise, concentre, quand ils ne te veulent que mondialisé, dilué. Solidarise, partage, puisqu'ils te calculent seul et sans défense.

Oui, je vois bien que ce n'est pas là que je voulais en venir. Au lieu de parler de l'homme, je me surprends à discourir de deux espèces d'homme, apparemment inconciliables. Ou de deux moitiés d'homme, chacune amputée de quelque membre. Et soudain…

Soudain l'évidence lui sauta aux yeux. Cette impossibilité qu'il avait d'envisager l'homme dans la foule des hommes n'était-elle pas la preuve que l'homme total n'existait pas ? Chacun manque, chacun est à la recherche de ce qui manque, sans garantie de le trouver, sans savoir où il peut le trouver, sans même avoir la plus petite idée de ce qui manque. La cruauté du déficit taraude et brûle. «Tout brûle» aurait dit le sage Bouddha. L'anxiété grandit en angoisse et autour de toi, nul regard ami, nul apaisement. Le désir tue et gicle à tous les étages, la ville en a le ventre rond jusqu'à la gorge, et gageons ceci : le meilleur qui en sortira sera un avorton de plus.

Et toi, vieil homme, réagis ! Ecris, contre l'angoisse ! Ecris pour personne, crie dans le désert, mais n'abandonne pas. On t'avait ordonné de lire, c'était bien. Maintenant écris pour exister. Ecris donc, comme tes précurseurs, bâtisseurs de pyramides, dessinateurs de géoglyphes symétriques sur la peau dénudée des hauts plateaux ; plus loin, plus près, apposeurs de leurs mains ocres sur la faune pariétale que ta faim suppliait dans l'obscurité des cavernes. Ils avaient appelé au secours avant toi. Et voici venu ton tour de jeter ton cri dans l'air du soir avant de t'en aller.

Ne pars pas en silence, surtout ! Crache sur la convenance, si elle ne te convient pas. Frappe, rue, insulte au besoin, brille tant que tu peux. La vieillesse est un luxe qu'ils ne connaitront peut-être pas.

31

La haute main s'affaire, qui rassemble l'automate. Délibérément, elle omet une pièce ou deux, ou place sans trembler la pièce défectueuse au lieu de la bonne, ou l'insère ailleurs que là où elle devrait être. La construction semble identique, mais le mécanisme ne l'est pas.

L'automate manque d'équilibre, il ne tourne pas rond, pas tout à fait, pas comme il le voudrait, mais il le cache du mieux qu'il peut. Plus il tourne vite, mieux il croit tourner. La vitesse devient nécessaire, en·tant qu'elle cache l'imperfection. Produit-elle de la douleur, tant pis ! Mais le morceau qui manque ! L'humeur qui manque ! La fonction, la rotondité qui manquent ! Et tout ce que l'autre possède à l'exclusion de l'un, et tout ce que l'un montre que convoite l'autre, et tout cela qui pousse l'un vers l'autre, une fois pour l'embrasser et vingt fois pour le dépouiller, le dépiauter et tenter de deviner dans ses viscères étalés la substance qui, si on pouvait la faire sienne, procurerait repos, paix, et ces sensations nébuleuses dont on dit que, finement additionnées ou mixées, forment la substance la plus nommée et la moins observée : le bonheur ! Le bonheur !

Que dis-tu ? Ta double douleur : douleur de la douleur et douleur du manque, tu pourrais pardonner, toi, dis ? Et la cruauté, tu pardonnerais ?

La doxa édicte, tentative d'apaisement : chacun a ses points forts et ses points faibles. Il y aurait donc, après tout, une certaine équité au sein de l'injustice. Tien-toi donc tranquille, mon cœur, et toi aussi, mon ventre, et vous également, mes yeux et mon ample égo ! Hélas, la plus petite part qui manque, rien ne saurait nous en consoler. La larme dans l'œil hagard du vieux, le jeune ne l'oubliera pas. L'amertume a empli les cœurs là où on tenait l'espérance au chaud. Et si on voulait y aller, là-haut, non pour porter des fleurs, mais pour instruire un procès à charge ou, à tout le moins la réclamer, la foutue pièce qui manque ?

En attendant, le plein de chagrin fait, voici la mort. L'incorruptible souveraine, pour un temps encore. Elle ne manquerait à personne, celle-là. Elle est équitable, pourtant. C'est ce qu'on en pensait jusqu'à ce matin.

Mais ne voilà-il pas qu'une nouvelle génération de génies iconoclastes se propose, pas moins, de la soudoyer ! Non, l'équité, pour ces gamins joueurs, c'est pas humain, c'est pas moral, c'est pas naturel, c'est surtout pas jeune et encore moins génial. Cela sent la naphtaline et les vieux songes d'égalité fraternité qui tuaient d'espoir plus que le consortium des microbes réunis. L'or, mes chers clients de mon cher fan club ! L'or fera reculer la mort plus sûrement que les anciennes incantations. Avant que les jeunes et richissimes génies ne deviennent vieux, ils auront été rajeunis tant de fois par morceaux choisis. La mort sera priée d'attendre, comme un quelconque quémandeur. Qu'a-t-elle à offrir, du reste ? Son pouvoir absolu, on n'y croit plus, dans les bons cercles googlisés. Il faut leur rendre cette justice, aux Jeunes Crésus Bêtifiants, qu'ils ne croient pas davantage à l'hypocrisie qu'aux vessies plein le ciel. Mais songer à obliger la vénérable mort à transiger comme un autre et à négocier son bout de gras, en un mot, à devenir enfin humaine, chapeau bas, mes jeunes messieurs ! Voici venu le temps où la fiction devient réalité, passé le premier milliard de dollars.

Le postulat vit, s'articule et se démontre : *quand (non, pas si) tous les gogos du monde donnent la main à une poignée de malins, les espoirs les plus fous de ceux-ci sont permis. Amen !*

Insensiblement, sous nos yeux que l'écran aveugle, le nouveau panthéon se dresse sur l'échine de notre complicité, de notre soumission, de notre participation, de notre bavardage, ce chatt qui a valeur de silence. On croit faire du neuf mais ce n'est que du vieux habillé à la dernière mode. On s'y laisserait prendre tant la livrée est astucieuse, on s'y laisserait prendre, bien que sachant – surtout sachant – qu'elle est toxique, on s'y laisserait prendre pour le fun, pour le plaisir et la souffrance, pour la joie fugace, par ennui, pour mille et une raisons, toutes ressortissant à la plus haute futilité, toutes et chacune et la plus inconséquente en appelant à l'individu en manque avec plus de force que les dix commandements auxquels on ne croit plus.

Ce qui te manque te tue, non qu'il te soit absolument nécessaire – ce qui est nécessaire n'a guère d'importance – mais parce qu'il te manque, à toi, untel, et pas à d'autres, pas à tous les autres. Le poison qui tue, son manque tue, l'agonie en plus. Le cercle de la douleur n'offre qu'une seule issue, si étroite et hérissée qu'on ne la franchit qu'en y laissant de sa peau et de son sang. Dans l'attente frémissante tu te donnes, corps et âme, à la fièvre, à toutes les fièvres, à celles, en particulier, qu'on n'explique pas. De sorte que tu peux te laisser aller au déraisonnable, à l'inacceptable, à l'inexcusable pourvu qu'il soit extrême. Le moment venu, car tu sais qu'il viendra, tu pourras plaider ton irresponsabilité diluée dans l'irresponsabilité de tous. De tous, oui. Tu n'aurais pas vécu pour rien, crois-tu dans ton délire, si tu entendais au tribunal qui te juge ces mots que tu attends comme un baume : « N'importe qui, mesdames et messieurs, dans des circonstances similaires, eût agi de même. Le condamner, ce serait nous condamner… ! » Pour un peu, le criminel de droit commun se lèverait pour clamer sa fierté d'appartenir au genre qu'on dit humain !

Mais le crime n'a pas que ses peignes-cul, il semble qu'il ait aussi sa noblesse. Bien qu'ils logent dans la même allée, un monde les sépare, est-on prié de noter, autant qu'il peut séparer un costume de ville d'un uniforme national, ou un vulgaire pickpocket de la haute banque. Oh, elle est bien changeante, la *nature* de l'homme, s'il ne faut à celui-ci qu'un symbole vestimentaire ou rituel pour s'imaginer autre et que, s'imaginant tel, il le devienne véritablement aux yeux du monde et aux siens propres. Le temps de changer de chaussettes et voilà le doublement sapiens qui saute d'un cycle dans un autre, d'un cirque à un autre, d'une vie à une autre. Deux bessons empruntant par accident deux files différentes ne se reconnaîtraient pas au bout du compte. Avant la fin du jour, ils auront l'un et l'autre trahi, mais pas également ni de la même manière et pas le même patron, de sorte que l'un sera passible des Assises, et l'autre de la légion d'honneur. Ils auront bel et bien failli, tous deux, pour avoir laissé les jeux de société empiéter sur leur être intime, et le façonner selon les règles douteuses dictées par l'intrus décérébrant. L'intrus entré non par effraction, mais par la grande porte ouverte.

Il s'en trouvera bien sûr des qui diront qu'aucun n'aura reçu la sanction qu'il mérite, récompense ou châtiment, puisqu'elle revient par l'hypothèse même du récit à un autre, tiède sosie de l'original mort à la première heure de la blessure et du regret. Car telle est la ruse du monde, inépuisable, que de quelque côté que tu tournes ton regard, tu n'en apercevras jamais que le simulacre. Quand on viendra te payer de ta peine et de ta chair pesée sur la balance, compte bien et vérifie les billets peints à la couleur des champions et des héros, et dis-toi que la main qui te les tend garde encore, peut-être, la trace de l'encre qui les a imprimés. Ne crois pas un instant que le compte y est, car il n'y est pas. Il ne saurait y être, le compte. En sus d'être mal payé en retour, tu ploieras un temps sous le doute d'avoir eu affaire au faux-monnayeur en personne.

Quelques uns, tout au plus une minorité ! proteste le myope et le malentendant. Et non, monchermonsieur ! Les éclopés de l'âme sont la majorité, ils sont la totalité. Regarde autour de toi, je te prie, et dis si tu connais, de près ou de loin, quelqu'un (quelqu'une) qui se conduirait en toute circonstance selon les principes et les valeurs qu'on aimerait prêter à la personne imaginaire, tu sais, celle qui serait entièrement emplie de pure humanité, après laquelle je cours, tu cours aussi peut-être, nous courons tous depuis que nous avons des jambes pour courir et un cœur admirable, capables de tuer à la fatigue l'antilope et le loup. Réponds, petit homme ! Les autres ont répondu, pour eux et pour toi !

— D'accord ! dit la voix. Puisque tu vois, puisque tu critiques, quelle leçon pratique en tires-tu ?

— Une leçon ?

— Oui, une leçon. Une leçon que tu offrirais à tous, ou un comportement à ton seul usage !

— Enseigner avant que d'avoir compris ? Non, merci.

— Qu'y a-t-il, au fond, à comprendre ? Le temps que tu passes, vainement, à vouloir comprendre, tu le voles à la vie qui est en toi. Ne fais-tu pas fausse route ?

— Faire fausse route en cherchant la bonne ? M'éloigner en voulant être plus proche ?

— Tu rêves toi aussi, à sortir du rang. A quel titre ? Quels sont tes hauts faits ? Je parcours le livre de ta vie et n'y aperçois rien de fameux. A la balance ultime, tu pèses moins que l'enfant qui t'interroge. Tu n'as pas été poursuivi sans répit par la chose à laquelle on ne peut se soustraire. Tu n'as pas commis l'irréparable, tu n'as pas fui en cherchant un trou de rat où cacher ta peine ou ta honte, tu n'as pas été pourchassé par la culpabilité ni par la haine sanguinaire de la meute. Je lis, je vois que tu t'es gardé de tous les engrenages, comment peux-tu comprendre ? On ne devient pas adulte sans avoir un jour tué.

— Pourtant…

— Tu invoques tes rêves et je t'entends dire : le rêve que tu tues, de son manque, de son absence, du vide qu'il creuse en toi, il te poursuivra le reste de tes jours. Mais tes rêves à toi étaient du genre qui se décompose en poussière sur le bord des chemins. C'est de toi, et de nul autre, que parlent les livres qui affirment que l'homme a été fait de boue. Cela ne s'invente pas. Tu es passé à côté…

— Je ne suis pas d'accord…

— Tu n'es pas d'accord ! Le vieux monsieur n'est pas d'accord, tu entends, Soleil ? Tu entends, Etoile ? Quand je dis que le vieux est resté enfant…

— Je suis assez content de ne pas avoir versé le sang d'autrui ni causé une peine…

— Sache que la peine que tu causes à l'autre ne compte pas. Montre plutôt ta peine, ta peine à toi, et montre la blessure qui ne se referme pas, si tu veux être pris au sérieux. Qui n'a pas plongé sa main, son bras entier, dans le sang d'autrui ne peut être pris au sérieux. Va, il n'est pas encore trop tard…

— C'est quoi, ce délire ? Je cherche une consolation et je tombe sur la folie ?

— La folie est tienne, folie de l'ignorant et du faible. La Loi dit : l'homme qui naît doit tuer pour prendre sa juste place.

Pour une fois, c'est lui qui crut pouvoir ricaner :

— Il n'y aurait en ce cas pas deux hommes sur terre !

— Tu comptes sans l'aveuglement des hommes, une autre sorte de loi…

— L'aveuglement en tant que loi ?

— Et de quoi ne cesse-t-on pas de parler ? Prends garde : l'inobservance de la loi ne va pas sans conséquences…

Il coupa la communication. Ma parole, se dit-il, elle est effrayante, cette pousse-au-crime ! Moi qui espérais une voix amie…

32

Il était à sa place habituelle, au milieu du jardin public. Avait-il eu un rêve ? Cette voix qu'il avait à peine reconnue… Il lui arrivait maintenant de s'endormir tout assis, quelques secondes, pas plus, d'un sommeil léger que les bruits traversaient, à peine adoucis. Un sommeil complice, animé de petits songes subreptices qui remplaçaient avantageusement le journal dont les titres grossis et ridicules l'avaient amusé un temps, mais auquel il renonça lorsqu'il vit que l'encre de l'impression, sceptique et révoltée, s'en désolidarisait à la surface de ses mains. Tant d'affreux bobards que l'encre supposée leur donner forme intelligible se soulevait !

L'arbre, en face. Verdoyant et magnifique, large, majestueux, heureux. Frémissant, murmurant, se racontant, chantant et dansant sur sa propre musique. Autonome, souverain. Et jeune à l'âge où il eût été vieux, lui, plus vieux qu'il n'était déjà. En voilà un vivant !

Depuis que le journal ne s'interposait plus entre eux, l'arbre donnait l'impression d'avoir gagné en taille, en profondeur, en légèreté, en joie. Cet arbre l'avait à la bonne, il le sentait bien. Il avait à la bonne tout ce qui passait, y compris les chiens tenus en laisse qui levaient la patte pour l'arroser, y compris les peuples insectes auxquels il dispensait généreusement le couvert et le logis. Il en a tant de ce qui nous fait défaut qu'on ne pense qu'à le transformer, lui et ses semblables géants débonnaires, en sciure ou en papier à journaux. Il serait temps qu'il le prenne en photo avant que la bétonneuse ne passe. Sauf qu'une photo n'est pas la réalité. Elle ne lui fournira pas d'ombre quand il fera trop chaud, elle ne logera pas les tribus d'insectes, elle ne chantonnera pour le guérir de son spleen. Son nom ? Qu'importe !

On ne nomme pas sans l'arrière-pensée d'exploiter ou de sévir. Règne, embranchement, famille, genre, espèce. Variété, taille, port, climat, altitude, latitude. Fruit, feuille, dureté, densité, couleur. Bois de charbon, de charrée, de charpie, de chariot, de charlot. Noueux, loupé, tors, mort, et encore ! Bois fin, bois de cœur, bois droit ou de traverses, de travers, de billot, d'échafaud. De charpente, de menuiserie, d'ébénisterie. Bois de chauffage. De fumisterie !...

Une graine, une volonté, la fragilité tremblotante et la soif de vie, la soif d'amour, tout cela vers le ciel élancé. C'est un arbre, point. Et dans ce point, plus de richesse que dans les magasins de la ville.

Bon ! se dit-il en se levant avec un soupir. Ce n'est pas ainsi que je vais gagner ma place dans la bonne société !

L'idée le surprit que c'était pour cet arbre, précisément, qu'il revenait dans ce jardin et à ce banc en particulier, fixé à bonne distance, comme exprès, pour que le regard pût l'embrasser du sol à la cime arrondie, une bonne douzaine de mètres plus haut. Le tronc rond et lisse, toujours propre, gris et blanc, des branches puissantes, des fruits discrets qui ne condescendent pas à servir, de l'ombre et de la fraîcheur en veux-tu en voilà, la force et la jouvence de surcroît. Cet arbre ne vieillit pas, vieillir n'est pas dans son caractère. Une leçon de bonheur sur pied. Un platane ! Le seul survivant de son espèce en cet espace clos, en ce quartier, en la ville épandue où des brigades payées à l'année faisaient la chasse à toute chose qui fût de nature à : gêner la circulation ou le stationnement des chers bolides importés des quatre coins de la terre ;

empêcher les caméras de surveillance de vous scanner à cinquante pas et de vous reconnaître ; cacher si peu que ce fût les luxueuses devantures tenues prêtes à chaque heure pour la fête ; prétendre faire obstacle à l'absolu de la ligne droite et du pouvoir...

Celui-là, planqué au fond du jardin, avait jusque là réussi à déjouer l'inquisition utilitaire. Ses derniers représentants furent condamnés avec le siècle. Il sut enfin pourquoi cet arbre lui était si cher. L'arbre des jeunes filles en fleurs. Il bordait des deux côtés les avenues de son adolescence, et procurait l'ombre des cours de récré du lycée. On se souvient des jeunes filles de notre jeunesse, subitement métamorphosées en créatures affolantes et affolées d'hormones nouvelles dont la suavité excitait, troublait, désarmait et rendait les adolescents tour à tour audacieux et timorés, querelleurs et bêtes. A quoi bon se souvenir ? Fais gaffe, vieux, la nostalgie n'est pas sans danger pour le corps impotent. Dans la cour de son lycée quadrillée de platanes, propre comme en rêve, de jeunes filles trop belles, inaccessibles, bavardes, coquettes, virevoltaient délicieusement de leurs amples jupes, conscientes de sa présence et prétendant l'ignorer, posant déjà un pas sur le territoire des femmes dont elles s'aventuraient, inquiètes et désireuses de l'être, à expérimenter la science ancienne et innée sur la jeune génération de malheureux garçons, empotés et timides de préférence.

Timide, il l'était, et, probablement pour cette raison, dans la cour du lycée où ces bouquets sur jambes donnaient un spectacle qu'il gravait, sans le savoir, dans le marbre de sa mémoire, il ne voyait aucun autre garçon. Ils étaient hors champ, les garçons, on n'en devinait la présence qu'à travers les œillades appuyées des toutes belles et les signes imperceptibles qu'elles affectaient de leurs corps graciles et embarrassants. Il y avait, dedans, tout en suggestion, et dans chaque mouvement, une musique, nouvelle ; une danse, enjouée et grave ; un récit, ourlé par les lèvres douces, un autre, raconté par les regards troubles, et un autre sculpté par les corps soudainement alourdis d'exorbitant pouvoir. Il y avait… il y avait… et puis à quoi bon !

Des décennies plus loin et virtuellement si près qu'il s'y voyait, le cœur battant et le nez cadenassé sur la voluptueuse senteur qui s'éloignait en l'attirant, jeune chien en rut suivant jusqu'à sa porte jeune chienne étrennant ses premières chaleurs. Stop ! Arrête ! Danger ! Il avait repris place sur son banc, l'ado trop vite vieilli. Il ne pouvait plus s'en détacher. Plus la force. Bouger risquait de rompre le charme. Les jeunes corolles tout occupées de leurs mystères tournaient devant lui de leurs longues jambes libres sous le tissu chahutant de leurs amples jupes, embaumant ce parfum exquis dont il avait cru la formule perdue et qu'il sentait maintenant, de nouveau, intact, resurgi à travers temps. Bénie soit l'illusion ! Se lever pour aller où, après ? Ce n'est pas l'âge, le problème. C'est l'éloignement de ce sommet de vie, que nous appelons la jeunesse. Après, quoique tu fasses, tu ne verras qu'une descente, à perte de vue.

Une vie ratée, comme toute vie finissante, une mort certaine. Allait-il mourir, déjà, en ce lieu ? Mourir avec dans le regard non pas sa famille, ni sa maison, ni les multiples aspects du devoir accompli, mais un vieux regret datant d'une époque qu'il croyait abolie. C'était un signe, indubitablement. La mort se faisait précéder des regrets. Une de ses manières de s'annoncer, affirment ceux qui la connaissent assez pour en vivre. Quant à lui, jusqu'à l'instant ultime, le présent lui aura été dénié. Une sorte de malédiction. Du passé au futur, du futur au passé, jamais un pas dans le présent. Une vie passée entre deux inexistences, c'est donc cela, et rien que cela, la vie d'homme ? C'est donc cela, un homme ? Que peut-il comprendre, si jamais ses pieds ne reposent sur la rassurante fermeté du présent ? De quel secours peut-il être pour les enfants qui attendent ?

Ah, que n'eussent-ils vécu, intrinsèques de leur nature ? Comme des enfants de la forêt, l'instinct les eût conduits, elle (la première élue de son jeune cœur) et lui, vers le bosquet et le geste qu'il fallait. Ils auraient ainsi coupé court aux regrets futurs puisque, de haute décision, ils auraient arraisonné le présent dont ils auraient fait le substrat, le chemin et la source de connaissance de l'homme qu'il eût pu être. Mais il ne vivait pas en forêt. Tout petit, déjà, il s'était vu munir de ce qu'il fallait pour tailler, arrondir, couper, briser, brimer, rogner et contraindre, évider et remplir, en un mot, du must dont on fait un petit homme de son siècle. La panoplie complète des figures imposées et des interdis. Doit, ne doit pas ! C'est le prix modique d'entrée en civilisation ! La mère l'a dit, le prêtre et l'imam et le rabbin et le guru l'ont d'une même voix dit, l'instit l'a dit, le chef d'Etat l'a dit. (Pas Brassens, mais en ce temps, Brassens était interdit des ondes et de territoire.) Tous ces gens – note bien qu'ils t'aiment tous – se seraient trompés ? Allons bon !

Il ne pouvait toujours pas se lever. Il y a, ainsi, des souvenirs dont la joie légère vous écrase et vous cloue là où ils vous attrapent. Il avait les jambes coupées, et une vague saveur de sang dans la bouche. Un funeste cocktail, moitié chagrin et moitié pitié diffusait dans sa poitrine, la soulevant en sanglots secs et douloureux. La légèreté, la légèreté plus légère que l'air, c'était ce qu'il eût fallu, c'était ce qu'il lui fallait, immédiatement. Au secours ! criait son âme déchirée à l'adresse de ce qui n'existait plus. Un seul geste eût pu te sauver, ouvrir les bras et dire : je t'aime, et je viole les codes ! Certes, il a connu d'autres femmes et eu d'autres aventures. Mais c'est à celle-là qu'il pensait, c'est celle-là qu'il lui eût fallu. Peu importe ce qui se serait passé, se dit-il, si l'étreinte eût duré une heure ou une vie. Tu n'aurais pas le regret aujourd'hui, ni la culpabilité. Ni l'atroce sentiment d'avoir renoncé à tes droits fondamentaux d'être humain. Tu as continué ton méchant chemin, les yeux clos et le cœur avare. Tu ne savais pas, à l'époque, qu'on ne peut être humain que contre les idées reçues et les pouvoirs établis, autant dire contre tous ! Ce serait donc cela le but de l'éducation : nous tenir éloignés de notre humanité ? Est-ce cela le prix à payer à l'entente ? Se donner tort pour apaiser son ennemi ?

Trop tard. Il était trop tard. Au reste, il semble bien que la dernière ligne droite soit la ligne des trop tard. Au lieu de les égrener en interminable litanie, ne valait-il pas mieux feindre l'amnésie ?

Tout ce qu'il pouvait s'autoriser maintenant se résumait à peu de chose : se dédoubler. Assis à côté de lui-même, il se laissa aller à s'examiner du coin de l'œil. Il sut la source, une des sources de son trouble :

les distances, autant qu'il en jugeait, se contredisaient. Les temps se contredisaient. Pourtant son esprit, de bonne volonté animé, se mettait en quatre pour lui plaire. Il ne mentait pas, enfin pas exactement, il voulait tout juste plaire, disposé qu'il était à placer côte à côte des évènements que vingt ans, ou quarante, ou cinquante ans et la moitié de la terre séparaient. Et, de l'autre côté, son corps qui ne savait ni taire ni mentir. Son corps, auquel reviendrait le dernier mot. Plus il s'examinait, moins il jugeait utile de se lever. Fallait-il le plaindre ou le moquer, le type à côté ? En rire de dépit et de rage rentrée, ou en pleurer ? Fallait-il piétiner les vieux salauds qui se sont dessiné une existence acceptable sur les restes des élans brisés ? L'oppression exercée vis-à-vis de soi est-elle prévue par le code pénal ? C'est combien, monsieur le juge, la réclusion, toute une vie, de soi dans un coin de soi ? Combien pour violence auto-infligée ?

Quoi ? Le crime le plus commun, érigé, habillé, armé, n'est pas passible du tribunal ? Voler un œuf est interdit, soit, mais retirer la vie de l'existence de l'homme est permis à tout un chacun ! Le conspirateur bien-pensant commande : laisse ici la vie, petit homme, et va faire ton petit tour, allez, va ! Prends ton temps. Amuse-toi, sème tes gènes, occupe-toi et oublie !

Dire que pas une seule instance morale dédiée à la défense de la vie chez les jeunes gens (chez les autres aussi) n'existe sur terre !

Il jaugea une dernière fois le type assis à côté. La colère se mua en compassion. Ne dis rien, fit entendre l'autre sans bouger les lèvres, ou plutôt, demande-moi n'importe quoi, mais pas la légèreté. Non, la légèreté, je ne sais pas, je n'ai jamais su !

Pas la légèreté du papillon, ni celle de l'insouciant, ni celle, même et différente, de l'ignorant. Tragédie, comédie, les masques, interchangeables, sont tombés. Les goûts se sont évanouis, remplacés par un seul goût, le goût à rien. Ce n'est pas l'âge qui fait mal, comme on se plairait à le croire, mais l'autre. L'autre, cette chose controuvée et terrible qui en cache de plus terrible avec laquelle elle finit par se confondre jusqu'à n'en faire qu'une. L'âge n'y est presque pour rien, bien qu'il y aide. Mais dès qu'on prononce son nom, du ton de ceux qui sont passés de l'autre côté de la plaisanterie et qu'elle reconnaît sans possibilité d'erreur, on entre chez les vieux. Elle est ainsi faite, la vérité, qu'elle ne pardonne à personne. Non contente de vous vieillir en un jour et une nuit, elle vous tue et s'en moque. La joie, elle la tue. L'esprit qui pétille, elle l'éteint. Le corps, elle le charge d'immense tristesse.

Quelle vérité, fais-tu semblant de questionner ? Comme par le passé, tu crois pouvoir éluder encore et faire illusion. Mais une fois que tu l'auras nommée, la Macabre te tient. Le reste, elle s'en moque.

Elle te laisse quelques minutes ou quelques secondes, ou dix ans, enfin le temps d'un battement de cils. C'est quoi, le temps, vieux ? Tu te plais à mesurer le vide de ton existence par le vide du temps. Car le temps, ce véhicule automatique sans lequel la vie et la mort ne sauraient exister, sans lequel tu n'existerais pas, le temps, en vérité, n'existe pas. C'est une notion vide dont le sens est vide. Or, tout ce qui se mesure à l'aune du vide est vide. N'est-ce pas ?

Les notions que tu inventes te passionnent, quand la vie précieuse t'indiffère ! Elle t'indiffère jusqu'à l'instant où tu te vois la perdre, où tu l'entrevois te fuir. Dire que tu te crois intelligent !

Le temps de comprendre. Tu t'écries, scandalisé : on m'a volé, on m'a volé ! Les gens accourent : on t'a volé quoi, et qui est le voleur ? Tu restes pantelant, incapable de dire ou de montrer. Les gens venus repartent en riant. Tu ne peux ou ne veux leur dire que le voleur qui t'a volé les volera. On m'a volé cinquante ans, soixante ans, un peu plus ou un peu moins, comment le dire ? Quand tu étais jeune, tu affectais d'être averti des ressorts du monde. N'avais-tu pas clamé, en fanfaronnant, quelque chose du genre : « *on te volera jusqu'à tes mots hors de ta langue !* ». Pour les mots, c'est peut-être, mais pour le temps, c'est certain. Cependant, n'accable pas trop vite le voleur de temps. Peut-être aurais-tu besoin de lui, en homme reconnaissant, comme au sommeil et à l'oubli.

Rends-toi à l'évidence. Depuis ta conception, tout ce qui grandit, pense et agit en toi, tout ce que tu as tenté ou réalisé, y compris les mensonges, les dénis, les tours de passe-passe intellectuels et le reste, tout, absolument tout n'avait pour but que de te cacher – tout en t'y conduisant fermement – la seule et unique vérité : la mort. Tu vas mourir, ami, ou pas ami, autant t'y faire. Et pas la peine d'amener ton nom ou ton renom, la mort même en rirait, si la chose était possible !

Peut-elle se vanter de quoi que ce soit, la créature qui a l'échec pour seul horizon, qui a l'échec pour seul destin ?

Tu vas mourir de ce que tu as manqué. C'est de cela que l'homme meurt, quand la liste des ratés et des mauvais choix atteint la limite de ce qu'il peut porter. La vie n'est en fin de compte qu'une longue recension du manque. Tel poids atteint, on tombe, écrasé. Et c'est aussi bien, ainsi, car rien n'aurait pu nous consoler de l'immensité perdue. Ni de l'étendue qu'on n'aura fait qu'entrevoir. Ni du reste.

Ah ! Je ne savais pas, diras-tu ! Mauvaise défense, menteur ! Tu ne savais pas que le temps t'était compté alors même que tu n'es fait que pour le mesurer ? Qui, dans les sphères connues du cosmos, se soucie du temps, à part toi ? Ne sais-tu pas qu'on voudrait te prendre pour le mètre du temps ? Ne sais-tu pas encore que ce qui te distingue te caractérise, que ce qui te libère t'emprisonne, et que ta science ne fait que souligner ton ignorance ?

Tu dis : d'accord, mais mes échecs me grandissent. Je tombe plus souvent qu'à mon tour, certes, mais ne m'avoue pas vaincu. Je me relève et reviens dans ma descendance. Je peux, moi aussi en appeler aux contraires et dire que ma force est dans ma faiblesse, et que ma grandeur est dans ma persévérance. La tentative et l'échec qu'elle implique et suppose, j'en fais le socle de ma gloire, car la gloire ne saurait revenir qu'à la créature mortelle et consciente de l'être. Celui qui a mis la férocité à l'intérieur de la faiblesse et la haine à côté de l'amour, Celui-là, je suis prêt à tout instant à tomber à genoux et à l'adorer, infiniment, car il a mis en moi tout le bien possible et tout le mal imaginable et m'a laissé vivre, éprouver et sentir.

Tchouang tse aurait dit : « que l'homme n'aime rien, et il sera invulnérable. » A quoi l'autre ajoute : « ni aimer ni haïr, voilà la première moitié de la sagesse. » Nous n'avons que trop écouté les ennemis de la vie nous faire la leçon. A les entendre, la roche serait l'idéal. Il nous faut crier en réponse : nous voulons être vulnérables et jouir des sens et de l'émotion, nous sommes et voulons être des hommes ! La roche, l'univers en est plein.

33

Dans l'ombre qui avance, je vois mieux, maintenant. L'orgueil infantile, je l'ai abandonné avec le linge usé. Un mot inconnu me monte aux lèvres, insistant. Pardon. Je demande pardon. Au nom de tous les miens, je demande pardon.

Comment départir le bien du mal dans le gris du soir, quand la science est courte et que l'âme est rompue ? Je vois la terre ravagée, les maladies lâchées, les espèces éteintes. Je vois le carnage et le déplore et ne sais comment y mettre fin. Tout a commencé avec cette idée aussi généreuse que simple : faire pour le mieux, arranger, corriger, améliorer. Légiférer. Construire des civilisations durables comme des monuments. Juger sans complaisance la nature et sa cruauté, ôter ici, en rajouter là, y compris en soi. Introduire la justice, l'imposer à soi et à la nature. Humaniser la nature, à défaut de s'humaniser.

L'intention était bonne et le mal est là, partout présent, partout affiché, partout accepté. On ne sait plus faire sans. C'est le moteur qui nous fait marcher et courir à force d'incitations et de coups de pompes au derrière. Nous nous figurons y trouver le gain et l'appétit, et la garantie de dominer. Il en faut, sans aucun doute, pour affronter la dureté à venir, comme il en fallait pour venir à bout de la cruauté passée.

Demander pardon, pourquoi ? Quel idéal pourrait-il y avoir, qui soit plus haut que la survie ? Survivre, homme, est ton premier devoir. Les formes séductrices que tu crois apercevoir ne sont que mirages, elles ne sont que l'ombre des feuillages agités par le vent de midi, et n'oublie pas s'il te plaît de te faire faire des lunettes de vue. Et consulte, nous avons de bons médecins qui consultent comme toi. Nous y allons ainsi, tous ensemble, la main dans la main.

Pardon de quoi ? Un moment, tu as espéré la fraternité. Tu l'as, la fraternité, tant que tu en veux, elle n'engage à rien. Tu as voulu la liberté. Tu t'es vite rendu compte qu'elle ne mène à rien, sinon au mur. Tu as marchandé : la liberté de ceci, la liberté de cela. Puis, tu as pensé à la justice. Tu n'as réussi qu'à transgresser la nature, sous prétexte d'en corriger les excès. La plus injuste des créatures, prétendant corriger les injustices de la nature ! Mais de cela, tu ne songes jamais à demander pardon. Obnubilé par l'idée que tu fabriques diligemment de toi-même, tu ne vois pas que tu enlaidis à mesure que tu te maquilles, et que, toujours, tu obtiens le contraire de ce à quoi tu tends.

Le contraire ? Qu'à cela ne tienne, as-tu dit, tout à ta soif d'expérimenter. J'oppose, t'écrias-tu, j'oppose l'ordre à la liberté, et le devoir à l'égalité. Et en face de la fraternité, la chose la moins rébarbative, tu as mis quoi, la supériorité du sang ! Ah, moitié de militaire et moitié de philosophe, tu ne pouvais que louper ton coup. Tu louchais, homme de guingois, et ton cœur mentait comme l'autre, mais l'autre se réclamait d'Eros, il voulait vivre et rire, et le tien, rude esclave, que voulait-il, empêtré dans l'embrasure, entre les pulsions de mort et de puissance? Entre Thanatos et Kratos, claironnaient les anciens poètes aux vocables forgés d'airain. Si bien que ta guerre à ce jour n'est pas achevée. Car la guerre que tu livres n'est jamais la guerre que tu obtiens ! Homme de guingois au regard torve !

Il faudrait que la guerre qui vient fût déclarée, cette fois, ostensiblement, à l'initiative des tenants de l'ordre contre les tenants de la vie. Il en a toujours été ainsi, mais cette fois il faudra sans ambages le dire. Que l'agresseur le dise haut et fort, afin qu'on en finisse avec le temps du mensonge ; et que, débarrassés du poids des mythes et des cultures, on fonde ce qui reste dans la tourbe et l'acier de notre destin.

Il se dit : au milieu du cauchemar, tu te chanterais des comptines, graine de survivant ! A t'entendre, tu t'approches du seul but que tu te proposes depuis le commencement: créer plus de complexité. Après tout, n'est-ce pas le but ultime de l'existence ? L'existence, dis-tu, en pensant à *ton* existence, à l'exclusion de celle des autres. L'existence, en tant qu'elle devrait se consumer dans plus de complexité, voilà un air qui en vaut bien un autre !

La vie ne serait donc que le viatique qui te permettrait de mener à bien ta mission véritable : conquérir. Conquérir, l'arme à la main. Pour quelle finalité ? Tu dis : cela fait partie du package, on finira par comprendre, le moment venu. Mais en attendant, tortionnaire, plonge les bras dans le sang, arrache à qui résiste, arrache à ton image soumise à la question les cris de détresse que tu falsifieras à loisir ; et le soir, mélomane et parfumé, délasse ton double entre amis, sous le regard amoureux de ta dulcinée. Personne ne saura que dans l'entre tu t'es perdu, personne n'entendra tes appels au secours, homme fort. Continue, tu as un cycle à accomplir et nul ne t'en demandera davantage, tu n'as qu'un cycle à accomplir, et nul ne… Comprendre, diras-tu, conférencier de renom, c'est une mission dévolue à notre espèce, à l'exclusion de toute autre. Tu insisteras, gentiment, sur « exclusion », pour en excuser la redondance. Ainsi, amis humains, se succèdent les choses : hier, œuvre civilisatrice, aujourd'hui œuvre de compréhension, radicale et sans appel. Nous évoluons, dis-tu, depuis un bon moment sur les bords de l'ère de l'anthropodicée, ère post-extermination, aux promesses incalculables ! Il est venu, le temps d'appliquer la loi.

La loi ? Quelle loi ?

Celle, sans appel, qui s'énonce simplement :

1-- Ce qui n'est pas utile à l'homme sera aboli.

2 – Ce qui est utile à l'homme sera aboli.

Cela a du moins le mérite de la clarté. Est-ce tout ?

Hum ! Il est à craindre qu'il y ait une… une clause secrète. Un article moins connu :

3 – Si les deux précédents articles sont correctement implémentés, alors, l'homme sera aboli.

Le vieux se leva brusquement. Il ne s'embarrassait plus, depuis quelque temps, du regard des autres. Il lui arrivait d'esquisser un mouvement de danse, enfin, quelque chose d'approchant, devant son banc attitré. Il y a, au bout, tout au bout, une joie dans l'absence de joie. Il traversa l'avenue sans trop d'égards et même imprudemment et, chez lui, se dirigea vers la salle de bain en laissant tomber veste et chemise dans l'escalier. Il alluma et fixa son image dans le miroir. Moi ! Moi ! se dit-il entre l'imploration et l'accusation. Moi ! Oh, pardonne ! Pardonne si tu peux à celui qui t'implore en cet instant.

Il était perdu dans la nuit noire. Supplier qui ? Accuser qui ? En ce monde agité, où chacun s'occupait sauvagement à s'étendre et à enfler, il était seul à se tenir tranquille, seul à penser, seul à ne rien comprendre. Ce n'était pas faute d'éléments, de choses et de notions. Mais abondance ne fait pas sens, pas forcément. Alors il pataugeait dans ce grouillement où tous et toutes avaient l'air de savoir où aller, où tout le monde savait où aller, sauf lui. Il était hors du monde, cette fois-ci pour de vrai.

Et pourtant ceci, qu'il *voyait* : il pulsait, vivait, sentait, jugeait, il traversait l'univers et l'englobait, lui, petit être de chair et de sang et d'il ne savait quoi. Quand il oubliait son nom, et cela lui arrivait, il était le monde, et dans le même temps le vivait. Il n'était pas mort.

Pour autant, était-il vraiment vivant ?

Ton vieux corps vit, se dit-il. Il se souvient, sans rien oublier ni effacer, pas un accent, pas un iota, il est le socle sur lequel s'agrège et se lit ton histoire, l'ancienne comme la récente. Il a sa·propre mémoire, distincte de l'autre. Ton corps, que tu méprises parfois, et en cela tu as tort, ton corps écrit sans désemparer, continûment, racontant, ajoutant, modifiant sur la marge ou interprétant. Il écrit sous l'écrit qui t'écrit, depuis le commencement de tes jours, depuis qu'il eut à disposition l'alphabet rudimentaire, quatre lettres, s'il faut croire ce qui se dit. Quatre lettres et des poussières, s'il me faut croire, les poussières dans la saumure, pour interpréter et « sentir », un peu comme… l'écrit et le contexte. Il ne se contente pas d'écrire, ton corps : il révise et modifie, par touches légères ou brusques, car il a la foi, lui, il est optimiste, lui, il croit d'une croyance tenace qu'il a un futur et ce futur, il le prépare sans attendre et sans se presser, dans son insaisissable atelier, armé de peu : une saumure et des poussières insoupçonnées, quatre petites lettres pour nous donner la leçon. O toi, vois : l'essentiel se passe de bruit. Il a « le bruit en horreur », comme la communion de deux amants, comme une prière authentique. Complexe est la création, discrète est l'alchimie. Et quatre lettres pour composer l'infinie variété du vivant, bien à l'abri dedans la bulle terrestre. Quatre lettres stradivariusant au chant ténu du ciel, quand nos alphabets additionnés, barbares verbeux et stériles qui n'ont de force que de convenue, vacarment pompeusement leurs rocailles le long des pentes abruptes pour aller en bas, tout en bas, grossir de mornes champs de moraines, lettres mortes, langues moribondes, quand enfin les quitte la ridicule prétention à vouloir mimer le vivant. Cela a déjà été dit.

Ce que tu tentes, ce que tu fais, ce que tu refuses de faire, il l'écrit mieux, sans comparaison possible, mieux que tu ne pourrais jamais l'imaginer. Mais ton corps n'écrit pas seulement sur soi, il écrit aussi sur la part subtile de toi, ta pensée, et sur autre chose que tu n'arrives pas vraiment à penser. *Tu es un livre en progrès, un livre en écriture. Le livre de l'homme, porté par lui-même, tel qu'il le porte en lui.*

Que dire de *l'autre chose*, qui ne soit pas vain bavardage ? Son alphabet furtif, berceau de subtilité, chiffre l'axiome sapiens sapiens et s'y affiche, évident, résistant, indémontable.

Hors de portée, heureusement.

34

Tu devrais te regarder avec plus de respect, se dit-il. Livre et écrivain du livre inachevé, toujours en chantier, énigme sur pieds au chiffre incassable ! Etre inexplicable défiant la raison et existant en dépit de la probabilité. Mais comment le dire avec des mots ? Des mots qui s'appliqueraient bien à quelque dieu hétérodoxe, dits dans un alphabet disert, mais démunis du pouvoir de créer l'ombre d'une patte de moucheron, parce que l'acte de création se mêle de mystère, ce dont ta faconde est dépourvue.

Mais le mystère n'est pas qu'en toi. Il emplit la sphère autour de toi. Il tend à faire croire que le monde a été arrangé spécialement pour la créature terrestre. Tout concourt à montrer qu'il n'existe de réalité que celle que te montrent tes sens atrophiés. Voyez, clames-tu, comme je cours, je vole dans l'air et dans l'espace sans heurter quelque matière invisible à l'œil. Comme si quelqu'un te disait : fonce, malvoyant, ici, tu es chez toi. Mais attention ! C'est toi qui est fait pour le monde, puisque de lui tu es né. Ainsi, de sens appauvri, tu vas néanmoins et tu viens, homme, librement ou presque. Ton adaptation compense ton handicap, tu es fils de la mère nature, qui n'a de cesse qu'elle n'ait éliminé la pléthore et le gaspillage, jusqu'à atteindre le but qu'elle se propose avec le minimum de moyens. Avec parcimonie.

Et toi, quel est le but que tu te proposes, écrivain de ton destin ? Car tu n'es plus l'argile passive sur laquelle le stylet de la nature gravait l'air à la mode de l'époque et du lieu. Tu te revendiques aujourd'hui graveur à plein temps de ta partition en accords et en contrepoints sur le livret de ton histoire rêvée. Mais rappelle-toi ceci : tu n'as pas la patience de ton corps, tu n'en pas le souffle long, et pas l'ample phrasé. Te manquent l'assurance que donne la durée, et la perspective que donne l'espérance. De te croire unique te fait pressé. Te couper de l'avant et de l'après te rend fini, et pour tout dire inachevé. Cela, tu peux déjà le voir et l'entendre. Ta musique crisse à casser les dents, ton livret dérape, écrit à une main. Tu ne sais pas écouter, tu ne sais pas attendre, tu ne sais pas aimer. Seras-tu encore là demain ?

Le seul être assez imbu de lui-même pour se dédoubler, c'est toi. Ta part intellectuelle, appelons-la ainsi, se rebelle. Elle te dit : façonne-toi comme tu l'entends, puisque tu en es capable ; tu façonnes bien la surface de la Terre ! Coupe les liens qui te retiennent à ta nature-corps, ou modifie ! A bas la morale, la prudence, la décence ! Ferme les yeux et frappe, tranche, avance ! Tu es le maître, oui ou non ?!

Frappe et cours ! Cours et frappe ! Ta mesure, trouve-la ici. Ta gloire, conquiers-la ici, de haute lutte. Compare et défie, compare et écrase ! Dicte ta loi ! Oui, elle est difficile, la vie d'adulte. Mais la statue du prédateur est en toi. Si tu cours assez vite, si tu frappes assez fort, si tu gagnes assez souvent, tu pourras dire que la vie est belle, fût-elle réduite à ce que tu vois…

Nous en sommes là, se dit-il, entre le magister de l'Inconscience et le magister de l'Ignorance. Et son petit-fils, cet interrogateur impénitent, grain de pollen, ou grain de sable ? Les enfants briseront-ils les mâchoires de la destinée, ou succomberont-ils, comme tant d'autres, aux démons rivaux, celui de l'en-avant les yeux fermés et celui de l'émétique nulle part?

Quelqu'un se lèvera-t-il enfin pour rappeler le chemin ancien de l'optimisme et de l'espoir ? Il y a deux fois vingt siècles, la voix antique exhortait l'homme en peu de mots : « Cesse de courir dans toutes les directions, O Gish (Gilgamesh) ! Mange et bois, réjouis-toi de jour et de nuit, prends soin de toi, de tes enfants et de ta femme » (et laisse la mort faire son métier.) Voilà où se trouve ton devoir ! C'était du temps où celui qui buvait du vin (Enkidu, dans la genèse babylonienne) était « heureux » et non ridicule, et où la femme était considérée comme source de joie et de savoir. C'était bien avant qu'il ne soit permis au plus débile de détenir les clés de la cité. C'était bien avant la « chute » et la recette de la déprime universelle. Que s'est-il passé qui explique la transition, que se passe-t-il encore pour que, ayant le choix entre clarté et obscurité, nous inclinions avec constance à la seconde ?

Le désespoir le cernait à nouveau, surgi soudain, telle une éclipse aux temps anciens. Il eût pu crier de dégoût: je ne peux en supporter davantage ! Mais, inexplicablement, étrangement…

Une femme âgée, conduite par un garçon passa devant lui et alla s'asseoir sur le banc en face, un peu à droite. Elle y resta seule, le garçon parti. Il distinguait dans la légère clarté du jour chaque détail de son visage. Une allure familière. Bien qu'elle ne fût guère plus âgée que lui, elle lui rappelait un peu sa mère... Un visage encore beau dans ses mesures, un réseau de rides multiples et profondes. Son regard allait de ses mains, fortes d'avoir tant travaillé, posées sagement sur ses genoux, à la portion du jardin en face. Une fois, elle sembla le remarquer. Tout en elle était délavé, la robe usée qu'elle portait, les cheveux cendrés, la peau, les yeux, comme si les couleurs fussent passées à force de … et de… Beaucoup d'expérience et peu de mots pour le dire, peu d'envie de dire. A quoi bon ? Toutes les philosophies se briseraient contre la peau fragile de ce visage, tous les discours se tairaient devant ces yeux placides qui ne sont ni de cela ni de ceci, mais qui se contentent de vivre et de regarder vivre en acceptant, non, ce n'est probablement pas le mot, en constatant le temps et ce qu'il fait, en en prenant acte, sans simagrées, simplement. Il eut une impulsion, l'envie d'aller lui dire quelques mots mais il ne s'y décida pas.

La dignité des humbles est impressionnante. On a parfois l'impression que leur silence en dit plus long que les harassantes logomachies de pseudo-savants. Leurs rares paroles sont lourdes, lourdes à briser la table, à briser les jambes, à briser la vie. Alors ils les conservent au fond d'eux-mêmes, comme un ballast, afin qu'ils ne s'envolent ni se retournent, afin de garder les pieds sur terre et que, tanguant et roulant bord à bord, ils puissent éviter une fois l'abîme et l'autre fois l'écueil. Sa mère eût appelé sagesse ce qui n'était que constat de faiblesse. Mais une faiblesse extrême qui ne demande ni ne jalouse et que plus rien n'irrite ni n'amuse : dès lors et par cela même transmuée en une puissance passive, non, pas passive mais hors champ, hors jeu, désœuvrée, désintéressée et désormais retranchée sur une position inexpugnable. Leur haute neutralité vous empoigne. Il en vient un, inopinément, il en vient une, qui se pose en silence au centre de votre regard, jusqu'au prochain arrêt, jusqu'à votre réveil. Vous vous dites, après coup, qu'il, elle, vous rappelle quelqu'un ou quelque chose. Le port de tête, peut-être, les effets de l'âge, non, pas l'âge mais le temps, oui, les effets du temps, évidents, l'accumulation muette de mille et une interrogations, sans doute, le maintien, de façon générale, et la grande distance que leur présence impose. Tout cela vous rappelle quoi ? Et ce silence à toute épreuve ? Le reproche ? Non, pas de reproche, il n'en est plus temps, le reproche a laissé des traces, oui, peut-être, mais à peine, mais effacée, mais inutile, et puis, le reproche à qui ou à quoi ? Ce corps, cette conscience, ces yeux, ce regard…

Pourquoi, ce matin, était-elle venue ? Pour lui prodiguer une leçon ou pour lui redonner du courage ?

Ce qui l'avait ravi, lui, en son temps, ne demandait pas tant de mots pour le dire. Un seul aurait suffi : impatience. C'était du temps où il croyait (car sur le champ des croyances il n'était pas tombé moins souvent qu'un autre) en la simplicité. La sienne, d'abord, indubitable, évidente. La simplicité est une perfection, professait-il d'un air fat, en plastronnant, en admirant sa silhouette sur toutes les surfaces spéculaires. Et puis celle, native, du monde qu'il pouvait voir ou deviner. Celle encore des relations authentiques entre êtres forcément solidaires. Des bases solides comme du granit, dont le temps révèlera ce qu'il en était : du sable mouvant au gré des intempéries, où l'aveugle, l'innocent et le présomptueux venaient se perdre selon un rite ancien. N'en réchappait que celui qui savait se faire léger, très léger en laissant sur place l'inutile et l'encombrant.

Ni soumis, ni insoumis, mais impatient. En conséquence, refoulé par les deux magisters et leurs hordes de chiens de garde. Et donc, finissant impécunieux et seul, diminué au lieu d'augmenté, conspué plutôt que célébré, seul, invisible, incapable, oui, incapable de répondre correctement à son petit-fils de pas cinq ans. Aussi incapable, sur ce point, que le plus illustre et le plus entouré des hommes, le plus gras, le mieux oint, le plus doué.

Le fait qu'une espèce entière, dominatrice, orgueilleuse, ne puisse donner réponse à l'un de ses enfants en maternelle est révélateur de ce que nous sommes : ni autonomes, ni vraiment pensants, bien que nous nous efforcions de l'être ou de le devenir.

Nous abusons de la parole et de l'affirmation lors même que nous savons ou devrions savoir que seule l'interrogation est légitime.

Néanmoins, ayant dit, il ne se sentait pas plus avancé qu'avant : l'homme ne se définit pas uniquement en termes généraux ou en termes de négation. Du reste, se prête-t-il seulement à définition ? Il est impossible de le définir de son vivant. Il faudrait qu'il fût mort, pour se laisser voir tel qu'il fut.

Nous avons tenté et nous tentons chaque jour. Des millions, des milliards de fois, en espérant que la prochaine tentative réussira à faire le tour de nous. Faire de nous le tour, il y faudrait plus que le verbe, et plus que le temps. Il ne nous est possible d'appréhender que des bribes de ce que nous sommes, des côtés, des aspects, des postures, assis, debout, couché, de face, de profil. Alors nous recommençons. Nous écrivons et continuons d'écrire, de nous décrire, de nous penser, de nous imaginer, sans espoir de nous saisir entièrement, en espérant malgré tout y parvenir la fois prochaine. Ainsi nous cheminons, têtus, toujours prêts à recommencer.

… Car, inexplicablement, étrangement, un sourire d'enfant, une jeune femme qui ouvre les bras, les rides sur le visage d'une grand-mère, un vieil homme qui pleure, une famille réunie, l'inconnu qui partage le pain, le jeune qui se lève pour que le faible s'assoie… La grâce ! Que l'humanité est belle ! Ces moments là, toujours une musique les accompagne, qui ravit l'âme…

Et la force ! Aucun autre être ne supporterait la moitié des épreuves qui nous sont imposées, corps et esprit. L'homme qu'on voyait sur le cahier d'écolier porter sur ses épaules la masse de la terre, c'est toi, c'est lui, c'est chacun de nous. C'est ainsi et pas autrement : nous grandissons de nos épreuves. Tu sauras que tu as grandi quand tu te surprendras à faire plus attention au plus petit. A ce moment, une chaude lumière, toujours…

Ces moments là ! Pour de tels moments, j'oublie le reste. Ma poitrine se dilate et, à travers mes doutes, mon cœur déborde de bonheur. Pouvoir être humain ! L'être, même brièvement, le sentir, se sentir l'être. Il n'y a pas plus grande expérience. Il n'y a rien de mieux sur terre ni dans les cieux !

Je vais de ce pas le dire à mon garnement de petit-fils, en le serrant sur mon cœur. Je le lui dirai en vers, ou dirai autre chose, qu'il lira, peut-être, plus tard, quand il saura, je l'espère, qu'il peut être mieux que simplement un peu de ce qu'il peut.

Quand il se dira, se souvenant de moi, peut-être :
Je fais plus qu'exister
Je suis
Du verbe être
Et non content d'être
Je conjugue le verbe être
A tous les temps que je veux
Car je suis d'abord et avant tout
Du fait que je veux l'être.

(Etre. En avoir pleinement conscience. Se savoir être et le vouloir. Etre la personne que je veux. Cet or, posé sur un plateau de la balance, prévaudra toujours sur ce que le sort ou l'adversité ou le mal ou quel que soit le nom qu'on lui donne, jettera sur l'autre plateau. La montagne n'est pas de taille à en imposer à la légèreté. Cet or prévaudra.)

Pour le reste… La question, venue de l'enfance de l'espèce, l'atteignit à son tour, après son père et sa mère, ses grands parents et la longue procession de ses aïeux. Elle eut sur lui le même effet : le vertige, l'incrédulité, le désarroi. Une chose est sûre, au moins, se dit-il, nous ne sommes pas des automates. Enfin, pas entièrement, notre fatigue le prouve !

Que vive la fatigue, donc ! Qu'elles continuent longtemps encore à nous labourer, à nous inonder, à nous griser, nos émotions, nos humeurs, nos passions ! Nous n'avons que nous, notre vie, notre planète nourricière. Il faudra faire avec !

FIN

Citations :

1 Marc Aurèle
2 Lowell James Russsel
3 St Augustin
4 Gaston Bachelard
5 Boris Godounov, opera de Moussorgski
6 Henri Michaud
7 Antonio Machado
8 Ibn Khaldoun
9 William Blake
10 Luther
11 Ahmed Chaouki poète égyptien
12 Bernard de Clervaux (selon Lev Chestov)
13 Shakespeare, Hamlet
14 Sir Richard Burton
15 Al Hallaj Mansour
16 Le Président Abraham Lincoln
17 Roland Barthes
18 Ramakrishna
19 L. F. Céline
20 Krishnamurti
21 Lacan
22 Lao Tse
23 Verlaine
24 Abderrahman III, roi de Cordoue
25 Saadi de Chiraz
26 Joseph Konrad

27 Schopenhauer
28 Elya Abu Madhi
29 William Ernest Henley
30 Malraux
31 Orwell
32 St Paul
33 Kant
34 Ibn Fernas
35 (Le principe de) D. Gabor
36 Miguel Torga
37 Kafka
38 Sophocle, Antigone
39 Jalal Eddine Erroumi
40 Marc Aurèle (traduction très libre)
41 Discours du Chef Seattle
42 Nabuccho, Verdi
43 Les Proverbes